CW01647596

Homo bimbrownikus

fabryka słów
WYDAWNICTWO
MMXXIII

Andrzej Pilipiuk

Homo bimbrownikus

Ilustracje
Andrzej Łaski

fabryka słów®

Lublin – Warszawa

Oblicza Wędrowycza:

1. Kroniki Jakuba Wędrowycza
2. Czarownik Iwanow
3. Weźmisz czarno kure...
4. Zagadka Kuby Rozpruwacza
5. Wieszać każdy może
6. Homo bimbrownikus
7. Trucizna
8. Konan Destylator
9. Karpie bijem
10. Faceci w gumofilcach

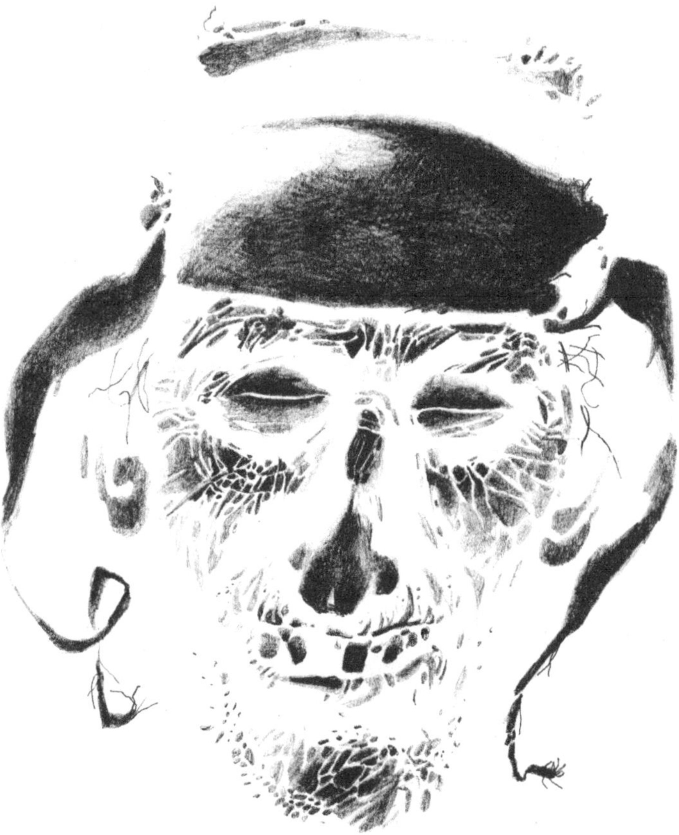

Ostatnia misja Jakuba

Ten dzień był jakiś dziwny. Jakub obudził się jak zwykle na kacu. Wstał, a następnie wylazł przed chałupę. Stanął, ziewnął, poskrobał się w głowę. Teraz dopiero przypomniał sobie, że przecież nie otworzył drzwi. Namacał w kieszeni klucz i obejrzał się.

– A, pies z tym tańcował – burknął. – Przecież i tak jestem na zewnątrz.

Wyprowadził z obory konia, wskoczył na siodło i pogalopował do gospody. „Zaparkował" przed wejściem, zeskoczył na ziemię. Wszedł do knajpy, przyoblekłszy twarz w swój najpiękniejszy uśmiech. Kilku miejscowych na jego widok szybko czmychnęło.

– Hy – burknął pod nosem egzorcysta.

Miło było się dowiedzieć, że budzi taki szacunek. Zaraz jednak się zachmurzył. Czemu uciekli? Czyżby mieli coś na sumieniu?

Zasiadł przy ulubionym stoliku. Kumpli jeszcze nie ma, ale pewnie zaraz się pojawią...

– Barman, dwa duże! – zadysponował.

Odpowiedziała mu głucha cisza. Za kontuarem nie było widać ajenta. Jakub wzruszył ramionami. Widać na zaplecze poszedł... Po kwadransie rozeźlony egzorcysta wstał od stolika. Podszedł do lady, sięgnął po kufel, obsłużył się sam. Nawet położył należność na spodek. Spojrzał na stosik monet.

– O nie, porządek musi być! – mruknął, odliczając miedziaki, które potrącił sobie jako napiwek.

Następnie usiadł na miejsce i pociągnął kilka łyków. Skrzywił się. Piwo było prawie bez smaku.

– Kranówą rozcieńczył czy co? – burknął.

Wrócił do lady i potrącił sobie jeszcze karę za jakość trunku. W knajpie nadal nikogo nie było. Gdy wysączył już połowę złocistego napoju, spojrzał w okno. Semen Korczaszko i posterunkowy Birski, widząc, że na nich patrzy, pospiesznie schowali się za framugą.

– Z kumplem się nie napiją? – rozżalił się Wędrowycz. – Nie, to niemożliwe.

A może... No jasne! Pojutrze są jego szóste imieninki w tym roku. Na pewno szykują jakąś niespodziankę! Zaraz wmaszerują do środka całą bandą, z tortem i flaszkami... Ale to „zaraz" jakoś dziwnie nie nadchodziło. Jakub skończył kufel i nalał sobie następny. Tym razem na krechę.

– Konikowi trza by dać... – mruknął pod nosem i zamarł. – Jak to konikowi? – szepnął. – Przecież moja kobyłka zdechła pół roku temu?

Wyjrzał przez okno. Kilku miejscowych rozbiegło się jakby w popłochu. Przed knajpą nie było oczywiście żadnego zwierzęcia.

– U, niedobrze – zafrasował się Wędrowycz.

Przypomniała mu się rozmowa z lekarzem. Doktor ostrzegał go, że za dużo chla i że pod wpływem alkoholu mogą pojawić się urojenia. Wprawdzie Jakub sądził, że po pijaku widzi się myszki, krasnoludki, a co najwyżej białe pieski i ufoludki, ale widać solidna delirka nawet konia może wyczarować.

– Od dziś nie więcej niż sześć piw dziennie! – obiecał sobie solennie. – Z drugiej strony, żeby nie to delirium, tobym musiał osiem kilometrów na piechotę zasuwać – zadumał się.

Drzwi wejściowe trzasnęły pod czyimś butem. Jakub rozeźlił się. Kto śmiał wchodzić do jego knajpy z kopa!? Uniósł głowę i ze zdziwienia aż pociągnął haust piwa.

Do lokalu wkroczył ksiądz proboszcz. Duchowny wystrojony był w najlepsze szaty liturgiczne, w jednej dłoni trzymał kadzielnicę, w drugiej otwarty brewiarz. Kropidło wsunął za wojskowy pas spinający sutannę. Stanął naprzeciw Jakuba i grzmiącym głosem zaczął odczytywać łacińskie formułki egzorcyzmu.

– No i wszystko jasne – uśmiechnął się Jakub. – To tylko durny sen.

– Nie powiedziałbym – rozległo się z boku.

Egzorcysta znał skądś ten głos.

– Tatko!? – Wytrzeszczył oczy. – Skąd żeś się tu wziął? Przecież ty nie żyjesz... No, będzie z osiemdziesiąt lat!

– No i co z tego wynika? – Duch ojca spojrzał surowo i pociągnął piwa z własnego kufla.

– Że tu w knajpie zacząłeś straszyć i stąd nasz duszpasterz musi cię wyegzorcyzmować? – Jakub poskrobał się po łbie. – No to chyba słusznie. Z drugiej strony patrząc, syn ojca powinien przed przykrościami obronić... Poza tym czemu tu? Tę knajpę zbudowali już po tym, jak się przekręciłeś. To chyba niezgodne z przepisami. O ile są jakieś, co to regulują.

– Bałwan – podsumował Pawło, ale bez szczególnej złości.

Ksiądz niezrażony dalej robił swoje. Tylko grube krople potu na czole świadczyły o tym, z jakim trudem powstrzymuje się od ucieczki z placu metafizycznego boju.

– Egzorcyzm działa, blady się robisz. – Jakub uśmiechnął się do ojca i popił piwa.

– Na siebie lepiej popatrz, głupku.

Jakub spojrzał na swoją dłoń. Była brudna jak zwykle, ale czegoś podejrzanie przejrzysta.

– *In nomine...* – ksiądz najwyraźniej zaczął od nowa.

– Proszę chwilę zaczekać. – Pawło Wędrowycz powstrzymał go gestem. – Po co tak nerwowo, szkoda wody święconej i kadzidła, zaraz sami sobie pójdziemy.

– Chcesz powiedzieć, że ja też nie żyję?! – ryknął Jakub, waląc pięścią w stół. – To bzdura!

– A co tu gadać, chyba sam widzisz?

Młodszy Wędrowycz popatrzył, jak jego ręka swobodnie przenika blat, i poważnie się zacukał. Z tak niepodważalnymi faktami trudno polemizować.

– Kuźwa! To Bardaki!!! – ryknął. – Dopadli mnie widocznie, jak spałem, ale ja ich zaraz... – Zaczął odplątywać łańcuch, którym był przepasany.

– Nie Bardaki, tylko przekręciłeś się od przedawkowania alkoholu – osadził go ojciec. – Sam żeś się załatwił.

– Ale Bardaków i tak postraszę! – wściekł się Jakub.

– Nie pogarszaj swojej sytuacji.

– A tak tyci, tyci? Tak po przyjacielsku, nie żeby zdechli ze strachu, tylko coby posiwieli?

– Dopij piwo i idziemy.

– Znaczy pomożesz mi?

– Na tamtą stronę idziemy, huncwocie! Nikogo nie będziesz straszył. Zresztą duchy powinny się pojawiać nocą, nawet tego nie wiesz?

– O nie! Zresztą sam mnie uczyłeś, że z Bardakami porachunki wyrównać trzeba!

– Zrobiłem, co się dało – ojciec zwrócił się do księdza proboszcza. – Sam widzisz, co to za element. Za mało go widać prałem. Proszę kontynuować.

I znikł. Jakub zmierzył duchownego ponurym spojrzeniem.

– Posiadam pewien wrodzony szacunek do przedstawicieli kościoła – warknął. – Więc może starczy? Wyrównam tylko moje rachunki z tymi bydlakami i...

Proboszcz tytanicznym wysiłkiem woli powstrzymał się przed ucieczką. Zamachał mocniej kadzielnicą, a potem odstawił ją na bar i sięgnął po kropidło.

– Nawet nie próbuj – ostrzegł go Jakub. – Bo będzie naprawdę źle.

W sekundę później uderzyła go chmura kropelek. Egzorcysta wybełkotał ostatnią pogróżkę i rozwiał się jak mgła. Proboszcz otarł pot z czoła.

– Udało się? – Sam nie mógł w to uwierzyć.

Zebrany przed lokalem tłum zaklaskał nieśmiało.

Spotkali się na skraju czyśćca. Pod rachityczną jabłonką ktoś ustawił dwa składane krzesła. Lucyfer założył swój najlepszy garnitur, święty Piotr przyszedł ubrany w tradycyjną togę. Tuż za nim kroczył jego ochroniarz. Diabeł obrzucił płowowłosego olbrzyma niechętnym spojrzeniem. Co nieco słyszał o tym wykidajle...

Dłuższą chwilę obaj Przedstawiciele mierzyli się niechętnym spojrzeniem. Wreszcie usiedli na krzesłach. Ochroniarz Klucznika oparł się o drzewko i przymknął oczy. Wyglądał, jakby spał, nawet wykałaczka w jego ustach zamarła w bezruchu. Święty Piotr nerwowo splatał i rozplatał palce.

– Napijesz się? – Diabeł wyciągnął z teczki butelkę mołdawskiego „koniaku".

– Problem faktycznie mamy taki, że *bez poł litra nie razbieriosz*, ale na służbie... – westchnął święty.

– No tak. – Przedstawiciel Dołu odstawił flaszkę. – W zasadzie ja też... To zresztą tylko podróba na bejcy. Sam rozumiesz, trzeba dawać przykład młodym, więc nawet w barku wszystkie alkohole muszę mieć złe...

– Prosiłeś o spotkanie. – Strażnik Bramy odważnie spojrzał rozmówcy w czarne ślepia.

– Mamy problem z tym cholernym Wędrowyczem – westchnął ciężko diabeł.

– Ja tu nie widzę żadnego problemu. Zabieraj go sobie do piekła i po kłopocie. To znaczy dla nas po kłopocie. – Święty Piotr uśmiechnął się z pozoru kpiąco, ale obaj wiedzieli, że tylko nadrabia miną.

– Piekło to ośrodek karno-resocjalizacyjny – Lucyfer przyjął oficjalny ton. – Trzy do pięciu procent grzeszników odsyłamy wam do czyśćca. Obecność Wędrowycza zakłóci pracę wychowawczą i wymusi...

A Carli

– Mów po ludzku, że musielibyście oddelegować z tuzin diabłów, by go pilnować.

– Tuzin to za mało – odburknął. – Tak czy inaczej, aby wypełniać nasze ustawowe zadania, potrzebujemy świętego... Tfu! Co ja gadam! Potrzebujmy spokoju – wybrnął. – A nie, jak ostatnim razem, wybuchów, demolki, pościgów, buntów...

– Na górę go nie zabierzemy – zastrzegł Klucznik. – Brak mu kwalifikacji moralnych. Do czyśćca też się nie nadaje. A może go przekwalifikujecie na diabła?

– Za miękki. Powypuszczałby grzeszników z kotłów.

Zapadła krępująca cisza.

– I dlatego chciałbym zaproponować specjalny wariant resocjalizacyjny – powiedział wreszcie Lucyfer. – Zgłosiłbym to osobiście, ale boję się, że nie przejdzie. Dlatego potrzebuję twojej pomocy. Gdybyś mi wystawił zaświadczenie, że Jakub nie rokuje...

– A co konkretnie proponujesz? Zmumifikować i egipskim bogom go podrzucimy? Albo może obrzezać i w żydowski szeol, otchłań zmarłych?

– Taaa... I ile tam wysiedzi? – warknął diabeł. – Poza tym tam się błąkają dusze żydów. Podrzucenie im takiego towarzysza to czysty antysemityzm!

Święty Piotr zaczerwienił się lekko.

– Zatem została...

– Reinkarnacja – powiedział twardo władca piekieł.

– Protestuję! – Po lewej zmaterializował się fotel. Obaj rozmówcy przez dłuższą chwilę przyglądali się dziwnemu osobnikowi.

– Co to za jeden? – Lucyfer wytrzeszczył oczy.

– Śiwa, Kryszna czy Brahma może. – Święty Piotr wzruszył ramionami. – Loki, ten pan wychodzi.

Olbrzym otworzył oczy i wypluł wykałaczkę.

– Idziemy. – Wziął hindusa pod ramię i znikli.

– O czym my to... – Klucznik wrócił do tematu. – A, tak. Reinkarnacja resocjalizacyjna Wędrowycza.

– Myślę, że siedemdziesiąt, osiemdziesiąt lat spędzone jako członek powszechnie szanowanej i bogobojnej rodziny Bardaków... – zasugerował diabeł.

– No, nie wiem. – Święty wyciągnął z powietrza akta Jakuba i przekartkował. – Moim zdaniem, nie będzie żadnej poprawy. Indie też chyba odpadają. Trzeba go raczej trwale odizolować od alkoholu.

– To może zróbmy tak...

Epilog

Kalifat Eurabii, A.D. 2137

Szejk Muhammed zahamował grawitolot, aż lessowy pył uniósł się w niebo. Wyskoczył z maszyny na spaloną słońcem ziemię Pustyni Lubelskiej. Jego pierworodny syn siedział w cieniu rzucanym przez ścianę jakiejś chrześcijańskiej jeszcze budowli. Obok niego przykucnął nieprawdopodobnie stary tubylec w karakułowej papasze. Między nimi na niewielkim ognisku grzała się prosta aparatura bimbrownicza.

– Jakob! – ryknął szejk. – Co ty tu wyrabiasz?

– Koran mówi, że alkohol to szatan – wybełkotał Jakob. – A ja z moim nowym przyjacielem Semenem opracowaliśmy właśnie unikalny sposób, by go osobiście całkowicie unicestwić...

Mijaj, bracie, Wojsławice
bo tam siedzą Wędrowycze.
Ród to dziki i ponury
Szlachtę obłupią ze skóry...

(Pieśń lubelskich opojów, datowana na wiek XVII)

Cyrograf

Nad Starym Majdanem zapadał ciepły letni zmierzch. W powietrzu unosiła się cudowna woń rozgrzanego zacieru i płonących pod kotłem sosnowych polan.

– Wiesz, tak czasem myślę... – Semen nalał sobie trochę samogonu – że chciałbym cofnąć się w czasie, tak ze dwieście lat. Albo i dalej nawet. Przeszłość może być bardzo ciekawa.

Jakub Wędrowycz oderwał wzrok od chłodnicy i automatycznym ruchem wymienił pełną szklankę na pustą, nie tracąc przy tym ani kropli bimbru.

– Byłem tam kiedyś, nie podobało mi się – mruknął. – Wszędzie dobrze, ale w domu najlepiej. Zresztą czego szukać w tamtych epokach? Chyba tylko guza. Toż tam cywilizacja stoi na bardzo niskim poziomie.

– Ale ciekawie by było spotkać swoich przodków, na przykład żyjących czterysta lat temu...

– E tam. – Egzorcysta machnął ręką, a następnie dorzucił drewek do paleniska. – Z pewnością byli tacy sami jak my, banda degeneratów, warchołów i moczymordów. A i bimber robili identyczny.

– Skąd wiesz?

– Przecież to nasza rodzinna receptura. – Wzruszył ramionami i kopnął czubkiem buta beczkę z zacierem. – No to pewnie oni wymyślili. A może i potem technologia ulepszana była, więc tym bardziej nie ma po co...

– Coś z racji w tym jest... Ale czterysta lat temu na pewno nie było takiego bimbru jak ten.

– A to czemu?

– Toż kartofli jeszcze nie było w Polsce.

– A, co prawda, to prawda. Ale pszenica rosła. I owoce też. Wiesz, Semen, ja tam średniowiecza ciekaw nie jestem. Nudne czasy. Żyli sobie, na krucjaty z rycerzami chodzili, i pod Grunwald, obdzierać krzyżackie trupy z płaszczy i sakiewek. Niech im ziemia lekką będzie. A jak będą mieli do mnie jakiś interes, to się sami zgłoszą.

Kozak w zadumie polał sobie jeszcze.

– A i potem nie lepiej bywało – ciągnął Jakub. – Chodzili szlachcice z szablami i rżnęli się nimi po knajpach o byle gówno. Chłopom źle się żyło. Pańszczyznę odrabiali, dziedzicom świnie podkładali, samogon pijali tylko w karczmie u Żyda.

– Ale za cara i tak było najlepiej – stwierdził Korczaszko. – Wódka dobrze smakowała, buty mocniejsze robili. I alfabet mieliśmy prosty, nie męczył się człowiek przy czytaniu.

– No fakt, może nie wszystko dawniej takie złe było. – Jakub przypomniał sobie dziadkową machorkę i te gruzińskie wina, których już ze siedemdziesiąt lat w sklepie nie widywał. – Jednak w poprzednich epokach zdziczenie panowało okrutne. Jakby ludzie dopiero co z drzewa zleźli.

– No, no, tylko bez teorii Darwina! – huknął Semen, odruchowo łapiąc za rękojeść szaszki.

– A fakt, zlikwidowana ma być – Jakub przypomniał sobie, jak kilka dni temu w knajpie obejrzał wywiad z ministrem od edukacji. – I dobrze, kto to widział, żeby człowiek pochodził od małpy. No, chyba że Bardaki. – Zadumał się na moment. – Ale tak mi się widzi, że nawet oni to od tych neandertalców z Dębinki się wywodzą. Czyli pierdolił ten Darwin głupoty. Zresztą za komuny zaczęli o tym w szkołach uczyć, to najwyższa pora oświatę zdekomunizować.

– Najwyższa pora zrehabilitować Lamarcka! – pieklił się Semen. – Gdy byłem młody...

Wędrowycz nie słyszał nigdy o teorii Lamarcka, więc wzruszył tylko ramionami i polał mu na uspokojenie.

– A tak wracając do meritumu – mruknął – muszę kiedyś sprawdzić, jak to było z tymi dinozaurami i czy się bydlaki nadają na zagrychę. – Pogładził kolbę samopału tkwiącego za paskiem.

– To może polecimy? – zapalił się Semen. – Przemierzymy otchłanie czasu i przestrzeni, przeżyjemy fantastyczne przygody, kto wie, może poznamy jakichś fajnych kolesi, co tłukli Szwedów, albo starodawne dupcie poderwiemy.

– Teraz niby mamy skakać? – Jakub spojrzał na niego zaskoczony. – Tak na łapu-capu?

– A masz coś pilnego do roboty? Destylacja się już kończy. Zresztą możemy wrócić nawet wcześniej, niż polecieliśmy. A ło! – Kozak wskazał ręką za okno. – Widzisz, już jesteśmy.

Faktycznie, dwa typki, z gęby znajome, niechlujnie odziane, identyczne jak oni, stały na podwórzu.

– Wróciliśmy znaczy – Jakub też to zauważył. – No to po cholerę teraz lecieć? Co to za przygoda, jak wiesz, że szczęśliwie wrócisz do domu?

Pokazał samemu sobie „międzynarodowy gest pokoju". Tamten Wędrowycz tylko splunął w odpowiedzi.

– No fakt, adrenaliny trochę zabraknie... Ale pozwiedzamy sobie – nudził Semen.

– Jak ty taki turysta, to w Zamościu jest muzeum, a bilet na pekaes najwyżej dychę kosztuje!

– A jak nie polecimy, to czterech nas będzie?

– No, może i tak. I co z tego?

– Na czterech to flaszka szybciej wyjdzie.

Egzorcysta zamarł. Ten argument posiadał swój ciężar gatunkowy. Dlaczego sam o tym nie pomyślał?

– A, pal diabli, jak się tak upierasz, to sobie skoczymy parę latek w tył – burknął.

– Się pospieszcie! – doradził Wędrowycz stojący na podwórzu. – Bo fajną bitkę w knajpie możecie przegapić.

– Dobra, dobra. Niby mało w życiu karczemnych burd widzieliśmy? – ględził egzorcysta. – Ale jak mus, to mus.

Wyjął ze skrzyni magiczne zwierciadło, popluł na szkło, przetarł rękawem. Ustawił na stole tak, aby ich odbijało, coś wymamrotał i polecieli.

Czyś parobkiem jest, czy klechą,
Na gałęzi cię obwieszą.

Czyś pobożnym, czy niecnotą,
W gnojowicy wnet utopią.

Lwów, 1603

Samiłło Niemirycz obudził się jak zwykle na kacu. Łeb bolał go upiornie, znacznie gorzej niż po pamiętnej wyprawie na Sicz. Uchylił powieki. Nad sobą zobaczył nieheblowane dechy. Dłuższą chwilę zbierał myśli, zanim zrozumiał, że leży pod stołem. Z wysiłkiem przetoczył głowę w bok. Sądząc po znajomych rzeźbieniach na nogach krzesła, najprawdopodobniej znajdował się w swojej kamienicy.

Odetchnął z ulgą, rozsiewając wokół woń przetrawionego wina. Zupełnie nie pamiętał, co robił poprzedniego dnia wieczorem. Dźwignął się z trudem, ale nogi coś nie chciały słuchać. Zatoczył się i tylko oparcie o ścianę uchroniło go przed upadkiem.

– Pańko! – wychrypiał.

Niewysoki, płowowłosy pacholik, mogący sobie liczyć nie więcej niż piętnaście wiosen, pojawił się jak spod ziemi.

– Tak, panie? – Służący zamiótł papachą podłogę.

– Tego, no... – Niemirycz nadal nie mógł zebrać myśli.

Poskrobał się po czaszce, a potem stuknął palcami w skroń, usiłując przypomnieć sobie odpowiedni wyraz.

– Klina – podpowiedział sługa.

– Klina! – westchnął Samiłło z ulgą. – A potem, no...

– Bania nagrzana, kąpiel przygotowana. Ubranie zaraz wezmę do prania. Marynę wezwać, żeby waszmościowi towarzystwa w balii dotrzymała? Choć pewnie nie przyjdzie, mówiła ostatnio, że talara za usługi jej winniście.

– Nie... Nie dzisiaj. Słabym coś – znalazł wybieg. – A może chorym... Węgrzyn nie posłużył czy ki diabeł... W kiszkach rwie, jakbym się struł. Co to było wczoraj?

– Napiliście się, panie, z kompanami, lataliście z szablą po dachu, rzucaliście księgami przez okno i wreszcie zmordowani tym wszystkim legliście na posadzce...

– Ach, tak – udał, że sobie przypomina. – Długośmy przy stole siedzieli?

Nie bardzo wiedział, jak inaczej obliczyć straty w zasobach wina. Miał tylko nadzieję, że coś jednak zostało.

– Przed świtem dopiero skończyły się węgrzyn i gorzałka, toście poklęli i legli. Oni jeszcze śpią. A Jersillo znowu po pijanemu nieprzystojne propozycje mi składał...

– Hmm, tak. Ma on takie... Wykastrujem go wieczorem... A, wciórności! Dawaj likarstwo, potem się zastanowimy, co by tu robić w ten pogodny wtorkowy ranek.

– Panie...

– Czego znowu?

– Ranek był dawno. Słońce ku zachodowi się skłania... A i środa dzisiaj, wtorek był wczoraj.

– Tedy budź tych zawszonych opojów i obiad podawaj żywo, bom głodny!

Przy kontuszu srebrna spinka?
Wykończy cię ta rodzinka.
Masz na nogach buty nowe?
Odpiłują twoją głowę.

Huknęło, błysnęło i obaj starcy runęli jak podcięci. Ziemia wyjechała im spod nóg.

– Ty, czego nas tak sponiewierało? – Semen pierwszy dźwignął się z gleby i otrzepał mundur.

– Bo ziemia się obraca, no nie? – Wędrowycz wzruszył ramionami. – Z jadącej fury nigdy nie skakałeś? To tak samo.

– A gdzie tak właściwie jesteśmy?

– W przeszłości, tak jak chciałeś.

– Nie, no czekaj, tyle to i ja się domyśliłem. Biega mi o to, w jakiej przeszłości.

– No – Jakub rozejrzał się wokoło – znaczy się chyba nie w tej z dinozaurami ani nie w tej z mamutami, bo wtedy był tu lodowiec chyba... To taka niezbyt głęboka historia. Średniowiecze może albo coś w tym guście. Ten drugi ja mówił coś o knajpie. Znaczy się jest tu już jakaś cywilizacja.

– Miała być carska Rosja!

– To czegoś, bałwanie, nie powiedział?

– Dobra, nieważne. A gdzie jesteśmy?

– Co? Czy ci się od skoku w czasie mózg poprzestawiał? – Jakub spojrzał na kumpla zaskoczony. – Toż już o to pytałeś chwilę temu. Zapomniałeś?

– Chodziło mi o to, w jakiej okolicy.

– No tu, gdzie kiedyś stała moja chałupa. To znaczy gdzie w przyszłości stanie. – Egzorcysta poskrobał się po głowie. – Trudno to tak detaliczno wyjaśnić. Stary Majdan w każdym razie. To znaczy miejsce, gdzie będzie kiedyś Stary Majdan, bo go jeszcze najwyraźniej nie zasiedlili.

– No i wszystko jasne. A Wojsławice już są?

– Pewnie tak. A może i nie? Zależy, jak głęboko nas wbiło. Może dopiero Chełm założyli, albo i jeszcze wcześniej jesteśmy? Grody Czerwieńskie czy cóś. Nie ma co mielić ozorem po próżnicy, chodźmy, poszukamy tej cywilizacji, to sami ocenimy, który jest rok. Albo i ludzi się zapyta, powinni wiedzieć.

Przedzierając się przez krzaki, zeszli na dno „debry".

– Więc mówisz, że skacząc w przeszłość, nie wybierałeś epoki, tylko tak skoczyłeś na pałę? – marudził kozak.

– Dostosowałem się do wzorca energetycznego.

– A co to znaczy?

– Że trafiliśmy w odpowiedni czas i odpowiednie miejsce. No tak zupełnie łopatologicznie mam wyjaśniać? – westchnął Wędrowycz, widząc, że przyjaciel nie kapuje. – Tu nas wrzuciło, gdzie jesteśmy potrzebni – tłumaczył cierpliwie. – Mamy tu jakieś zadanie do wykonania.

– Zadanie – zafrasował się kozak.

– No. Przecież chciałeś mieć przygody – zirytował się Jakub. – To przeniosłem nas w miejsce, gdzie będą przygody. A i ludziom się do czegoś przydamy.

Masz przy siodle spyży worek?
Lepiej szybko zmów paciorek.
Wędrowycze ciągną drogą?
Święci Pańscy nie pomogą!

Nieco oprzytomniawszy w bani, Samiłło zszedł do sieni swej kamienicy. Stół zastawiony na trzy osoby już czekał.

Kompani takoż. Po lewej na trzech poduszkach spoczywał jak kupka nieszczęścia karzeł, z racji rozmiarów pewnej części ciała zwany Ptaszkiem. Jego skośne chińskie oczy zmrużone były w wąskie szparki; gdy był na kacu, bardzo raziło go światło. Po prawej w rzeźbionym fotelu rozparł się wysoki Mulat o imieniu Jersillo. Wielkim, ostrym jak brzytwa majchrem dłubał sobie pod paznokciem.

– Co na śniadanie? – zapytał kozak.

– Chleb i maślanka – zameldował sługa. – W spiżarce pustki, nie było pieniędzy na nic więcej. A ja w poniedziałek odchodzę, siedem złotych już mi wisicie.

– Zastawię wilczą szubę, to ci zapłacę.

– Szuba już dawno sprzedana Żydom.

Samiłło siadł u szczytu stołu.

– Mości panowie – wychrypiał i zaraz przezornie zwilżył gardło maślanką – zawodzi mnie pamięć. Wyimaginujcie sobie, że nijak nie mogę dojść, co uradziliśmy w czasie wczorajszej...

– Przedwczorajszej – podpowiedział mu pacholik, wnosząc półmisek z pięcioma listkami przywiędłej kapusty.

– ...przedwczorajszej dysputy...

– Radziliśmy o tym, że nie ma pieniędzy i znikąd ich nie widać, tedy musimy pospiesznie wymyślić jakieś wredne, a przy tym dochodowe łajdactwo – powiedział Chińczyk.

– Uhum – mruknął sponiewierany przybysz z Afryki. – Ja postulat uczyniłem, aby znowu porwać burmistrza i zażądać okupu, a tyś radził złupić poselstwo weneckie. Nie mogąc dojść do porozumienia, osuszyliśmy tuzin butli małmazji. Jednakowoż...

Dziwny dźwięk przerwał uczoną rozmowę.

– Co to za hałas? – zdumiał się Niemirycz.

– Jakby ktoś walił pięścią w drewno – rozważał Ptaszek.

– Ktoś puka do pańskiej bramy – oznajmił Pańko.

– To niemożliwe. – Gospodarz pokręcił głową. – Czy ktoś w tym mieście jest na tyle nierozgarnięty, że po prostu zapukałby do moich drzwi?

Jego dwaj kompani roześmiali się. Ponury rechot długo odbijał się echem o wysokie sklepienie sieni.

– Z drugiej strony może to jakiś cudzoziemiec albo przybysz z krain, do których nie dotarła jeszcze moja sława. – Watażka opanował się. – Może i sakiewkę będzie miał przy sobie?

– To się chyba nie godzi tak pod własnym dachem gościa rabować – zaprotestował Pańko. – Z drugiej strony nie wiem, czy można powiedzieć, że to własny dach, skoro hipoteka kamienicy od dawna w rękach Mojżesza.

– Pomyślimy później. Prosić!

Sługa wyjrzał przez judasza, a potem otworzył bramę. W progu stał starszy wiekiem mężczyzna, odziany w nieco sponiewierany granatowy żupan. Przy boku miał szablę.

– Wszelki duch! – Samiłło zidentyfikował gościa. – Toż to przecie stary Iwaszko, sługa stryja mego, Pawła. Witaj, gościu, w moich skromnych progach i siadaj z nami do stołu.

– Witaj, Samuelu. – Stary spojrzał na mocno postne potrawy i uśmiechnął się pod wąsem.

Wredny i ironiczny miał uśmiech.

– Pańko! – Watażka skinął na sługę. – Weź dukata z rezerwy, no wiesz, z tych pieniędzy przeznaczonych na wykupienie hipoteki od lichwiarzy, i skocz no na rynek...

– Panie, dwie niedziele temu ratę Żydom płaciliśmy.

– Coś zostało?

– Tak, jeszcze osiem złotych mamy im dołożyć, bo za mało przynieśliśmy.

– Pytam, czy w skarbonie coś zostało?

– Nic a nic, panie.

Tymczasem Iwaszko siadł na przeciwnym końcu stołu niż gospodarz. Obrzucił niechętnym spojrzeniem karła, potem równie niechętnym Mulata. Konfratrzy bratanka jego pana nie przypadli mu jakoś do gustu.

Wredne gęby mieli. A i charakter, sądząc z pieśni śpiewanych po knajpach, równie paskudny.

– Cóż cię sprowadza, przyjacielu? – Niemirycz nalał gościowi do kielicha zalewy z kiszonych ogórków.

Nic innego w domu nie mieli.

– Wasz stryj umiera – oświadczył Maciej.

– Niech mu ziemia lekką będzie. – Samiłło udał, że ociera łzę. – Spadek zostawi?

– Zostawi – westchnął stary sługa. – Nawet wam to wszystko zapisał. Kamienicę w Lublinie, dwa tysiące dukatów gotówką, sklep pełen beczek najprzedniejszego półtoraka...

Ptaszek i Jersillo odetchnęli z ulgą.

– Kochany stryjaszek. – Tym razem Niemirycz poczuł, że chyba naprawdę się wzruszył.

– Ale jest jeden warunek! – Stary uderzył pięścią w stół. – Jak zapewne wiecie, stryj wasz parał się przez lat dwadzieścia szlachetną sztuką alchemiczną.

– Zawsze podziwiałem i szanowałem jego ogromną wiedzę. – Samiłło skłonił głowę.

Do tej pory nie mógł zapomnieć tego cudownego transu, w który zapadł po skosztowaniu stryjkowych dekoktów.

– Nikt nie wie o tym, że aby lepiej sztukę transmutacji metali opanować, stryj twój z diabłem spisał krwią własną cyrograf – powiedział przybysz, zniżywszy głos.

– Znaczy się zapisał duszę piekłu...

– Cicho! Bo w złą godzinę wymówisz! Sprawa jest poważna i na wasze ręce spada, bowiem zapis testamentowy mówi wyraźnie, że dobra odziedziczysz tylko i wyłącznie pod warunkiem, że cyrograf odzyskasz, tym samym wybawiając krewniaka od mąk piekielnych.

– Rezygnuję – westchnął watażka. – Żal tego dobra, ale z diabłem się wadzić rzecz to niebezpieczna.

– Dodam jeszcze, że w skład majętności wchodzą tajne udziały w dwu zamtuzach. Łącznie blisko trzy tuziny murew tam siedzi... A może leży raczej? – dodał po namyśle Iwaszko.

Przez Niemirycza przebiegł jakby prąd. Nie znał stryja od tej strony. Udziały, i to w dwu... I poswaźbnić będzie można za bezdurno, i pieniądz konkretny wpadnie.

– Pańko! Konia siodłaj!

– Ależ, panie...

– Rób, co mówię, szkoda każdej chwili. Ruszamy do Lublina. Trza mego kochanego stryja za wszelką cenę ratować!

– Panie...

– Czego znowu, durniu? – Samuel zaczął się wkurzać.

– Koń zeszłej niedzieli sprzedany, a i siodło od dawna zastawione...

Iwaszko bez słowa rzucił na stół kilka talarów.

Zamiast szabli widły noszą,
Nimi ciebie wypatroszą.
Kiszki z brzuchów wywlekają
I na kijek nawijają.

Obaj starcy wyszli z lasu na ugory.

– *Wot te na.* – Semen zatrzymał się w pół kroku.

Przed nimi stało co najmniej czterdzieści pali. Ciała rozłożyły się już dawno. Większość kości pospadała na ziemię, tylko nieliczne zwłoki trzymały się jeszcze kupy.

– U la, la – mruknął Jakub. – Cóż za brak poszanowania dla ludzkich szczątków! Po prostu grzech! Jak już odwalili kitę, to można ich było pościągać i zakopać. Albo chociaż kościotrupy pochować. Albo choć zwalić na jedną kupkę...

– Co to za czasy parszywe? – biadał kozak.

– Zdziczenie takie, pewnikiem średniowiecze jeszcze, bo jakby później, tobyśmy słyszeli o tym, no nie? Pamięć ludzka zaciera się powoli. Gdyby dziedzic tak chłopów wykończył, to jeszcze by ludzie o tym gadali po knajpach. A potem chłopi by się dziedzicowi tak odwdzięczyli, że w książkach by napisano.

– Może i napisano. – Semen wzruszył ramionami. – Tylko myśmy nie czytali.

– No fakt. Ja tam czytać nie umiem. To znaczy umiem, ale nie lubię – Jakub poprawił się szybko.

– Ty, to byli Tatarzy! – rzucił odkrywczo kozak.

– Skąd wiesz? – zdziwił się egzorcysta. – Jak poznałeś? Toż gęby już żaden nie ma.

– Tam, zobacz, czapka została, widziałem takie, jak pacyfikowaliśmy rewolucję na Krymie.

– Z Krymu przyleźli, znaczy się Ruskie albo Ukraińcy?

– Chanat krymski. Przyszli tu całą ordą i widać dostali wycisk od miejscowych – wyjaśnił Semen.

– No, to możliwie – zgodził się Jakub. – Dziadek coś o tym wspominał. Idziemy dalej, Wojsławice już niedaleko.

Niebawem wyszli na ulicę Krasnostawską. Prezentowała się niezbyt okazale. Na pagórku stała drewniana cerkiewka, poniżej kilka chałup. Mieszkańcy, ubogo odziani, bosi lub w łapciach, spędzali właśnie chude krowiny z pastwiska.

– Średniowiecze to to nie jest – zawyrokował Jakub.

– Skąd wiesz?

– Bo rycerzy i księżniczek nie ma. Chociaż kto wie, może na zamku siedzą? – Przysłaniając oczy dłonią, popatrzył na wieżę górującą nad okolicą.

– A co by robili rycerze w takiej zabitej dechami dziurze? – rzekł kwaśno kozak. – No nic. Co dalej? Napijemy się miejscowego samogonu i wracamy do siebie? – Widok wsi sprzed lat bardzo go rozczarował.

– Chciałeś pozwiedzać i już cię ciągnie z powrotem do naszej epoki? – prychnął Wędrowycz. – To po cholerę moc marnowałem?

Znajdą łyżkę, to z ochotą
Wyłupują panu oko.

Wezmą nożyk i do garnca
Zaraz wrzucą twoje jajca.

Samiłło wkroczył do izby stryja. Stary Paweł Niemirowski spoczywał w łożu. Twarz mu obrzękła, ciało pokrywały wrzody. Trudno było ocenić, czy to syfilis go pożerał, czy może zatruł się własnymi alchemicznymi dekoktami.

– Stryju ukochany, oto przybyłem na twe wezwanie. – Niemirycz uśmiechnął się szeroko.

– Aha. – Chory spojrzał półprzytomnie. – Nareszcie. Nie spieszyłeś się, huncwocie...

– Co koń wyskoczy pędziłem całą drogę. Dobrze, że Iwaszko miał pieniądze, zabraliśmy się z pocztą...

– Milcz i słuchaj! – Starzec dźwignął się do pozycji półleżącej. – Chciwe bydlę z ciebie i czarna owca kalająca dobre imię rodziny. Ale i po prawdzie twoja chciwość i warcholski charakter to jedyna dla mnie nadzieja. Zadanie jest proste. Spisałem cyrograf. Masz go odebrać diabłu i spalić. Rozumiesz?

– Co mam nie rozumieć – mruknął bratanek. – Tylko jak tego dokonać?

– Diabeł musi pokazać mi cyrograf tuż przed śmiercią. Wtedy jest jedyna okazja, aby go odebrać.

– Odebrać... Siłą znaczy?

– A niby jak, matołku? Przecież po dobroci nie odda. Zamalujesz go przez łeb szablą i tyle.

– Z szablą na diabła? Trudna sprawa.

– Ty zasmarkańcu! W knajpach latami całymi słuchałem o tym, jak wielki warchoł Niemirycz grasuje po Rusi. Opowiadają o tobie, żeś sędziego w wygódce utopił, burmistrza porwał, powstanie Kozaków na Siczy wzniecił, kata obwiesił podczas własnej egzekucji, poselstwo mołdawskie...

– Ludzie plotą co im ślina na język przyniesie – bąknął bratanek. – A co do szabli, kiepsko mi szło nią robić, to zastawiłem u lichwiarzy...

– Potrzebuję pomocy, wzywam w tym celu najwaleczniejszego członka rodu, a kto w moich drzwiach staje? Zwykły trzęsiportek! Won mi z domu i nie wracaj, majętności na klasztor przeznaczę, może mnisi choć modlitwą mi w mękach piekielnych ulżą!

– Stryjaszku ukochany! – Samiłło, padłszy na kolana, zaczął okrywać dłoń starca pocałunkami. – Nie turbuj się. Z diabłem wszystko załatwię, wszak ludzi najlepszych ze sobą wziąłem. Jeśli nawet sił miałoby mi w walce zbraknąć, wierni towarzysze mnie wesprą. Wszystko po twojej myśli zrobimy. Z biesem sprawa poważna, aleś po właściwego człowieka posłać kazał.

– Iwaszko! – starzec wezwał sługę.

– Tak, panie.

– Przygotuj komorę dla tych huncwotów. Mnie obiad podaj, a żywo. Może śmierć już nade mną, ale głodnym. I daj parę groszy tym gołodupcom, schleją się, to może coś wymyślą.

Czego szukasz w tej krainie?
Tutaj obcy szybko ginie.
Czego szukasz w tej gospodzie?
Dawnoś nie miał gwoździa w brodzie?

W knajpie przy rynku, naprzeciw trybunału koronnego, znalazła się zaciszna piwniczka. Samuel, Ptaszek i Jersillo zasiedli przy stole nad kielichami węgrzyna.

– Sprawa jest bardzo poważna. – Watażka upił długi łyk i spojrzał towarzyszom w oczy. – Nad testamentu wykonaniem juryści czuwają. Musimy ten cyrograf wydostać albo ze spadku nici. Wadzić się z diabłem rzecz to niebezpieczna. Czy macie jakieś pomysły?

– Jurystów cichcem zaciukać i spadek pochwycić – zasugerował Jersillo.

– Pismo diabelskie podrobić i stryjowi okazać jako cyrograf diabłu wydarty – zaproponował Ptaszek.

– Pomysł pierwszy jest niczego sobie – westchnął Samiłło. – Ale zabić jurystę tuż pod okiem trybunału koronnego rzecz to śliska. Cyrografu zaś podrobić się nie da. Na ludzkiej skórze jest spisany. No, to jeszcze by się dało zdobyć, aleć problem większy z tym, że pieczęci piekielnych nie zdołamy sfałszować. Diabła obić albo oszukać da się. Na Rusi kozacy tego dokonywali. Tylko nie wiem jak... Tu trzeba fachowca.

W tej chwili w przejściu do sąsiedniej piwnicy stanął ślepy bandurzysta, prowadzony przez bosego pacholika.

– Zacni panowie, za szklankę wina, grosz jaki i kawałek chleba pieśnią wesołą serca wasze uraduję – zaproponował.

Jersillo odruchowo sięgnął po nóż, ale Niemirycz powstrzymał go gestem.

– Jaką pieśń znasz, starcze? – zapytał.

– O tym, jak Wędrowycze z Wojsławic diabła poturbowali.

Zaskoczeni hultaje wymienili spojrzenia. Ptaszek zaraz podsunął przybyszowi krzesło, Jersillo nalał wina do kubka, a Samuel rzucił mu szóstaka, wygrzebanego z sakiewki od stryja. Ślepiec rozsiadł się wygodnie, brzdąknął w struny i zaczął snuć opowieść.

Godzinę później zamojskim traktem co koń wyskoczy pędzili trzej obwiesie. Za nimi, turkocząc na kamieniach, posuwała się dwukółka. Pańko bezlitośnie poganiał konia batem. Z tyłu skrzyni pod pledem brzęczały stalowe kajdany.

Mknęli do Wojsławic, by pochwycić starego Maćka Wędrowycza, człowieka, który ponoć dwa razy diabła oszwabił...

Pędzą wódkę i z ochotą
Wymienią ją na twe złoto.
Daj talara za kieliszek
Lub pod stołem szukaj kiszek.
Daj dukata, weź szklanicę
Lub sztachetą w potylicę!

Knajpę ulokowano nad stawem.

– Jak praktycznie – zauważył kozak. – Jakby komu głowę trza było ochłodzić, to woda jest pod ręką.

– Uhum – mruknął Jakub. – Nie mamy pieniędzy.

– Spokojna marchewka. – Jego przyjaciel wyłowił z kieszeni carską pięciorublówkę.

– Ty, to nie te czasy, tu jest gęba cara.

– To co? Międzynarodowa waluta zawsze jest ważna, w każdym kraju i w każdej epoce.

– No nie wiem, nie będzie chryi jakiejś? – zaniepokoił się egzorcysta. – Mogą nas obić, jak zobaczą, że to nie twarz ich króla, tylko jakiegoś gościa, co będzie panował może za trzysta lat...

– Zaufaj mi. Ten pieniądz to taki magiczny klucz, który otwiera każde drzwi.

Jakub przypomniał sobie, jak usiłował kiedyś otworzyć zamek magnetyczny przy pomocy kawałka taśmy video z filmem „Rambo", ale zmilczał. Weszli do wnętrza. Spora sala tonęła w półmroku. Mętne szybki w oknach wpuszczały niewiele światła. Siedzący przy ławach chłopi popatrzyli na gości z lekkim zdziwieniem.

– Pewnie nigdy w życiu nie widzieli ortalionowego dresiku. – Jakub uśmiechnął się z wyższością, jaką daje cywilizowany wygląd. – Żydzie, miodu! – zawołał.

Drzwi prowadzące na zaplecze otwarły się ze zgrzytem.

– He? – Karczmarz był wielki jak szafa i bynajmniej nie wyglądał na przedstawiciela mniejszości.

W dodatku w owłosionej łapie trzymał wielgachny, ociekający świeżą posoką tasak.

– Chcemy się napić, dobry człowieku. Dużo i najlepszego, co masz – Semen uratował sytuację.

Mężczyzna obejrzał nieufnie złotą monetę, nadgryzł zębiskami i skinął głową.

– Tylko reszty nie mam wydać – burknął. – Poczekacie trzy dni, to może srebrem nazbieram.

– Postaw od nas tamtym – Jakub uznał, że nie zawadzi okazać trochę szacunku towarzystwu. – W końcu to moi przodkowie – mruknął pod nosem.

– Tak sądzisz? – Semen zlustrował obdartusów uważnym spojrzeniem. – Fakt, z gęby i manier podobni... Może się dosiądziemy?

– A po cholerę? – Jakub umościł się na zydlu koło okna. – Jak podobni do mnie, to sam wiesz, że obcych nie lubią.

– Ale ty jako ich potomek to jesteś swojak.

– Jak są do mnie podobni, to nie zdążymy się wytłumaczyć, bo wcześniej oberwiemy solidny łomot. A ja jakoś nie mam dziś ochoty.

– Łomot – zadumał się Semen, trąc kułak. – Coś już sobie o tym mówiliśmy przed podróżą... Może to ta przygoda, która na nas czeka w tej epoce?

– Ty nie bądź taki poszukiwacz.

– Nie moja wina, że od małego uwielbiam się po knajpach trzaskać...

Karczmarz przyniósł im duży dzban syconego półtoraka i dwa kubki. Trącili się w milczeniu i wypili.

Chłop potęgą jest i basta,
Choć od ziemi nie odrasta.
Choć pokurcze i kurduple,
Nogę każdy piłą utnie.

Las nadal był gęsty, ale porzucony przy drodze przetarty kosz i stłuczone garnki wprasowane kopytami w dukt świadczyły o zbliżaniu się do ludzkich siedzib. Niemirowski popatrywał na te znaki cywilizacji z frasunkiem. Co by nie mówić, dziadowska pieśń utkwiła mu jakoś w pamięci... A jeśli tych Wędrowyczów będzie kilkunastu? Uzbrojeni w widły i cepy chłopi mogli stawić poważny opór. Trza się będzie narobić szablą, kilku poszczerbić albo i usiec. Robota przykra, krwawa, męcząca.

Że też stryjaszek dziadyga nóg nie wyciągnął pół roku temu. Ech, to były piękne czasy! Samuel miał wtedy bandę czterdziestu hultajów, z taką drużyną to nie tylko na Wędrowyczów, ale i na samego diabła można było iść... A tak, we trzech?

Po lewej otworzyła się rozległa polana. Przez trawy szemrał strumyk. W sam raz miejsce, by rozłożyć się obozem.

– Pańko! – Odwrócił się w stronę pacholika jadącego na wózku.

– Tak, panie?

– Tu rozbijemy obóz. Wyprzęgnij kobyłkę, daj obroku i przygotuj obiad. My do Wojsławic podjedziemy i zrobimy rekonesans.

Sługa posłusznie ściągnął lejce. Trzej obwiesie ruszyli stępa.

– No to robimy tak – Samiłło wydawał ostatnie instrukcje. – Szukamy karczmy, tam zasięgniemy języka, gdzie siedzą Wędrowycze. Wieczorem wpadamy im do chałupy. Jakby stawiali opór, rąbiemy szablami. Porywamy starego, tego, co się Maćko zwie, wiążemy, przerzucamy przez kulbakę i hajda w las. Tu rzucamy go na furkę, a jak wrócimy do Lublina, w piwniczce stryja mu boków przypieczemy, to wyśpiewa ładnie, jak się z diabłem rozprawić.

– Dobry pomysł – mruknął Jersillo. – A i wypić przy okazji będzie można.

– Nie można, ale nawet trzeba – poparł go Ptaszek. – Może i karczmarza przy okazji podskubiem. – Oparł małą dłoń na rzeźnickim nożu tkwiącym za paskiem.

Las przerzedził się. Wojsławice leżały przed nimi. Przybysze ujrzeli kilkanaście wrośniętych w ziemię chałup. Plecione z chrustu płoty poprzechylały się na wszystkie strony. Nosiwoda o gębie kretyna wyciągał ze studni wiadro. Opodal wznoszono mury nowego kościoła. Karczma też tu była. Spory budynek postawiono na brzegu stawu. Po lewej, na wzgórzu, wznosiły się mury zamku.

– No to do roboty! – Watażka zatarł ręce.

Wieś była jak wymarła. Tylko nosiwoda człapał gdzieś z wiadrami. Przybysze podjechali do gospody i zeskoczywszy z koni, przywiązali je za cugle koło koryta z wodą. Samiłło z rozmachem kopnął w drzwi. Jak wchodzić, to z przytupem.

– O psiajucha! – zawył, trzymając się za stopę.

– Chyba otwierają się na zewnątrz. – Jersillo pociągnął za skobel. – Solidna ciesiołka. Dębowe dechy, niejeden szturm przetrzymały.

Weszli do rozległej sali. Podłogę wysypano piaskiem, kilka słupów podtrzymywało wygięte ze starości belki stropu.

Przy ławie siedzieli chłopi w samodziałowych portkach i spłowiałych koszulach. Popijali z glinianych kubków jakieś szczyny, a najstarszy, posiwiały, wiosłował w misce, zajadając ze smakiem kaszę bez omasty. Wszyscy byli mikrej postury, a ich wodnistobłękitne oczka miały tyle rozumności, co u owcy. Koło okna zaś na rozklekotanych zydlach siedzieli dwaj dziwacznie ubrani starcy. Pociągali coś z glinianych kubków.

– Miejsce! – Niemirycz huknął na siedzących przy stole.

Chłopi popatrzyli na niego i zgodnie ryknęli dziwnym, niedobrym śmiechem. Warchoł zgłupiał w pierwszej chwili. Co jest!? Szlachcica nie poznali? Miał przecież na sobie żupan z przedniego sukna, a i świta przyodziana była godnie.

– No! – podniósł głos o pół tonu, kładąc dłoń na rękojeści szabli. – Co to znaczy, że chłop zamiast w chlewie leżeć, o miejsce ze szlachcicem się wadzi!

– Toż się nie wadzimy, tylko siedzimy – zrymował jasnowłosy chłopek z blizną na czole. – A jak waszmości nie pasuje pić na stojąco, to przecież nikt nie przymusza...

– Co!? – ryknął warchoł, czując, jak krew uderza mu do głowy.

– Idź się wyswaźbnić – burknął najstarszy, wyciągając spod stołu muszkiet z oberżniętą w połowie lufą. Kawałek sznura wetknięty w zamek lontowy dymił leciutko. – Przylezie taka menda i zeżreć w spokoju nie daje...

– Stypę po dziadku mamy, ale jak trzeba, to i drugi pogrzeb się zaraz urządzi. Tyle że w stawie wasze ścierwo spocznie, węgorz też stworzenie boże, jeść padlinę czasem musi... – Wieśniak z naderwanym uchem bawił się kordem.

– Yy... – Samuel nagle stracił połowę pewności siebie.

– Niech się tatko nie turbuje, tyko je w spokoju – powiedział jasnowłosy. – A my zaraz flaki obezjajcom wyprujem.

– A ten to co? Diabeł jakiś czy tylko dziegciem usmarowany? – Chłoptaś lat może dwunastu oglądał Jersilla jak małpę w zoo.

– A gdzie tam, zwyczajny Murzyn – wyjaśnił mu starzec. – W Afryce się takich rabów łapie albo i kupuje, a po wykastrowaniu można używać w polu do prostszych prac.

– Co!? – Jersillo wyciągnął zza pasa maczugę.

– No, diabeł, spokój, bo dziurkę zrobim i z bandziocha powietrze zejdzie! – Kolejny, też jasnowłosy, ale dla odmiany zezowaty, wyciągnął spod blatu naciągniętą już kuszę. – A ty za nieobyczajne odzywki i przeszkadzanie nam w tym smutnym dniu daj talara, to na wino będziem mieli, żeby o twoim niegodnym zachowaniu zapomnieć – zwrócił się do Niemirycza.

Warchoł zgłupiał do reszty.

– Dobrze gada, polejcie mu! – odezwał się ktoś z końca sali. Całe towarzystwo przy ławie ryknęło śmiechem.

– Daj talara! – Młody wyciągnął z kieszeni kozik i patrząc Niemiryczowi w oczy, wydłubał jakiś kawałek strawy, który utkwił mu między zębami. – Albo i dukata może lepiej, my zaś życiem i zdrowiem cię darujemy.

Kilku chłopów, widząc, że przybysze nie chcą płacić, dźwignęło się ciężko od stołów.

– Wara! – warknął Samiłło, wyrywając szablę z pochwy.

A potem zakręcił w powietrzu straszliwego młyńca, na widok którego we Lwowie niejeden padłby zemdlony. Ale oni tylko roześmiali się ponuro i ruszyli do ataku.

Gdy naleją ci samogon,
Jak nie padniesz – to pomogą.

Złupią, upuszczą posoki,
Sprofanują twoje zwłoki.

Dopiero trzeci kubeł lodowatej wody sprawił, że Niemirycz otworzył oczy.

– Co się dzieje? – wymruczał. – Czy my żyjemy?

– Żyjecie! – Ktoś splunął głośno.

Warchoł z trudem usiadł i rozejrzał się wokoło. Jersillo siedział zbolały. Jedną ręką trzymał się za przetrącony nochal, a drugą macał po podłodze, zbierając wybite zęby. Karzeł Ptaszek, ciągnąc rozpaczliwie za nadgarstek, usiłował nastawić wybity łokieć. Samuel pomacał się po czaszce. Uuuu... zdrowo mu czymś przydzwonili...

Zaraz, zaraz, jak to było? Widły? W kącie stały drewniane widły od gnoju. I cepy? A pod stołem mieli topory i coś jeszcze... Pamięć nagle wróciła. Przypomniał sobie, że ostatnią rzeczą, którą widział, był nadlatujący dyszel od wozu. Czyli przytomność musiał stracić jakoś później.

– Słuchaj no, miastowy. – Najstarszy odstawił wiadro. – To spokojna knajpa i spokojna okolica. Takich jak wy, co nie umieją obyczajnie pić, wieszamy albo topimy w stawie. Ale nie mamy czasu się z wami cackać, bo doniesiono nam właśnie, że ciągnie tu straszliwy warchoł Niemirycz ze swoją bandą morderców i podpalaczy, więc sam rozumiesz, że musimy się trochę przygotować. Tedy wynoście się stąd, bo kto guza szuka, ten znajdzie.

– Y... – wykrztusił Ptaszek.

– Wasze konie, rzędy, sakiewki i tak dalej konfiskujemy na koszta zniszczeń poczynionych w naszym lokalu. – Wskazał połamany zydel i dwa rozbite w czasie szarpaniny kufle. – Zajdźcie do zamku, jak ładnie poprosicie, może wam chleba dadzą na drogę. A nie, to na głodniaka do dom się wynoście.

Po kilku chwilach namysłu Niemirycz uznał, że rada ta jest dobra i wypada się do niej zastosować. Po kolejnych kilku, kuśtykając na przetrąconych kulasach, trzej awanturnicy poczłapali traktem.

Na wydaniu cztery panny,
Już niejeden został ranny!
Wędrowycza cztery córki
Wloką trupy do obórki.

– O kurde, co za dzikusy – mruknął Semen, patrząc na pobojowisko. – Normalnie jakby ich z ZOMO wypuścili.

– Nie zapominaj, że czasy takie bardziej jaskiniowe od naszych – pouczył go surowo Wędrowycz. – To i zwyczaje bardziej obrzydliwe. Cholera, wiele w życiu widziałem, ale żeby z taką ilością broni do stołu siadać, to grzech chyba.

– No fakt – przyznał kozak. – Rozumiem majcher, pistolet, nawet granat, ale żeby dźgać się w knajpie widłami i młócić cepem... – zrobił minę pełną oburzenia – to już gruba przesada. Dobrze, że i nas przy okazji nie ruszyli.

– Ano pora w drogę. Wypijmy strzemiennego! – Egzorcysta polał do kubków resztę złocistego napoju.

– Co, już idziemy?

– Jest zadanie do wykonania. I mam przeczucie, że dotyczy ono tamtych trzech frajerów.

– Myślałem, że masz swoim przodkom pomagać?

– A na cholerę? Sam widzisz, że dobrze sobie radzą.

Wędrowycza śliczne córki,
Ale zważ na ich pazurki.
Dziewki gładkie, co z ochotą
Na palik ciebie nawloką.
Bowiem choć z pozoru miłe,
Noszą w piersi serca zgniłe!

– Diabli nadali – biadał Niemirycz.

Siedzieli w obozowisku, jedząc z misek zupę, którą w międzyczasie przyrządził niezastąpiony Pańko. Jersillo przyłożył sobie do twarzy kawał surowej polędwicy, Ptaszek masował stłuczone biodro.

– Przemocą nic z nimi nie wskóramy. – Chińczyk w zadumie siorbnął rosołu. – Siła ich, a w boju zaprawieni jak mało kto. Przekupić się nie dadzą, bo po tej bójce pewnie cięci na nas jak diabli.

– W dodatku umyślili sobie mnie upolować – przypomniał watażka. – Wielkie to szczęście, żeśmy się nie zdradzili, kim jesteśmy, bo pewnie by nas teraz węgorze w stawie obgryzały.

– Może jakoś podstępem ich podejdziemy? – zamyślił się Mulat. – Tylko jak, u licha?

– Pańko – odezwał się wreszcie Samiłło – ty pójdziesz do wsi. Ciebie jeszcze nie znają. Zgadasz się ze starym Maćkiem i wywabisz go chociaż na skraj lasu. We czterech zdołamy go...

– To zbyteczne – odezwał się Jakub, wychodząc z krzaków. – Maćko Wędrowycz nie żyje. Wtarabaniliście się akurat na stypę po nim. To i nic dziwnego, że kijów wam nie żałowali.

– Krucafuks!

– Ale jeśli potrzebujecie egzorcysty, prawdziwego fachowca, to ewentualnie możemy się dogadać.

– I ty niby masz być tym fachowcem? – prychnął Niemirycz.

A potem spojrzał Jakubowi w oczy i dostrzegł drzemiącą w nich moc.

– Miałeś kiedyś do czynienia z diabłami? – zapytał. – Konkretnie, z niejakim Smoluchem.

– Tak.

– Znasz go?

– Poznam go dopiero w przyszłości – wyjaśnił egzorcysta zgodnie z prawdą.

– Ty co? Jasnowidz? – zdziwił się Ptaszek.

– W pewnym sensie – Semen włączył się do rozmowy. – Jaki macie problem?

– To będzie długa opowieść – westchnął watażka. – Pańko, polej wina, goście strudzeni...

Rozsiedli się wygodnie. Warchoł zaczął opowiadać.

Dość przy bucie choć ostroga
I już widzą w tobie wroga.
Dość przy pasie choć szabelka
I już bida będzie wielka.

Mały prawosławny monastyr na przedmieściach Lublina prezentował się niezbyt okazale. Już na pierwszy rzut oka widać było, że budowla najlepsze chwile ma już dawno za sobą. W nisko sklepionej nawie kaplicy panował półmrok, rozproszony jedynie przez kilka cienkich świec. Dwaj mnisi przekroczyli próg i zamarli w pół kroku.

– Wszelki duch! – Brat Michał przeżegnał się, widząc, kto klęczy przed ołtarzem. – A ten heretyk i infamis co tu robi!? Z pięć lat Lublina nie odwiedzał, tak spokojnie było i masz babo placek!

– Modli się widać – szepnął brat Anzelm. – Może i jego sumienie ruszyło?

– A ten obok niego?

– Izaak Berger. Ten, co ma warsztat podle Bramy Krakowskiej...

– Żyd? Co on robi w naszej świątyni!?

– Też chyba w modlitwie pogrążon, a może tylko ot tak klęczy, bo mu Niemirycz lufę krócicy do pleców przystawił.

Słysząc szepty, Samiłło przeżegnał się zamaszyście i powstał. Przełożył broń do drugiej ręki, aby podnieść starego, przerażonego złotnika za kołnierz.

– Ha, świętokradcy! – huknął na osłupiałych mnichów. – Skąpcy, oczajdusze, pasibrzuchy, poturczeńcy, opoje... Ładnie to tak?

– Ależ, wielmożny panie! – wykrztusił przerażony brat Michał. – My nie winowaci, poniechaj nas.

– Nie winowaci? – ryknął Niemirycz. – Was na pal powbijać, skórę pasami drzeć, a rany solą posypywać za takie łotrostwo.

– Ależ, panie, jesteśmy oczywiście winni, ale powiedz, którym z naszych rozlicznych grzechów afront ci uczyniliśmy? – Anzelm, nieco bystrzejszy na umyśle, postanowił nie sprzeczać się z szaleńcem.

– Święta kaplica! – huknął kozak. – Przez naszego króla Kazimierza Wielkiego wzniesiona. W niej ołtarz, a nad nim święta ikona przedstawiająca Matkę Zbawiciela! Obraz, do którego dziadowie nasi od dwustu lat modły zanoszą, pociechy w bólach ciała i duszy doznając. Wizerunek licznymi cudami słynący! A wy co?

– Tak, panie – wymamrotał Anzelm. – A my... co?

– Koszulka na cudownej i słynącej łaskami Madonnie ze srebra tak lichego, że zielenią się pokrywa! Kruszcu połowę miedzią lichą podmieniliście!

– Toż ta blacha ze sto lat ma – bąknął Anzelm. – Pradziadowie nasi jeszcze to uczynili.

– A wy, zamiast im ulżyć w mękach czyśćcowych i nową zamówić, za niewinnych się uważacie? Tu pod nogi bym wam plunął, a potem flaki żywcem z bandziochów wydarł, ale mnie świętość miejsca wstrzymuje!

– Parafia nasza biedna – wymamrotał brat Michał. – Na koszulkę taką uzbierać nam trudno...

– A spasione brzuchy wam się trzęsą! – ciągnął infamis. – Prawdziwie pobożni mnisi przez rok by posty surowe zachowali, a srebro tym sposobem zaoszczędzone na nowe ustrojenie obrazu by przeznaczyli. W marnościach doczesnych się zatraciliście! Boga samego oszukujecie! Zamiast Matce Jego cześć oddać, kałduny jajcami i miodem napychacie! Bramy raju takimi postępkami sobie zamykacie, a ciała i dusze na wieczne męki skazujecie! A i przykład zły jak zęby smoka siejecie.

– Wybacz, panie – wymamrotał Anzelm. – W grzech popadliśmy srogi. Jednakowoż od dzisiaj postępowanie nasze...

Jego oczy nerwowo śledziły wylot lufy kozackiego samopału.

– Milcz! Ja, Samuel Niemirowski, pierwszy grzesznik Lwowa, opoj, warchoł, rozpustnik, zabójca i rabuś, człowiek, który nie boi się ni Boga, ni diabła, o pachołkach magistrackich nie wspominając, patrzeć nie mogę na wasze ohydne, bluźniercze bezeceństwa. Ja, infamis i banita, w pobożności was prześcignąłem! Tedy postanawiam, że za dwadzieścia dukatów nową koszulkę do ikony funduję, którą ten tu złotnik, Żyd Izaak, wedle waszych wskazówek wykona. A to sparszywiałe ze starości barachło w tej chwili macie od cudownego obrazu odjąć, by już niczyich oczu nie gorszyło.

– Tak, panie, już, natychmiast! – Brat Michał pospiesznie pobiegł po odpowiedni zydel.

Nie minęło pięć minut, a stara, faktycznie nieco zzieleniała koszulka została zdjęta.

– Żydzie – Niemirycz wyjął zza pazuchy sakiewkę – tu dla ciebie dukatów dwadzieścia na kruszec i jeszcze pięć za robociznę.

– Dzięki ci, jaśnie wielmożny panie! – Izaak, widząc chciwe spojrzenia dwu niezbyt świętych mnichów, pospiesznie ukrył monety w sakwie. – Noc całą będę siedział i do jutra najdalej robotę wykonam.

– A wy, wieprze, za rok złotą koronę wysadzaną klejnotami do obrazu dołożycie! – warknął Niemirycz, wbijając Anzelmowi lufę krócicy w opasły kałdun. – Osobiście przyjdę sprawdzić! I Ptaszka ze sobą przyprowadzę, na wypadek gdyby coś nie po mej myśli było zrobione.

– Ależ, panie... – Brat Michał pokłonił się nisko. – Wszystko wykonamy ściśle wedle twych poleceń.

– A to draństwo zaśniedziałe zabieram i na cmentarzu z czcią zakopię, bo jeszcze by wam jaki durny pomysł do łbów strzelił! – warknął watażka, chowając koszulkę pod połę swojej delii. I jeszcze jedno – przypomniał sobie. – Koło drzwi dwa cebrzyki stoją, napełnijcie mi je wodą święconą, a bystro! Grzechy wasze obrzydliwe do blachy przylgnęły, zmyć je muszę!

Żywcem żebra ci wyprują
I rosołu nagotują.
Nim kostucha cię utuli,
Obedrą jeszcze z koszuli.

– To mają być ci najlepsi fachowcy? – Paweł Niemirowski na widok Jakuba i Semena aż przetarł oczy ze zdumienia.

– No ba, stryjciu kochany, żebyś wiedział, jakich cudów dokonali. Wszystko mi przy winie opowiedzieli.

– Nie wątpię – burknął. – I co dalej?

– Jakie są rokowania? – zapytał konkretnie Jakub. – Co mówi medyk?

– Ano do jutra już ponoć nie dożyję – westchnął chory. – Zgon nastąpić może za godzinę albo dwie. Co planujecie?

– Zastawimy pułapkę – wyjaśnił Semen. – Ale nie tutaj. Za ciasno i za ciemno. Chyba żeby trochę przemeblować.

– Dobra – zakomenderował Jakub. – Łóżko pod ścianę. Stół i krzesła wynieść. Opróżnić szafę z papierów. Będziemy też potrzebowali największej balii, jaka jest w tym domu.

Uwinęli się z robotą w pół godziny. Pora była najwyższa – chory zaczął podejrzanie rzęzić. Nie musieli długo czekać...

Smoluch diabelskim zwyczajem pojawił się pośrodku pokoju z cichym cmoknięciem. Przez ułamek sekundy nie rozumiał, co się dzieje. Nogi do połowy łydki rwały go, jakby wkręcono je w ten nowomodny niemiecki wynalazek do mielenia mięsa. Spojrzał w dół i w jednej chwili zrozumiawszy, co się stało, zawył tak, że z okien posypały się szybki. W miejscu jego materializacji ktoś postawił sporą balię pełną święconej wody.

Wyskoczył w górę, aż rogami zaczepił o sufit, a potem ciężko upadł na podłogę tuż obok pułapki. Spojrzał na swe nieszczęsne kończyny i zawył ponownie, tym razem ze zgrozy. Żrący płyn spowodował rozległe i dotkliwe oparzenia. Wodę święcono widać w pośpiechu, stężenie $H_2O_{św}$ w balii nie było jednakowe. Gdzieniegdzie spaliło mu tylko sierść, w innych miejscach wytrawiło dziury niemal do kości. Jedno kopyto właśnie mu odłaziło.

– Ochwacili mnie! – zawył.

– No, starczy tego, dorosły bies, a skowyczy jak szczenię.

Smoluch okręcił się na pięcie, tracąc połowę drugiego kopyta. Na szerokim parapecie w wykuszu okna siedział dziwny typek ubrany w pokryty ortalionem dresik. Na nogach miał gumofilce.

– Ktoś ty? – warknął diabeł, wysuwając szpony.

– Jakub Wędrowycz, do usług, ale nie twoich.

Bies wyciągnął z powietrza podręczny indeks lokalnych grzeszników i popatrując podejrzliwie na dziwnego kolesia, zaczął go wertować.

– Nie ma tu ciebie.

– Sprawdź w rozdziale dotyczącym dwudziestego wieku.

– O kurde! – Diabeł z frasunkiem poskrobał się po głowie. – A skądeś się tu wziął? To nie twoja epoka przecież.

– Wynajął mnie Samiłło Niemirycz.

– Samuel Niemirowski znaczy. – Bies znalazł odsyłacz. – Polski szlachcic obłożony klątwą, ekskomuniką, anatemą, banicją i infamią...

– Od kiedy zostałem atamanem, wolę imię Samiłło – odezwał się warchoł z kąta przy łożu stryja.

– Do tego ścigany listami gończymi przez starszyznę kozacką za bezprawne posługiwanie się tytułem...

Diabeł urwał i zatrzasnął księgę.

– A pies was trącał! – parsknął. – Nie na pogaduszki tu wpadłem, tylko po duszę tego maga i alchemisty. – Skinął dłonią w stronę łoża.

Chory jęknął.

– No wiem, my właśnie w tej sprawie – wyjaśnił Jakub. – Ja cię tam znam, ale pozostałym mógłbyś wyjaśnić, z kim mają przyjemność – dodał karcącym tonem.

– Asmodeusz, ale możecie mi mówić Smoluch. – Bies zatarł ręce. – A właściwie dla was, łachmyty, jaśnie wielmożny pan Smoluch. – Dodał sobie pół metra wzrostu i oblekł się w pozłocisty kontusz. – Zbierajcie się, za ten numer z balią zabieram was obu do piekła. I ciebie oczywiście też – warknął do chorego.

– Mości panie Smoluch – odezwał się watażka – wybaczcie, proszę, ten cebrzyk, w zasadzie nic nie stoi na przeszkodzie, aby się na spokojnie dogadać i rozstać w przyjaźni.

Diabeł łypnął na niego przekrwionym okiem i spokojnie czekał na dalsze wyjaśnienia.

– Mój stryjaszek podpisał kiedyś taki nikomu niepotrzebny świstek – ciągnął niezrażony Samiłło. – Oddajcie mi go, panie, a ja wam życie i zdrowie daruję.

– Chcesz, żebym oddał ci cyrograf tego czarnoksiężnika? – Diabeł machnął dłonią w stronę łoża umierającego. – Kpisz sobie chyba! Piekło poniosło ogromne wydatki, finansując te jego pseudobadania. Wiesz, jakich ilości energii wymaga nagięcie praw fizyki tak, by powiodła się transmutacja metali?

– Odrobina kreatywnej księgowości i z pewnością da się to wrzucić w koszta działalności. – Jakub wzruszył ramionami.

– Jak pozwolę mu się wymknąć, to mi po premii pojadą. – Czart pokręcił głową. – Więc sami rozumiecie, to nic osobistego. Taki zawód. Po prostu muszę wykarmić żonę i dziatki.

– Jak uważasz. – Jakub opuścił krócicę, której lufą drapał się za uchem, i wycelował w szatana. – Pan Samuel po dobroci prosił, ale się stawiasz, to pobawimy się teraz w bajkę o dobrym i złym glinie.

– Glinie? – nie zrozumiał diabeł.

– No, o pachołku magistrackim – Jakub dokonał przekładu terminu na język epoki. – Po dobroci nie idzie, no to trzeba będzie tak, jak od razu radziłem...

– Srebrna kula? – prychnął Smoluch. – Za dużoś się bajek starych bab nasłuchał. Zaboleć zaboli, ale wiesz sam, że diabły są nieśmiertelne... Poza tym cóż, to jest jedna kula.

– Brać go! – rzucił Samiłło.

Ciężka gdańska szafa wydała przeciągły jęk, gdy kopnięte od środka drzwi otwarły się na całą szerokość. Semen, Pańko, Ptaszek i Jersillo wystrzelili jednocześnie z ośmiu luf. Chmura kilkuset siekańców uderzyła w biesa. Zatoczył się, potknął i z chlupotem zwalił do balii ze święconą wodą. Ostatnią rzeczą, jaką zapamiętał, był dym unoszący się z licznych ran.

Smoluch otworzył oczy, a dokładniej, tylko jedno. Drugie nie działało, pewnie zostało wypalone. Spróbował wstać, jednak szybko się zorientował, że rozpięto go na katowskiej ławie.

– Na Lucyfera! – Szarpnął się w więzach i zaraz gorzko tego pożałował.

– Nawet nie próbuj – ostrzegł go Jakub. – Związaliśmy cię poświęconymi ręcznikami do ikon. A jak się szarpał będziesz, to się zdenerwujemy i sobie krzyżem na kościelnej posadzce poleżysz.

– Co, u diab... – zaczął Smoluch, ale urwał w pół słowa. To akurat przekleństwo w jego sytuacji było odrobinę niestosowne. Zamiast tego rozejrzał się. Znajdował się w jakimś lochu, chyba w piwnicy pod kamienicą starego Niemirowskiego. Nadpalone strzępy kontusza wisiały na nim jak worek pokutny. Z licznych ran ciągle unosiły się smużki dymu. Ból był nieziemski.

– Czym mnie trafiliście... – wychrypiał. – Srebro tak nie rwie...

– Och. – Egzorcysta wzruszył ramionami. – Sam rozumiesz, że w tych ciężkich czasach trudno o uczciwe kule lane z kruszcu. Tedy pocięliśmy koszulkę z cudownej ikony na siekańce... Sto lat w cerkwi wisiała, to i nabrała mocy. Nie tak jak relikwia, ale prawie. A że boli? Samiłło proponował dogadać się po dobroci. Nie chciałeś, więc teraz cierp sobie, skoroś głupi.

– Czego chcecie? – Czart szarpnął się w więzach.

– Toż już mówiłem – westchnął Wędrowycz. – Nie słuchałeś czy co? Oddaj cyrograf alchemika.

– Nie mam. Możecie mnie obszukać...

– Ty mi tu nie pierdol – warknął Jakub. – Jasne, że w kieszeni nie nosisz, ale umierającemu pokazać musisz, zanim wyrwiesz duszę. Więc jakoś go wyciągasz z powietrza, tak jak tamtą księgę. – Machnął ręką w stronę stołu.

Smoluchowi aż zabrakło powietrza. Indeks grzeszników województw wschodnich leżał na dechach.

– To ściśle poufne opracowanie... – wykrztusił. – Tylko do użytku służbowego. Nie wolno wam tego czytać...

– Za późno, już czytałem – zełgał Jakub bez zmrużenia oka. – Coś jak książka telefoniczna, tylko bohaterów mniej.

– Telefoniczna? – nie zrozumiał czort.

– Jak dożyjesz dwudziestego wieku, to się dowiesz. Oddaj cyrograf.

– Nie.

– Sam tego chciałeś. Mości panowie, czyńcie, co należy!

Semen, Niemirycz, Ptaszek i Jersillo najwyraźniej czekali za drzwiami, bo weszli niemal natychmiast.

– Nie chciał oddać? – zafrasował się Chińczyk. – No cóż, jego wybór... Nawet jeśli jest nieśmiertelny, to odpowiednia dawka czystego cierpienia powinna zwichnąć mu umysł...

Zaczął rozkładać na stole wymyślne wschodnie narzędzia do zadawania mąk. Smoluch łypnął na nie okiem. Leciutka aura nie pozostawiała wątpliwości, wszystkie powleczono srebrem i poświęcono. Co najmniej trzykrotnie.

Ryknął, aż z powały posypał się wiekowy tynk, a z ran zadymiło mocniej.

– Cicho, nie drzyj się, bo uszy bolą. – Niemirycz znacząco ujął w dłoń nahajkę moczącą się w cebrzyku ze święconą wodą. – A i gardziołko oszczędzaj, bo ci się zaraz do jęków boleściwych przyda.

Głos uwiązł diabłu w gardle.

– Od czego zaczniemy? – Mulat zatarł łapska.

– Myślę, że przypalimy mu jajca świeczką – zaproponował Semen. – Na komunistów dobrze to działało.

– A jeśli to nie pomoże, naruszymy pięć wewnętrznych czakr organizmu, poczynając od serca... – zadysponował Chińczyk.

Jakub skinieniem głowy przypieczętował kolejność prac.

– Jajca. – Jersillo wyciągnął z kieszeni szeroki afrykański nóż i zręcznie rozpłatał jeńcowi spodnie.

A potem wciągnął głośno powietrze.

– Co jest? – zdumiał się Samiłło.

Diabeł nie miał między nogami nic. Kompletnie nic. Nawet włosów rosło tam niewiele.

– Może to jakiś rodzaj kobiety? – stropił się Semen, gasząc niepotrzebną już świecę. – Tylko jak sika?

– Ty, kto cię wywałaszył? – Niemirycz trącił czorta lufą krócicy. – I po cholerę?

– A coście myśleli – odparł Smoluch z wyższością. – My, diabły, tak mamy.

– Kłamie – ocenił egzorcysta. – Mówił przecież, że ma dzieci. Poza tym jak by panny po wsiach uwodził? A i czarownice na sabacie musi jakoś zaspokajać. Jeżeli mógł sobie dwie stopy wzrostu ot tak dodać, to pewnie i genitalia do środka umie wciągnąć.

– To co, przypalać czy nie? – Chińczyk stropił się wyraźnie.

– Jak wciągnął do wnętrza, to może dziurkę nożykiem zrobimy i poszukamy? – zaproponował Semen. – A może lepiej pogrzebacz do czerwoności rozpalimy i wetkniemy mu w zadek? Treść jelitowa się zagotuje od żaru, ciśnienie w bandziochu wzrośnie, wtedy w pępek go dechą walniemy i juwenalia powinny wyskoczyć na zewnątrz – błysnął wiedzą biologiczną, nabytą na carskim uniwersytecie.

– No co wy? – obruszył się Mulat. – Szkoda by było, taką ładną dupcię ma.

I oblizał się obleśnie.

– A ten znowu o swoim dziwnym upodobaniu – stwierdził z rezygnacją Niemirycz.

– Dawno okazji nie było – mruknął Jersillo. – A to, pomijając gębę, całkiem ładny chłopaczek. – Poklepał pobladłego nagle diabła po policzku. – A i czarny, jak lubię. Rodzinna wioska mi się zaraz przypomina. Potorturować jeszcze zdążymy. To nie ucieknie.

– Zaraz, zaraz. – Jakub powstrzymał go gestem. – Najpierw praca, potem przyjemności! Niech który skoczy na górę po lejek i dajcie ten cebrzyk święconej wody. Sprawdzimy zaraz, jaką ma pojemność żołądka.

Nie minęły trzy pacierze, gdy Samiłło wparował do sypialni stryja. W dłoni ściskał dwa dokumenty.

– I jak? – wycharczał stary.

– Załatwione. Cyrograf oddał i jeszcze dołożył papier, że poprzysięga żadnej zemsty na nas nie czynić...

– Jakim cudem ci to dał? – Stary aż usiadł z wrażenia.

– Pókiśmy go wodą święconą przez lejek poili, jakoś się trzymał. Ale gdy Jersillo gruchę do lewatywy przyniósł, kompletnie się rozkleił. Tak więc, stryjciu ukochany – Samuel przykląkł koło łoża starego – oto cyrograf na twą duszę, który diabłu z życia narażeniem wydarłem.

Stary wziął pergamin w dłonie i sprawdziwszy autentyczność pieczęci oraz podpisów, uśmiechnął się szeroko.

– Dobra robota – pochwalił.

Wstał z łoża i cisnąwszy dokument do pieca, zaczął się ubierać w karmazynowy żupan.

– Stryjciu, do trumny się przebierasz czy co? – W duszy warchoła zagnieździł się czerw straszliwego przeczucia.

– Do jakiej trumny, matole? Do knajpy idziemy zwycięstwo oblać. A potem do lupanaru, bo już murwy z tęsknoty za mną pewnie do cna uschły.

– Ale umrzeć dziś wieczorem miałeś, no i spadek... – jęknął jego bratanek.

Stryj wybuchnął śmiechem.

– Udawałem chorego i mszę pogrzebową zamówiłem, byle tylko Smolucha w pułapkę złapać – parsknął. – A o spadku na razie nie myśl, zamierzam sto lat pociągnąć.

– Zabiję cię, ty stary oszuście! – Samuel wyrwał zza pasa nabitą krócicę.

– No to strzelaj, łachmyto, byle celnie. Ale jakby co, pamiętaj, że wszystko zakonowi bernardynów zapisałem. Znam cię, oczajduszo, jak zły szeląg. No, ale jeśli będziesz się dobrze sprawował, za lat kilkanaście faktycznie mogę ci coś tam w testamencie zostawić.

A potem znowu parsknął śmiechem.

– A gadali, że taki sprytny jesteś. I co? Jak dzieciaka cię w konia zrobiłem. No, nie zwieszaj tak nosa na kwintę – powiedział. – Sto dukatów za tę przysługę dostaniesz. A zamtuzy na ciebie choćby jutro przepiszę, mnichom one niepotrzebne. Weź swych kompanów i chodź na butelkę przedniego węgrzyna. Trzeba opić to zwycięstwo.

Impreza w knajpie dogasła dopiero nad ranem. Stryj usnął pod stołem, Jersillo i Ptaszek zalegli na ławach. Jakub i Semen w ogóle znikli. Ot, w pewnej chwili wyciągnęli skądś zwierciadełko i popatrzywszy weń, rozwiali się w powietrzu niczym duchy. Tylko Samuel trzymał się jeszcze na nogach.

– No to pamiętaj – klarował ślepemu bandurzyście. – Jak już pieśń o moim zwycięstwie nad diabłem układał będziesz, to o tych dwu cudakach nie wspominaj nawet.

– To trudne rymy, mogą się nie zgadzać, jak ich pominę...

– Myślę, że to pomoże twojej wenie. – Samiłło wcisnął mu w dłoń jeszcze jednego dukata.

Ochwat

Jakub Wędrowycz i Semen Korczaszko siedzieli w barze. Egzorcysta z każdym łykiem coraz wyraźniej czuł, że jego organizm osiąga oto inne stadium ewolucji. Nie był wprawdzie pewny, czy kieruje się w stronę regresu, czy wręcz przeciwnie, ale nie obchodziło go to jakoś szczególnie. Nagły powiew wiatru zachwiał pianą smętnie zwisającą z krawędzi kufla. Ktoś wszedł do pomieszczenia.

– O ty w mordę! – wymamrotał, widząc dziwnego kolesia w długim płaszczu i kapeluszu z szerokim rondem. – Obcy w naszej knajpie!

Zagadkowy gość podszedł do jego stolika i klapnął na wolne krzesło. Jakub uniósł jedną brew. Nie wiedział, czy podziwiać odwagę przybysza, czy też raczej wyśmiać jego głupotę.

– No to co sobie zamówimy? – zagadnął nieznajomy.

– Dużo – odburknął Jakub.

– Trzy perły. – Obcy machnął ręką na barmana. – Tylko w litrowych kuflach tym razem.

Ajent wzruszył ramionami i wypełnił polecenie.

– Znam cię – mruknął Semen. – Jesteś tu na praktykach u weteryniorza.

– Mam na imię Oskar, ale możecie mi mówić Ori. Zdrówko! – obcy wzniósł toast.

Wychylili po kilka łyków. Teraz nieoczekiwany kompan wydał się Jakubowi zupełnie w porządku. A że nie swojak? No cóż... Ostatecznie nie każdemu Bozia pozwoliła urodzić się w Wojsławicach. W każdym razie ze sflekowaniem można poczekać do innej okazji.

– Praktyki tu odrabiam, a teraz nawet i zastępuję doktora, bo robi próby tuberkulinowe w Dubience.

– U weterynarza... – Egzorcysta zmrużył oczy. – Mnie to wyglądasz na księdza raczej...

– No co ty, toż koloratki nie ma! – prychnął kozak. – Zresztą widziałem go na targu we środę, jak krowę badał.

– Ale aurę ma duchownego. – Jakub utkwił w przybyszu badawcze spojrzenie przekrwionych oczek.

– Uczyłem się w seminarium, ale jak by to powiedzieć... Zwiałem przed obłóczynami, gdy zrozumiałem, że zbyt łatwo ulegam pokusie, a moje nałogi są nie do pokonania – przyznał Ori.

– Nałogi – westchnął Jakub. – A, to rozumiem. Słuszna decyzja. Ja na ten przykład też je mam. A największym jest obżarstwo. – Poklepał się po brzuchu.

Bandzioch był od dawna zapadnięty, tylko w dolnej części, nad pasem, wyraźnie uwypuklała się powiększona wątroba.

– Chyba raczej opilstwo? – zdziwił się niedoszły ksiądz.

– Cóż za potwarz. – Jakub cmoknął z dezaprobatą. – Picie to u mnie integralna część fizjologii. Bo widzisz, u takich jak ja alkohol w żyłach zamienia się w energię życiową. Bez zachowania stałego poziomu nasączenia jestem jak oklapły...

Oskar w mig załapał aluzję.

– Barman, jeszcze trzy duże.

Reżyser spojrzał na zegarek i zaklął pod nosem. Do tej pory wszystko szło jak z płatka. Znaleźli ładny plener w nieco dzikim, ale za to tanim kraju. Zatrudnili inteligentnego tubylca do załatwiania różnych bzdurnych pozwoleń. Miejscowy, o nazwisku nie do wymówienia, nie tylko gadał po angielsku, ale do tego wszystko potrafił skombinować niemal od ręki. Nawet karetę i szóstkę koni w kilka godzin sprowadził. Dekoracje ustawione, rekwizyty porozkładane, aktorzy na miejscach... I tylko jednego brakuje. Akurat jak na złość najważniejszego. Bo jak tu kręcić „Opowieści z Narnii" bez fauna?

– Czekać mi tu! – warknął do ekipy. – Sprawdzę, co jest, do cholery, grane.

Wszedł do namiotu medycznego. Aktor leżał na stole i cicho jęczał. Skorliński wymieniał uwagi z lekarzem.

– No i co z tym symulantem, panie... panie... Sk... Szko...rlaj...en...ski? – zapytał reżyser.

– Ochwat – odparł Skorliński, wzruszając ramionami.

– Że co?

– Zapalenie kopyta – wyjaśnił lekarz. – Piekielnie bolesne i prowadzące do trwałego okulawienia.

– Jakiego kopyta, do cholery!? – Przybysz zza oceanu wytrzeszczył oczy. – Co wy mi tu piep... – szef ekipy urwał nagle.

Pochylił się nad faunem, dłuższą chwilę w zdumieniu patrzył na jego kończyny. Wreszcie wziął Skorlińskiego pod rękę i wyciągnął na zewnątrz.

– Co to, do cholery, ma znaczyć!? – syknął.

– To normalne, fauny mają kopyta. Jedne jak u kozy, inne takie bardziej końskie i...

– To nie jest charakteryzacja!? – Reżyser na wszelki wypadek uszczypnął się w rękę.

– No skąd.

– Ale uszy...

– Kozie. O co chodzi, szefie? Kazał pan zejść z kosztów, to zszedłem. Zrobiłem cięcia na charakteryzacji, na kostiumach i efektach komputerowych – obraził się biznesmen. – Trzy miliony dolarów oszczędności bez pogorszenia wizualnej strony filmu.

– Ale skąd pan, u diabła, wziął fauna!? – Amerykanin gorączkowo zastanawiał się, czy wypity poprzedniego dnia ludowy produkt gorzelniany przypadkiem mu nie zaszkodził.

– Myślałem, że coś się w greckich górach uchowało, ale niestety. No to przyjaciele zza Buga na Ukrainie złowili.

– Skąd na Ukrainie prawdziwe fauny!?

Skorliński wzniósł oczy ku niebu.

– A kto powiedział, że prawdziwe? Czarnobylskie mutanty i tyle. Nie wiem, czy to ktoś kozę posuwał, czy same się takie w stepie ulęgły. Kazałem, to dostarczyli.

Nasi kontrahenci mają prawo do swoich niewielkich sekretów.

Reżyser milczał bardzo długo. Teraz dopiero zrozumiał, czemu znajomi ostrzegali go przed wyprawą do Polski. Tak, to faktycznie kraj wielkich możliwości, ale z drugiej strony...

– A więc dobra – otrząsnął się z zadumy. – Mamy tam w namiocie chorego człowieka z kopytami...

– Nie jestem do końca pewien, czy to człowiek – zastrzegł biznesmen. – Kto wie czy to bydlę jest rozumne?

– Toż po angielsku gada? – Amerykanin czuł się coraz bardziej ogłupiały.

– Zamówiłem takiego, żeby gadał, no to nauczyli. Wie pan, tam na Wschodzie mają swoje metody perswazji. Bicie, głodzenie, przypalanie, elektryczność, psychotropy... Ponoć oficerowie śledczy KGB w ramach egzaminu mieli za zadanie utoczyć krew z brukwi i zmusić kamień do gadania, to co to dla nich w tydzień nauczyć kozę mówić po angielsku...

Reżyser otarł pot z czoła.

– Dobra. Mamy zatem mutanta, który mówi z oksfordzkim akcentem i gra w naszym filmie fauna. A właściwie nie gra, bo ma ochwat i nie jest w stanie ustać na nogach.

– Tak.

– Czy jest szansa na wyzdrowienie?

– Lekarz ekipy twierdzi, że nie potrafi mu pomóc. Podał środki przeciwbólowe i przeciwzapalne, ale stan się nie poprawia. Sam pan rozumie, na akademii medycznej nie uczą ich o anatomii zwierząt... Tu trzeba fachowca od kopytnych.

– A jest tu w okolicy weterynarz?

Skorliński poskrobał się po głowie. Gdy kiedyś odwiedzał Jakuba, wpadła mu w oczy tablica na budynku lecznicy weterynaryjnej. Tylko gdzie to było?

– Jest – powiedział.

– To pakuj tego kozła do wozu i grzej. Niech go jak najszybciej postawią na nogi... a raczej na kopyta. Dziś już przepadło. – Reżyser spojrzał na słońce chylące się ku zachodowi. – Jutro od świtu kręcimy.

Dwaj starcy, podtrzymując praktykanta, toczyli się szosą w stronę lecznicy weterynaryjnej. Lokalne zaburzenia pola grawitacyjnego planety były tej nocy wyjątkowo silne, a sama droga ulegała niepokojącemu falowaniu.

– Predator pokazał mi, hyp! swoją kolekcję czaszek, a ja pokazałem mu, hyp! swoją – opowiadał Wędrowycz.

– I wtedy właśnie kazałeś mu spierdalać? – domyślił się Ori.

– Nie, kazałem mu wcześniej... Hyp! To było tylko, hyp! przypomnienie.

– Ta ufoka kolekcja to bybybyła marna – wybełkotał Semen. – Trzydzieści sztuk wszystkieeeego. Błeee... – Użyźnił rów melioracyjny.

– Wtedy on, hyp! zrozumiał, kto tu jest, hyp! prawdziwym łowcą. Padł, hyp!, na kolana, oddał mi pokłon, wsiadł do swojej talerzowej latałki i spieprzył z Ziemi – dokończył Jakub. – Nie będą, hyp! obcy na moim, hyp! podwórku moich wrogów zarzynać!

Szli i szli, zimny wiatr pozwolił im trochę przetrzeźwieć.

– Jesteeeśmy – wymamrotał Semen.

– To wdepnijcie do mnie, mam taki fajny spiryt laboratoryjny, eterem skażony... – zaproponował praktykant.

– Na dziś to niby i starczy, ale się nie odmawia... – ucieszył się Jakub. – Eter to pamiętam. Się we wojnę piło.

Praktykant otworzył drzwi własnym kluczem. Przyjaciele z pewnym trudem pokonali próg.

Skorliński zatrzymał się przed lecznicą. W oknie paliło się światło. Wyskoczył z auta i podtrzymując chorego, załomotał do drzwi.

– Wypad, imprezka jest – dobiegło z wnętrza nieżyczliwe zrzędzenie.

Biznesmen poznał po głosie Wędrowycza.

– Jakub, otwórz – poprosił. – Sprawa jest pilna jak cholera.

Egzorcysta odkluczył i wyjrzał.

– A, to ty? – ucieszył się. – Właź, spirytus właśnie... A to co? – Teraz dopiero ujrzał zbolałego fauna.

– Potrzebuję pilnie weterynarza. Trzeźwy?

– No, tak niezupełnie, ale jakby co, operować chyba jest w stanie. Dawaj do zabiegowego, zaraz będziemy.

– O ty w mordę... – wykrztusił Oskar, zobaczywszy leżącego na stole osobnika. – A co mu jest? – zapytał biznesmena.

Skorliński rozwiał dłonią duszący opar piwa, spirytusu i eteru.

– Ochwat. Lekarz nic nie potrafił zrobić, to robota dla weterynarza... Poradzi pan sobie?

– Się wie.

Skoczył do służbówki po buteleczkę wody święconej. Odlał trochę do menzurki, przygotował strzykawkę i igłę. Naciągnął najpierw wody, potem cieczy z małej buteleczki. Pacjent leżał, pojękując cicho.

– Czy to szybko zadziała? – zapytał gość.

– Skutek będzie niemal natychmiastowy... – zapewnił go praktykant.

Zastrzyknął leżącemu kilka centymetrów cieczy. Faun westchnął jakoś tak głęboko i zamknął oczy. Weterynarz przyłożył stetoskop do jego piersi.

– I gotowe. – Uśmiechnął się do Skorlińskiego. – Napijemy się?

– Co gotowe? – Biznesmen wytrzeszczył oczy.

– No, kipnął. Może pan zabrać ciało.

– Ciało!? – Zbladł. – Człowieku, coś ty zrobił!?

– Jak to co zrobiłem? – obraził się weterynarz. – To, co trzeba. Zobaczyłem diabła z ochwatem, to uśpiłem i tyle...

Jakub popatrzył na Semena. Semen popatrzył na Jakuba. A potem, widząc zbaraniałą minę biznesmena, ryknęli serdecznym śmiechem.

Homo bimbrownikus

Dębinka Dworska
wcale nie tak dawno temu

Jesienny wiatr targał liście na drzewach, podrywał lessowy pył ze ścieżek, rozwiewał sierść na grzbiecie zastrzelonego mamuta. Sunące po niebie chmury przeglądały się w potłuczonych szybach. Kawałki glinianych garnków chrzęściły pod nogami. Siedemdziesięciu sześciu mieszkańców Dębinki klęczało w trzech długich kolejkach. Klerycy z kałachami pilnowali porządku. Inkwizytorzy uwijali się jak w ukropie. Polewali zawszone kudłate łby wodą święconą, podwędzali krępe cielska kadzidłem. Łacińskie formuły egzorcyzmów niosły się echem po całej okolicy.

Zbudowanych na skraju osady stosów tym razem nie było potrzeby wykorzystywać. Żaden przedstawiciel *Homo sapiens fossilis* nie upierał się przy zachowaniu religii przodków. Za ołtarzem polowym ustawiono stolik oraz krzesło. Przedstawiciel Urzędu Stanu Cywilnego zerkał przerażony na boki i szczypiąc się co chwila w ramię, wciągał wszystkich „oczyszczonych” do ewidencji. Równie zdumiony fotograf z Chełma robił zdjęcia do dowodów i legitymacji szkolnych.

Jakub Wędrowycz zabezpieczył pepeszkę, a następnie przewiesił ją sobie przez ramię. Kardynał poprawił czerwony kapelusz i poklepał egzorcystę przyjacielsko po ramieniu.

– Dzenkhujemy ża pomocz, herr Wentrofitz – powiedział.

– Drobiazg – mruknął Jakub. – Cała przyjemność po mojej stronie. Sami też byście sobie z małpiszonami poradzili.

– Tho jusz theraz będą człowieki, Polaki i katholiki. Fszystkie bendą podatki płaczicz, do phracy i szkhoły chodzic. Szmy tutaj dzisz i religie, i cywilizacje zaprhowadzyli. Jusz nie czeba do nich szczelać.

– To mają być ludzie? Niby ubrania noszą, ale małpolud nawet w garniturze nadal nie będzie człowiekiem. Nawet z gęby niepodobni. Ogolony szympans lepiej wygląda – wtrącił Semen po włosku.

– Sze wy ne martfcie. My im szystkim operacje plasthyczne zapłacim. A naszi gehnetycy cosz wymyszlą, coby dziecka od małego do człowiekóf upodobnicz. Dziś szem szkonczyła epoka wzahemnej pszemocy. To theraz waszi bracia.

– Nasi bracia? Postaram się zapamiętać. – W oczach Jakuba błysnęło coś niedobrego.

Rozejrzał się po wsi. Jeśli Watykan faktycznie da neofitom obiecane dotacje, to wszystko ulegnie zmianie. Znikną kurne chaty i ziemianki. Krzywe płotki plecione z chrustu zastąpione zostaną prostymi, ze sztachet. Kto wie, może za rok dotrze tu asfalt, a nawet elektryczność.

Jakub, choć nie był specjalnie przywiązany do tradycji, poczuł pewien żal.

Przy drodze leżało raptem kilkanaście trupów. Dwie chałupy rozerwane eksplozjami granatów i podpalone jeszcze dymiły. Lekarz opatrywał rannych w starciu kleryków. Żadnych barykad, żadnych bunkrów. Praludzie dali się wziąć kompletnie z zaskoczenia... I Wędrowycz, i wysłannicy inkwizycji spodziewali się bardziej zażartego oporu. Zwycięstwo odniesione zbyt łatwo jakoś nikogo nie cieszyło.

Jak barany na rzeź, pomyślał melancholijnie, patrząc na kolejki czekających potulnie do egzorcyzmów, chrztu i spowiedzi.

– Ostatnie gniazdo prawdziwego pogaństwa w Europie zostało wypalone siarką i żelazem – zauważył na głos.

– Z tysiącletnim poślizgiem, ale lepiej późno niż wcale – dodał Semen. – Tylko czy to coś da? Przecież już kilka razy próbowano... – Spojrzał na zapuszczony budynek barokowego kościółka, położony na uboczu osady.

– Thym rasem na pewnho sie uda – zapewnił go szef inkwizycji. – My szem wiele nauczyliszmy.

Egzorcysta zerknął na słońce chylące się ku horyzontowi. Trza iść do domu zacier nastawić. Brudna robota odwalona. Z daleka dobiegł huk eksplozji, a w powietrze wystrzelił gejzer ziemi i kawałków skały. Podziemna świątynia przestała istnieć.

– Jeśli nie jesteśmy tu już potrzebni... – zwrócił się do naczelnego inkwizytora.

– Dzenkujemy. Moszecie iszcz – powiedział kardynał. – Dhowicenia. Szczenszcz Bosze.

– Bóg zapłać. Semen, pora na nas! – zawołał kumpla.

Po chwili szli już przez pola w stronę Starego Majdanu. Nadchodził wczesny jesienny zmrok.

– Co to się porobiło, że Polak z kozakiem muszą pomagać Niemcowi w walce z neandertalczykami – filozofował Semen. – No i szkoda trochę...

– To nie neandertalczycy, tylko inni jacyś. Pal diabli, dla mnie małpa to małpa, nieważne, jak ją naukowcy nazwą, choćby na rzęsach stanęli, człowieka z niej to nie zrobi.

Przechodzili akurat koło „kurhanu chwały". Zatrzymali się, by popatrzeć. Omszałe czaszki żołnierzy Waffen-ss patrzyły ponuro spod zetlałych resztek polowych furażerek. Średniowieczne szłomy i kaptury kolcze przerdzewiały, jak skorupa przylegały teraz do żółtych kości rycerzy. Semen kopnął zaśniedziały hełm greckiego hoplity na sam szczyt stosu.

– Małpowaci nie dali się Polakom, Tatarom, Szwedom, carskim, bolszewikom, sanacji, nazistom, komunistom, ani nawet socjaldemokratom – podjął rozważania. – Czterdzieści tysięcy lat tkwili tu jak owad w bursztynie, jak kamyk w bucie, jak sęk w desce, kpiąc z całej tej cywilizacji, kolektywizacji, elektryfikacji, melioracji i industrializacji, a teraz przyszli kościelni i w godzinę nierozwiązywalną sprawę załatwili. Z naszą niewielką pomocą.

– A co niby miałem zrobić? – parsknął egzorcysta. – Gdyby to było polecenie biskupa, to coś bym pościemniał. Ale za ciency jesteśmy, żeby fikać samemu papieżowi. – Wyjął z kieszeni pomięty list, otrzymany tydzień temu z Watykanu. – O, wyraźnie napisał: „Proszę udzielić wszelkiej pomocy naszym wysłannikom".

– No fakt, jak ktoś taaaaki prosi, głupio odmawiać... Ja to jeszcze, prawosławny z chrztu, jakoś bym się wykręcił, ale ty... Masz rację, za ciency jesteśmy. No i mają tam na nas takie teczki, że tkwimy jak robaczki na haczyku.

– A co najgorsze, skoro małpowaci przejdą na jasną stronę mocy, z kim teraz będziemy wyrównywali porachunki? – Jakub omal nie popłakał się z żalu.

– Trza będzie ładnych parę lat poczekać, zanim kolejne pokolenie Bardaków osiągnie wiek właściwy do odstrzału. – Jego przyjaciel pokiwał głową. – Albo i nowego wroga przyjdzie nam na starość szukać.

– Zanudzę się na śmierć na tej emeryturze. Chyba że szybko wymyślę jakieś nowe hobby. Znaczki może zacznę od listów odklejać...

– Albo rób modele statków w pustych butelkach, masz w szopie zapas surowca na lata – podsunął przyjaciel.

– Chociaż... – Jakub przystanął tknięty nagłą myślą.

– No co?

– Ani wśród zastrzelonych, ani wśród złapanych nie było chyba szamana Yodde.

– Gadasz!? – Semen wytrzeszczył oczy. – Sądzisz, że się ulotnił w zamieszaniu? To by znaczyło...

– Że mimo tego pogromu zabawa trwa! – Jakub z dziką radochą zatarł owłosione kułaki. – Bo na ile znam tego starego pokurcza, to nie popuści. Jeszcze będzie z tego nielicha zadyma!

Od razu zrobiło im się weselej.

– Swoją drogą, ciekawe, czy jego wnuk odziedziczył moc? – zamyślił się kozak. – Jak sądzisz, może należało ostrzec kardynała?

– W liście pisało, żeby udzielić pomocy, tośmy udzielili. Papież nie wspominał o udzielaniu informacji.

Ponury rechot dobiegający ze starczych gardeł długo niósł się po polach.

Przez dziesięć kolejnych lat panował spokój. Urzędnicy państwowi oraz kościelni pospołu cywilizowali mieszkańców wiochy i prostowali ewidencję. Tubylcy zaczęli zapominać o dawnych rytuałach. Nawet stary szaman Yodde gdzieś się przyczaił i nie dawał znaku życia. Aż nadszedł dzień...

Radek Orangut maszerował dziarskim krokiem ulicą Ząbkowską. Dwie walizki pełne słoików z żarciem przyjemnie ciążyły w rękach, brezentowy plecak przyginał do ziemi. Chłopak pogwizdywał pod nosem radośnie. No bo jak się tu nie cieszyć? Zaledwie kilka dni wcześniej dostał pismo z informacją, że czeka na niego miejsce w elitarnym warszawskim liceum. Cała rodzina była głęboko zdumiona. Mieszkańcy Dębinki przywykli oczywiście do drobnych ułatwień fundowanych neofitom przez Watykan, ale tego się nie spodziewali. Z drugiej strony Radek był pierwszym w dziejach wiochy absolwentem gimnazjum... Widać trud, który wkładał w naukę, został doceniony przez funkcjonariuszy Kościoła.

Zbliżał się wieczór, ale okolica była spokojna. Miejscowi dresiarze dopiero wygrzebywali się z łóżek. Wreszcie stanął przed przedwojenną kamienicą. Sprawdził adres, pomaszerował przez cuchnącą bramę i odnalazłszy odpowiednią klatkę schodową, ruszył po skrzypiących schodach.

Zanim wspiął się na szóste piętro, dostał zadyszki. Mieszkanie znajdowało się na poddaszu. Drzwi kawalerki wyglądały zwyczajnie. Sforsował je i wszedł do środka. Obejrzał maluśki przedpokój. Wnęka kuchenna też przypadła mu do gustu. Dalej znajdował się pokój o częściowo skośnym dachu, miniaturowa łazienka, kibelek. Przy skrzynce z licznikiem wisiała biało-żółta tabliczka ozdobiona emblematem kluczy świętego Piotra.

– „Zakupiono z funduszy specjalnej rezerwy papieskiej" – odczytał. – Ha, grunt to nawrócić się w odpowiednim momencie. – Uśmiechnął się cwaniacko. – Się odpowiednio wyczekało i wytargowaliśmy dużo lepsze warunki, niż Mieszko Pierwszy dostał.

Zapalił światło i zamarł. Teraz dopiero zobaczył, że wszystkie ściany ktoś pociągnął na szarobrązowo, a na tym podkładzie nabazgrał czerwono-czarne rysunki rozmaitych zwierzaków. Nawet to nieźle wyglądało, artystycznie, prawie jak w jaskiniach Lascaux czy Altamira.

– Co jest grane!? – zdumiał się chłopak. – Przecież nam od dziesięciu lat nie wolno używać dawnej symboliki!?

Dobrze pamiętał, jak to było wcześniej... Mroczne rytuały w podziemnych salach, zapach ludziny piekącej się na rożnach. A potem ten najazd i przemowa kardynała: „Khościół pszhymykał oczy o pieńczset lat za dłuhho! Phrawdzife nawhrócenie szę to waszha osztatnia szansza! Kohlejnej nie bendzsie!".

Kto to wymalował? – myślał. To nic, pociągnie się białą emulsyjną.

Pokój nie był umeblowany, tylko w kącie leżał siennik nakryty fajną skórą, jakby z jelenia. Sądząc po dziurach wypalonych w parkiecie i śladach kopcia na suficie, ktoś niedawno zrobił sobie grilla na podłodze. Na jednej ze ścian zawieszono krowią czachę, a pod nią na półeczce stała świeca ulepiona z wosku.

– Matka Krowa, co? – Radek pokazał czerepowi język. – Ja to mieszkanko zaraz zrechrystianizuję...

Wygrzebał z plecaka krucyfiks, Biblię i butelkę wody święconej.

– Wymienię zamki – postanowił. – Samo się nie zrobiło. A tu nawet pięć linii nabazgrano, symbol Wielkiego Mywu, Boga Niedźwiedzia. Lepiej nie ryzykować.

Rozstawił słoiki na półkach w przedpokoju, ubrania na razie musiały mieszkać w walizce. Książki położył równiutko na parapecie. Urządzał się.

– No i da się mieszkać. – Zatarł ręce. – Najpierw szkoła, potem poszuka się jakiejś roboty, chata jest, starzy daleko, zrobię kilka imprezek, poznam jakieś fajne dziewczyny... Tylko zanim tu kogoś zaproszę, trzeba wszystko zamalować albo zalepić fototapetą, bo i obciach, i ryzyko. Jakby tak inkwizycja wpadła na inspekcję...

No i wykrakał. Rozważania przerwał mu łomot do drzwi. Walili pięściami, kopali buciorami... Jakby dzikusy jakieś.

– Kto tam? – wykrztusił, oblewając się zimnym potem.

– Policja, otwierać! – Łomot przybrał na sile.

Popatrzył przez judasza – faktycznie łapsy. Ten z łomem już się rwał do framugi.

Ufff... Prawdziwy fart, że nie kościelni. Gliny nic do mnie nie mają, pomyślał z ulgą.

Otworzył. Dwaj policjanci wyglądali normalnie, trzeci, w kamizelce taktycznej i z wielką spluwą w ręce, był chyba z antyterrorystów. Towarzyszyli im pielęgniarze uzbrojeni w stosowny kaftan i ...co za pech! Chudy jak szczapa księżulo w okularach. Tego ostatniego Radek przestraszył się najbardziej. Może dlatego, że oni zazwyczaj nie noszą obrzynów.

– Dzień dobry – wykrztusił.

A potem podłoga jakoś dziwnie uderzyła go w plecy.

Kurde, pomyślał, leżąc na wznak. Najwyraźniej ktoś z naszych tu sobie świątynię starej wiary zrobił. Teraz ci wpadli i oczywiście pomyślą na mnie.

Ekipa sprawnie przepatrzyła wszystkie kąty. Zajrzała do ubikacji, za firanki, nawet do skrzynki z licznikiem.

– Nie ma go. – Komandos zasalutował przed księdzem, jakby to on dowodził całą akcją.

– No to mamy cholerny problem – westchnął duchowny, poprawiając okularki. Zabezpieczył dubeltówkę i przewiesił sobie przez plecy. – A ten? – Popatrzył na leżącego.

Chłopak poczuł, jak spojrzenie przewierca go na wylot. W ustach mu zaschło, w uszach zaszumiało.

To inkwizytor, uświadomił sobie. Jestem ugotowany. Resztę roku spędzę nie w liceum, a w klasztorze. Zapewne we włosiennicy, klęcząc i klepiąc modlitwy po osiem godzin dziennie. A potem mi jeszcze walną opinię w księgach parafialnych, że się nogami nakryję...

– Radek Orangut, proszę księdza – wyjaśnił gliniarz, który zdążył przejrzeć legitymację wydobytą z kieszeni powalonego. – Nazwisko inne, ale z gęby podobny. Wnuk pewnie. Zlikwidować? – Odbezpieczył spluwę.

Licealista poczuł, że leży w kałuży czegoś mokrego, a wewnątrz jego ciała narasta niepohamowany dygot.

Zsikałem się w gacie czy to tylko pot? – myślał rozpaczliwie. Rany, pieprznięty glina zabić mnie chce, a ten księżulo, zamiast od razu zaprotestować i palnąć gadkę o świętości i nienaruszalności życia ludzkiego, tylko stoi i duma!!!

– Co wiesz na temat rytuału? – Ksiądz znowu patrzył chłopakowi prosto w oczy. – Jesteś wyznawcą boga Mywu? Apokalipsę urządzać ci się zachciało, robaczku?

– Eeeee – wykrztusił Radek. – Nie! Ja jestem z Dębinki, dopiero przyjechałem, u nas wszyscy dawno nawróceni i pod stałą kontrolą inkwizycji. Mam w plecaku kajet obecności na mszy, można sprawdzić pieczątki za spowiedź i inne sakramenty! U nas wszyscy uświadomieni religijnie. Nawet beret z moheru mam w walizce, jak trzeba, mogę pokazać!

– Nic nie wie – podsumował duchowny. – Widać tylko stary tu buszował. Możecie go puścić.

– Co tu jest grane? – zapytał licealista. – Macie nakaz? – Widok spluw wracających do kabur przywrócił mu ślad odwagi. – To prywatne mieszkanie, nie macie prawa...

– Jesteśmy jednostką specjalną CBŚ powołaną dla wsparcia Świętego Oficjum. Na mocy tajnych aneksów do konkordatu nie potrzebujemy nakazu i mamy prawo nieograniczonego użycia broni oraz środków przymusu bezpośredniego wobec nieuzbrojonych cywilów podejrzanych o herezję – warknął antyterrorysta.

– Możemy strzelać, łapać i torturować – wyjaśnił drugi policjant łopatologicznie. – A ciebie obowiązuje od tej pory ścisła tajemnica. Nikt nie może się dowiedzieć o naszej akcji.

– Oczywiście – chłopak skwapliwie pokiwał głową.

– Twój dziadek uciekł ze specjalnego przykościelnego zakładu dla umysłowo chorych heretyków – powiedział duchowny. – Jest uzbrojony i śmiertelnie niebezpieczny. Gdyby przypadkiem się pojawił, masz obowiązek zadzwonić pod ten numer. – Rzucił mu wizytówkę. – Tylko żebyś nie zapomniał, bo trzeba będzie zastosować dodatkowe metody wychowawcze! – Potarł pięść dłonią. – Oddział, baczność! Zbieramy się.

Po chwili tupot podkutych butów ucichł na schodach. Radek odetchnął z ulgą, wstał i zamknął drzwi. Zbadał ubranie, tak, to mokre, to był tylko pot. Wrócił do pokoju, żeby się przebrać. Nieoczekiwanie leżące w kącie posłanie drgnęło i przesunęło się na bok, odsłaniając okrągłą dziurę w podłodze.

Chciał rzucić się do ucieczki, lecz nogi odmówiły mu posłuszeństwa. Z otworu gramolił się jakiś typek ubrany w dziwaczny strój, pozszywany chyba ze starych skórzanych dywaników.

– Zasrana inkwizycja. – Uzbrojona w krzemienny nóż dłoń pogroziła nieobecnym już gościom. – A ty co się tak gapisz? – Staruch zmierzył chłopaka płonącym wzrokiem. – Ale wyrosłeś przez te dziesięć lat! I bardzo dobrze.

Dopiero w tej chwili Radek uświadomił sobie, że to jego dziadek szaman. Starzec wydostał się z dziury pod materacem, stali twarzą w twarz. Wnuk mógł się teraz dokładniej przyjrzeć, co czcigodny przodek ma na sobie. Skórzane portki w pasie ściągnięte były konopnym sznurem, kurtka z niekształtnych kawałków brązowego futra, zapinana na kościane guziki, okrywała tors. Pod szyją na rzemyku wisiało kilka amuletów.

– Hy, hy, wnusio mnie odwiedził. Najwyższy czas. – Stary wyszczerzył zębiska w parodii uśmiechu i wetknął krzemienny nóż za pasek. – Siadaj, co tak sterczysz. Trochę czasu minęło, od kiedy wykurzyli mnie ze wsi... Ale chyba pamiętasz, jak ci bajki opowiadałem?

– Pamiętam, jak po jednej z tych bajek sfajdałem się ze strachu. – Chłopak wzdrygnął się na samo wspomnienie.

– Hłe, hłe, hłe! – Stary najwyraźniej też sobie przypomniał.

Usiedli, młody na podłodze, stary na legowisku. Szaman rozprostował wygodnie nogi. Wnuk spostrzegł, że łydka jednej usztywniona jest drewnianymi łubkami.

– Co ci się stało? – doszedł do siebie na tyle, by sklecić pierwsze pytanie.

– A, to przez lekarzy – przodek bez trudu domyślił się, o co mu chodzi.

– Złamali ci nogę w psychiatryku!? – Radek poczuł ogarniające go przerażenie.

– A nie, z okna źle skoczyłem, jak uciekałem. – Wzruszył ramionami. – Nieważne. Masz coś do jedzenia?

Licealista wskazał gestem weki na półce. Staruszek otworzył sobie bezceremonialnie jeden i zaczął łapczywie wyżerać zawartość.

– Cztery dni tu na ciebie czekam – wyjaśnił. – Nie było jak polować.

– Czekasz? – zdziwił się chłopak. – Skąd wiedziałeś, że dostałem się do liceum w Warszawie?

– Nie dostałeś się. – Dziadek przerwał na chwilę pałaszowanie.

– Co?

– Lipne zawiadomienie wysłałem, żeby cię tu dyskretnie ściągnąć. Potrzebuję twojej pomocy.

– To znaczy?

– Zacznijmy od początku. – Stary rozsiadł się wygodniej. – Wiesz oczywiście, czemu wyglądamy, jak wyglądamy? Te mordy jak u małpy, długie ręce, grube czachy, które niełatwo rozbić nawet bejsbolem...

– Zapewne powiesz mi, że jesteśmy ostatnimi neandertalczykami – zakpił Radek.

– Ty durniu. Nie jesteśmy żadnymi zawszonymi neandertalczykami, tylko *Homo sapiens fossilis*! – Szaman uśmiechnął się drapieżnie. – Człowiek rozumny kopalny! Jesteśmy przedstawicielami ludu Atviti, który stworzył malowidła groty Lascaux i inne cudowne dzieła sztuki. Od dziesiątków tysięcy lat żyjemy wśród kolejnych fal nowych gatunków i ras ludzi, kultywując naszą kulturę i religię... Musieliśmy się ukrywać. Aż do teraz.

– Że co?

– Okres prześladowań dobiega końca. Wielki Mywu powrócił. Obudzimy drzemiącą w tobie moc. Zostaniesz szamanem naszego ludu i wspólnie ze mną...

Zatrzeszczały schody.

– Zdaje się, wracają – mruknął chłopak. – Gliniarze, pielęgniarze z kaftanem i ten sympatyczny księżulo z dwururką.

– Rozbieraj się! Użyjemy amuletu ciemnej źrenicy!

– Co?

Starzec wbił weń płonące spojrzenie szarych oczu. Radek poczuł, że we łbie mu się kręci, a gdy doszedł do siebie, stał nadal w tym samym miejscu, tylko całkiem goły.

Zahipnotyzował mnie czy co? – zdziwił się w myślach.

Dziadek kończył ściągać łachy. Z woreczka wyjął kawałek kości z wypalonym wzorkiem.

– Dzięki temu nie będą nas widzieć – powiedział, wieszając go na klamce okna.

– Co ty bredzisz!? – chłopak zapomniał na moment, że rozmawia z szamanem, który w dodatku nawiał ze szpitala dla świrów.

Stary wymruczał coś pod nosem. W ostatniej chwili. Drzwi wyleciały z futryny jak na filmie. Gliniarze wpadli do środka, z bronią gotową do strzału. Za nimi wszedł ksiądz. Radek uniósł ręce do góry.

No, teraz wpadłem na całego. Nijak się już nie wyplączę, pomyślał z żalem i złością zarazem.

– Nikogo – zameldował duchownemu najwyższy antyterrorysta.

– Dziwne. – Ksiądz rozejrzał się podejrzliwie. – Powinien tu być chociaż ten chłopak. Zaraz, zaraz. – Leżące na podłodze ubranie przykuło jego uwagę. – Pilnujcie drzwi – rozkazał.

Licealista wytrzeszczył oczy. Nie widzieli go? Czyżby magia dziadka działała!? E, niemożliwe. Aby ostatecznie się upewnić, wykonał kilka gestów, które wkurzyłyby najtwardszego glinę. Nawet nie drgnęli.

Dwaj pielęgniarze zabarykadowali przejście własnymi ciałami. Księżulo zaczął uważnie badać kąty. Wyjął z kieszeni małe kropidło i jakby od niechcenia chlapnął na krowią czaszkę. Ciecz momentalnie wypaliła w kości dziury. Co on tam miał!? Radkowi przypomniało się czytane kiedyś opowiadanie, w którym demona potraktowano wiadrem święconego kwasu azotowego... Tymczasem ksiądz dotarł do okna, dłuższą chwilę kontemplował wiszący na klamce amulet, a potem znowu chlapnął. Czar, czy co to było, prysł.

Policjanci najwyraźniej dopiero w tym momencie zobaczyli chłopaka. Opuścił ręce, zasłaniając ptaszka. Rozejrzał się za dziadkiem, ale jego już nie było.

Wskoczył do dziury w podłodze czy co? Zostawił mnie... – pomyślał z żalem. No i jestem tu sam, wydany na pastwę wrogów. W dodatku goły.

– Przeczytaj mu jego prawa – warknął duchowny.

Radek mimo woli uśmiechnął się lekko, tyle razy widział to na filmie. Powiedzą, że ma prawo do adwokata, zapuszkują na noc w celi, przesłuchają, a rano pewnie wypuszczą. Bo i co mogą mu zrobić? Nie złamał żadnego paragrafu. No, goły jest, ale nie w miejscu publicznym, tylko u siebie w domu. Ma prawo. Poza tym to wolny kraj, każdy może wierzyć, w co mu się podoba, a nawet odprawiać dowolne rytuały.

Antyterrorysta wyciągnął z kieszeni pomięty papier.

– Masz obowiązek szczerze odpowiedzieć na wszystkie pytania inkwizytora – odczytał. – Wszystko, co powiesz, i to, co zataisz, zostanie z całą surowością użyte przeciw tobie, ale mimo to zachowasz prawo spowiedzi, rozgrzeszenia, pokuty i pociechy religijnej przed wydaniem twojego ciała i duszy na oczyszczający płomień stosu.

Radek wrzasnął, w panice rzucając się do okna. Dopiero gdy przesadził parapet, uświadomił sobie, że już nie mieszka na wsi... I że tu domy są wyższe... Leciał z szóstego piętra głową w dół. W powietrzu wirowały kawałki szyb i drewniane elementy. Bruk zbliżał się nieubłaganie, ale tak nieznośnie wolno. Żadnych krzaczków. Tylko kostka z twardego granitu.

– Niechbym już spadł, niech wszystko się skończy – westchnął z rezygnacją.

I nagle go olśniło. Widać każdemu przed śmiercią dane jest te kilka sekund na modlitwę! Przeżegnał się. Czas przyspieszył momentalnie. Radek gruchnął z wysokości może metra, zawył, wokoło zadźwięczało trzaskające szkło. Był nagi, potłuczony, ale żywy! Rozejrzał się. Dziadek, goły jak święty turecki, stał w bramie. Widząc, że chłopak dźwignął się na nogi, schował jakiś amulet i przywołał go gestem.

Jak to? – pomyślał licealista. Czyżby to on mnie uratował, czarami? Nie, to jakaś bzdura. Chociaż...

Przypomniał sobie mętnie drobne urywki przygód z dzieciństwa. Magia... Szamani z Dębinki robili niesamowite rzeczy.

Coś uderzyło w kamień obok, zorientował się, że ktoś strzelił z okna. Puścił się kłusem, cudem unikając następnych kul. Wpadł w bramę.

– Brawo, ładny skok – pochwalił stary. – Chodź ze mną, jeśli chcesz żyć!

Wybiegli na ulicę. Dziadek poruszał się dość wolno, kulał, ale skoro miał uszkodzoną nogę... Przed bramą, oparte o mercedesa, stały dwa typki w dresach. Nasłuchiwały zaniepokojone kanonady. Na widok dwu golasów, starego i młodego, wytrzeszczyły oczy.

– Wyskakiwać z ciuchów, kluczyki też dajcie – zażądał staruszek. – Ino bystro, nie mamy czasu.

– Ty... – Wyższy dresiarz ze świstem nabrał powietrza.

Stary bez słowa złapał kościaną rękojeść swojego noża. Jego wnuk na wszelki wypadek od razu zamknął oczy. Szkoda, że nie pomyślał o zatkaniu uszu.

Kilka minut później pędzili przez uśpione miasto, kierując się gdzieś na północny zachód. Radek prowadził niezbyt pewnie, ale ostatecznie siedział za kółkiem drugi raz w życiu.

– Musiałeś ich tak sponiewierać? – zapytał.

– Przecież po dobroci oddać nie chcieli? – zdziwił się dziadek. – Następnym razem będą wiedzieli, żeby się nie stawiać, jak szaman czegoś potrzebuje!

Odblaskowe paski na rękawach zdobycznych dresików zalśniły w świetle latarni.

– Właśnie spuściłeś łomot dwóm kolesiom z mafii, a potem zaiwaniliśmy im samochód – jęknął chłopak. – Jak nas dorwą, to najpierw przez tydzień potorturują, a dopiero potem, jak już się znudzą, wrzucą do dołów z wapnem!

– Co ty, głupi? Jak niby mają nas dorwać? Przez miesiąc nie wyjdą ze szpitala. Jedziemy do mnie na metę. Trzeba odespać i pogadać na spokojnie.

Jakub nie był w Dębince przez dziesięć lat. Po prawdzie nie bardzo miał po co tam łazić. Skoro kardynał zabronił redukować pogłowie małpowatych, nie było interesu, by dreptać taki kawał. Rzecz jasna, słyszał od czasu do czasu nowiny. A to że wiochę zaczęto wreszcie umieszczać na mapach i dochodzi do niej pekaes, a to że poszerzono groblę, a to że zbudowano szkołę. Chwilę nadziei przeżył, gdy ktoś ubił i zżarł urzędnika od KRUS, niestety, okazało się, że to nie kolesie z Dębinki, ale zwykły wilkołak.

Wędrowycz i Semen leźli po nowym, nierównym chodniku. Jakub patrzył wokoło i co chwila spluwał. Z dawnego siermiężnego uroku osady nie pozostało zgoła nic. Teraz w miejscu chałup stały murowane klocki, z okien wyrastały anteny satelitarne, a po obejściach ganiała smarkateria w dresikach. Kościół parafialny odnowiono. Tam, gdzie kiedyś próbował osiedlić się dziedzic, stał sklep monopolowy ozdobiony reklamą piwa.

– Kuźwa – zaklął. – Była wiocha ludożerców, atrakcja turystyczna pierwsza klasa, a teraz zrobili z tego zwykłą prowincjonalną dziurę...

– A czego ci tu brak? – zapytał Semen.

– Tego, no, jak to nazywają, kolorytu lokalnego i tkanki zabytkowej w zabudowie – wyjaśnił Jakub.

– Nie mamy prawa narzekać, w końcu to po części nasza zasługa – westchnął kozak.

Pierwotniaki zrywały jabłka, sprzątały przed zimą, niektórzy, korzystając z jesiennego słoneczka, wylegli do ogródków. Wyglądali jak ludzie. No, prawie. Operacje plastyczne też nie zawsze się udają.

– Mogliby chociaż kamieniem albo zdechłym kotem rzucić jak za dawnych czasów – chlipnął Wędrowycz. – Co za upadek starych, dobrych, morderczych obyczajów!

Mijający go tubylec uprzejmie uchylił maciejówki.

– Przestałeś do nich strzelać, to i przyjacielsko się zachowują – wyjaśnił Semen.

– Mam w dupie ich przyjaźń. Ja jestem Wędrowycz. Ten straszliwy, krwiożerczy Wędrowycz, którym ich matki w kołyskach straszyły! – wybuchnął egzorcysta. – Ich odwieczny kat, prześladowca i ten, no, inseminator.

– Raczej eksterminator – skorygował kozak, uśmiechając się pod wąsem.

– Nieważne. Zwał, jak zwał. Ja ich...

– Było, minęło – uciął Semen. – Nie powiem, że teraz jest lepiej, ładniej czy choćby ciekawiej. Ale nie zawrócisz rzeki batem. Widać chcieli się ucywilizować i skorzystali z okazji. Jak człowiek chce się zmienić na lepsze, to nie wybijesz mu tego z głowy, choćbyś na uszach stanął.

– Ech...

– To chyba tutaj. – Semen spojrzał na wyciągnięty z kieszeni list.

Stali przed ładnym i estetycznym budyneczkiem, wzniesionym z jasnych, równiutkich bloczków Ytong.

– Kurde, cywilizacja! – Kozak z szacunkiem pogładził ścianę.

Wędrowycz w odpowiedzi skrzywił się z niesmakiem, wspominając niegdysiejsze ekologiczne domy z dwusetletnich i czterechsetletnich bali. Niby korniki były... I co z tego? Kornik też żyć chce!

Skrzypnęły drzwi prowadzące na ganek. Sołtys wyszedł im na spotkanie. Wędrowycz dobrze znał tego pokurcza. Poznał od razu, nawet garnitur niewiele małpoludowi pomógł.

– Tomasz Orangutan – zidentyfikował dawnego wroga i splunął.

Jego ręka odruchowo sięgnęła w stronę kieszeni, w której przyjemnie ciążył granat.

– Po nawróceniu zmieniliśmy sobie nazwisko na Orangut – wyjaśnił sołtys z godnością. – Pozwoliłem sobie niepokoić panów...

– Ja tam wcale nie czuję się zaniepokojony. – Jakub wyjął „cytrynkę" i podsunął mu pod nos. – Bo co do was...

– ...ale może wejdźmy do środka.

Po chwili zasiedli w przytulnym gabinecie.

– Ale się odchamili. – Kozak z podziwem oglądał boazerię i panele na podłodze.

– Mamy problem – powiedział sołtys.

– Macie problem, ile razy spojrzycie do lustra – zarechotał wesoło Jakub.

Administrator wsi musiał mieć naprawdę ważny interes, bo taktownie przemilczał jego grubiaństwo.

– Chodzi mianowicie o mojego syna. Zapewne nie wie pan, że chłopak ukończył z wyróżnieniem gimnazjum w Wojsławicach i dostał się do renomowanego liceum w Warszawie.

– Yyy...? – Jakub faktycznie niewąsko się zdziwił.

Do tej pory sądził, że cywilizacja musnęła ich tylko po wierzchu. A tu proszę, nie dość, że się wyuczyli czytać i pisać, to jeszcze trochę, a w profesory pójdą!

– W każdym razie pojechał przedwczoraj do stolicy i nie tylko nie dał znaku życia, ale i wsiąkł bez śladu – zakończył sołtys.

– To się zdarza. – Egzorcysta wzruszył ramionami. – Młody, zielono we łbie, pociągnął pewnie za samicą. Znajdzie się.

– Spróbowałem dowiedzieć się czegoś od naszych.

– Od waszych? – podchwycił Semen. – Masz na myśli tych, których nazywaliście kiedyś renegatami, tych, którzy mieli dość zabawy w epokę kamienia łupanego i dawno temu zwiali z Dębinki?

– Tak. Od kiedy i my jesteśmy cywilizowani, nawiązaliśmy kontakty... No, prawie przyjacielskie. Ale co będę gadał – wkurzył się sołtys. – Wszystkich naszych żyjących w Warszawie też wcięło. Telefony milczą.

– To może oznaczać tylko jedno – mruknął Jakub. – Wczoraj z zachodu poczułem fluktuacje mocy...

– Tak. Odradza się dawna potęga. Yodde powrócił. Co gorsza, nie sam. Wedle naszego kalendarza minął okres wilka. Weszliśmy w epokę niedźwiedzia.

– Chcesz powiedzieć, że Wielki Mywu dokonał ponownego wcielenia!? – ryknął egzorcysta.

Aż za dobrze pamiętał, co działo się poprzednim razem.

– To nie wszystko. Mój syn jest po kądzieli wnukiem Yodde. Zdolności dziedziczy się w co drugim pokoleniu, a to oznacza, że jeśli przejdzie inicjację szamańską, uzyska moc.

– No to wpadliśmy jak śliwka w gówno... – powiedział Wędrowycz.

– Jakub, o czym on gada? – zirytował się Semen.

– Mniej więcej o tym, że ten stary pierdziel, miejscowy szaman, wskrzesił Wielkiego Boga Niedźwiedzia i jeśli jego wnusio też zostanie szamanem, to we trójkę zrobią tu taki rozpierdol, że kamień na kamieniu nie zostanie. A zaczną pewnie od nas – przyjaciel cierpliwie wytłumaczył mu sytuację.

– Czy to pewne? – jęknął kozak. – Znaczy ta moc? I na ile to niebezpieczne?

– Ostatnio tak niekorzystny układ planet nastąpił w połowie tysiąc dziewięćset trzydziestego dziewiątego – wyjaśnił sołtys. – Mywu inkarnował w lipcu. Yodde został inicjowany w sierpniu. I dobrze wiecie, co było potem. Tylko że szaman był wtedy młody, zupełnie zielony, nie miał nim kto pokierować. Wykpiliście się tanim kosztem, pięć lat wojny i nie więcej niż pięćdziesiąt milionów trupów. Tym razem będzie o wiele gorzej.

– Trzeba zawiadomić Watykan! – zdecydował Jakub. – To nie przelewki.

– Watykan już wie – westchnął gospodarz. – Wywiad mają przecież pierwsza klasa, a i doświadczonych telepatów im nie brakuje.

– No to po kiego grzyba mnie wezwałeś? – zdziwił się egzorcysta.

– Mam zlecenie. Trzeba odbić mojego syna z łap Yodde. I to zanim odnajdzie ich inkwizycja, a chłopak przejdzie szamańską inicjację. Jak go dorwą kościelni, to nie będą się patyczkowali, tylko posadzą na stosie.

– O ty w dziuplę! – parsknął Jakub.

– Znaczy jak zwykle tylko my dwaj możemy uratować ludzkość? – podsumował Semen, dumnie wypinając pierś.

– Nie, ludzkość tym razem uratuje inkwizycja, wy macie tylko wyciągnąć chłopaka – sprostował sołtys.

– Spasuję. – Wędrowycz pokręcił głową. – To za trudne, zbyt łatwo oberwać. Nie lubię was, nie lubię Warszawy, nie lubię się wtrącać w nie swoje sprawy. Poza tym moje usługi są dla was zbyt drogie... Chodź, Semen. Wracamy.

Wstali i już mieli opuścić dom, gdy coś cicho brzęknęło. Sołtys postawił na stole flaszkę. Jakub wsłuchał się w falę akustyczną wzbudzoną przez ciecz uderzającą o ścianki i zamarł w pół kroku.

– To niemożliwe – szepnął.

Odwrócił się. Na blacie stała przedrewolucyjna butelka po krymskim winie z piwnic Jusupowów. Na nią naklejono etykietkę – kawałek szarego papieru pokryty koszmarnymi kulfonami nabazgranymi niewprawnie kopiowym ołówkiem. Ostatni raz widział coś takiego jeszcze przed drugą wojną światową.

– Pogadajmy poważnie – powiedział sołtys. – Jak sprowadzicie chłopaka całego i zdrowego, rozpijemy to na trzech.

Egzorcysta i jego kumpel wpatrywali się w artefakt jak zahipnotyzowani.

– Podróba? – zapytał niepewnie Semen.

– Gdzieście to zdobyli!? – wykrztusił Wędrowycz. – To przecież niemożliwe...

– Nasi przodkowie zeżarli kiedyś bolszewickiego komisarza, co tu przyjechał nawracać ich na komunizm. Miał to w walizce.

Jakub patrzył jak urzeczony na krystaliczną zawartość flaszki. Jej aura zdradzała pochodzenie trunku. Słód z syberyjskiego jęczmienia, odrobina miodu ze wsi Pokrowskoje i ziół. Fermentowane w beczce z dębu, który wyrósł na uralskiej żyle złota.

– Ależ to... – wykrztusił.

– Prawdopodobnie ostatnia na świecie butelka samogonu wypędzonego osobiście przez Grigorija Jefimowicza Rasputina. – W oczach wodza wioski błysnęły iskierki ponurego triumfu. – Osiemdziesiąt lat trzymaliśmy ją w piwniczce. Zaoszczędziliśmy na czarną godzinę.

– Podobno we Francji w muzeum jest jeszcze jedna, ale nie wiadomo, czy zawartość oryginalna – bąknął kozak. – Jakub, weźmy tę robotę – poprosił. – Pamiętam, jak piłem to z carem w piętnastym roku, schowaliśmy się za drewutnią pałacu w Carskim Siole, prawie już obaliliśmy flaszkę, jak licho przyniosło księżniczkę Tatianę i...

– A zatem? – Sołtys spojrzał wyzywająco.

– Cena jest odpowiednia – burknął Wędrowycz. – Biorę zlecenie. Masz jakieś zdjęcie tego łebka?

Pociąg toczył się leniwie w kierunku zachodzącego słońca. Jakub i Semen zdążyli już wypić pół flaszki pryty, zagryźli, wypili drugie pół, teraz nudzili się jak mopsy.

– Odkąd nową mam maszynkę, ogoliłem sobie szynkę, hej! – nucił kozak, badając swój zarost za pomocą lusterka.

– Jednak do tej Warszawy jest cholernie daleko – marudził egzorcysta.

– Daleko? Pamiętam, jak jechałem kiedyś z Moskwy do Władywostoku... Mało mi zad nie odpadł od tego stukania na złączach torów.

– Żeście za duży kraj mieli, to co się dziwić. – Jakub wzruszył ramionami.

– Że niby co? Co ty gadasz!? Jak to: za duży?

– A za duży. Gdzie rewolucja wybuchła? U was. A dlaczego? Boście tak wielkiego terytorium upilnować nie mogli. W Polsce by to nie przeszło.

Semen obraził się, więc aby przywrócić zgodę, wyciągnęli jeszcze jednego mózgotrzepa. Butelka szybko pokazała dno i nuda powróciła.

– Czego to ludzie nie wymyślą. – Wędrowycz sylabizował napisy na tabliczce koło hamulca bezpieczeństwa. – Taki mały wihajster, a cały wagon można nim zatrzymać! – nie mógł wyjść z podziwu.

– Lepiej przy tym nie majstruj, bo jeszcze będzie na nas – mruknął kozak. – Myślałby kto, że w życiu pociągiem nie jechałeś.

– Jechać jechałem, ale nie oglądałem wtedy szczegółów – odburknął Jakub i dla odmiany zaczął podziwiać składany stolik.

Składał go i rozkładał, i prawie zdążył go zepsuć, gdy drzwi przedziału otworzyły się z trzaskiem. Konduktor z pewnym niesmakiem otaksował obu abnegatów. Woń pryty, stęchlizny i starych skarpetek wywołała na jego twarzy wyraz głębokiej abominacji, ale był z niego prawdziwy twardziel, nie uciekł.

– Bileciki do kontroli – zażądał.

– Kurde, wiedziałem, czułem po prostu, że o czymś zapomniałem! – Jakub palnął się w głowę, aż zadudniło.

– Proszę się z tym zapoznać. – Semen wręczył kontrolerowi papier.

Konduktor przebiegł wzrokiem pismo i zacukał się wyraźnie. Dłuższą chwilę studiował dokument, jakby nie wierząc w to, co widzi. Sprawdził pieczątki i znaki wodne.

– Czy mam okazać dowód osobisty? – zapytał kozak, sięgając do kieszeni.

– Nie, dziękuję. Życzę przyjemnej podróży! – Kontroler zasalutował i poszedł dalej.

– Coś ty mu pokazał? – zdziwił się Wędrowycz.

– A o! – Semen podał mu papier.

Egzorcysta zaczął sylabizować.

– Tu piszą, że masz wieczyste prawo podróżowania bezpłatnie polskimi kolejami z jedną osobą towarzyszącą? – Wytrzeszczył oczy. – Z przedwojenną pieczątką rady ministrów i sam Piłsudski podpisał... Jak to zdobyłeś?

– No, jak już zaczął w Polsce rządzić, to umówiłem się na audiencję, poszedłem do Belwederu i zagroziłem, że go pozwę. Poważnie ucierpiałem, jak robił z kumplami skok na pociąg.

– Postrzelili cię?

– Nie, ale jak lokomotywa zahamowała, to spadłem z kibla i walnąłem głową o klamkę, do dziś mam szramę...

Zademonstrował ledwo widoczną bliznę.

– To musiało boleć – przyznał Wędrowycz ze współczuciem.

– No więc jemu się trochę głupio zrobiło, że naczelnika państwa będą po sądach ciągać, i to w takiej niemiło pachnącej sprawie, to zaproponował, że się dogadamy. No i taki papierek mi wystawili.

– Farciarz z ciebie – westchnął Jakub. – Tylu sławnych ludzi poznałeś... A ja całe życie na wsi siedziałem... I nikogo...

– To sobie przypomnij, co teraz robi nasz znajomy kardynał od inkwizycji.

Jakub przypomniał sobie i od razu poweselał.

Wysiedli wreszcie z pociągu i obejrzawszy plan miasta, ruszyli ulicą Brzeską. Było już prawie zupełnie ciemno, ale latarnie jakoś się nie paliły.

– Co za paskudne miejsce – marudził Semen, patrząc na odrapane elewacje. – Jesteś pewien, że to tutaj?

– Tak – uciął Jakub. – To znaczy trochę dalej. Tam mieszkał ten młody koleś z Dębinki. Za pieniądze z Watykanu małpowaci kupili sobie kawalerkę, coby tam nocować, jak ktoś ze wsi będzie potrzebował stolicę odwiedzić. Skoro nie odbiera telefonu, to znaczy, że mieszkanie puste jest. No nie?

– No tak – przyznał Semen.

– Czyli mamy metę, a może jak przepatrzymy wszystkie kąty, trafimy na jakiś ślad – rozważał egzorcysta. – A i posiedzieć tam warto, bo gówniarz może tylko za dziewczynami gania, to do domu wróci, a wtedy flaszka jest nasza bez konieczności zdzierania zelówek po stolicy.

– Dobra myśl – pochwalił kozak.

W tym momencie głośno chrupnął kawałek szkła rozdeptany adidasem. Trzech przypakowanych byczków w dresikach zagrodziło starcom drogę.

– No co, dziadki? Zawędrowało się, urwał, za daleko od domu? – warknął ten najbardziej masywny. – Wyskakiwać, urwał, z kasy.

– Że co? – zdziwił się Semen.

– Stul, urwał, ryj i forsę dawaj!

– Nie nawykłem rozdawać jałmużny!

– Dawaj, urwał, kasę albo łomot będzie! – Dresiarz zacisnął pięść wielką jak bochen. – Bejsbol, Glaca, do roboty! – Skinął na swych pomagierów.

– Spierdalaj, wieśniaku, do chlewa, wsadź ryj w koryto obok swojej dziewczyny i zabulgotaj – odparł życzliwie Wędrowycz.

– Jakub? – Kozak dał mu sójkę w bok. – Co ty pieprzysz? Króliki ci się we łbie na starość zalęgły czy jak?

– No co?

– To przecież my jesteśmy wieśniaki. Stary Majdan to wieś... Wojsławice też straciły prawa miejskie.

– Oż kurde, faktycznie. – Egzorcysta zdziwił się tak bardzo, że prawie przegapił cios.

Na szczęście Semen, wychowanek elitarnego carskiego korpusu kurierów, zachował przytomność umysłu. Trzasnęła łamana kość, a gazrurka potoczyła się aż na ulicę. Byczek zawył, trzymając się za ramię, a potem zemdlał. Jego kompani patrzyli na to ze zbaraniałymi minami.

Jakub spojrzał im prosto w oczy i użył odrobiny mocy. Tylko tyci, tyci... Nagle obaj dresiarze doznali dziwnego natrętnego wrażenia, jakby ktoś przyłożył im starą, zardzewiałą, wyszczerbioną brzytwę do pewnych nader wrażliwych części ciała.

– Co jest? – pisnął Glaca.

– Moje jaja – jęknął jego ziomal. – Co się dzieje?

– Nic takiego, zwykła magia – mruknął Jakub uspokajającym tonem.

Cholernie nie lubił nowomodnego słówka „hipnoza".

– O Harrym Potterze słyszeliście? No to powinniście wiedzieć, co oznacza taki sznyt. – Kozak wskazał bliznę po kuflu zdobiącą czoło przyjaciela. – Jesteście stąd?

– E... – wykrztusił Bejsbol. – No, stąd. My z dziada pradziada kiziory z Pragi.

– A to wasz koleś? – Semen wskazał poszkodowanego.

Niewidzialne brzytwy nacisnęły jakby mocniej.

– Nie! – wrzasnął Glaca. – W ogóle go nie znamy! Tylko przypadkiem z nim szliśmy!

– Czyli pozwalacie, by na waszym terenie byle frajer łaził po ulicy? – mruknął Jakub. – Uuuu... Trzeba będzie was nauczyć, jakie zasady obowiązują w porządnej dzielnicy.

– Nie no, po co? – zakwilił większy. – U nas jest porządeczek, przecież właśnie go złapaliśmy i odprowadzaliśmy do wyjścia...

– Ale wleźć w głąb swojego rewiru jakoś mu pozwoliliście, patałachy! A teraz pod but to gówno, pouczyć o szkodliwości czynów aspołecznych! Nie umie się zachować, to nie powinien w mieście mieszkać.

– Tak jest! – Czteropaskowy zasalutował i zaraz z kumplem zaczęli flekować swego byłego wodza.

Wkładali w to sporo zapału.

– Dobra, starczy tego – mruknął egzorcysta, widząc, że niedoszły rabuś został praktycznie wdeptany w chodnik. – Teraz bierzcie nasze walizki i nieście.

– Walizki? – zdziwił się Bejsbol.

– My? – osłupiał Glaca.

– Gdzie wasze wychowanie, pozawalacie, by sąsiedzi staruszkowie takie ciężary dźwigali? – obruszył się Semen.

Brzytwy znowu się poruszyły. Dresiki bez słowa złapały bagaże i sapiąc, ruszyły we wskazanym kierunku.

Dwadzieścia minut później Jakub z kumplem zatrzymali się przed odpowiednią bramą. Bandziorki najwyraźniej teraz dopiero się przestraszyli.

– To wy też z tej sekty? – wychrypiał większy.

– Nie bądź taki ciekaw. Macie tu na piwo i dziękujemy za odniesienie. – Semen dał im piątala. – A teraz spadać. Będziecie potrzebni, to zawołamy.

Po chwili obaj dresiarze byli już za rogiem. Dziwnie im się spieszyło, mało adidasów nie pogubili.

Kamienica wyglądała niczego sobie. Wzniesiona z dobrej cegły, wytrzymała sześćdziesiąt lat bez remontu. Tylko balkony poodpadały. A i tynku zostało na niej niewiele. Starcy weszli w cuchnącą moczem bramę.

– Jakub, a zdjąłeś z nich ten urok? – zapytał kozak.

– Zapomniałem – przyznał Wędrowycz. – Ale w tym wieku mam prawo mieć sklerozę.

– I będą teraz do końca życia tak łazić z jajkami jak w imadle? To niehumanitarne.

– Oj tam, żadne do końca życia. – Wzruszył ramionami. – Po tygodniu samo puści, chyba że podatni, to po dwu wtedy.

Znaleźli właściwą klatkę i pomaszerowali po skrzypiących drewnianych schodkach na ostatnie piętro.

– Dwadzieścia siedem, to tutaj. – Egzorcysta oświetlił latarką drzwi. – U la, la, jakieś menelstwo tu gospodarowało...

– Otwierane z kopa co najmniej kilka razy. – Kozak obejrzał potrzaskaną framugę. – A ten ślad? Czy niczego ci nie przypomina? Bo mnie się kojarzy...

Jakub wpatrzył się w odbicie protektora, wyraźnie widoczne na malowanych olejno deskach.

– A niech mnie – szepnął. – Masz rację, ten bucior to robota watykańskich szewców. Inkwizycja nas ubiegła. I co gorsza, mają ze dwa dni przewagi.

– Dorwali go?

Jakub przekroczył próg. Z obrzydzeniem popatrzył na symbole obcej religii zdobiące ściany. Wsłuchał się w aurę budynku.

– Jeszcze nie, ale musimy się spieszyć – mruknął.

Poszedł do kuchni nastawić wodę na herbatę. Semen rzucił bagaże koło barłogu, a następnie wyciągnął zmęczone członki na mięciutkich skórach. Coś uwierało go w kark. Pogrzebawszy, wydobył plan stolicy.

– Przyda się – mruknął, przyglądając się plątaninie ulic.

Od kiedy był tu ostatnio, miasto trochę się rozrosło. Na jednej ze stron narysowano czarnym flamastrem kółko, a obok pięć skośnych linii.

– Kumplu? – zagadnął.

– Taa? – dobiegło z kuchni.

– Tak się zastanawiam... Aby wywołać apokalipsę, potrzeba dwu szamanów i inkarnowanego boga niedźwiedzia?

– Tak. W zasadzie bez bóstwa też sobie chyba poradzą, ale to dużo trudniejsze. Yodde ostatnim razem sam próbował i dobrze wiesz, jaką fuszerkę odwalił. Hitlerowcy nie doszli nawet do Uralu.

– To może zamiast szukać dzieciaka, zaczniemy od wytropienia i stuknięcia miśka? – zasugerował Semen.

– Pomysł niezły, ale jak go znajdziemy? – prychnął Wędrowycz. – Dusza Mywu może się wcielić w dowolnego niedźwiedzia w tym mieście.

– Tak szczególnie dużo to ich tu nie ma – zauważył kozak. – Słuchaj, tak mi się w głowie kołata. Pięć skośnych linii... widziałem to już chyba w Dębince, kiedyś, jak jeszcze byli poganami.

– Tak, to jego znak. Jakby niedźwiedź pazurami po korze... Gdzieś to zobaczył? – Jakub wynurzył się z kuchni z dwoma kubkami grzańca. – Nie było herbaty – wyjaśnił tonem usprawiedliwienia.

– Zobacz tu. – Semen pokazał mu znalezisko. – Yodde albo jego wnusio zaznaczyli kawałek parku kółeczkiem, a obok... Ten właśnie symbol.

– A niech mnie! Mamy trop! Sprawdzimy to rano.

Wypili, zjedli coś z zapasów Radka i poszli spać.

Jakub i Semen wysiedli z tramwaju opodal mostu Śląsko-Dąbrowskiego. Południe niedawno minęło. Wprawdzie planowali uderzyć o świcie, ale gdy już się obudzili, okazało się, że poranek dawno minął.

– Park Praski – Semen, patrząc na plan miasta, zidentyfikował kępę drzew. – A dalej jest zoo.

– Byłem kiedyś w zoo – przypomniał sobie Jakub. – Fajne miejsce, ale i frustrujące. Kupa zwierzaków, których żem w życiu nie jadł... To co, pozwiedzać idziemy?

– Nie, kółkiem zaznaczono to miejsce... Zobacz tam!

Tuż koło przystanku w zamierzchłej socjalistycznej przeszłości zbudowano betonową górkę i ścianę skalną, a u jej podnóża – wybieg dla niedźwiedzi, odgrodzony od publiczności głęboką fosą. Egzorcysta popatrzył na wielkie brązowe bestie snujące się leniwie wśród sztucznych skał. Któraś z nich była Wielkim Mywu – dawnym bóstwem pomerdańców z Dębinki.

Stanął przy barierce i wzrokiem zmierzył szerokość fosy. Cztery metry jak nic. Na dnie było niewiele wody, lecz szary szlam wyglądał mało zachęcająco.

– Nie bardzo to widzę – mruknął.

– Co znowu? – zdenerwował się Semen.

– Tak myślę, jak by go tu dziabnąć. Najlepiej byłoby stąd, pepeszę do ramienia i seriami.

– Mówiłem ci już trzy lata temu, żebyś nie marnował amunicji na zające, to mnie nie słuchałeś. No to się teraz męcz.

– Strzelbę gdzieś ukradniemy – rozważał Jakub. – Albo chyba żeby bagnetem zakłuć.

– No to zakłuj, w czym problem? Tylko najpierw trza wykombinować, jak tam do nich wleźć. Gdyby tak skombinować metalową kładkę od saperów? A może przez zaplecze? Wyłamiemy drzwi i dostaniemy się na wybieg od strony klatek...

Egzorcysta nie wyglądał na przekonanego.

– Kardynał, jak z nim wtedy gadałem, mówił, że włamania to grzech. Mam lepszy pomysł. Zrąbię drzewo. – Poklepał pień topoli. – Tylko musi paść w odpowiednim kierunku. I będzie coś jakby most zwodzony.

– Tak w biały dzień!? – zgłosił obiekcje kozak. – Chociaż idea niegłupia. Chyba mam coś przydatnego.

Wydobył z torby coś pomarańczowego i rzucił w stronę przyjaciela. Wędrowycz rozprostował odblaskową kamizelkę, jaką noszą zamiatacze ulic. Na plecach czerniał nadruk: „Zieleń miejska. Chełm".

– Ty to masz łeb – pochwalił.

Przywdział strój ochronny, a tymczasem jego towarzysz otoczył stanowisko pracy plastikową taśmą ostrzegawczą.

– I wszystko wygląda całkowicie legalnie – powiedział z zadowoleniem.

W torbie znalazła się też odpowiednia siekiera.

– Jak drzewo runie, przeskoczysz na wybieg. Pokłonisz się nisko przed Wielkim Mywu i poprosisz, żeby uciekał z nami – Jakub poinstruował kumpla.

– A to nie można tam go zaszlachtować? Po co te podchody?

– Wielki Mywu czerpie siłę z ziemi – tłumaczył cierpliwie Jakub. – Najlepiej go chlasnąć, jak będzie na pniu nad fosą. Ale tak łatwo tam nie wlezie. Może podejrzewać pułapkę. Dopiero jak mu wyjaśnisz, że jesteśmy jego wyznawcami, będzie wiedział, iż wybiła godzina wolności. Weźmie nas za przyjaciół. A ja się tu przyczaję i dziab.

– A jak ja go rozpoznam? Który to? – Semen spojrzał na pięć misków łażących bez celu między skałami.

– Nie musisz, on sam do ciebie podejdzie. Tylko pokłoń się ładnie, on to lubi. Możesz mówić po polsku, i tak raczej będzie czytał w myślach.

– Ty jesteś lepszy w telepatii – marudził kozak. – Mnie rozszyfruje jak Enigmę.

– Kuźwa! Jak się chce coś zrobić, to trzeba to zrobić samemu – obraził się Jakub. – Dobra, to ja idę wabić, a ty go ciap. – Podał przyjacielowi bagnet od kałacha z klingą powleczoną srebrem. – Tylko żebyś nie sfuszerował!

– Dobra, dobra, bo to pierwszy raz? Misiek z wozu, koniom lżej.

Dwadzieścia minut później drzewo zatrzeszczało i runęło z łoskotem. Pień sięgnął akurat od barierki do sztucznych skałek. Jakub, pogwizdując, ruszył spokojnie przed siebie. Fosa widziana z góry wydawała się jeszcze głębsza niż w rzeczywistości.

Trza było łyknąć coś dla kurażu – pomyślał egzorcysta. – Coś mi w kolanach słabo. Reumatyzm zapewne.

Wreszcie znalazł się po drugiej stronie. Otarł czoło, które nie wiedzieć czemu pokryło się potem. Teraz tylko przekonać miśka. No i będzie musiał przejść po tym cholerstwie jeszcze z powrotem...

Niedźwiedzie wyszły mu na powitanie. Z bliska zwierzaki wyglądały inaczej niż z tamtej strony ogrodzenia. Były wielkie jak diabli, śmierdziały czymś dziwnym. W paszczach miały paskudne żółte zębiska. Jakub przypomniał sobie, jak kiedyś w czasie wojny poszli z tatką na niedźwiedzie. Tylko wtedy walili do nich z karabinu przeciwpancernego... No i ubity wtedy jakby mniejszy był, tylko sześćdziesiąt weków z niego naszykowali. A te...

– Witaminami w zoo karmione, to i duże coś wyrosły – domyślił się. – Nadmierny rozrost tkanek, z pewnością negatywny skutek zastosowania sztucznych pasz.

Ukłonił się głęboko.

– Witaj, Wielki Mywu – powiedział. – Przynoszę ci dar wolności. – Stres pomógł wspiąć się na wyżyny elokwencji. – Jestem twym wiernym sługą...

Najbliższy zwierzak machnął jakby od niechcenia łapą. Jakub zobaczył wszystkie gwiazdy. Dłuższą chwilę stał na czworakach, usiłując dojść do siebie.

O kuźwa, kto z miśkiem wojuje, od miśka ginie, pomyślał.

Pozbierał się szybko do kupy. W ostatniej chwili, bo bestia najwyraźniej dopiero się rozkręcała.

– Spokojnie, jestem twoim, eee... wyznawcą – próbował przemówić zwierzakowi do rozsądku.

Poczuł, że coś podkrada się od tyłu. Drugi niedźwiedź klepnął go pazurami po siedzeniu, wyrywając dziurę w kieszeni. Trzeci zębami ściągnął buty. Woń skarpetek na chwilę go przystopowała, ale wiaterek zaraz ją rozwiał.

– Wielki Mywu... – zaczął pokornie Jakub, zwracając się do tego pierwszego.

– Ty durniu – odezwał się po ludzku piąty. – To ja jestem Wielki Mywu. Poza tym co ty, Wędrowycz, ocipiałeś? Mnie próbujesz bajerować? Sądzisz, że cię nie poznałem, łachmyto? I twojego koleżkę też dobrze zapamiętałem. – Machnął w stronę ulicy, wskazując Semena kulącego się za barierką fosy.

– Yy... – Taki obrót sprawy trochę egzorcystę zaskoczył. – Bo my właśnie... Nawróciliśmy się na waszą religię i pragniemy chwalebnym czynem zmazać nasze wcześniejsze...

– Ty stary popierdoleńcu! – Mywu zaniósł się ochrypłym rechotem. – Nawet łgać nie potrafisz. Zaszlachtować mnie chcecie? Nie tacy próbowali. Wykończyć go! – rozkazał niedźwiedziom.

Czwarty misiek nieoczekiwanie capnął egzorcystę zębami za ucho.

– Poszedł! Do budy! – Jakub wyrwał się jakimś cudem i stanął na równe nogi.

No, prawie stanął. Któryś futrzak memłał w zębach jego nogawkę. Starzec gruchnął jak długi, twarzą prosto

w coś dziwnego. Dopiero po chwili uświadomił sobie, że niedźwiedzie nie tylko jedzą, ale i wydalają. Nie było jednak czasu się nad tym zastanawiać. Rozplątał sznurek zastępujący pasek, a następnie wyślizgnął się ze spodni, zostawiając je w paszczy bestii.

– Ło krucafuks! – sapnął.

– Zdziwiony? – zakpił Mywu. – Nigdy mnie nie zabijesz. A to miejsce stanie się twoim grobem.

– No jak niby? – Egzorcysta, opędzając się rozpaczliwie od coraz bardziej namolnych niedźwiedzi, próbował się wycofać. – Groby to się w ziemi kopie, a tu wszędzie beton.

– Spieprzaj stamtąd, bałwanie! – wrzasnął kozak.

– Łatwo powiedzieć!

Jakub rzucił się do ucieczki. Szybko się przekonał, że wybieg jest dużo mniejszy, niż się wydawało, patrząc z drugiej strony barierki. Ujrzał kratkę ściekową, próbował ją podnieść, ale wrosła w cembrowinę na amen. Miśki, sunąc powoli, osaczały go.

– Semen, rąb kolejne drzewo! – ryknął egzorcysta. – Potrzebuję natychmiast mostu.

Za plecami Jakuba była już tylko fosa. Bestie napierały powoli. Nagle Mywu rozepchnął kumpli i stanął przed swoim gościem.

– Miło, że wpadłeś w odwiedziny – powiedział. – Ale sam rozumiesz, obowiązki mnie wzywają, więc nie ma sensu przedłużać naszego spotkania. Dobranoc, robaczku – warknął i machnął pazurzastą łapą na odlew.

Wędrowycz zobaczył rozbłysk supernowej, potem całą konstelację Kochanka Wielkiej Niedźwiedzicy, a na koniec ogarnęła go wilgotna ciemność – to jego ciało zapadało się w szlam zalegający na dnie betonowego koryta...

– O kurde! – jęknął Semen.

– No co? – zagadnął Mywu. – Też chcesz po facjacie nabrać? To zapraszamy do nas.

Kozak zignorował zaczepki bóstwa małpowatych i ściągnął kurtkę mundurową. Już chciał rzucić się tonącemu kumplowi na ratunek, gdy nagle jego oko złowiło samym kącikiem niepokojące błękitne rozbłyski.

– Policja – wydedukował.

Radek Orangut obudził się nieco zmarznięty. Uchylił oczy. Leżał na wąskim łóżku w niewielkiej przyczepie kempingowej. Za oknem było zupełnie ciemno. Noc?

– No, myślałem że już się nie obudzisz – powiedział jego szalony dziadek. – Trzy dni spałeś.

– Co!? – wychrypiał chłopak.

– Napij się. – Staruszek podał mu butelkę z wodą mineralną. – To normalne. U osób nieprzyzwyczajonych kontakt z tak potężnymi wyładowaniami mocy magicznej wywołuje gwałtowne osłabienie. I coś tak zamilkł? Nie rób takich min, bo wyglądasz jak małpa.

– Zastanawiam się, jak by cię tu w miarę kulturalnie posłać do diabła – odburknął chłopak.

– Co ci się znowu nie podoba?

– Perspektywa zostania szamanem zupełnie mnie nie pociąga. Cała ta religia... Popatrz na siebie. Wyglądasz, jakbyś z Syberii przyjechał. Do tego to latanie po mieście z krzemiennym nożem, kradzież samochodu, zarzynanie dresiarzy, zapewne na ofiarę... Czysty idiotyzm. Co mamy w dalszych planach?

– Nasz bóg, Wielki Mywu, wcielił się w niedźwiedzia. Musimy nawiązać kontakt i uwolnić go z klatki – wyjaśnił stary ochoczo.

– Czyli na dzień dobry czeka nas wypuszczanie niedźwiedzi z zoo... A coś mi się zdaje, że to dopiero początek?

– Nasz lud jest gnębiony i prześladowany, zepchnięty w cień, wyrugowany z terenów łowieckich, szykanowany, mordowany, palony na stosach, kastrowany, skalpowany...

– Trochę, dziadku, przesadzasz.

– No, może odrobinę – zreflektował się staruszek. – W każdym razie chcę nam przywrócić należne miejsce pod słońcem.

– Ciekawym, jak niby chcesz to osiągnąć.

– Eliminując z tego terenu możliwie dużą liczbę osobników *Homo sapiens*. Wielki Mywu nam pomoże. We trójkę przygotujemy tu maluśką apokalipsę na kilkaset milionów trupów. Raz już próbowałem i niezbyt się udało. Ale ty masz szansę. Nauczyłem się dużo i sądzę, że jestem w stanie przeprowadzić inicjację tak, by obudzić w tobie dusze wielkich szamanów z przeszłości...

– A ja się z tego interesu wypisuję! – warknął Radek. – Mam w dupie apokalipsy na miliony trupów, wojny światowe czy zarazy. Wracam do domu. Będę sobie spokojniutko chodził do kościoła, podrywał dziewczyny z Oazy, a może nawet na pielgrzymkę się wybiorę. Będę porządnym, no, może nie do końca porządnym katolikiem.

– Ależ dlaczego!? – Stary wytrzeszczył oczy.

– Bo twoja religia mi się nie podoba. Wolę przyłączyć się do silniejszych. Do zwycięzców.

– Może dlatego, że poznałeś do tej pory tylko ciemniejsze strony naszej wiary? – Szaman uśmiechnął się krzywo. – Dziś jest pełnia... – Popatrzył na księżyc, jakby coś obliczał w pamięci. – Zaufasz mi?

– Nie.

– Hmmm, powiedzmy tak: jeśli w ciągu dwu godzin nie polubisz naszej religii, będziesz mógł odejść. Nawet ci dam na bilet do domu.

Licealista spojrzał na dziadka podejrzliwie. Co, u licha, knuł ten stary pokemon?

– Dwie godziny. – Zegarek szczęśliwie ocalał, więc chłopak włączył stoper. – I ani sekundy dłużej!

Szaman przez chwilę oglądał wymięty plan Warszawy.

– Dobra, musimy znaleźć się tutaj. – Pokazał teren ogródków działkowych. – I trzeba się pospieszyć.

Wyszli z przyczepy kempingowej. Jak się okazało, stała sobie po prostu na parkingu przed jakimś blokiem. Obok nakryty brezentem parkował zdobyczny mercedes. Tym razem za kierownicę siadł dziadek. Po chwili pruli już przez rozjarzone neonami miasto.

Świadomość powróciła równie niespodziewanie, jak uciekła. Jakub leżał na czymś wygodnym. We łbie mu szumiało. Pociągnął nosem. Dziwny zapach. Uchylił powieki. Białe kafelki, ludzie w fartuchach. Kostnica? Zakład pogrzebowy? Nie, to chyba raczej szpital.

Tak czy inaczej, raz jeszcze udało się przeżyć, pomyślał wesoło. Tylko gdzie jest Semen?

Starannie zbadał własną aurę. Uszkodzenia były poważne. Cios rozwalił nie tylko zdolności hipnotyczne i telepatyczne, ale i telekineza poszła się bujać. No nic, może się zregeneruje. W dodatku poziom alkoholu w jego krwi niepokojąco spadł.

To dlatego taki oklapnięty jestem, domyślił się. Ale to nic, skoro jestem w szpitalu, to z całą pewnością mają tu spirytus dezynfekcyjny. Nasączę odpowiednio tkanki eliksirem życia i zaraz cały organizm się zrestartuje.

– Miał nieprawdopodobnie dużo szczęścia, inspektorze – usłyszał głos jakiejś kobiety. – Tylko powierzchowne stłuczenia i zadrapania. Wygląda na to, że niedźwiedzie nie były głodne, pewnie chciały się nim tylko trochę pobawić.

Jakub znów uchylił ostrożnie powieki. Gliniarz stojący koło jego łóżka był szczupły, wysoki i wyglądał dość sympatycznie. Dalej stała śliczna młoda lekarka.

– Wasz patrol zobaczył zrąbane drzewo i trupa w szlamie na dnie fosy. Gdy zeszli po drabinie, stwierdzili, że jeszcze dycha. Błota było tam ledwie dwadzieścia centymetrów, więc się nie utopił. Zaalarmowali pracowników zoo, a następnie wezwali pogotowie. Ci pożyczyli szlauch, opłukali go trochę po wierzchu... – wyjaśniała kobieta.

– Wiem, czytałem notatkę służbową. Jakie rokowania?

– Podejrzewamy wstrząs mózgu. Zrobiliśmy USG i tomografię, pobraliśmy krew do analizy. Narządy wewnętrzne pracują jakoś dziwnie, cała fizjologia wykazuje niezwykłe anomalie. W każdym razie przesłuchać się go chwilowo nie da.

– Wpadnę jutro – mruknął policjant. – Może do tego czasu odzyska przytomność?

– Zrobimy, co w naszej mocy.

Wędrowycz znowu osunął się w otchłań maligny.

– Psi flak! – zaklął Semen.

Trzecią godzinę stał koło bramy wjazdowej oddziału pogotowia ratunkowego. Co jakiś czas do budynku podjeżdżały karetki. Wyładowywały chorych i znikały w ciemności nocy. Żadna nie była tą, która uwiozła Jakuba w nieznane. Zaczynał powoli tracić nadzieję.

Jeszcze kwadrans akademicki i wynoszę się stąd, pomyślał. Znajdę aparat telefoniczny, podzwonię do szpitali, to ustalę, gdzie mi zabrali kumpla. Choć z drugiej strony... Spojrzał na niebo i zmierzył wzrokiem wysokość księżyca. Osiem godzin minęło. Dawno już powinien dojść do siebie i zwiać.

Zafrasował się. A jeśli Jakub wrócił do mieszkania na Ząbkowską?

Trza było telefony komórkowe dresikom zabrać, westchnął w duchu. Byśmy mieli ze sobą kontakt, jakby co. Nie pomyślał człowiek w porę, teraz musi się męczyć jak głupi.

Nagle zamarł. Karetka, której numer zapamiętał, wjechała na dziedziniec i zaparkowała w kącie.

– Ha! – mruknął kozak. – W samą porę, chłopaczki.

Przesadził mur i ostrożnie podkradł się do pojazdu. Wewnątrz był już tylko kierowca.

– I dobrze, zawsze to wygodniej spuszczać łomot jednemu fagasowi niż trzem naraz. – Oblicze Semena przyozdobił szeroki, szczery słowiański uśmiech. – A może da się i bez brudzenia rąk?

Podkradł się po cichu do wozu i ostrożnie poruszył klamką od tylnych drzwi. Karetka nie była zamknięta. Wślizgnął się jak duch do wnętrza. Pociągnął nosem. Woń Jakubowych skarpetek nadal unosiła się w powietrzu.

Powinien tu być dziennik interwencji albo jakiś spis, gdzie kogo zawieźli, pomyślał.

Buszował przez chwilę po szafkach. Trafił na bandaże, zestawy do udzielania pierwszej pomocy, butle z solą fizjologiczną, anestetyki, środki znieczulające, ale poszukiwanych papierów jak na złość nie znalazł.

– Pewnie wykaz pacjentów leży w skrytce koło kierownicy. – Palnął się w głowę, aż zadudniło.

– A ty co tu robisz, dziadku!? – ryknął mu za plecami jeden z pielęgniarzy. – Wyjazd mi stąd!

– Ech, chciałem kulturalnie i bez przemocy – westchnął Semen, sięgając do pudełka ze skalpelami. – Z drugiej strony taki brak szacunku wobec starszych należy surowo piętnować!

Obsłużywszy pielęgniarza jak należy, musiał jeszcze zdrowo uszarpać się z kierowcą, ale przypuszczenie okazało się słuszne. Dziennik interwencji faktycznie leżał w skrytce koło kierownicy.

– Trzymaj się, Jakub, pomoc w drodze – mruknął, odpalając silnik erki.

Radek i Yodde zaparkowali gdzieś na Woli, przy nieużywanej już chyba pętli tramwajowej. Obok rozciągały się działki. W świetle jedynej latarni niewyraźnie majaczyła wysoka siatka, za nią altanki, ogrodzenia, obsypane jabłkami drzewka owocowe...

– Jeśli tu są strażnicy, to nie chciałbym wpaść w ich łapy – mruknął chłopak.

– Zacznij się przyzwyczajać, myślisz, że w zoo nie ma ochrony? – odwarknął szaman, majstrując przy bramce.

Licealista miał nadzieję, że staruszek zapomni o tym cholernym niedźwiedziu, ale widać nie zapomniał.

– Dobra, włazimy. – Zaprosił wnuka gestem. – I ani słowa od tej pory!

Ruszyli alejką, potem skręcili w następną i jeszcze raz... Radek, choć wychowany na wsi, szybko stracił poczucie kierunku. Skądś dobiegł jakby śpiew. Ktoś zawodził melodyjnie, wybijając do tego rytm na małym bębenku.

Dziadek podprowadził wnuka do gęstych krzewów. Dalej musieli się czołgać. Zroszona trawa szybko przemoczyła ubrania, nad głową wisiały im dojrzałe maliny. Teren obniżał się gwałtownie, następne działki leżały jakby w dolinie. Śpiew i bębnienie stały się dużo lepiej słyszalne. Wreszcie dotarli na skraj chaszczy. Dalszą drogę zagradzała niska, zardzewiała siatka.

Za nią najwyraźniej trwała zabawa. Pośrodku trawnika wbito drewniany słup w kształcie wielkiego fallusa. Oplatały go girlandy kwiatów. Wokół płonęły cztery ogniska, a pomiędzy nimi pląsały nagie dziewczęta. Było ich co najmniej pięć.

– O, w mordę – szepnął chłopak, ale dziadek dał mu bolesną sójkę w bok.

Brunetka z warkoczem miała śliczne cycuszki, blondyneczka kształtny zadek, ruda niebywale zgrabne łydki, a pozostałe... Przez ciało chłopaka przebiegł radosny dreszcz.

– Nawet nie sądziłem, że na naszej planecie żyją tak cudowne istoty – wyszeptał rozmarzony i znowu zarobił bolesny cios.

– I co teraz powiesz o naszej religii? – Stary wyszczerzył zęby, uśmiechając się krzywo.

– Jestem za – Radek nie wahał się ani chwili. – Chcę zostać guru waszej sekty... eee... To znaczy szamanem naszego ludu! – poprawił się. – Powiem im to osobiście! Na pewno się ucieszą!

Wytarł zaślinioną brodę i próbował dźwignąć się z ziemi, ale staruszek przydusił go do trawy.

– Spokój – warknął. – Nie teraz.

– Ale ja... – Chłopak omal się nie rozpłakał.

– To kobiece obrzędy, mężczyznom nie wolno ich zakłócać – syczał mu w ucho dziadek. – Napatrzyłeś się, więc wracamy, i to już.

– A nie ma jakichś rytuałów, że się tak wyrażę, bardziej koedukacyjnych?

– Oczywiście, że są. I ciupcianie rytualne też. Wszystko w swoim czasie! Dobra, zmywamy się.

– Jeszcze chwilę... – Radek nie był w stanie oderwać wzroku.

Brunetka wyciągnęła skądś wielki gliniany puchar, podawały go sobie, każda piła po kilka łyków. Wyglądało, że zabawa zaraz się rozkręci...

Nagle powietrze rozdarł donośny dźwięk policyjnego gwizdka. Chłopak rozejrzał się i zamarł. Z cienia za altanką wyłonił się dobrze mu już znany księżulo z obrzynem. Jego pomagierzy też byli obecni, tylko pielęgniarzy tym razem gdzieś podział. Dziewczyny, widząc, że są otoczone, zbiły się w trwożną gromadkę.

– No ładnie! – huknął duchowny, wymachując bronią. – Orgia pogańsko-lesbijska! W samą porę wkroczyliśmy! Ubierać się, głupie czarownice, czekają na was wygodne cele, włosiennice i kilkuletnia pokuta w klasztorze!

Myśl o tym, że te cudowne istoty mogą zostać uwięzione w lochach inkwizycji, wstrząsnęła chłopakiem dogłębnie.

– Jak to tak? – prawie się rozpłakał. – Takie śliczne samiczki, potańczyć sobie chciały, a te bydlaki... Ratujmy je! – jęknął.

Dziewczyny ubierały się, trwożnie popatrując na księdza. Policjanci szykowali już błyszczące niklowane kajdanki.

– W sumie jest jedna metoda. – Dziadek poskrobał się po głowie. – Dużo bardziej zależy im na złapaniu nas, więc jakbyś się tak pokazał łapsom w świetle, to te panienki będą mogły prysnąć. Z moją niewielką pomocą...

Nieoczekiwanie Radek poczuł, że w sumie wcale mu ich tak nie żal. To przecież logiczne, że czarownice należy resocjalizować w klasztorach. Zresztą pląsanie nago z pewnością jest grzechem, poza tym to brzydko i niezdrowo, zwłaszcza o tej porze roku. Ten ksiądz z dubeltówką jest zupełnie w porządku, po prostu chce ich dobra!

– No rusz się! – Dziadek jedną ręką postawił go do pionu, a zdrową nogą wlepił solidnego kopa w tyłek.

Nie chcąc upaść, Radek zbiegł po skarpie i nim zdołał wyhamować, znalazł się tuż obok fallusa. Gliniarze zauważyli go natychmiast.

– Zostawcie je! – wrzasnął. – Mamy dwudziesty pierwszy wiek! Konstytucja gwarantuje nam wolność wyznania!

– Co? – zdziwił się ksiądz. – A, to ty, małpiszonku! – rozpoznał chłopaka. – Coś mi się zdaje, że kazałem ci zadzwonić...

– Ale ja...

Brunetka nieznacznym ruchem dłoni wrzuciła coś do ognia. Pierdut! Rąbnęło jak z niewypału. Fala uderzeniowa przewróciła wszystkich na ziemię. Bum! Szaman cisnął coś do kolejnego ogniska. Powietrze momentalnie zasnuła sina mgła. Radek rzucił się do ucieczki. Sądząc po tupocie i trzasku łamanych krzaków, dziewczęta zrobiły to samo.

– Znowu ten stary małpolud! Rozwalić go! – rozległ się głos księdza.

Chłopak uciekał, przeskakując jakieś płoty i depcząc rabatki. Huknęło kilka strzałów. Na szczęście po ciemku wysłannikom inkwizycji trudno było wycelować. Kule gwizdały nisko nad głową, a może tylko tak mu się wydawało? We mgle całkowicie stracił orientację, ale odgłosy zadymy zostawały coraz bardziej z tyłu. Wreszcie wszystko ucichło. Przesadził ostatni parkan. Uliczka, po drugiej stronie jakieś wille. W prawo czy w lewo? Dyszał jak miech kowalski.

Może dziadek ma rację i ta religia rzeczywiście posiada swoje przyjemne strony, ale ilość tych negatywnych jednak przeważa... – pomyślał. Wracam na wieś, odpocznę, potem się poszuka kwatery w Lublinie. Tam pójdę do liceum. Dziadka złapią, gdy się będzie włamywał do zoo, zamkną w psychiatryku albo w klasztorze. Na jedno wychodzi, tak czy siak, już mnie nie będzie męczył. Nigdy więcej nie chcę mieć nic wspólnego z szamanami.

Skręcił za róg i wyszedł na znajomą pętlę tramwajową. Stary czekał, siedząc na masce ukradzionego auta. Radek stanął przed nim.

– Mimo wszystko twoja religia mi się nie podoba – oświadczył hardo. – Wycofuję się.

– Trudno. – Dziadek wzruszył ramionami. – Nie będę cię przecież zmuszał. Gyva, umiesz poprowadzić samochód?

– Jasne!

Śliczna blondyneczka z okrągłym tyłeczkiem, ta sama, która tak mu się spodobała przy ognisku, wstała z tylnego siedzenia i zajęła miejsce za kierownicą. Nie była już, niestety, goła, ale chłopakowi i tak z wrażenia zaschło w gardle.

– No i na co czekasz? – Stary popatrzył ze złością na wnuka. – Wynoś się, i to już!

– Wiesz, dziadku, tak sobie pomyślałem, przecież będziesz potrzebował pomocy, by uwolnić miśka... To znaczy Wielkiego Mywu. – Miał nadzieję, że dobrze zapamiętał, jak się to bydlę nazywa. – A przecież rodzina powinna sobie pomagać – dokończył.

– Poradzę sobie. – Staruszek skrzywił się, jakby zjadł cytrynę.

– Z uszkodzoną nogą? Nie mogę na to pozwolić – zaprotestował z godnością Radek. – Jako twój wnuk muszę się tobą opiekować, pomagać, służyć radą... Poza tym umiem jak ślusarz otworzyć każdy zamek – zełgał. – Wyciągniemy niedźwiedzia komfortowo i niech sobie biedak żyje na wolności. W zgodzie z naturą.

– Dziś już i tak za późno. – Szaman popatrzył na niebo. – Dobra, jedziemy! – Gestem wskazał chłopakowi drzwiczki wozu.

Jakub ponownie przeskanował cały organizm. U, do diaska... Poziom alkoholu we krwi spadł niemal do zera.

– Dzieńdoberek. – Lekarz, który pochylał się nad bimbrownikiem, wyglądał jakoś dziwnie. – Jak się czujemy?

– Eeeee... – wykrztusił egzorcysta. – Dwa piwa i będę jak nowo narodzony – zapewnił.

Stłuczenia trochę bolały, na głowie miał, zdaje się, kilka szwów, ale niedźwiedzie chyba nie zrobiły mu większej krzywdy. Popatrzył w okno, jednak nie zobaczył nic ciekawego, bo na zewnątrz panowała noc.

– To świetnie! – Konował zatarł ręce. – Piwo oczywiście zaraz przyniosę, ale najpierw pytanko na szybko. Wlazłeś, dziadku, na ten wybieg, bo poszukujesz Wielkiego Mywu?

– Skąd pan wie!? – zdumiał się Wędrowycz.

– A więc jest pan jego wyznawcą? – Twarz doktorka przyozdobił szeroki uśmiech. – To doskonale. Muszę wyznać, że to moja ulubiona choroba psychiczna.

Zaraz, zaraz, co on gada!? Jakub był tak potwornie trzeźwy, że aż nie mógł zebrać myśli.

– Ma pan typowy dla starców skomplikowany zespół urojeń maniakalnych z elementami wyparcia pierwotnej osobowości. Na szczęście to bardzo łatwo daje się leczyć...

– Ale ja jestem zdrowy – zaprotestował.

– Mój drogi panie, nie pieprz pan głupot. – Lekarz zaczął pchać dokądś nosze, na których Jakub leżał.

Egzorcysta spróbował się szarpnąć, ale, jak się okazało, został przypięty szerokimi skórzanymi pasami. Ostatnim razem tak go załatwili, gdy próbował odbić Semena z izby wytrzeźwień w Lublinie.

– Proszę spojrzeć na swoje wyczyny chłodno i bez emocji – perorował doktor. – Dlaczego pana tu przywieziono?

– Nie pamiętam – Wędrowycz spróbował nowej linii obrony.

– W biały dzień zrąbał pan drzewo w parku, przelazł po jego pniu na wybieg niedźwiedzi, a na zakończenie wskoczył do fosy. Czy tak zachowują się zdrowi psychicznie ludzie?

– To nie tak! – zaprotestował z godnością. – Zobaczyłem zwalone drzewo, postanowiłem zepchnąć je, żeby niedźwiedzie nie uciekły z wybiegu. Jak spychałem, pośliznąłem się i wpadłem.

Tymczasem lekarz wtoczył nosze do windy i wcisnął najniższy guzik. Egzorcyście coraz mniej się to podobało.

– Moja teoria jest taka – powiedział konował. – Spotkał pan jakiegoś samozwańczego guru waszej neandertalskiej religii. Zrobił panu pranie mózgu, w wyniku którego uwierzył pan we wszystkie te bzdury o składaniu ofiar niedźwiedziom. Musimy zrobić przeprogramowanie, tak jak w przypadku ludzi wyrwanych z sekt religijnych.

– Ale ja wcale nie wierzę w...

– Wszyscy tak mówicie – westchnął doktor. – A oto moje królestwo! – Pchnął odrapane drzwi i wtoczył nosze do sporej sali.

Jakub jęknął w duchu. Ciekawe, co mu teraz zrobi? Pewnie wstrzyknie jakieś psychotropy, bo chyba nie wsadzi do szafki na trupy, jak w takim jednym filmidle, co to je ostatnio puszczali w gminnym kinie?

– Zaczniemy od starej, jeszcze dziewiętnastowiecznej metody. – Konował uśmiechnął się dziwnie. – Mam tu odpowiedni aparat...

Ściągnął pokrowiec z dziwnej konstrukcji. Wędrowycz popatrzył zaskoczony. Jakieś osie, przekładnie, czarne krążki wyglądające jak płyty gramofonowe, tylko że grubsze, mosiężne tryby, dźwignie oblane gumą, a do tego wszystkiego spora korba.

– Piękna maszyna, nieprawdaż?

– Wspaniała! – Jakub na wszelki wypadek wolał się podlizać. – Wygląda na bardzo szacowny zabytek, ale, jak widzę, jest pięknie utrzymana – brnął dalej.

Niejasno zdawał sobie sprawę, że póki gada, lekarz nie użyje tego dziwadła.

– Kupiłem ją przypadkiem na aukcji internetowej – wyjaśnił konował. – Była dość podniszczona. Zardzewiała. Wiele lat stała na strychu. Naprawiałem ją w wolnych chwilach, pół roku poświęciłem, żeby wypucować ze śniedzi każdy trybik. No i dwie tarcze z ebonitu musiałem odlać, co w warunkach domowych wcale nie jest takie proste!

– To szmat czasu zajęło i morze potu kosztowało – pochwalił egzorcysta. – Ja tak kiedyś remontowałem carską kolumnę rektyfikacyjną. A jak dyrekcja oceniła pańskie poświęcenie?

– Cśś. – Doktorek przyłożył palec do ust. – Pracowałem po godzinach, całkowicie w czynie społecznym. Nawet nie wiedzą, że to mam.

Jakub zadumał się głęboko. Te tarcze, przy nich jakby metalowe grabki, korbka... Gdzieś już widział coś takiego! Tylko gdzie...

Zaraz, zaraz. Co on gadał? Ebonit? – wysilił pamięć. Gdzie ja widziałem ten materiał po raz pierwszy? Przed wojną w młynie? Chyba tak, wtedy jak w Wojsławicach podjęto próby elektryfikacji.

– To prądnica! – rzucił odkrywczo.

– A dokładniej, urządzenie do robienia leczniczych wyładowań elektrycznych! – uzupełnił konował.

Jakub w przypływie paniki chciał zerwać się na równe nogi, ale pasy go przytrzymały.

– Ten egzemplarz pochodzi z tysiąc dziewięćset trzeciego roku, model szpitalny. Z numerów ewidencyjnych odkrytych przeze mnie na obudowie wynika, że używano go w Kulparkowie.

– Gdzie? – Egzorcysta zmarszczył brwi.

– W Kulparkowie pod Lwowem działał wtedy jedyny w Galicji szpital psychiatryczny. No, ale my tu gadu-gadu, a czas ucieka...

Ściągnął z więźnia koc. Jak się okazało, egzorcysta leżał na noszach goły, tylko w samych slipkach...

– Co jest grane? – Jakub spojrzał zdumiony na mało znaną sobie część garderoby. – Skąd się to wzięło?

– Proszę się tak nie denerwować, bo się pan spoci i źle się elektrody przykleją. To całkowicie, no, prawie całkowicie bezpieczne – wyjaśnił konował. – Zresztą dodam jeszcze kilka pasków, żeby sobie pan kręgosłupa nie złamał. Przypadkiem.

Po kilku minutach ofiara eksperymentów była oplątana jak baleron. Od srebrnych krążków elektrod do maszyny ciągnęły się jakieś kabelki.

– Panie doktorze, czy to naprawdę konieczne? Doszedłem właśnie do wniosku, że znam miejsce, gdzie ukrywa się liczna banda gorliwych wyznawców kultu niedźwiedzia. To oni potrzebują natychmiastowej i kompleksowej pomocy psychiatrycznej. A leczenie mnie to kompletna głupota i strata czasu...

– To nie będzie bolało. – Doktorek uśmiechnął się lekko.

– Zawsze tak mówicie.

– No dobrze, trochę będzie, ale cierpienie uszlachetnia, a cierpienie dla nauki uszlachetnia nawet jeszcze bardziej.

– Mam w dupie nau...

Egzorcysta nie dokończył, bo eksperymentator znienacka wetknął mu szmatę do ust i zakręcił korbą.

Zęby szczękały Jakubowi jak pułapka na myszy, wypluty w czasie zabiegu knebel przykleił się do sufitu. Wokoło unosił się zapach spalonych włosów.

– Hmmm. – Doktorek spoglądał, jakby oceniając swoje dzieło. – Chyba trochę przesadziłem z napięciem. A może z natężeniem?

– Yyyy... Miało tylko trochę boleć – wycharczał Wędrowycz.

– Kłamałem. Zresztą nie było przecież tak strasznie, dorosły chłop, a rozkleja się jak baba! – huknął konował. – Weź się pan trochę w garść, odzyskiwanie zdrowia psychicznego to proces skomplikowany i długotrwały. Poza tym nie moja wina, jest pan pierwszym pacjentem, a do urządzenia nie dołączyli instrukcji. Nie bardzo wiedziałem, jak to wyregulować.

– Yyyy... – Egzorcysta gardło miał tak ściśnięte, że tym razem ledwie zdołał wydobyć głos. – Czy jeśli będę dzielny, dostanę pół szklaneczki spirytusu laboratoryjnego?

– Obiecuję.

– Z ręką na sercu?

– No pewnie! O obiecanych piwach też pamiętam. Tylko jeszcze jedna seria. Zmienię trochę woltaż i amperaż...

Doktorek zaczął kręcić gałkami. Minę miał przy tym podejrzanie natchnioną.

– Nie dałoby się tego jakoś skonsultować z innym lekarzem? – zasugerował pacjent.

– Tak po prawdzie to ta terapia jest, hmmm... Jak by to powiedzieć... nie do końca legalna. – Szaleniec ponownie zaczął dłubać przy maszynce. – Widzi pan, nie była stosowana od dawna, więc trudno ją zarejestrować bez przedstawienia wyników badań na ochotnikach.

– Ochotnikach!? Ale ja się nie zgłosiłem!

– Polował pan?

– No ba. Zajączki, kuropatwy, sarenki, w zeszłym roku nawet jelenia dziabnąłem... – Pytanie wydało się Jakubowi zupełnie od czapy, ale skoro mógł się pochwalić swoimi kłusolskimi sukcesami, postanowił sobie pofolgować.

– No to wszystko się zgadza. Po rosyjsku myśliwy to ochotnik. – Oprawca wzruszył ramionami.

– Doktorze – wycharczał więzień.

– Szczerze powiedziawszy – uśmiechnął się tamten jakby ze smutkiem – nie jestem doktorem. Wylali mnie ze studiów na psychologii, pracuję tu jako cieć. Liczę, że dzięki temu urządzeniu zdobędę nie tylko sławę, ale i dyplom. No, teraz powinno być dobrze...

Zakręcił korbą. Tym razem Jakuba popieściło dużo słabiej, mniej więcej tak jak wtedy, gdy pracując przed wojną w cukrowni, wetknął pośliniony palec do kontaktu.

– ...bra, chyba na razie starczy. – Egzorcysta ponownie odzyskał przytomność. – A więc czy jesteś wyznawcą Wielkiego Mywu?

– Nie!!! – Wędrowycz zawył, aż się ściany zatrzęsły.

– Drogi pacjencie. – Konował spojrzał na niego ze współczuciem. – Terapia nie na tym polega. Najpierw musi pan sobie uświadomić, że jest pan świrem. To pierwszy i najważniejszy etap leczenia. Jeśli twierdzi pan, że jest normalny, nigdy nie nabierze wewnętrznego przeświadczenia... Zresztą, co tu gadać. Najpierw masz się dziadu przyznać, potem zapragnąć wyleczenia, a wreszcie oczyścić umysł. Dobra, zapytam jeszcze raz. Czy uważasz Mywu za swojego boga? – Położył rękę na korbie.

– Oczywiście! – Jakub skwapliwie pokiwał głową, ale i tak sukinsyn zakręcił.

Dopiero drugi kubeł wody docucił Wędrowycza. Zamrugał oczętami. Woń ozonu kręciła go w nosie.

– Po co mnie...? – wykrztusił. – Się przyznałem...

– Musiał pan dostać uderzenie elektrycznością, żeby prawidłowa odpowiedź odpowiednio się utrwaliła – wyjaśnił. – A więc wierzy pan w te wszystkie szamańskie gusła?

– Tak. Ale to jest złe, chcę się z tego wyleczyć!

– Brawo, robi pan bardzo duże postępy. Z miesiąc to potrwa, ale obiecuję, że na pewno kiedyś tam będzie pan zdrowy.

– A obiecany spirytus? Byłem bardzo dzielny i wzorowo współpracuję.

– A pal cię diabli. Zasłużyłeś...

Podszedł do dygestorium i nalał do menzurki calutkie dwie setki spirytusu technicznego skażonego eterem. Jakub wychłeptał płyn w piętnaście sekund. Po ciele rozlało się błogie ciepło. Mięśnie stopniowo odzyskały swoją elastyczność. Alkohol krążył w żyłach, zamieniając się w czystą *vis vitalis* – siłę życiową.

Egzorcysta odetchnął z ulgą. Konował znowu uruchomił machinę, ale teraz organizm Jakuba odbierał wyładowania jak delikatne łaskotanie. Jeszcze pięć minut i ciało odzyska dawną sprawność. Pozrywa się pasy, felczerowi da w zęby, ściągnie ubranie i chodu!

W tym momencie rozległo się energiczne pukanie do drzwi. Na twarzy konowała odmalowała się lekka panika. Podskoczył, oderwał knebel od sufitu i wtłoczył pacjentowi w usta. Odczepiwszy kable, pchnął nosze za parawan.

– Otwierać! – głos zza drzwi zabrzmiał ponuro.

– Trwa tu inwentaryzacja niebezpiecznych leków! – zełgał eksperymentator. – Na osobiste polecenie ordynatora mam nikogo nie wpuszczać.

– Ale to ja jestem ordynatorem! – odparł głos. Jakub z ulgą rozpoznał Semena.

– Jak tak, to sam sobie otwórz – zakpił doktorek.

Nastąpił huk i wszystko drgnęło. Chwilę potem rozległ się rumor drzwi wypadających razem z futryną.

Znowu pędzili przez uśpione miasto. Dziewczyna prowadziła niezwykle pewnie, dziadek milczał. Wyglądało na to, że knuje coś paskudnego.

– Dlaczego jesteśmy ścigani? – zapytał Radek. – Przecież konstytucja gwarantuje nam wolność wyznania. Chyba nawet satanistów nikt w tym kraju nie prześladuje?

– Zacznij się przyzwyczajać – powiedziała blondyneczka. – Bez przerwy nas gnębią, to jedni, to drudzy, od tysięcy lat. A na wolność inkwizytorzy mogą pozwolić grupom, które traktują swoje kulty jak rozrywkę. My jesteśmy wyznawcami poważnej religii, więc i zabrali się za nas na poważnie.

– Kim oni właściwie są? Ten ksiądz i gliniarze? Pracują jakby razem...

– Przecież ci się przedstawili. To tajna komórka Centralnego Biura Śledczego – mruknął stary z niechęcią. – Inkwizytor Marek i jego łapacze, najbardziej religijni policjanci w kraju, dodatkowo przeszkoleni w Watykanie czy gdzieś. Ich zadaniem jest likwidacja grup takich jak nasza i nawracanie ich członków. To specjaliści od zwalczania kultów pierwotnych.

– Kultów – podchwycił Radek. – To znaczy, że jest ich więcej? Że oprócz nas są także inni?

– Są. – Dziadek kiwnął głową. – Ale to cię nie powinno interesować. Nie pomogą nam w walce.

– Dlaczego? – zdziwił się licealista. – Nasze cele są wspólne...

– Bo to potomkowie tych, którzy rościli sobie prawa do naszej ziemi – westchnęła Gyva. – Kolejne najazdy wyznawców obcych religii... I wszyscy po kolei usiłowali nas nawracać – dodała ze złością.

Zatrzymała się w wąskiej uliczce. Światło latarni z trudem przebijało się pomiędzy liśćmi wyniosłych klonów. Radek wysiadł, dziadek też wygramolił się z wozu. Samochód odjechał.

– Gdzie my jesteśmy? – zapytał chłopak.

Staruszek tylko wzruszył ramionami. Pomaszerowali w ciemność. Z mroku wyłoniła się stara kamienica. Radek niewiele zdążył zobaczyć, wszystkie okna były czarne. Trzecia nad ranem, widać ludzie śpią...

Odrapane drzwi wyposażono w domofon. Stary otworzył je kluczem wyjętym z sakiewki przy pasie. Zapalił łuczywo. Zeszli po kilkunastu trzeszczących drewnianych stopniach do piwnicy. Kolejne drzwi... Wzdłuż korytarza ciągnęły się boksy zamknięte furtkami zbitymi z łat. Otworzył ostatni z nich. Minęli kupę jakichś gratów. Dziadek odsunął stary blat stołu i odsłonił nieregularną dziurę ziejącą w betonowej ścianie.

Poczołgali się korytarzem wydrążonym w ziemi, oszalowanym starymi deskami. Wreszcie znaleźli się w dużej piwnicy.

– Przed wojną stała tu kamienica – głos staruszka brzmiał w ciemności bardzo ponuro. – Niemcy ją spalili, a po wojnie rozebrano ruiny. Oczywiście zwalono tylko mury i wyrównano teren, a piwnice pod spodem zostały. Trzeba było je trochę oczyścić i wykonać kilka ulepszeń. To jedna z naszych kryjówek.

– Aha.

Radek rozejrzał się wokoło. Ściany pokryto symbolami, ale w słabym świetle palącej się szczapki niewiele było widać.

– W każdej dzielnicy mamy co najmniej jedną. Nie wszyscy oczywiście wiedzą gdzie, konspiracja, sam rozumiesz. Pomieszczenie jest zabezpieczone, żaden zakichany pogański kapłan go nie wykryje, choćby dziesięć razy wchodził w trans na trawniku nad nami.

– Pogański? – zdumiał się chłopak. – Przecież to my jesteśmy poganami.

– Miałem na myśli palantów od Światowida – wyjaśnił dziadek.

– Rozumiem. – Radek odkrył, że nawet go to nie zdziwiło.

Z trudem stłumił ziewnięcie. Wszystkie dzisiejsze przygody wykończyły go kompletnie. Marzył o tym, by rzucić się choćby na to brudne klepisko i spać. A figę, dziadek miał inne plany.

– Właź tutaj! – Wskazał kolejną dziurę w ścianie.

Licealista przecisnął się z trudem. Trafił do dziwnego pomieszczenia kształtem przypominającego wielką flaszkę. Staruszek przez otwór w murze podał płonącą szczapkę. Klitka miała może siedemdziesiąt centymetrów średnicy i ze trzy metry wysokości. Na dnie leżały słomiane maty, wilgoć wręcz pełzała po ścianach.

– Ściągaj łachy, siadaj i skoncentruj się – rozkazał staruszek.

– Po co? – zdziwił się chłopak, machinalnie wykonując polecenia.

Był zbyt zmęczony, żeby się kłócić.

– Golnij sobie na rozgrzewkę i dla kurażu. – Szaman podał mu kubek jakiegoś płynu.

Wnuk pociągnął łyk i zobaczył wszystkie gwiazdy. Świństwo było niewyobrażalnie gorzkie, paliło gardło niczym ogień. Po ciele rozlała mu się fala dziwnej niemocy i lodowatego zimna. Miał wrażenie, że tonie. Pomyślał, że jeszcze chwila i jak w „Matriksie" obudzi się w wannie pełnej różowego kisielu.

– To wywar z muchomorów – głos dziadka dobiegał jakby z daleka. – Za chwilę bogini Nefet, pani Domu Trupów, uchyli przed tobą wrota zaświatów...

Chłopak zobaczył zielone plamy, potem obraz, jak w starym telewizorze, zaczął nabierać ostrości. Szeroka rzeka toczyła mętne wody przez równinę. Na szerokiej piaszczystej łasze płonęło niewielkie ognisko. Obok siedział jakiś typek ubrany w skóry. Dym snuł się dziwnie, chwilami układał się w coś przypominającego zdeformowaną twarz. Wokół ognia drzemały ni to psy, ni to wilki. Przez chwilę chłopakowi majaczył krąg ułożony z wielkich głazów, a potem wszystko uleciało.

– Już myślałem, że się nie doczekam – marudził Wędrowycz. – Nie spieszyło ci się kumpla ratować.

– Trochę trwało, zanim ustaliłem, gdzie cię zawieźli – sumitował się kozak. – Potem to już łatwiej poszło, na górze cię nie było, to wydedukowałem, żeby w kostnicy poszukać.

– To nie kostnica – zarechotał Jakub. – Chociaż z drugiej strony widzę tu co najmniej jednego kandydata na nieboszczyka. – Spojrzał na konowała, który przywiązany do stołu daremnie usiłował wypluć knebel.

Samozwańczy lekarz był całkiem goły. Były pacjent musiał przecież jakoś się przyodziać.

– A tak właściwie kto to jest? – zainteresował się kozak.

– Wybitny uczony. Specjalista od przywracania zdrowia psychicznego – wyjaśnił egzorcysta. – A do tego, co dziś nieczęste, miłośnik zabytków dawnej techniki.

– Hmm... – mruknął Semen. – Masz na myśli ten generator? Widziałem podobny w laboratorium inżyniera Popowa, jakeśmy budowali radio.

– No więc ten tu naukowiec umyślił sobie, że mnie wyleczy. Elektrowstrząsami.

– A na co jesteś chory!? – zdziwił się kozak. – Tak cię niedźwiedzie sponiewierały czy co?

– Podobno główka mi nie pracuje.

– To chyba on sam ma kuku na muniu! – rozsierdził się Semen.

– Tak właśnie mi się wydawało. – Jakub poklepał jeńca po policzku. – Sam widzisz, doktorku, mój kumpel też uznał, że to ty jesteś chory, a nie ja. Ale nie przejmuj się. Muszę ci wyznać, że zachwyciła mnie prostota i elegancja twojej teorii o zbawiennym oddziaływaniu elektrowstrząsów. Tylko że ja przez całe życie mam tak, że nie kopiuję niewolniczo cudzych pomysłów, tylko zawsze staram się je twórczo rozwijać.

Wyciągnął z szafki elektrody, przylepił je do nowego królika doświadczalnego, a potem energicznie zakręcił korbką.

– Hmm... – mruknął Semen, gdy straszliwe wycie trochę ucichło, a swąd spalenizny zelżał. – Mieliśmy mu leczyć głowę!

– No ba. A co niby robię?

– Więc czemu przylepiłeś mu ten drut do ptaka!?

– Skoro przez żołądek do serca, to aby dotrzeć wyżej, trzeba prąd puścić niżej...

Jakub policzył nieprzytomnemu puls. Widząc, że konował żyje, poluzował pasy.

– Wszystko gra – ocenił. – Jak dojdzie do siebie, to sam się wyplącze. A potem będzie już chyba zdrowy. Na nas pora.

– Idziemy załatwić miśka? – zapytał kozak. – Mam tu coś ciekawego, znalazłem, pomyślałem, że może się przyda... – Pokazał kumplowi opakowanie silnego środka usypiającego, zabrane z karetki.

– Nie dzisiaj. Muszę dojść do siebie i solidnie odespać te przygody. Zabierzemy się za to rano.

Godzinę później obaj przybysze z prowincji spali już głębokim snem w swojej mecie na Pradze.

Radek Orangut ocknął się przemarznięty na kość. Ubranie gdzieś wyparowało. W gardle miał pustynię, w głowie coś jakby pracujący gaźnik. Ciało zesztywniało. Z trudem wyczołgał się z „butelki". W większym pomieszczeniu było ciemno, ale gdzieś z boku ujrzał nikły poblask ognia. Za załomem muru przy małym ognisku siedział dziadek szaman. Wokoło unosiła się miła woń soczystego mięska pieczonego na grillu.

– Wypij. – Yodde podał wnukowi okopcony kubek zrobiony chyba z kory brzozowej.

– Co to jest? – chłopak zapytał nieufnie.

– *Czaj*, pij.

Pociągnął łyk. Smakowało z grubsza jak siano, czyli pewnikiem była to ta najtańsza herbata z supermarketu. Trochę go rozgrzała.

– Już myślałem, że się nie obudzisz – powiedział dziadek. – Długo to trwało... Jedz. – Podał mu gołębia oskubanego i upieczonego na szprysze rowerowej. – Co widziałeś?

Chłopak streścił, co ujrzał. Stary szaman milczał długo, wpatrując się w płomienie.

– Ciekawe wizje – mruknął wreszcie. – Widziałeś myśliwego Hetuu i Seide, nasze święte miejsce. Twarz w ogniu to z pewnością było oblicze naszego najważniejszego demona.

– Masz na myśli Y...

– Tego imienia bez powodu wymawiać nie wolno!

– Żadna tam wizja – syknął Radek. – Napoiłeś mnie jakimś kompotem dla narkomanów, to i coś się we łbie zagotowało. Co ty myślisz, że nic nie czytałem? Mamy być potomkami Kultury Oryniackiej, tak? Łowców mamutów sprzed czterdziestu tysięcy lat?

– Tak nazywają nasz lud współcześni archeolodzy.

– I ten Hetuu znalazł wtedy krąg z wielkich głazów, który uznał za święte miejsce naszych? – drążył.

– Ten krąg był świątynią jeszcze wcześniej, w epoce, gdy na ziemie te dotarli pierwsi przedstawiciele *Pithecanthropus erectus*...

– A gówno na kółkach! Pierwsze budowle megalityczne powstały około roku trzy tysiące pięćsetnego przed naszą erą i nie były to kręgi, bowiem te wznieśli w Polsce dopiero Goci gdzieś w drugim wieku naszej ery!

– Aleś ty wyszczekany – westchnął dziadek.

– Uczyli nas tego katecheci w czasie reedukacji!

– I tak im wierzysz? A nie przyszło ci do pustego łba, że cała kultura megalityczna może opierać się na dużo starszej? A ta na jeszcze starszej? O Atlantydzie też nie słyszałeś?

– Brak dowodów na jej istnienie – odwarknął chłopak.

– A jaki procent powierzchni naszego kraju został dokładnie przebadany?

– Chcesz powiedzieć że Atlantyda była w Polsce!? – zarechotał Radek.

– A znasz lepsze miejsce? – Yodde wzruszył ramionami. – Zapamiętaj sobie, że wiedzę otrzymujemy bezpośrednio od duchów przodków, a nie od archeologów czy inkwizycji! – Skrzywił się.

– Napoiłeś mnie wywarem z muchomora – mruknął chłopak. – Nawet nasze ćpuny wiedzą, że to cholernie niszczy wątrobę.

– No to co? Lepiej przeżyć trzydzieści lat jako szaman niż sto jako zwykły człowiek.

– I gadaj tu z takim.

Umilkli. Radek, walcząc z obrzydzeniem, skubał mięso z gołębia. Na dokładkę dostał jeszcze kawałek dziwnej pieczeni. Stary patrzył w ogień. Wreszcie wnuk nie wytrzymał:

– Mieliśmy się wybrać uwolnić niedźwiedzia?

– Mywu zbiegł i ukrył się gdzieś w mieście. To wymusza zmianę planu. Masz tu ubranie. – Szaman wskazał leżące w kącie ciuchy.

Radek założył jeansy, bawełnianą koszulę, markowe skarpetki i adidasy.

– No to odstawiony jesteś jak stróż w Boże Ciało. – Dziadek uśmiechnął się krzywo, zakładając szarą, znoszoną kurtkę. – Kamuflaż też jest ważny. Stroje obrzędowe nosimy do celów rytualnych. Dużo byśmy nie zdziałali, gdyby każdy dupek czczący Światowida mógł nas z daleka wypatrzyć.

Wnuk chciał złośliwie odpowiedzieć, że z takimi mordami mają niewielkie szanse ukryć się w tłumie, ale powstrzymał się nadludzkim wysiłkiem woli.

Jajecznica dymiła na patelni, „herbata z prundem" parowała ze szklanek.

– Będziemy potrzebowali paru rzeczy. – Jakub ziewnął rozdzierająco. – Tu za rogiem jest supermarket, to zrobimy zakupy i możemy ruszać.

– A konkretnie? – zainteresował się Semen. – Przedstaw listę i plan. Może coś uzupełnię.

Wstał nieco wcześniej i teraz golił się, popatrując w łazienkowe lustro.

– No więc musimy mieć lewarek samochodowy i pięć słoików miodu. Do tego jakieś przebranie. A, i gumofilce muszę sobie odkupić.

– Hmm...

– A plan jest prosty jak konstrukcja cepa. Jak się ganiałem z tym kudłatym bydełkiem, zauważyłem kratkę ściekową na ich wybiegu.

– No fakt. To pewnie po to, żeby móc wodę opadową odprowadzać – wydedukował Semen. – Żeby się fosa nie przelała po deszczu.

– Plan jest taki: włazimy kanałem, podchodzimy pod wybieg, lewarkiem otwieramy klapę i dajemy miśkom po słoiku miodu. Musimy być zamaskowani, żeby Mywu nie zwietrzył podstępu.

– Mieliśmy go wykończyć, a nie przekupywać miodem – zdziwił się Semen.

– A, no tak. Zapomniałem. Do każdego słoika dodamy tego środka znieczulającego, który zaiwaniłeś z karetki. Jak oklapną, to bez problemu upitolimy im łby.

– Mój drogi Watsonie, jesteś geniuszem! – zażartował kozak.

– Kim? Czego się przezywasz? – obraził się Jakub.

Kanał burzowy był prawie czysty, tylko na dnie leżała warstwa cuchnącego lekko szlamu. Jakub i Semen szli, przyświecając sobie latarkami.

– No i sam widzisz – powiedział Wędrowycz z dumą. – Żadnych włamań ani przemocy. Mimo najsurowszych zakazów wejdziemy prościutko tam, gdzie trzeba.

Jego głos dobiegający spod plastikowej maski klauna był nieco stłumiony.

– Nie jestem pewien, czy to przebranie będzie wystarczające. – Semen pogładził zieloną perukę. – A jeśli mimo wszystko zostaniemy rozpoznani?

– Nie bój żaby, w najgorszym razie uciekniemy. Kanał wąski, miśki duże, nie dopadną nas tak łatwo.

– Może i tak.

Zatrzymali się pod klapą studzienki. Egzorcysta po kilku klamrach wspiął się do góry. Podłożył lewarek i pokręcił energicznie korbą. Kratka przez chwilę stawiała opór, po czym odskoczyła z brzękiem.

– Kumplu, wprost brak mi słów – zachwycił się kozak, podając mu siatkę, w której niósł słoiki z miodem.

Jakub ostrożnie wyjrzał z kanału. Niedźwiedzie łaziły bez celu po wybiegu. Wystawił wszystkie pięć słoików, odkręcił pokrywki.

– Taś, taś, dobre misie, grzeczne... Kurde, jak się woła na niedźwiedzie? – zapytał Semena.

– A skąd mogę wiedzieć!? Ja tam bym wołał: won, bo zastrzelę!

Pierwsze zwierzę najwyraźniej zwietrzyło przysmak. Egzorcysta wycofał się pod ziemię.

– No i teraz wystarczy chwilę poczekać – powiedział z zadowoleniem.

– Hmm... tak się zastanawiam, czy słusznie zrobiłeś, że ustawiłeś te słoje w jednym miejscu.

– Bo co?

– Który pierwszy dobiegnie, zeżre wszystko.

– Furda. Tam jest Wielki Mywu. Pilnuje kumpli, wykonują jego rozkazy. On podzieli sprawiedliwie łup między bestie.

– A jak sam zechce... A, to już wiem, czemu jeden słoik kupiłeś dwulitrowy. Dla szefa porcja specjalna?

Z góry dobiegły jakieś ryki, a potem zagłuszyło je zgodne mlaskanie i brzęk szkła.

– Mywu jako wódz zabierze największy słój – tłumaczył Jakub. – Jak anestetyk powali futrzaki, wystarczy sprawdzić, koło którego będzie leżało duże naczynie...

Po kolejnych dwudziestu minutach wyleźli na wybieg. Plan się powiódł. Miśki leżały uśpione.

– A teraz upiłujemy im głowy – zarządził radośnie Wędrowycz.

– Wszystkim?

– Mywu po odcięciu łba zamieni się w człowieka. Jeśli zgadniemy od razu, to reszty nie będziemy już szlachtować.

Przeliczył bestie i zamarł. Przeliczył raz jeszcze i sprawdził na palcach.

– Coś mi się tu nie zgadza – powiedział. – Powinno być pięć, a są tylko cztery...

– Gliny! – mruknął ostrzegawczo Semen.

Alejką nadchodził patrol. Jakub z kumplem, wykorzystując przebrania, odegrali kilka sztuczek. Policjanci zaczepili tylko wzrokiem dwóch klaunów i poszli dalej. Obaj wspólnicy przystąpili do oględzin uśpionych zwierzaków.

– No to kicha – warknął egzorcysta. – Mywu zwiał. Jak mam pracować w takich warunkach?

– Wracajmy na kwaterę – zadecydował kozak. – Napijemy się i pomyślimy, co dalej.

Nastroje przy podwieczorku były raczej ponure. Ucieczka bóstwa zdenerwowała obu łowców. W milczeniu żuli niesmaczny miejski chleb z plastrami równie plastikowej mielonki. Tylko piwo smakowało tak samo podle jak na wsi.

– Mam plan – powiedział wreszcie Jakub.

– O Boże, znowu? – jęknął Semen.

– Sam widzisz, co się dzieje. Mywu nawiał i gdzieś się zamelinował. Jego moc rośnie wraz ze zbliżaniem się do nowiu, a ostateczną granicę osiągnie podczas następnej pełni. Dlatego mógł się już przekształcić w człowieka i szukaj wiatru w polu.

– To może poszukamy dla odmiany chłopaka albo tego starego pomerdańca Yodde?

– A masz jakiś pomysł, gdzie mogli się zadekować?

– Nie – przyznał kozak po chwili.

– No widzisz. Jedyna szansa, to szybko i sprawnie zaciukać miśka. Niebezpieczeństwo się zmniejszy, inkwizycja się rozleniwi, będzie więcej czasu na poszukiwania. Tylko jak go wytropić?

– Yodde go znajdzie?

– Tylko jeśli Mywu będzie miał na to ochotę. To nie jest oswojony niedźwiedź. Ale jest metoda, by go przywabić i wciągnąć w pułapkę.

– A konkretnie?

– Trzeba użyć szamańskiego bębna.

– I może jeszcze powiesz, że trza go najpierw zaiwanić staremu Yodde albo z muzeum?

– Bęben służy wiernie, ale tylko temu, kto go wykonał – wyjaśnił Jakub. – Będzie z tym trochę zachodu.

– Nie robiłem nigdy bębnów. A ty?

– Tylko raz... Prawdziwy kłopot będzie nie ze zrobieniem, tylko ze zdobyciem surowców. Zaczniemy od korzenia karelskiej brzozy. Potem reszta.

– Karelia... Byłem tam w dwunastym roku. Cholernie daleko. No i nie mamy rosyjskich wiz – mruknął kozak.

– Iii tam, wizy! Mają takie drzewko w Ogrodzie Botanicznym.

– Skąd wiesz? – zdziwił się Semen.

– Nieważne. Daj plan miasta.

Gdy obaj przybysze z Wojsławic wyskoczyli z autobusu, zapadała noc.

– Spóźniliśmy się haniebnie. O tej porze Ogród Botaniczny już na pewno zamknięty – zauważył kozak. – Trzeba tu wrócić jutro z rana i...

– I bardzo dobrze, że nieczynne – burknął Wędrowycz. – Sądzisz, że jakby był otwarty, toby nam pozwolili wycinać korzenie?

– Hmmm. Trudno nie przyznać ci racji. To jak wejdziemy? – Semen popatrzył na grube pręty parkanu.

Ogrodzenie miało ze trzy metry wysokości.

– Przepiłować by może...

– Wygniemy lewarkiem – wyjaśnił Jakub, sięgając do torby. – Te słupki to dobra sprężynująca stal, więc jak się wygnie, zablokujemy czymś szparę.

– Sprytnie to wykombinowałeś...

Wystarczył kwadrans. Przecisnęli się do środka. Dziurę zabezpieczyli płytą chodnikową.

– Korzeń należy wycinać w stroju rytualnym, inaczej może stracić moc – sarkał Jakub. – Ale nie mamy. No nic, może jakoś to będzie.

Ruszyli ścieżką.

– Jak poznamy, która to brzoza? – zapytał Semen.

– Uch, ty durny, w Ogrodzie Botanicznym jesteśmy! Będzie miała tabliczkę z nazwą. I spieszmy się – burknął Jakub. – Pracowita noc przed nami.

Szli przez pogrążający się w mroku park. Mijali klomby porośnięte jakimiś paskudztwami, krzewy, drzewa... Przy każdym stała tabliczka z nazwą, ale żadne jako żywo nie przypominało brzozy.

Gdy Radek i szaman wyłazili z lochu, dochodziła dziewiętnasta.

Chyba będę musiał przestawić się na nocny tryb życia... – pomyślał licealista z melancholią.

W uliczce opodal kryjówki stało audi. Może nie najnowszy model, ale całkiem, całkiem. Dziadek, pogwizdując pod nosem, otworzył drzwiczki i gestem wskazał chłopakowi miejsce za kółkiem. Kluczyk ozdobiony masywnym złotym breloczkiem wisiał w stacyjce.

– Skąd miałeś forsę na taką gablotę? – Młody wytrzeszczył oczy. – Z renty dla świrów czy co?

– A po co mi pieniądze? – zdziwił się szaman. – Nasz lud nawet obecnie prawie ich nie używa. No, z pewnymi wyjątkami. – Splunął, przypominając sobie, co stało się z Dębinką. – Zobaczyłem, że samochód stoi i się marnuje, to go sobie pożyczyłem na jakiś czas. Przyjdzie pora, to się odda.

W bagażniku coś łomotało. Czyżby Wielki Mywu?

– Trzymasz tam jakieś zwierzę? – Licealista popatrzył na tył.

– W pewnym sensie. – Staruszek uśmiechnął się chytrze. – Taki mutant w dresiku. Siedział za kierownicą. Pomyślałem, że jeszcze coś zepsuje, to go zamknąłem, żeby nie przeszkadzał.

– No ładnie, znowu będę jechał samochodem zwiniętym jakimś mafioso.

– Mafii nie ma. Tak mówili w telewizji. – Szaman rozparł się wygodnie i zaczął nabijać glinianą fajeczkę jakimś zielskiem. – Naprzód! – zakomenderował.

Radek odpalił silnik. Z przyjemnością odkrył, że prowadzi coraz lepiej, trochę tylko zaczepił drzwiczkami o latarnię.

Chyba należało je zamknąć, zanim ruszyłem, pomyślał. No nic, następnym razem będę pamiętał.

– Mów mi przepisy – polecił dziadkowi.

– Co?

– Nie wiem, jak się poruszać po takich ruchliwych ulicach. Na wsi było łatwiej, mniej samochodów, mniej skrzyżowań. Przypominaj mi, kto ma pierwszeństwo przejazdu i takie tam.

– My. Przecież jestem szamanem. Szaman jest najważniejszy – tłumaczył cierpliwie Yodde. – A przecież już raz prowadziłeś w Warszawie i nic się nie stało – przypomniał sobie. – Nie wymyślaj problemów.

– Oż kurde... A tak właściwie to dokąd jedziemy? Mówiłeś, że masz jakiś plan...

– W Ogrodzie Botanicznym rośnie odpowiednie drzewo. Musimy wyciąć mu korzeń. Zrobimy magiczny bęben. Za jego pomocą nawiążemy kontakt z naszym bóstwem.

– Gdzie jest ten Ogród Botaniczny?

– Na razie prosto – mruknął Yodde. – Dodaj gazu, wleczemy się. Stówką!

– Ale tu jest ograniczenie do trzydziestu – zaprotestował wnuk.

Dojechali do szerszej ulicy. Radek włączył się do ruchu. Chyba coś zrobił nie tak, bo kierowcy kilku samochodów zatrąbili klaksonami i miotnęli wiąchy...

– Dobra, dobra – mruknął. – Ten się nie myli, kto nic nie robi.

Dym z płonących ziół zasnuł wnętrze auta jak mgła. Dziadek wyglądał na zdrowo odurzonego.

Wysiedli na Agrykoli, tuż pod ogrodzeniem Ogrodu Botanicznego. Chłopakowi drżały kolana. Pomasował uszy opuchnięte od ryku klaksonów. Dziadek w zadumie obejrzał wgnieciony bok wozu i pokiereszowany tył. Koleś z bagażnika przestał się miotać, tylko klął, aż blachy brzęczały.

– Nigdy więcej! – Licealista oparł się o metalowe pręty.

– Nie przesadzaj – ofuknął go staruszek. – Od tego są zderzaki, żeby się zderzać.

– Aha – zgodził się wnuk dla świętego spokoju.

– Poza tym blacharze, mechanicy samochodowi i lakiernicy też muszą z czegoś żyć – dodał Yodde prawie wesoło. – Przynajmniej na razie, zanim rozpętamy apokalipsę.

– I lekarze oraz grabarze zapewne też. – Chłopak popatrzył ponuro na klapę bagażnika.

Zamknięty znów łomotał.

– Grabarze? – Dziadek wyjął z kieszeni krzemienny nóż. – To da się zrobić.

– Daj spokój – jęknął młody, poniewczasie żałując głupiej odzywki. – Po co nam trupy?

– Do jedzenia? – Szaman popatrzył na wnuka zdezorientowany.

– Przecież nie jesteśmy ludożercami! – prychnął Radek.

– Oczywiście, że nie. Tylko od czasu do czasu, rytualnie. I tylko dla podtrzymania tradycji, więc właściwie się nie liczy.

Radek poczuł, jak żołądek podchodzi mu do gardła. Niechciane wspomnienie z dzieciństwa wypłynęło jak na zawołanie. Mroczne rytuały, wątróbka z grilla...

– Już nigdy w życiu nie będę jadł ludzkiego mięsa! – wybuchnął. – To ohydne!

– A co, nie smakowało? – zapytał dziadek z troską. – Wydawało mi się, że wcinasz, aż ci się uszy trzęsą...

Chłopak wymiotował jak wulkan. Torsje szarpały nim przez kilka minut. Dziadek patrzył zniesmaczony.

– Łyknij. – Podał mu bukłaczek z jakimś płynem. – To na uspokojenie żołądka.

Pociągnął haust. Zapiekło, jakby się napił gołego spirytusu, ale pomogło. Nagle zrobiło mu się wszystko jedno, co je, byle było smaczne i pożywne...

– Dobra – odezwał się dziadek. – Wyjaśnię ci szczegóły twojego zadania. To jest Ogród Botaniczny. Musisz dostać się do środka i odnaleźć karelską brzozę. Potem wytniesz jej korzeń i mi przyniesiesz. To wszystko.

– Czemu sam nie pójdziesz?

– Bo mam moc. To mogłoby zaalarmować... Nieważne. Poza tym muszę czekać tu, dziewczyny coś się spóźniają.

– Jak tam wlezę?

– Też się nad tym zastanawiałem – przyznał Yodde – ale popatrz, ktoś nam ułatwił zadanie! – Wskazał dwa rozgięte pręty zablokowane płytą chodnikową.

– Nie podoba mi się to – mruknął chłopak.

– Czemu? – zirytował się staruszek.

– To wygląda, jakby ktoś wlazł do środka.

Szaman wzniósł oczy ku niebu.

– No pewnie, że wlazł. To Ogród Botaniczny. Ćpuny wycinają sobie nocami ziółka na skręty.

– Mówisz to z własnego doświadczenia?

Stary pyknął z fajeczki, a potem spokojnie, lecz z rozmachem kopnął wnuka, aż ten przeleciał przez dziurę i znalazł się w środku.

Dwaj starcy minęli jakąś dziwną ruinę i wreszcie spostrzegli kępę drzew o białych pniach.

– Brzozy – zidentyfikował egzorcysta.

– Tylko która jest karelska? – Semen w świetle zapalniczki zabrał się do odcyfrowywania tabliczek. Niebawem zlokalizował właściwy obiekt. Drzewo było niewysokie, pokręcone, a korę pokrywały jakieś parchy.

– Wybrałeś chyba najbrzydsze drzewo w całej okolicy! – marudził.

– Nie wygląd się liczy, tylko moc.

– Korzenie to pewnie na dole... – mruknął kozak i zaczął rozgrzebywać grunt nożem.

Nagle egzorcysta zamarł, a potem pociągnął kumpla w krzaki. Przywarli do ziemi. Dwaj wachmani w ciężkich glanach i kurtkach z napisem „Ochrona" nadeszli od strony obserwatorium astronomicznego.

– Mówię ci, widziałem jakiegoś gnojka. – Ten wyższy światłem latarki przeczesywał krzaki.

– Ale co by tu robił? – Jego kompan wzruszył ramionami. – Przecież tu nie ma co kraść. Drzewa na plecach nie wyniesie. No, ewentualnie mógłby wykopać jakiś krzew ozdobny, ale to lepiej na wiosnę, a nie teraz. Poza tym przerzucić krzak przez ogrodzenie to nie takie łatwe.

– No fakt – odparł jego kumpel. – Ale może na przykład kosiarkę z szopy zaiwanić czy coś... Szkoda, że nie mamy piesków. Puściłoby się jednego i zaraz byśmy chłopaczka dorwali.

Obaj zaśmiali się jak z dobrego dowcipu, a potem poszli dalej. Dwaj starcy wypełzli z kryjówki i pospiesznie zaczęli rozgrzebywać glebę. Niepozorne drzewko miało korzenie jak anakondy. Gdy wybrali dwa, zdaniem Jakuba odpowiednie, zaczęli piłować je krzemiennym nożem. Strażnicy wciąż kogoś szukali. Ich latarki błyskały to bliżej, to dalej. Drewno poddało się dopiero po półgodzinnej walce.

– Po co nam aż dwa? – marudził Semen.

– Na wszelki wypadek. Mam takie dziwne przeczucie, że się przyda.

– Przeczucie? Moc ci wraca?

– Chyba tak.

Ruszyli ostrożnie w stronę ogrodzenia i tu spotkała ich pierwsza niemiła niespodzianka. Koło dziury stał stary Yodde. Obok niego rozstawiły się cztery panienki w wieku nastoletnim.

– O, w mordę – sapnął Jakub.

Szaman był nie mniej zdziwiony.

– Wędrowycz!? – Wytrzeszczył gały. – A ty co tu robisz?

– Kwiatki zrywam – burknął egzorcysta. – Na twój pogrzeb.

– Kwiatki? A może korzonki?

– A czy ja wyglądam na świątobliwego pustelnika, który się korzonkami żywi?

– Dobra – warknął Yodde. – Przedyskutujmy to sobie po przyjacielsku i na spokojnie. Gibajcie tu do nas...

– Z przyjemnością. – Wędrowycz uśmiechnął się wyjątkowo wrednie.

Semen przelazł dziurą na zewnątrz. W tym momencie rozległ się ogłuszający gwizd. Obaj wachmani, wymachując pałami, nadbiegali alejką.

– Żeby to... – syknął Jakub i skoczył w otwór.

Niestety, pechowo uderzył kolanem w płytę klinującą pręty. Coś chrupnęło i sztaby zatrzasnęły się jak pułapka na myszy. Utkwił na dobre.

Yodde i Semen zaczęli ciągnąć, trzymając za nadgarstki. Trochę jakby pomogło. Poczuł, jak jego biedne zmaltretowane żebra przeciskają się między prętami.

– Mocniej – wychrypiał. – Idzie.

W tym momencie obaj wachmani szarpnęli go za nogi w drugą stronę.

– Puśćcie go, obezjajcy! – warknął kozak i targnął potężnie.

– Spieprzaj, dziadu! – burknął ten wyższy. – A tak w ogóle coście za jedni? A niech mnie! – Trącił łokciem kompana. – To przecież szaman tych neandertalców!

Yodde, zamiast odpowiedzieć na zaczepkę, oparł się nogą o podmurówkę i znowu szarpnął. Wędrowycz poczuł się jak kawałek przeciąganej liny.

– Moje nogi! – jęknął. – Urwiecie mi nogi.

– Właśnie! – wściekł się niższy wachman. – Puszczaj go, Yodde, stary pryku, bo krzywdę staruszkowi zrobisz.

– Całuj psa w nos, czarnobylcu – odwarknął małpolud i wraz z Semenem targnęli z całej siły.

W tym momencie gdzieś z daleka rozległa się syrena radiowozu. Yodde puścił i skoczył chyłkiem w krzaki. Ochroniarze szarpnęli, wyrywając egzorcystę z ogrodzenia jak korek z butelki. Potoczył się po trawniku, a potem nie bez trudu wstał, otrzepując ubranie. Co tu dalej robić? Nie dysponował mocą, więc postanowił wykorzystać psychologię...

– Dziękuję za pomoc. – Ukłonił się grzecznie. – Sami widzieliście, ten stary wariat mało mnie nie zabił.

Obaj uśmiechnęli się krzywo i... opadli na kolana. Jak na komendę sięgnęli pod lewą pachę. Jak się okazało, mieli tam wszyte jakby rozporki. Odsunęli ze zgrzytem suwaki.

– Ej, co się wygłupiacie? – wykrztusił Wędrowycz.

Domniemane rozporki odsłoniły wielkie dziury w ciele. Otwory były wewnątrz obrośnięte futrem. A potem jednym ruchem obaj wywrócili się na drugą stronę jak nicowane poszewki na poduszki.

– Jakub, uciekaj! – zawył Semen. – To *oborotnie*!

Radiowóz był coraz bliżej.

– Sam uciekaj, ja sobie poradzę!

Ochroniarze zamienili się w dwa wielkie rottweilery. Patrzyli na starca małymi, przekrwionymi psimi oczkami. Gęsta ślina kapała im z pysków. Ostre białe zębiska lśniły ponuro w mroku.

– Sprofanowałeś nasz święty gaj! – wyszczekał ten z lewej.

– Najmocniej przepraszam, to się już więcej nie powtórzy! – zakpił Jakub. – To ja już sobie pójdę.

– Karą za to jest oczywiście śmierć – warknął drugi.

– O, policja! – Wędrowycz wskazał gestem uliczkę.

Obie bestie odwróciły łby, a on, korzystając z okazji, rzucił się do ucieczki. Na szczęście tuż koło parkanu rosła wierzba płacząca. Wbiegł kawałek po mocno pochyłym pniu, złapał za konar i w ostatniej chwili podciągnął nogi. Jedna zębata paszcza kłapnęła w powietrzu. Druga zerwała mu gumofilc. Jadowicie zielona skarpetka błysnęła w mroku, zionęło od niej taką wonią, że oba psy zaskomlały przeraźliwie i zaczęły trzeć nosy łapami.

Wędrowycz usadowił się wygodnie na gałęzi jakieś trzy metry nad ziemią, rozglądając się po okolicy. Radiowóz przemknął w pobliżu, ale się nie zatrzymał.

– I co teraz zrobicie, wilkołaki za dychę? – prychnął, za pomocą środkowego palca lewej ręki pokazując ochroniarzom „międzynarodowy gest pokoju".

– Złaź! – warknął ten większy. – Gwarantujemy ci uczciwy proces z udziałem obserwatorów z twojego ludu Atviti.

– I karę śmierci, jeśli dobrze słyszałem – roześmiał się w kułak Jakub. – Dziękuję, nie skorzystam! Poza tym nie mam nic wspólnego z tymi pokurczami z Dębinki. Ja tu jestem zupełnie prywatnie.

Oba psy przywarowały pod drzewem. Przez parę minut egzorcysta cieszył się swoim zwycięstwem, plując na futrzaki i pokazując wszystkie możliwe obraźliwe gesty. Potem schadenfreude trochę mu przeszła. No bo z czego tu się cieszyć? Tkwił na gałęzi jak jakaś małpa i choć one nie mogły się tam dostać, to przecież był w pułapce.

– Złazisz czy nie? – warknął ten większy.

– A figę. – Wędrowycz pokazał mu język. – Jak jesteś taki mądry, to wleź sobie do mnie na górę – zaśmiał się złośliwie.

Rottweiler po ludzku wzruszył ramionami, po czym przenicował się i znowu był ochroniarzem. Tylko uniform mu się pogniótł, widać w środku psa było ciasno. Tego Jakub nie przewidział.

– To co, wleziesz i mi go zrzucisz? – zapytał drugi wilkołak. – A ja rozszarpię.

Sam jakoś nie kwapił się do zmiany postaci.

– Po co mam łazić po drzewach, jak dziada da się po prostu zestrzelić? – roześmiał się jego kompan, wyciągając z kabury wielką spluwę.

W świetle wschodzącego księżyca broń połyskiwała ponuro. Mężczyzna dokręcił tłumik i wziął Jakuba na muszkę.

Błysnął strumień gazów prochowych wyrzuconych z lufy. Kula gwizdnęła starcowi tuż nad uchem i uwięzła gdzieś w gałęziach. Posypały się liście i odłamki kory.

– Co tu tak mokro? – zdziwił się psiokształtny. – Hy, hy, posikał się ze strachu.

– To woda święcona – poinformował go życzliwie Wędrowycz.

Wilkołak zawył i zaczął się tarzać, trąc grzbietem o zroszoną trawę. Dookoła unosiły się kłaczki sierści odłażącej z płatami skóry.

– *Hasta la vista*, przybłędo. – Drugi tym razem wycelował wyjątkowo starannie.

Podobno jak się zamknie oczy, mniej się człowiek boi. Jakub spróbował, ale nie dostrzegł specjalnej różnicy.

Coś cicho brzęknęło. Wachman zawył. Wędrowycz uchylił powieki i popatrzył w dół. Ochroniarz trzymał się za dłoń, z której sterczała długa, pierzasta strzała. Cztery dziewuszki starego Yodde stały na ulicy, celując do jego prześladowców z łuków. Poczuł gwałtowną ulgę.

Wilkołak wyrwał z dłoni strzałę. Jego towarzysz właśnie transformował się w człowieka.

– I co? – warknął, zakończywszy przemianę. – Naprawdę sądzicie, że to nas powstrzyma?

Wystrzeliły jak na komendę, zaczepiły o cięciwy nowe strzały, znowu wystrzeliły. Lekka aura krzemiennych brzeszczotów i smugi kondensacyjne nie pozostawiały wątpliwości, obłożono je silnym urokiem. Obaj ochroniarze miotali się pod wierzbą, z minuty na minutę coraz bardziej przypominając wielkie jeże. Wyli jak zwierzęta, ale najwyraźniej poza bólem nie doznali poważnego uszczerbku na ciele. Jakub zeskoczył ciężko na ziemię. Odszukał zagubiony but. Ominął ich łukiem i dopadł do ogrodzenia.

– Tam gdzieś leży mój lewarek, wygnij pręty – polecił Semenowi. – Szybko, oni się zaraz zregenerują.

– Nie tak prędko, stary pierdzielu – warknął Yodde. – Najpierw się dogadamy.

Dwie dziewczyny wycelowały w kozaka, dwie pozostałe w egzorcystę.

– Czego chcesz? – zapytał konkretnie Wędrowycz.

– Nie udawaj. Wlazłeś tu, by zdobyć korzeń świętej brzozy. Oddasz mi go, a ja cię wyciągnę i nawet – skrzywił się niemiłosiernie – daruję wam tym razem życie.

Jakub zaklął w myślach, ale sięgnął za pazuchę. Podał korzeń przez kratę. Dziewczyny opuściły broń, nucąc pieśń wolności. Stal zmiękła jak plastelina. Jakub rozepchnął pręty, a następnie wyskoczył na ulicę.

Wilkołaki doszły już nieco do siebie, ciągle oszołomione zaczęły wyrywać strzały.

– Nie widzieliście gdzieś tam mojego wnuka? – szaman zwrócił się do konkurentów.

– Nie. – Egzorcysta pokręcił głową. – Ale tamci dwaj go zauważyli. Może przeskoczył parkan i buszuje teraz w Łazienkach.

– Aha... Dziękuję za informację. Nie powiem do widzenia, bo lepiej, żebyśmy się więcej nie zobaczyli. – Szaman wskoczył za kierownicę.

Dziewczyny już wcześniej zajęły miejsca. Dresiarz, zamknięty w bagażniku, nadal łomotał. Samochód ruszył z piskiem opon.

– Na nas też już czas – powiedział Jakub, obserwując kątem oka, jak obaj ochroniarze sięgają do kabur.

Radek, słysząc odległy huk wystrzału, skulił się w sobie i wpełzł jeszcze głębiej w krzaki.

– Co tam się dzieje? – jęknął.

Pół godziny temu przelazł przez dziurę w ogrodzeniu. Niemal natychmiast wpadł na ochroniarzy. Cudem zdołał im się wymknąć. Najpierw poleżał pod kępą kosodrzewiny, potem przemknął się tutaj. Wiatr niósł z daleka odgłosy jakiejś niewąskiej zadymy.

– Dobra, nie ma co się zasiadywać – szepnął do siebie. – Spływam. Narazka od wujka zarazka.

Podbiegł do parkanu. Za prętami widać było jakiś inny park i opadającą w dół skarpę.

To chyba Łazienki, pomyślał. Dobra nasza...

Wyszukał drzewo rosnące w pobliżu ogrodzenia. Wdrapał się na nie i przelazłszy nad zaostrzonymi końcówkami prętów, zeskoczył na kupę liści po drugiej stronie.

Ciekawe, gdzie znajdę bramę? – zadumał się.

Natrafił na alejkę. Lampy przy niej były zgaszone. Powędrował przed siebie. Nieoczekiwanie, gdy mijał rozłożysty krzak, potknął się na podstawionej nodze i runął jak długi.

– No i co my tu mamy? – usłyszał nad sobą bas. – Ani chybi to ten młody...

Odwrócił się na plecy. Zza krzaka wygramolił się antyterrorysta oraz... dobrze mu już znany ksiądz z obrzynem.

– No to mamy farta. – Duchowny założył chłopakowi kajdanki. – Pójdziesz z nami.

– Nigdzie nie pójdę! – wrzasnął Radek.

– No to cię zawleczemy – odparł spokojnie inkwizytor.

– Akurat...

Chwilę potem wlekli go parkową alejką, trzymając za nogi. Plecy chłopaka szorowały o żwir, ale nie bardzo mógł zaprotestować, bo w jego ustach tkwił knebel. Szli całkiem szybko. Widać bardzo im się spieszyło, a może bali się, żeby nikt ich nie nakrył?

– Gu, gu, gu! – wybełkotał Radek. – Mmmmm!

– Cicho, smarkaczu – warknął inkwizytor. – Będzie czas, to sobie szczerze pogadamy. Jak na spowiedzi. Czekaj na rozprawę, a teraz się zamknij.

Byli już niedaleko bramy. Musieli wejść jeszcze po kilkudziesięciu schodkach... Nagle gdzieś w ciemności zaszeleściły liście, a potem krzaki.

– Mamy towarzystwo – burknął idący obok księdza mężczyzna. – Dedukuję, że to ta gówniarzeria od Światowida. – Odwrócił się, usiłując przebić wzrokiem półmrok.

– No, no, tylko nie gówniarzeria! – rozległo się przed nimi.

Parkowe latarnie zabłysły jak za dotknięciem czarodziejskiej różdżki.

Radek uniósł głowę. W połowie schodów stała śliczna blondyneczka, ubrana w kuse skórzane mini oraz płócienną haftowaną bluzeczkę z apetycznym dekoltem. Miała bardzo ciemne, lekko skośne oczy, urocze dołeczki w policzkach, a na jej czole połyskiwał srebrny diadem. Istna księżniczka z bajki.

– O, panna Dobrochna wylazła wreszcie z kryjówki. – Klecha dźgnął chłopaka czymś ostrym w łydkę, a potem odbezpieczył obrzyna. – Dawnośmy się nie widzieli – wycedził. – Ale, jak to powiadają, lepiej późno niż wcale.

Dziewczyna zeszła z gracją po kamiennych stopniach. Teraz stała nie dalej niż trzy metry od nich.

– Nie radzę – warknęła. – Celuje do was co najmniej dziesięciu moich ludzi.

Inkwizytor i jego kompan rozejrzeli się. Rzeczywiście, jakieś dwadzieścia kroków za nimi stało kilku kolesiów. Każdy trzymał w dłoniach kuszę.

– Hmmm... Przyjmijmy, że tę rundę wygraliście. – Duchowny skrzywił się, jakby zjadł cytrynę. – I jak znam życie, chodzi wam o tego małpiszonka? – Trącił jeńca nogą.

– Oczywiście. – Uśmiechnęła się. – Oddajcie go, to darujemy wam tym razem życie.

Inkwizytor spojrzał pytająco na swego ochroniarza. Ten bezradnie pokręcił głową.

– To sprzeczne z naszymi zasadami – warknął ksiądz.

– Daję wam minutę na zastanowienie się. – Wyjęła z sakiewki małą klepsydrę na łańcuszku.

– Żeby to... – mruknął klecha. – Chyba nie ma wyjścia. Masz pecha, gnoju. – Spojrzał na więźnia jakby ze współczuciem. – Z drugiej strony może nie będzie tak źle, bo pewnie trafisz do nieba, i to szybciej niż my.

Radek nic z tego nie zrozumiał, ale uznał, że nie będzie się zniżał, by mu odpowiedzieć. Zresztą i tak miał ciągle knebel w ustach. Zamiast tego obserwował dziewczynę. Drobne, zgrabniutkie stópki w czymś w rodzaju góralskich kierpców, cudowne twarde łydki, rozkoszne zagłębienia pod kolankami, długie uda, ani za cienkie, ani za grube... Po prostu ideał.

A do tego widać uważa mnie za kogoś ważnego, skoro zdecydowała się ryzykować starcie z tym świrem w sutannie, aby mnie ratować, pomyślał. Na pewno mam u niej duże szanse.

Zatarłby z radości ręce, ale ciągle był skuty kajdankami.

– Wasze na wierzchu, wygrałaś, kapłanko. – Ksiądz splunął ze złością. – Chodź, Supuś – zwrócił się do ochroniarza.

I obaj ruszyli po schodach na górę. Dziewczyna odsunęła się, robiąc im miejsce. Kolesie z kuszami podeszli bliżej.

Swoją drogą, trochę nagięli historię, pomyślał Radek. W czasach pogańskich takie urządzenia nie były u nas jeszcze znane, no ale w słusznej sprawie przecież... Ratują mnie z łap inkwizycji.

Dobrochna zatrzymała się obok. Dotknęła stopą piersi chłopaka. Odruchowo zerknął pod jej spódniczkę i zamarł... Nawet w słabym świetle latarni zauważył, że dziewczyna nie miała na sobie majtek! Poczuł rozkoszny dreszcz.

Kapłanka też dumała o czymś przyjemnym, bo uśmiechnęła się czarująco.

– Zabrać tego małpoluda – powiedziała spokojnie – i dajcie znać, żeby zebrała się starszyzna. Jeszcze dziś w nocy złożymy go w ofierze Światowidowi.

To dziwne, ale dopiero teraz Radek zauważył, że wcale nie jest taka ładna, a do tego ma dziwnie wredny wyraz twarzy.

Radek nigdy nie przypuszczał, że w Polsce może istnieć zakamuflowana świątynia Światowida. A nawet gdyby wiedział, że takowa istnieje, z całą pewnością nie miałby ochoty oglądać jej wnętrza. Bo i po co?

Wjechali do garażu pod willą gdzieś na przedmieściach. Część ekipy poszła dokądś z kapłanką, a licealistę dwóch mięśniaków zawlekło na parter. Trochę otrzepali go z kurzu i ciągle skutego poprowadzili do ogrodu.

Stała tu metalowa hala, wyglądająca jak hangar na łódki. Wyższy pchnął drzwi. Pomieszczenie było całkiem spore. Wewnętrzne ściany wzniesiono z grubych belek, pośrodku królowała drewniana figura jakiegoś łysego wąsacza. Przed nią na dwu trójnogach stały miedziane misy. Musiały być wypełnione żarem, bowiem snuł się nad nimi wonny dymek.

Wyznawcy słowiańskich bogów poważnie traktowali swój kult. Nie szczędzili pracy na ozdobienie świątyni. Wszystkie belki konstrukcyjne były artystycznie rzeźbione i pomalowane. Tu i ówdzie rozwieszono półprzejrzyste tkaniny, klepisko przykrywały ręcznie tkane kobierce.

– Hy, hy, a toście błąd kropnęli – Radek zwrócił się do prowadzących go mężczyzn.

– Że co? – zdziwił się ten wyższy.

– No, Światowid to przecież taki koleś z czterema gębami, jak ten, co go wyciągnęli na Ukrainie z rzeki Zbrucz. Wdziałem w muzeum archeologicznym, jak odwiedzałem z wycieczką Kraków – pochwalił się chłopak. – A wasz posąg ma tylko jedną twarz.

– Tamto to Swarożyc – burknął poganin. – Ci, co go znaleźli, pomylili imiona i źle się ludziom utrwaliło.

– A fajna ta wasza religia? – zainteresował się Radek. – Może coś opowiecie? Bo w szkole wspominali, ale po łebkach.

– Najfajniejsza na świecie – powiedział z przekonaniem ten drugi. – I rytualnie pofiglować można, i miodu się napić, a i obrzędy mamy ekstra. Na przykład gardła różnym neandertalskim frajerom regularnie na ołtarzu podrzynamy.

– To chyba mam wyjątkowe szczęście, że nie jestem neandertalczykiem. Bo pewnie wiecie, że my z Dębinki jesteśmy *Homo sapiens fossilis*.

– Spoko wodza, jesteś na tyle z gęby podobny, że nie będzie problemu. – Ten potężniejszy wzruszył ramionami. – Zrobimy dla ciebie wyjątek. Nasze bóstwa też się nie obrażą.

– Zwłaszcza że sam rozumiesz, czasy takie, że niełatwo o małpoludy, czasem to i zwyczajniaków musimy szlachtować...

– Ups...

Za posągiem było jeszcze dodatkowe, niezbyt duże pomieszczenie. Na jego środku stała dziwna konstrukcja, metrowej wysokości drewniany stelaż, zaopatrzony w kółka z lanego brązu. Na nim opierała się płyta z czerwonego granitu z uchwytami na rogach. Wyglądała, jakby ukradli ją z jakiegoś cmentarza, była jednak lekko zagłębiona pośrodku. Na dnie niecki miała gumowy korek, taki jak do wanny.

– To umywalka jakaś? – zainteresował się Radek. – Do ablucji rytualnych zapewne? Czemu taka długa? No i kranu nie ma...

– Zaraz wszystko zobaczysz – obiecał wyższy z mężczyzn. – A jakbyś potem miał jeszcze jakieś pytania, to nawet wyjaśnimy.

Obaj wyznawcy Światowida szybko i sprawnie obdarli chłopaka z resztek ubrania, rzucili na płytę, a potem rozciągnęli, przywiązując rzemieniami ręce i nogi do uchwytów.

– Co wy robicie?! – wrzeszczał Radek, próbując się wyrwać. – Mieliście tylko powiedzieć, co to jest!!!

– Czynności przygotowawcze lepiej wykonać na zapleczu – w drzwiach pojawiła się Dobrochna. Przebrała się w białą półprzejrzystą tunikę, spod której prześwitywało nagie ciało. – Dlatego skonstruowaliśmy przenośny ołtarz na kółkach.

Pochyliła się i coś cmoknęło. Wyrwała korek, który chłopak miał teraz tuż koło ramienia.

– Życzyłeś sobie opisu tego urządzenia? – zapytała życzliwie. – W takim razie słuchaj grzecznie. W czasach naszych przodków krew ofiary po prostu spuszczano na ziemię, ale to było fatalne rozwiązanie, bo muchy się potem zlatywały, a i śmierdziało jak w rzeźni. Dorobiliśmy więc odpływ, dzięki któremu posoka ścieka do wiaderka. Nie chlapie na boki i kaszankę też można zrobić. Do roboty – zwróciła się do swych współwyznawców.

Obaj mężczyźni wyciągnęli pędzelki oraz naczynia z farbą. Jeden zaczął malować na ciele Radka czerwone linie, w tym czasie drugi nanosił czarnym mazidłem jakieś symbole. Dobrochna z zawiniątka trzymanego w ręce wyjęła kilka dziwnych noży różnych kształtów, a teraz spokojnie ostrzyła je małą osełką.

– Co one takie ciemne? – zainteresował się chłopak.

– Bo z brązu – wyjaśniła. – Tradycja taka. Ale nie martw się, nie będzie bolało bardziej niż zwyczajnym, żelaznym.

Wyglądało na to, że nie żartują.

– Yyyy... – wykrztusił licealista. – Czy to naprawdę konieczne? Bo tak sobie myślę... Czy nie wolelibyście mnie na przykład nawrócić? Też lubię pić miód, a wierzenia pierwotne zawsze budziły mój ogromny szacunek...

– Nie przyjmujemy pierwotniaków – mruknęła jak zadowolona kotka, sprawdzając jednocześnie opuszkiem palca sierpowate ostrze.

– To znaczy? – zdziwił się.

– Przedstawicieli autochtonów – wyjaśniła. – Ludów, które żyły na tej ziemi, zanim przyszliśmy my, rasa najdoskonalsza. Jako gatunek niższy ewolucyjnie nadajecie się wyłącznie na ofiary dla bóstw, ewentualnie, po wykastrowaniu, na niewolników.

– To ja się zgłaszam na niewolnika – zaproponował. – W sumie bez seksu da się chyba żyć...

– A po co nam jeszcze jeden rab? – zdziwiła się. – I to jeszcze z taką małpią gębą?

– Gotowe – zameldował ten masywniejszy kafar, odkładając pędzelek na gliniany talerzyk. – Wszyscy wyznawcy już chyba są...

Kapłanka spojrzała na swoją małą klepsydrę.

– Zaczynamy! – oznajmiła.

Wtoczyli ołtarz do głównej sali i ustawili przed posągiem. Zaraz ktoś przyniósł jeszcze drewniany cebrzyk, który umieszczony pod otworem miał zbierać krew. Chłopak rozejrzał się, szukając ratunku. W hali zebrali się chyba wszyscy wyznawcy. Jacyś starcy z siwymi brodami, kobiety, kilka fajnych młodych lasek. Wszyscy ubrani byli podobnie, w długie białe szaty. Na głowach mieli wieńce z ziół i kłosów zboża. Widać ważne święto, skoro się tak wystroili. Niektórzy tarli zaspane oczy, widocznie wieść o obrzędach wyrwała ich z łóżek. Ba, nawet dzieciaki przyprowadzili.

No ładnie, Radek oburzył się w duchu. Przecież oglądanie takich scen będzie dla psychiki tych maluchów bardziej szkodliwe niż nadmiar przemocy w mediach!

– Bracia i siostry! – Dobrochna w swojej przejrzystej tunice stanęła koło posągu, dwaj mięśniacy zajęli miejsca po lewej i prawej stronie ołtarza. Wyglądało na to, że będą robić za kapłanów. – Dziś w ofierze złożymy nie byle kogo, wnuka naszego największego wroga, szamana Yodde.

– Eee... – wykrztusił licealista. – Pomyliliście mnie z kimś. Mój dziadek ma na imię nie Yoda, tylko Zygfryd – próbował się wyłgać.

– Zamknij się! – Niższy z pomocników dał mu po łbie.

Dobrochna uniosła do góry nóż. Radek szarpnął się w więzach, ale oczywiście nie puściły.

A więc tak będzie wyglądał ostatni obraz, który zobaczę w swoim życiu? – pomyślał. Posąg Światowida, tłum ludzi ubranych jak pajace i dziewczyna w przejrzystej halce z majchrem w ręce? Zachciało mu się płakać. Może chociaż do nieba pójdę? Ups... Chyba nie. Skoro chciałem przejść na ich wiarę, to, zdaje się, złamanie pierwszego przykazania. Człowiek coś palnie, zanim pomyśli, a potem ma przekichane i na tym, i na tamtym świecie...

Wierni zaintonowali dziwną pieśń. Jakiś łysy staruch wybijał rytm na cymbałach. No to koniec...

W tym momencie melodyjne pienia zakłócił obcy, niepokojący dźwięk. Kosiarka do trawy? A może daleki pogłos silników kilkunastu pił mechanicznych? Ktoś las ścina w środku nocy? Hałas narastał, potężniał, niebawem kompletnie zagłuszył śpiew uczestników ceremonii.

– Co to, do cholery, jest? – zapytał jeden z kapłanów.

– Nie podoba mi się to – mruknęła Dobrochna. – Trzeba...

W tym momencie wrota świątyni padły na ziemię i do środka wjechała na motorach cała wataha mężczyzn ubranych w skóry. Więzień z niedowierzaniem patrzył na miecze, niklowane rogate hełmy, zmierzwione brody. Wikingowie? W gimnazjum coś się o nich uczył. Słowian, zdaje się, nie lubili. W każdym razie wyznawali inną religię i nie składali chyba ofiar z ludzi?

Szkoda, że strasznie dawno nie czytałem komiksu o Thorgalu, pomyślał. Na pewno były tam jakieś użyteczne informacje.

Starcie nie trwało długo. W ciągu najwyżej dziesięciu minut wszyscy wyznawcy Światowida leżeli na podłodze z rękami skutymi na plecach. Któryś z wojowników przyskoczył do ołtarza i cyfrowym nikonem cyknął całą serię fotek.

Radek był wściekły. Nie miał na sobie ani strzępka ubrania, rękami też się nie mógł zasłonić.

Jeden z wikingów, nienaturalnie chudy, zbliżył się do posągu. W jego sylwetce było coś znajomego. Pod szyją błysnęła koloratka. Spod niklowanego hitlerowskiego hełmu połyskiwały okulary w drucianych oprawkach. Obrzyna w ręce też nie sposób było zapomnieć. Za nim kroczył kafar zwany Supusiem, którego Radek kilka godzin wcześniej poznał w parku.

– Rozwiąż chłopaka – powiedział duchowny do swojego towarzysza. – I dajcie mu jakieś łachy.

Wiking iście rzeźnickim majchrem przeciął więzy. Licealista usiadł skołowany. Kolejny wojownik podszedł do duchownego.

– Kapłanka się wymknęła – zameldował. – Co robimy z tą hołotą? Ochrzcić i do piachu? Czy może lepiej na stos? Wyrżnąć ich możemy bez kłopotu, jakby co, będzie na tych od Odyna...

– Zapuszkujemy w klasztorze i nawrócimy – zadecydował księżulo. – A kapłanką się nie przejmuj. Dorwiemy ją, jak spróbuje ich uwolnić. – Wyszczerzył zęby w paskudnym drapieżnym uśmiechu. – A tę budę trza puścić z dymem. Posąg wygląda na stary... – zadumał się. – Sprawdzić, jeśli sprzed wprowadzenia chrześcijaństwa, przekażemy archeologom. Jeśli nowszy – porąbać.

– Tak jest.

– Radosław Orangut. Znowu się spotykamy. – Inkwizytor spojrzał na uwolnionego z niechęcią. – Tu podpiszesz protokół, że cię chcieli złożyć w ofierze. – Wyjął z teczki jakieś dokumenty. – Może być trzema krzyżykami, jeśli nie znasz alfabetu – dodał dobrodusznie. – Niby jest dokumentacja fotograficzna, ale zawsze lepiej mieć takie rzeczy na papierze.

Skołowany chłopak podpisał we wskazanym miejscu. Ubrał się.

– Co ze mną zrobicie? – zapytał z rezygnacją.

– Wypuścimy – mruknął ksiądz. – Ozdabiasz wprawdzie to miasto jak grzyb ścianę, ale tak sobie myślę, że bardziej pożyteczny będziesz na wolności.

W pierwszej chwili licealista sądził, że się przesłyszał, ale duchowny władczym gestem wskazał mu drzwi. Radek nie dał sobie dwa razy powtarzać. Na podwórzu pakowano właśnie skutych wyznawców pogaństwa do sporej ciężarówki, ozdobionej reklamą jakiegoś klasztornego piwa. Chłopak wzdrygnął się.

Niby chcieli mi gardło podciąć, ale z drugiej strony kapłankę mieli śliczną, a i obrzędy niczego sobie... A teraz co? Czekają ich dyby i włosiennice. Wstawać będą o czwartej rano i cały dzień odmawiać modlitwy... – dumał.

Po chwili szedł podmiejską uliczką, przeskakując nad kałużami. Nie wiedział, dokąd się udać. Nie miał pojęcia, gdzie jest... Czuł tylko coraz większy zamęt w głowie. Zbadał zawartość kieszeni, w jednej odkrył banknot stuzłotowy.

Nie jest źle, myślał. Na bilet do domu starczy. Wrócę na wieś i będę żył spokojnie. Skombinuje się jakiś zasiłek, może będzie nudno, ale bezpiecznie. Żadnych inkwizytorów, żadnych pogańskich kapłanek, żadnych szalonych dziadków...

Z drugiej strony ta cała Dobrochna była całkiem fajna, zwłaszcza jak się przebrała w to przezroczyste... Uciekła, gdy ludzie księdza wpadli do świątyni. Błąka się teraz gdzieś tutaj, samotna, przemarznięta. Odnajdzie ją, pomoże, potem razem odbiją jej towarzyszy z klasztoru. Za takie zasługi na pewno przyjmą go do swojej sekty. Będzie czcił Światowida, pijał miód i inne pyszności, figlował z kapłankami... No i jeszcze podrzynał gardła różnym neandertalskim frajerom. Widać po to są neandertalczycy, żeby ich składać w ofierze. Jego przecież Słowianie chcieli zaszlachtować przez pomyłkę, zupełnie przypadkowo, tylko dlatego, że jest z twarzy podobny do małpy. Nie ma się o co obrażać. Każdemu może się przytrafić...

Zatarł z radości dłonie. Fajnie będzie. Potem pewnie awansuje, a z czasem może i arcykapłanem zostanie. Będzie miał willę i taką cool-gablotę. Ważne, żeby przyłączyć się do lepszych. Od razu widać, że ci poganie są nadziani. Świątynia wypasiona, drogie bryki. A dziadek co? Sypia po piwnicach, obrzędy pod gołym niebem...

Doszedł do miejsca, gdzie już nie było zabudowań. Na lewo ciągnął się rozległy park. Latarnie oświetlały tylko ulicę, widział gęste chaszcze na jego skraju. Ale zafascynowało go zupełnie co innego. Na brzegu kałuży w szarym błocie odbity był ślad bosej stopy. Śliczna kapłaneczka, prawie naga, przemarznięta, ukryła się gdzieś w tych krzakach i czeka na ratunek! Odnajdzie ją, rozgrzeje... Nie pamiętał już, że przed chwilą chciała go złożyć w ofierze.

Śmiało ruszył tropem. Między drzewa prowadziła tu wąska alejka. Przeszedł kilkadziesiąt kroków, zrobiło się zupełnie ciemno.

– Dobrochna! – zawołał półgłosem. – Odezwij się. To ja, Radek Orangut.

Odpowiedziało mu milczenie. Przeszedł jeszcze kawałek. Ciemno było że oko wykol, nie widział już prawie nic.

– Kapłanko! – zawołał głośniej. – Miłości moja...

Wymacując w mroku ścieżkę, dotarł do grubego drzewa. Albo rosło na środku dróżki, albo... Nie zdążył wymyślić drugiej hipotezy, bo ktoś zamalował go dębową lagą w czachę.

Gdy się ocknął, stał przywiązany do pnia. W ustach miał knebel.

– ...kompletnie tego nie rozumiem – kilka metrów dalej Dobrochna rozmawiała z jakimś kumplem. – Po pierwsze, dlaczego go wypuścili?

– Może uciekł? – podsunął poganin.

– Nam ledwo się udało wyrwać, a on przecież był związany jak baleron.

– Może użył swojej magii? Jego dziadek jest szamanem. Jak raz rzucił na mnie urok, to ledwo żywy wyszedłem, poszło mi takim zielonym syfem po skórze...

– Po drugie, czemu nas szukał? Powinien dać drapaka i tyle. Spodobało mu się bycie ofiarą czy co? Chyba że Światowid już go naznaczył i zmieszał mu myśli. Obrzęd został przerwany, lecz małpiszon pragnie jego dopełnienia. Albo nieświadomie rzuciłam na niego urok.

Zaraz, zaraz, o czym ona gada!? – zdziwił się Radek. Przecież jedziemy na jednym wózku! Miałem się do nich przyłączyć i razem...

Towarzysz Dobrochny wyrósł przed nim z nożem w ręce. Rozpiął kurtkę więźnia, potem koszulę.

– No proszę – ucieszył się wyraźnie. – Nawet symbole się nie pościerały! Masz noże?

– Oczywiście. Kapłanka nigdy nie porzuca narzędzi pracy!

Klinga z brązu w jej dłoni zalśniła ponuro. W tym momencie zza drzew dobiegł narastający huk silników. Ciemność rozdarło światło kilkunastu reflektorów. Dobrochna i jej kumpel znikli jak zdmuchnięci. Ciężkie motocykle przetaczały się przez park gdzieś niedaleko. Z mroku wyłoniła się ubrana na czarno postać.

– Gyva! – Radek z ulgą rozpoznał członkinię swojej sekty. – Uwolnij mnie!

– Ciii... – Gestem nakazała milczenie. Wyjęła z torby mały wykrywacz metali używany przy kontroli osobistej i przesunęła wzdłuż jego ciała. Na wysokości łydki urządzenie zapiszczało. Dziewczyna ujęła w dłoń mały krzemienny nożyk i dziabnęła.

– Auuuu!!! – zawył.

– Zamknij się, bo jeszcze kogoś nam na kark ściągniesz – syknęła gniewnie. – Już kończę.

Poczuł strumyczek krwi cieknący po nodze.

– O! – Podetknęła chłopakowi pod nos kawałek metalu, najwyraźniej wyrwany z jego łydki.

– Co to? – zainteresował się.

– Mikrochip. – Cisnęła pluskwę w ciemność i jednym pociągnięciem noża przecięła więzy. – Za mną – rozkazała.

Odetchnął z ulgą i podążył w ślad za dziewczyną. Szła bardzo szybko, ledwo zdołał dotrzymać kroku.

– To stara sztuczka inkwizytora – wyjaśniła. – Oznakować jednego wyznawcę i wypuścić w nadziei, że doprowadzi do reszty. Z palantami od Światowida nieźle mu wyszło. Totalny pogrom. Świątynia właśnie się hajcuje jak złoto!

– Ale kiedy on mi to założył!? – zdumiał się. – No tak, w parku, gdy dźgnął mnie w nogę. To musiało być to...

Na skraju lasku zaparkowany był fiacik. Dziewczyna siadła za kółkiem, Radek usadowił się obok. Z ulgą opadł w wygodny fotel. Jego towarzyszka zapuściła silnik.

– Słuchaj – powiedział. – Oni, ci od Światowida, mówili o podcinaniu gardeł neandertalczykom.

– No, czasem im się myli i podrzynają naszym. – Pokiwała z politowaniem głową. – Gatunków nie rozróżniają, za głupi są i tyle. Brak im przygotowania antropologicznego.

– Czegoś tu nie rozumiem. A właściwie rozumiem, ale w głowie mi się nie mieści. Czy to znaczy, że w naszych czasach istnieją jeszcze żywi neandertalczycy...?

– Dużo ich nie zostało. Kilkuset może. Ale i owszem, żyją wśród ludzi, tak jak my. Co w tym niby dziwnego?

– Może się z nimi jakoś sprzymierzymy? – zasugerował. – W kupie raźniej.

Prowadząc auto jedną ręką, odwinęła się i trzasnęła go „z plaskacza" w twarz.

– To nasi przodkowie przelewali krew, broniąc grot Lascaux przed tymi bydlakami, a tobie się sojusze marzą!? – wrzasnęła. – Ciesz się, że twój dziadek tego nie słyszał!

A potem wdepnęła gaz do dechy i pomknęli przez uśpione miasto.

Prawie zupełnie pusty autobus trząsł się na wybojach. Jakub popatrywał na zasypiającą Warszawę coraz bardziej zdegustowany. Mrugające neony, latarnie...

Prundu nie szanują, pomyślał. I te żarówki w pierona kosztowały. I po co to niby? Noc jest, żeby spać. A śpi się najlepiej po ciemku. Albo żeby samogon pędzić. Do tego też trzydziestowatówka starczy. A tu? Łuna od tego miejskiego oświetlenia, że gwiazd nie widać. I jak się kto zgubi, to jak niby dom znajdzie?

– Daliśmy ciała, i to straszliwie – biadał Semen. – Była okazja złapać chłopaka, a zamiast tego Yodde zdobył korzeń.

– To już akurat żaden problem...

– Zrobi bęben! Może nawet wcześniej niż my! W dodatku co ci przyszło do głowy marnować na wilkołaka wodę święconą? To daje tylko powierzchowne oparzenia!

– No właśnie dlatego mówię, że to nie problem – tłumaczył cierpliwie egzorcysta. – Korzeń, który mu dałem, jest zdezaktywowany. Polało mi się po wilkołaku, jak moczyłem go w $H_2O_{św}$.

Wyskoczyli z autobusu i dziarskim krokiem ruszyli w stronę kwatery.

– Czyli robimy szamański bęben. Czego jeszcze potrzebujemy? – zapytał kozak.

– Płat odpowiedniej skóry – wyjaśnił Jakub, po czym wyciągnąwszy z rękawa kawał łańcucha krowiaka chlasnął na odlew.

Glaca przyczajony w bramie wypuścił z ręki tulipana i jęcząc, runął na wznak. Światło księżyca zagrało na czterech paskach dresiku.

– Ty, co ty, do cholery, robisz? – zdziwił się egzorcysta, widząc, jak jego towarzysz ściąga z powalonego zamszową kurtkę.

– No mówisz, że skóra potrzebna, potem walisz, myślałem, że na tym frajerze surowiec wypatrzyłeś...

– Nie, grzmotnąłem, bo miał wredny wyraz twarzy – wyjaśnił Jakub. – I tak czatował, jakby się na nas zasadził. A ten łachman zostaw, tu potrzeba czegoś zupełnie innej jakości.

– A konkretnie? – Semen obszukał jeszcze kieszenie dresiarza i dogonił przyjaciela.

– Skóry mamuciej... Nad ogonem jest takie miejsce.

– Chcesz powiedzieć, że mamy zdobyć skalp z dupy mamuta? Kurde.

– No co?

– Wszystkie w Dębince już chyba wytłuczone, no nie? Ten, co go kardynał rąbnął z rusznicy, był ostatni?

– Ano niestety.

– To co zrobimy?

– Trza się będzie machnąć w przeszłość. Odeśpimy teraz, a rano śniadanie się zje i w drogę.

Wdrapali się na swój stryszek i rozłożyli barłóg. Po chwili nakryci skórami zapadli w pokrzepiający sen. Łomot do drzwi, który nastąpił najwyżej kwadrans później, brutalnie wyrwał ich z ramion Morfeusza.

– Kto tam? – Jakub leniwie uchylił powieki.

– Z gazowni.

– Wiesz – Semen przeciągnął się, aż zatrzeszczały mu stawy – słyszałem w radio, że po Warszawie grasował bandyta podający się za pracownika gazowni... Może go wypuścili i znowu zaczyna?

– Czyli mamy dwa wyjścia. – Jakub potarł kułak. – Albo wpuścić, nakopać i oddać w łapy gliniarzy, albo wpuścić, nakopać i zresocjalizować poprzez wyrzucenie oknem.

– Znaczy zresocjalizować definitywnie?

– Właśnie... Skoro państwo się do tego nie pali, wyręczymy je w czynie społecznym – zaproponował, ale wstawać mu się jakoś nie chciało.

W tym momencie solidnie kopnięte drzwi otworzyły się na oścież. Do środka wpadli gliniarze z jednostki antyterrorystycznej.

– Ty, zobacz, jakie ci z gazowni noszą dziwne uniformy! – ziewnął Semen. – Po cholerę im kominiarki i kamizelki kuloodporne?

– To pewnie na wypadek wybuchów instalacji czy kuchenek – wyraził przypuszczenie Wędrowycz. – Co się dziwisz, dłubanie przy takich rzeczach to niebezpieczna robota.

– Dzieńdoberek – odezwał się chudy ksiądz, uzbrojony w obrzyna.

– A to kto? – zdziwił się kozak.

– Kapelan pracowników gazowni – wysnuł teorię jego przyjaciel. – Przy takiej robocie nietrudno o wypadek śmiertelny...

– Ojciec Marek, wydział specjalny Kongregacji Nauki Wiary. – Duchowny pokazał odznakę.

– Czyli nie z gazowni – zafrasował się Semen. – No to nie wiem. Wklepujemy im czy nie? Księdzu niby nie wypada...

– To inkwizycja – wyjaśnił mu przyjaciel. – Podobna grupa uderzeniowa jak ci, co pacyfikowali Dębinkę. Czym możemy służyć? – zapytał konkretnie.

– Jakub Wędrowycz i Semen Korczaszko! – Duchowny obrzucił ich ciężkim spojrzeniem. – Co wy tu właściwie robicie?

– Śpimy. To wolny kraj, mamy prawo tu przebywać – odparł flegmatycznie Semen.

– Zwiedzamy miasto, korzystając z gościnności naszych przyjaciół z Dębinki – dodał egzorcysta.

– Ścisła rewizja!

– A nakaz?

Duchowny w odpowiedzi pokazał mu figę. Po chwili obaj przyjaciele leżeli rozpłaszczeni na podłodze obok posłania, a policyjna ekipa zaglądała we wszystkie zakamarki.

– Czysto – zameldował gliniarz księdzu.

– Tu nie ma nic podejrzanego. Jestem porządnym człowiekiem – obraził się Jakub.

– I znamy osobiście waszego szefa – dodał kozak z nutką pogróżki w głosie.

– Co robiliście kilka godzin temu w Ogrodzie Botanicznym? – zapytał duchowny.

– A co to znaczy „botanicznym"? – Wędrowycz rolę wioskowego przygłupa miał opanowaną do perfekcji.

– Nic nie wiedzą – ziewnął najmasywniejszy z gliniarzy.

Ksiądz wyjął laptop, połączył się z watykańskim archiwum, które udostępniło mu teczki obu obwiesiów.

– Słuchajcie – powiedział już spokojniej. – Wiem, że wasza obecność tutaj jest nieprzypadkowa. Coś knujecie.

– My? – Egzorcysta zrobił minę niewiniątka.

– Czuję się obrażony – nadąsał się jego przyjaciel.

– Będziemy mieli was na oku – warknął ksiądz, zbierając się do wyjścia.

Samochód mknął przez uśpione miasto.

– Miałem dziś chyba więcej przygód niż przez całe dotychczasowe życie – westchnął ponuro Radek.

– A zadanie nie zostało wypełnione. – Gyva wydęła pogardliwie wargi. – Wielki Mywu gdzieś przepadł. Dobrze, że chociaż korzeń mamy, choć żadna w tym twoja zasługa.

– Daj spokój – burknął. – Robiłem, co się dało.

– Dupa wołowa z ciebie i tyle...

– Dokąd jedziemy? – dyplomatycznie zmienił temat.

– Do mnie – wyjaśniła. – Szaman kazał, żebym cię przenocowała.

Świat odzyskał barwy w jednej chwili. Ciekawe tylko, czy mieszka sama, czy z rodzicami – zadumał się. – Ano nic, się zobaczy.

– Masz wypocząć i na popołudnie być gotów do kolejnej akcji – dodała.

Świat dla odmiany trochę poszarzał.

– Czy wy w ogóle zdajecie sobie sprawę, że księżulo z dwururką ma do pomocy cały gang motocyklowy?

– No i co z tego? – zdziwiła się. – Sobie zebrał albo nawrócił, to i ma.

Radek nie znalazł żadnego nowego argumentu.

A może jednak lepiej drapnąć na wieś? – rozmyślał. W tym mieście tylko guza znajdę. A tam, na prowincji, można sobie żyć spokojnie i bezpiecznie. Poza tym co? Mało to u nas dziewczyn? Może Kaśka od sołtysa z Majdanu nie tańczy nocami goła przy ognisku, ale to całkiem fajna i inteligentna dziewczyna... Na pewno uda mi się ją w końcu wyciągnąć na dyskotekę do Wojsławic. Jak to się mówi, do dwudziestu trzech razy sztuka!

Gyva zatrzymała samochód na parkingu. Byli gdzieś w centrum miasta.

– Za mną! – poleciła.

Podreptał posłusznie, tłumiąc coraz częstsze i mocniejsze ziewnięcia. Słońce wspięło się już nad horyzont, ludzie spieszyli do pracy. Radek i jego towarzyszka skierowali się w stronę budynku, którego elewacja wykładana była płytami łamanego piaskowca. W jedną ze ścian wpuszczono wąskie metalowe drzwi upstrzone plamami rdzy. Wisząca na nich tabliczka z trupią czaszką dziwnie skłaniała do refleksji... Dziewczyna przekręciła klucz w zamku. Znaleźli się w wąskim korytarzyku. Zatrzasnęła wejście i zrobiło się jak u Murzyna w... No, ciemno.

– Poczekaj tu – rozkazała.

Stał w kompletnych ciemnościach, słuchając, jak blondyneczka czymś szura.

Błysk iskier krzesanych krzemieniem przerwał rozmyślania. Zapaliła dwa łuczywa, po czym podała mu jedno. W migotliwym świetle spostrzegł, że wystroiła się w skórzaną minispódniczkę oraz tkaną tunikę bez rękawów, spinaną pod szyją kawałkiem kości.

– Miło przebrać się bardziej po domowemu – powiedziała. – Chodźmy.

Zeszli w dół po wąskich, krętych ceglanych stopniach. Sala w podziemiach była spora. Na betonowych ścianach namalowano sprayem mamuty, renifery i inną zwierzynę. Zupełnie jak w kawalerce na Pradze, tylko bardziej kiczowato. Pośrodku pomieszczenia żarzyło się dogasające ognisko.

– Eeee... Jak to możliwe!? – zdziwił się. – A gdzie dym?

Pokazała gestem. Uniósł głowę i zobaczył, że w suficie zieje spora dziura.

– To dawna kotłownia – odgadła jego wątpliwości. – Od dziesięcioleci nikt tu już nie zagląda, więc postanowiliśmy ją wykorzystać.

W słabym blasku łuczywa spostrzegł pod ścianami kilka posłań zarzuconych skórami reniferów. Drzemały pod nimi dziewczyny, osiem, może dziesięć, pewnie te, które widział w czasie obrzędów na działkach. O ściany oparto dzidy, oszczepy i łuki.

Wokół paleniska walały się ogryzione kości. Radkowi zaburczało w brzuchu.

– Jedz. – Podała chłopakowi niewielki pakunek.

Usiadł wygodnie na kamieniach koło żaru. Odwinął liście łopianu i wgryzł się w pieczone mięcho. Ona też się pożywiała. Rozglądał się wokół i coraz bardziej mu się tu podobało. Jej koleżanki do snu rozebrały się chyba do naga, bowiem spod skórzanych derek wystawało a to gołe ramię, a to apetyczna nóżka, a w jednym z zakamarków błysnął nawet cały tyłeczek sterczący spomiędzy futer. Chłopak poczuł radosne dreszcze. Zdaje się, coś z tego będzie... Gyva wyjęła z sakwy bukłak i nalała do kubka cieczy.

– Wypij łyczek przed snem – zaproponowała – rozluźni cię i odpręży.

Miał jeszcze w pamięci straszliwą miksturę, którą uraczył go dziadek. Powąchał ostrożnie. Nie pachniało szczególnie podejrzanie. Ot, winko z owoców, zupełnie jak na wsi. Wypił jednym haustem. Co ona mówiła o odprężeniu? Czyżby... Na próbę puścił do niej oko. Dziewczyna odmrugnęła i uśmiechnęła się.

– Wiesz – przeciągnęła się kusząco – zazwyczaj nie wpuszczamy tu żadnych mężczyzn, więc nie obraź się, że przedsięwzięłam pewne, nazwijmy to, środki ostrożności...

Hy! – ucieszył się w duchu. Jaka mądra dziewczyna, nawet o prezerwatywy zadbała.

Nagle podłoga zachwiała się, a potem przekręciła o dziewięćdziesiąt stopni. Dopiero po chwili zrozumiał, że po prostu zwalił się na bok i teraz obserwuje otoczenie z zupełnie innej perspektywy. Gyva złapała go za kark i zaczęła gdzieś wlec.

– Pośpisz po tym jakieś dwanaście godzin – warknęła. Poczuł, że mózg mu się wyłącza. Odlatywał prosto w ramiona Morfeusza.

Jakub i jego kumpel siedli na ławeczce na skwerku nieopodal mety. Wyspali się, zjedli śniadanie. Słoneczko przyjemnie grzało, do szczęścia brakowało im jedynie jakiejś flaszeczki.

– Będziemy musieli skoczyć wstecz o jakieś czterdzieści tysięcy lat – powiedział Jakub. – To trochę głęboko.

– No, najdalej tośmy byli w średniowieczu – przyznał Semen. – Ale czy dasz radę nas tam przerzucić bez mocy?

– Trochę się już zregenerowała. Jeszcze parę dni i odzyskam pełen potencjał.

– Parę dni... Z tym, co masz, nie zdołasz...

– Nie zdołam przerzucić nas w całości – westchnął egzorcysta. – Ale jest metoda. Przeorganizuję ciała w pakiet o rząd wielkości mniejszy od pojedynczego protonu...

– Gadaj po ludzku!

– Ścisnę nas, w przeszłość polecimy jako ciała astralne.

– Gdzieś ty się takich rzeczy nauczył!? – zdumiał się Semen.

– W Dębince – przyznał niechętnie Jakub. – Młody byłem, ciekawski, to i owo się podpatrzyło...

– Chcesz zatem wystrzelić nas w przeszłość jako duchy? To w jaki sposób wykonamy zadanie? – zdumiał się kozak.

– Poltergeisty mogą oddziaływać na materię – wyjaśnił Jakub. – Zadawać rany, kraść przedmioty i tak dalej.

A my będziemy tam dużo bardziej materialni niż zwykłe widma.

– A, to w porządku.

– Teraz słuchaj uważnie. To jest nóż. Weź jeden, na wypadek gdybyśmy musieli się rozdzielić. – Podał przyjacielowi solidny krzemienny wiór osadzony w kościanej rękojeści. – Mamut jest porośnięty futrem grubym na jakieś dwadzieścia centymetrów. Skóra ma nie więcej niż cal grubości. Pod spodem jest słonina gruba na co najmniej dwie dłonie, więc powinno ci dość gładko pójść z oddzieleniem skalpu od ciała. Tnij śmiało i głęboko, wyczyścimy już tutaj...

– A słoninkę stopimy na smalec – uśmiechnął się Semen. – Będzie czym nacierać uprząż i zawiasy. Zaraz, czekaj. Jakub, co ty pieprzysz!? Mamy podejść od tyłu do mamuta i wyciąć mu metr kwadratowy tyłka? Jako zjawy? A potem z tym, co wytniemy, mamy wrócić do teraźniejszości, i może jeszcze ta skóra będzie tu materialna?

– Załapałeś – ucieszył się Wędrowycz.

– Jasne – prychnął kozak. – Widziałeś kiedyś żywego słonia? Wiesz, na jakiej wysokości ma zad? A mamuty były jeszcze o połowę większe! Nawet jeśli uda nam się podejść i sięgnąć na taką wysokość, to przecież jak tylko mu wsadzę ten zadzior, odwróci się i zrobi ze mnie mokrą plamę! Nawet jeśli będę tylko duchem, to zostanie ze mnie tylko ektoplazma rozmazana po ziemi!

– No faktycznie – zasępił się egzorcysta. – O tym nie pomyślałem. To może przywiążesz go za nogi do drzewa, a ja podtoczę jakiś kamień i zoperuję...

– To weźmy na drogę pięćdziesiąt metrów stalowej liny holowniczej. Albo łańcuch.

– Metale ciężko się przemieszczają... Już wiem! Uśpimy! Masz przecież jeszcze ten środek, coś z karetki zabrał. Weźmiemy arbuza, natniemy, nakapiemy do wnętrza i podłożymy mamutowi. Jak zeżre, wychlastamy co trzeba.

– Hmm... Nawet niegłupio to brzmi. A jak wrócimy? – zainteresował się Semen.

– Jak zdobędziemy skórę, to wyrzuci nas automatycznie – uciął Wędrowycz.

Jakub nalał do plastikowych kubków jakiejś cieczy z bukłaka.

– Wypijmy – rozkazał.

– Co to?

– Specyfik, który ułatwi wyrwanie duszy z ciała – wyjaśnił pogodnie.

Semen przełknął łyk ohydnej galaretowatej cieczy. Pociemniało mu w oczach. Gdy znowu zrobiło się jasno, stał na zrudziałej jesiennej trawie, a wokół ciągnął się zagajnik z rachitycznych brzózek. Klimat był nieco chłodniejszy, jakby tu nie słyszeli jeszcze o globalnym ociepleniu.

– No i jestem – powiedział Jakub, materializując się obok.

– Prześwitujesz – mruknął kozak.

– Przyganiał kocioł garnkowi. Na siebie popatrz. No to do dzieła.

– Na mamuty to pewnie w lewo? – zakpił Semen.

– Sprawdzimy...

Za chaszczami majaczyła jakaś górka. Postanowili, że wlezą i rozejrzą się trochę. Podejście okazało się dość strome, ale bez trudu wdrapali się na szczyt. Faktycznie, z góry mieli niezły widok. Za pasmem wydm rozległą doliną płynęła paskudna bura rzeka. Otaczały ją bagna. Niebo pokrywały chmury, chyba zanosiło się na deszcz. Jak okiem sięgnąć nie było widać ani śladu mamuta. Tylko gdzieś przy horyzoncie nikły dymek zwiastował obecność ludzi. A właściwie pewnie przedstawicieli *Homo sapiens fossilis*.

– Włochaczy tu najwyraźniej nie ma – powiedział kozak markotnie. – Może uciekły albo ktoś je wyłapał?

– A co ty myślisz, że się pasą gęsto jak krowy na łące? Dzikie zwierzę to w dzikich gąszczach żyje. Może po prostu zapytamy miejscowych? – zaproponował jego kumpel.

Ruszyli w stronę dymu. Semenowi wycieczka najwyraźniej się nie podobała. Kopnął ze złością pień mijanego drzewka i nieoczekiwanie gruchnął jak długi. Jego stopa przeszła na wylot.

– No, ładnie – wycedził.

– Jesteś duchem, jak już musisz w coś kopać, to w kamienie – doradził przyjaciel.

– Przez granit noga nie przejdzie?

– Przejdzie, ale chociaż zaboli.

Zagajniki ciągnęły się w nieskończoność. Obaj starcy wędrowali przed siebie, nudząc się jak mopsy.

– Ciekawe, co jedzą duchy takie jak ja? – dumał kozak.

Nieoczekiwanie w nozdrza uderzył ich straszliwy fetor. Śmierdziało dużo bardziej niż wtedy, gdy otwarli od trzech lat nieużywaną oborę po dawnym pegeerze.

Jakub rozejrzał się. Na polance przed nimi wznosiła się pryzma ekskrementów.

– Niezłą ktoś kupę zrobił, ze sto kilo jak nic... – Semen poweselał. – Chyba mamy wreszcie trop.

– Kupa jest w jednym kawałku, zatem pochodzi z jednego zwierzęcia. Dinozaurów tu nie ma, więc w grę wchodzi tylko mamut! Poza tym w okolicach Dębinki widywałem podobne – Wędrowycz przyznał mu rację. – Czekaj, draniu, już ja ci kudły przystrzygę – warknął, grożąc niewidocznemu zwierzęciu.

Ślady bestii znaczyły ściółkę rzędem wygniecionych zagłębień. Przedzierając się przez brzeziniak, mamut połamał drzewka, na krzakach zostawił pojedyncze pasma długiej brązowej sierści.

– Musiałbym być ślepy, żeby zgubić tak wyraźny trop – ucieszył się kozak. – A wiesz, tak się zastanawiam... Jak mu wyciachamy metr kwadratowy skóry, to zwierzak pewnie zdechnie, jeśli nie z upływu krwi, to na zakażenie.

– Szkoda bydlaka, będzie się parę dni męczył... – przyznał Jakub. – Chyba żeby od razu dobić. Tylko jak takim maluśkim nożykiem zarżnąć bydlę ważące pięć ton? A nic, tętnicę znajdziemy i sprawimy go jak wieprza w rzeźni.

– A i jeszcze do tego mamy go wcześniej uśpić... O kuźwa!!! – Semen aż przysiadł.

– No co?

– Arbuza nie wzięliśmy!

– Cholerna skleroza. – Jakub walnął się dłonią w czoło.

– Może gdzieś... – Kozak zaczął rozglądać się po krzakach.

– Tu nie rosną, bo klimat taki bardziej z epoki lodowcowej niż nasz... No nic, najpierw go dogonimy, a potem będę się martwił, jak lek zapodać.

– Yyyy – wykrztusił zakłopotany Semen.

– Chcesz powiedzieć, że i leku nie mamy!? – jęknął Jakub.

Obaj starcy wdrapali się na kolejne wzgórze i wyjrzawszy zza krzaków, stanęli jak wryci. Mamut, którego tropili, leżał w dolince przed nimi.

– Wygląda na to, że problem braku leku i arbuzów rozwiązał się sam. – Semen odetchnął z ulgą.

– No i nie będę musiał się martwić, jak go upolować – zawtórował mu Jakub.

O to zadbali już miejscowi. Zwierz spoczywał na boku. Neandertalcy naszpikowali go dzidami tak, że przypominał wielki szaszłyk.

– Dziwne, a mnie w szkole uczyli, że jaskiniowcy podpalali lasy albo naganiali zwierzęta na urwiska... – dumał kozak.

– Uch, ty durny, wierz dalej w szkolne mądrości, zobaczymy, jak daleko w życiu zajdziesz!

– Nasi czcigodni krewniacy... – Semen przypatrywał się ekipie obozującej obok góry świeżego mięsiwa.

– Krewniacy!? – obraził się Jakub. – Chyba twoi! Już te małpiszony z Dębinki bardziej do człowieka podobne!

Tubylcy musieli zaciukać mamuta ładne parę godzin temu, bo zdążyli koło rozpłatanego kałduna rozpalić kilka wielgachnych ognisk i teraz robili sobie ćwierćtonową wątróbkę z grilla... Trudno ocenić, ile zdążyli zeżreć, ale jeszcze sporo piekło się na prymitywnych rusztach.

– Jedno im trzeba przyznać – burknął egzorcysta. – Ci to działają z rozmachem. Jak w Dębince jakiegoś trzasnęli, to zaraz wędzonkę robili albo solili i wekowali, a ci się nie przejmują, żrą wszystko na świeżo. Pewnie jak się zaśmierdnie, to upolują kolejnego.

– Rabunkowa gospodarka zasobami środowiska.

– He, he – zaśmiał się Jakub.

– Na długo im nie starczy. Jeszcze parę tysięcy lat i wybiją co do egzemplarza – wyjaśnił Semen.

– Jak to: co do egzemplarza? – zdziwił się egzorcysta.

– Mamuty wymarły. Nie wiesz o tym?

– Wiem, ale zastanawiałem się, w jaki sposób... No fakt... Przecież nasi małpowaci sąsiedzi z Dębinki ściągali je sobie z przeszłości. A, starczy tych rozważań. Złazimy na dół, wycinamy skalp z zadu i chodu.

– Skalp to chyba z głowy? – mruknął niepewnie Semen.

– Mamut ma więcej włosów na tyłku niż ty na głowie – odparł zgryźliwie egzorcysta. – Więc może być i z tyłka. Zwał, jak zwał.

Semen milczał. Obserwował małpoludów z mieszaniną fascynacji i odrazy. Z gęby nawet przypominali mieszkańców Dębinki, ale na tym podobieństwa się kończyły. Byli raczej niscy, żeby nie powiedzieć kurduplowaci, mieli jeszcze bardziej krzywe giry i owłosione łapska. Poubierali się w jakieś skórzane łachmany, porwane i poplamione... Ale imprezkę zrobili, trzeba im przyznać, z rozmachem.

– Ano nie ma się co zasiadywać – westchnął.

Ruszyli ostrożnie, kryjąc się za krzakami i pniami drzew. Skradali się tak, żeby podejść od drugiej strony upolowanego zwierza. Wreszcie zapadli między świerki. Wielkie cielsko wznosiło się jak góra, oddzielając ich od ucztującej bandy. Wyglądało na to, że wszyscy jaskiniowcy zajęci są żarciem, od tej strony nikt nie pilnował łupu.

Z bliska okazało się, że mamut porośnięty jest długą rudobrązową szczeciną i nieprawdopodobnie wręcz śmierdzi. Ziało od niego zapachem ni to obory, ni to dawno niesprzątanego wychodka, dodatkowo sierść cuchnęła stęchlizną i jakby zagonionym kundlem.

– Kurde, te mamuty z Dębinki jakby czystsze były. – Semen zatkał nos.

– Może nawet nie. Dawno je wąchaliśmy. Wiesz, jak to jest, przykrości łatwo się zapomina... – Jakub wzruszył ramionami. – Dobra – mruknął. – Wycinamy skórę, zanim się skapną, i chodu do dwudziestego pierwszego wieku.

Podpełzł do truchła jak zwiadowca do nieprzyjacielskiego okopu. Ustalił, gdzie jest tył zwierzęcia, rozgarnął kudły i wykonał pierwsze cięcie. A właściwe to próbował wykonać, bo krzemienny majcher tylko odbił się od cielska. Przydusił go, prąc z całej siły na rękojeść. Z trudem przebił się do warstwy sadła.

– Skóra jak na słoniu – westchnął.

– Hmm... W zasadzie mogliśmy się tego spodziewać, mamuty były przecież słoniami, tyle że owłosionymi – kozak nie przegapił okazji, by popisać się swą erudycją.

– Coś podobnego!? To już wiem, dlaczego ich trąby wydawały mi się znajome z kształtu...

W ciągu mniej więcej godziny, piłując pomalutku, wyciapali okrąg o średnicy około metra. Kozak złapał za krawędź, a jego kumpel, lekko nacinając, oddzielił skórę od „słoniny". Zasapał się przy tym i nawet zgłodniał, bo choć woń bydlaka skutecznie odbierała apetyt, cały czas kręcił go w nosie zapach pieczeni.

– Można by jeszcze trochę uciąć – marudził kozak. – Dobra skóra, gruba. W sam raz na podeszwy łapci...

– To se sam wycinaj. – Przyjaciel podał mu nóż.

Semen kończył już krwawą robotę, gdy nieoczekiwanie coś wilgotnego szturchnęło go w łokieć.

Pewnie Azorek tych małpoludów, widać już jakiegoś udomowili, pomyślał.

Opędził się wolną ręką i zabrał do ostatniego cięcia. Szturchnięcie było tym razem mocniejsze. Obejrzał się odruchowo. Za nimi siedziało całe stado piesków.

– Husky – powiedział Jakub. – Fajne kudłacze, zawsze chciałem skosztować udko takiego.

– Ty, ale one mają przecież inne ogony. I nie są takie szare...

– Wilki jaskiniowe! – egzorcysta zawył tak, że z drzew posypały się liście, a potem, wykręciwszy rozpaczliwy piruet, wbiegł na grzbiet mamuta i straciwszy równowagę, stoczył się prosto między ucztujących.

Semen po chwili wahania podążył w ślad za nim. Owłosieni kolesie przerwali przeżuwanie mięcha. Wybałuszyli gały. Wędrowycz spróbował wstać, ale poślizgnął się na mamucich flakach i ponownie rymsnął ciężko na ziemię. Małpoludy na ten widok zabuczały dziwnie, co chyba miało oznaczać rozbawienie.

– Wilki! – Semen mimo wszystko spróbował ostrzec ich przed czającą się za mamutem watahą.

W tej chwili jednak zobaczył kilka podobnych bestii, które kręciły się między ogniskami.

– Kurde, jak to!? – zwrócił się do przyjaciela. – Udomowili!?

– Pomóż mi wstać, palancie. – Jakub wyciągnął dłoń. Najbliższy jaskiniowiec podniósł długą, opaloną na końcu dzidę i jakby od niechcenia przyładował mu po głowie. To znaczy spróbował przyładować, bo kij przeleciał przez egzorcystę na wylot.

Dzikusy spoważniały w jednej chwili. Podnosili się niespiesznie, łapiąc za swoje dzidy i maczugi. Stanęli kręgiem. Ich ciemne oczy śledziły każdy ruch nieoczekiwanych gości.

Pośród „fossilisów" wyróżniał się stary jak świat pryk, ubrany w coś w rodzaju przepaski z frędzelkami. Wyglądał na ich wodza, a może szamana? W każdym razie jakaś szycha.

– No to co, że wilki? – warknął.

Kozakowi ze zdziwienia opadła szczęka. Małpolud mówił po swojemu, ale jakimś cudem go rozumieli.

– Co tak gały wytrzeszczasz? – syknął Wędrowycz. – Zwykła influencyjna telepatia indukcyjna.

– To duchy? – zapytał jeden z łowców mamutów, zezując na gości z przyszłości.

– Coś tak jakby – mruknął stary. – To nasi potomkowie. Przybywają z innych czasów. Widać zaludnienie planety się zwiększyło i ciasno im się robi. Dobra, zabić ich i wracamy do obiadu.

– Gówno nam zrobicie – oświadczył Semen z uśmiechem.

Pierwszy jaskiniowiec jakby badawczo dźgnął go włócznią w nogę. Zabolało. W zdumieniu patrzył na paskudnie głęboką ranę i cieknącą krew.

– Jakub, co jest grane!?

– Drewno przechodzi przez takich jak my na wylot, dopiero krzemień kaleczy.

Ci, którzy mieli dzidy tylko zaostrzone na końcu, wyraźnie zmarkotnieli i wrócili do ogniska. Naprzeciw zostało może z dziesięciu. Wszyscy mieli kije z krzemiennymi grotami...

– Może się jakoś dogadamy? – zapytał ostrożnie egzorcysta. – Rozumiem, że jesteście dzicy, ale jako istoty rozumne powinniście wiedzieć, że nieuzasadniona przemoc...

– A niby po co? – warknął stary. – Nie masz nic na handel, do tego reprezentujesz lud, który kiedyś wykończy naszych wnuków i uzurpatorsko zajmie tę piękną krainę. – Powiódł dłonią wokoło, obejmując tym gestem okolicę.

– Piękną!? – zdumiał się Semen.

Jakub uciszył przyjaciela gestem.

– Mogę nauczyć was, jak zrobić koło, jak wytapiać metale, ba, nawet jak samogon pędzić... – Widok ostrych krzemiennych wiórów na końcach włóczni jakoś odbierał mu ochotę do draki.

– Kłamiesz – burknął wódz hordy. – Przecież czytam ci w głowie, zacier musi dojrzewać, a ty znikniesz najwyżej po kilku godzinach. Ta forma ciała jest bardzo nietrwała...

Jakub zamyślił się. Pomyślał o małpoludach z Dębinki. Co przejęli najszybciej, co wydawało im się największym luksusem? Samochodu im nie skonstruuje. Dresików nie uszyje – brak miękkich materiałów. Magnetofonu ani telewizora nie zrobi, zresztą prądu tu nie ma ani stacji nadawczej. Hmmm... A co stanowiło dumę sołtysa? Taaak, to może być to.

– To może nauczę was, jak stawiać ściany z Ytonga – zaproponował. – Podniesiecie sobie poziom cywilizacji. Bo co? Chcecie do końca życia mieszkać w szałasach?

– Yyy...y... Ytong? – wykrztusił szaman, nagle pobladły. – Ccc...co?

– Jakub, co jemu jest? – zapytał Semen.

– Może ma wadę wymowy i nie potrafi powtórzyć? – zafrasował się Wędrowycz. – Te, jąkała, nie czas na ćwiczenia logopedyczne. Poważne negocjacje mamy.

– Wy... Wyy, wyyyyyyyyy. – Szaman robił się coraz bardziej czerwony. – Jak, jakjakjak... Jak śmiecie wy... wyyyymawiać!

– Normalnie – odparł zniecierpliwiony egzorcysta. – Wymawiamy normalnie. Z niewielką pomocą telepatii, żebyś nas zrozumiał. Do jasnej pomroczności, chcecie tego Ytonga czy nie?

Neandertalca jakby szał ogarnął. Wrzasnął, aż echo odbiło się od cielska mamuta. Uniósł w górę dzidę, a potem zawołał:

– Yyyyytoooong!

– O, proszę, jednak potrafi – skwitował Semen.

Nie zdążył powiedzieć więcej, bo nagle wszyscy amatorzy mamuciny zaczęli się gromadzić wkoło nich. Wrzaski szamana przeszły w bełkot.

– Niedobrze – mruknął Jakub, wsłuchując się w słowa i myśli małpoluda.

– To i ja wiem – westchnął Semen.

– Gorzej, niż myślisz. Przypadkiem ich lokalny demon i bóstwo nazywa się właśnie...

– Y-tong! Y-tong! Y-tong! – skandowały tańczące w okręgu małpoludy.

– O, żeby to... – powiedział Semen, a potem zaklął naprawdę paskudnie. – Obraziliśmy ich uczucia religijne.

– Obraziliśmy ich bóstwo. Musimy coś wymyślić, zanim przyjdzie tu i zażyczy sobie wypłaty zadośćuczynienia we krwi.

– Rany Julek, pterodaktyl! – krzyknął Semen, pokazując coś nad obozowiskiem.

Praludzie obejrzeli się jak na komendę, a obaj przyjaciele rzucili się do ucieczki. Znowu po truchle włochatego słonia na drugą stronę, tam gdzie czaiły się wilki. Jakub porwał wycięty płat skóry. Zwierzęta rozstąpiły się niechętnie, przebiegli między nimi. Pierwsza włócznia świsnęła uciekinierom nad głowami, druga chybiła minimalnie i przeleciała obok. A oni już nurkowali w gęste krzaki. Niebawem zgubili pościg.

– A to się dali zrobić w bambuko – cieszył się Semen. – Jak ostatni frajerzy.

– Gdzie im do nas i naszej cywilizacji, od tysięcy lat opierającej się na rozmaitych przekrętach... – Jakub wyszczerzył zęby. – Z drugiej strony głupio tak przodka sąsiadów w konia robić.

– Przodka? Fakt, z gęby podobny nawet... Choć sołtys był wyższy. W ogóle ci z Dębinki bardziej jakby przypominają ludzi.

– No wiesz – Jakub uśmiechnął się z zażenowaniem – to efekt eugeniki.

– Eugeniki? Co ty bredzisz?

– Będzie już jakieś trzysta lat, od kiedy moja rodzina poprawia tę rasę...

Semen przypomniał sobie mgliście, jak Jakub nazwał sam siebie inseminatorem. A więc to nie było przejęzyczenie!? Dalsze domysły przerwała nagła dematerializacja. Wracali do przyszłości.

Radek obudził się na wygodnym posłaniu ze skór. W jaskini, a właściwie w piwnicy, było prawie zupełnie ciemno, tylko przy wygasłym palenisku płonęło wetknięte między kamienie łuczywo. Obok siedział dziadek. Niestety, pozostałe posłania były puste. Widać dziewczyny wstały wcześniej i gdzieś sobie poszły.

– Wstawaj, leniu – warknął szaman. – Nie czas się wylegiwać. Robota czeka.

A gucio, pomyślał licealista. Niech gada, co chce. Ja spadam. Mam sto złotych, na bilet do domu starczy i jeszcze trochę reszty zostanie.

Zaczął przeszukiwać kieszenie, niestety, banknocik zniknął bez śladu. Jasna cholera! Widać Gyva mu go podprowadziła. Tak to jest, jak człowiek zaśnie w niewłaściwym towarzystwie...

– Podejdź tu do światła – mruknął stary. – Nie będę sobie gardła zdzierał.

Podszedł. Dziadek oglądał w skupieniu płaską, okopconą kość, chyba łopatkę jakiegoś zwierzęcia.

– Zawisło nad nami poważne niebezpieczeństwo – stwierdził. – A mój magiczny bęben ciągle nie jest gotowy...

– Aha – zgodził się wnuk.

Zaraz, zaraz – jego mózg pracował gorączkowo – zawisło? To znaczy, że według tego wariata do tej pory było bezpiecznie! Kurczę, jakbym tak siadł pod dworcem z czapką i odpowiednią kartką tektury, to może do wieczora na bilet użebram? Zresztą można i na piechotę iść, daleko to nie jest, dwieście sześćdziesiąt kilometrów w tydzień przejdę. Albo stopa złapię, choć z taką mordą jak moja łatwe to nie jest, ludzie się niechętnie zatrzymują...

– Zawiodłeś mnie, i to bardzo – burknął Yodde. – Zawaliłeś całą akcję.

– To nie moja wina – odgryzł się Radek. – Zrobiłem, co się dało!

– Ale pozwoliłeś się złapać Słowianom jak ostatni frajer! A co więcej, nie potrafiłeś sam się wydostać z pułapki. I to ma być mój wnuk? – Stary skrzywił się straszliwe, jakby rozgryzł cytrynę. – A może to dlatego, że z pokolenia na pokolenie rasa się degeneruje? – Zadumał się. – Chociaż nie – sam sobie odpowiedział. – Przecież dziewczyny są w porządku.

– Można by rasę poprawić – zasugerował chłopak. – Jeśli dziewczyny są lepsze, to gdyby tak użyć ich jako stada zarodowego i...

– Właśnie – mruknął Yodde, patrząc złym, świdrującym wzrokiem. – Pomysł sam w sobie dobry, tylko nie bardo widzę kandydatów na „reproduktorów". Za to takiego jednego trza by chyba dla dobra gatunku wykastrować.

– Jakie będzie wieczorne zadanie? – na wszelki wypadek Radek postanowił szybko zmienić temat.

– Muszę zrobić bęben.

– A tak, nie zdobyłem korzenia... – westchnął wnuk.

– Właśnie! – warknął dziadek. – Jeszcze to! Znowu skrewiłeś. Za co się weźmiesz, wszystko spieprzysz.

– Ja? Nie moja wina, że w Ogrodzie Botanicznym łazili ci dwaj ochroniarze!

– Całe szczęcie, że chociaż im nie dałeś się złapać. Bo już by cię zakopywali w swoim świętym gaju.

– A tak w ogóle kim oni są? – zaniepokoił się chłopak.

– Nic takiego, zwykłe wilkołaki. Odmiana ukraińska. Nasze europejskie porastają sierścią, a te się potrafią wykręcić na drugą stronę przez dziurę pod pachą.

– Yyyyy...

– No co? Zdziwiony? Harry'ego Pottera czytałeś? Świat jest, jak by to powiedzieć... Inny, niż podejrzewają warszawscy mugole w dresach.

– Czyli mimo że jest już dwudziesty pierwszy wiek, po Warszawie biegają prawdziwe wilkołaki i zapewne też neandertalczycy. Inkwizycji pomagają katoliccy wikingowie na motorach. Świątynie Światowida pracują pełną parą i do tego mają przerób jak rzeźnia miejska... – wyliczał Radek. – A pod tym wszystkim są i piwnice, w których mieszkają dziewczyny mojej rasy. Zaś nocami na działkach odbywają się jakieś bachanalia...

– Tak. To wszystko znajdziesz w tym mieście. I nie tylko to. – Szaman uśmiechnął się tajemniczo. – Masa rzeczy istnieje tuż obok świata, który ludzie uważają za jedyny prawdziwy. – Roześmiał się ponuro. – Wystarczy wiedzieć, jak poskrobać, by ujrzeć drugie dno, a pod nim trzecie i tak dalej.

– A dlaczego nie uprzedziłeś mnie, że to jakiś zakazany święty gaj? Miał być Ogród Botaniczny!

– Jakbym ci powiedział, co to za miejsce, tobyś w portki narobił ze strachu i w ogóle byś tam nie wlazł – wyjaśnił dobrodusznie Yodde. – Teraz posłuchaj. Korzeń sam już zdobyłem. Potrzebuję jednak jeszcze odpowiedniej skóry na pokrycie.

– Skóry. – Radek spojrzał znacząco na posłania.

– Skóry mamuta.

– O nie! Mały byłem, jak ostatniego kropnęli, ale pamiętam te złośliwe bydlaki.

– Skóra jest. Trzeba tylko po nią iść. Jeden z naszych miał zapas w domu. Wyprawionej, przyciętej...

– To czemu sam nie pójdziesz?

– Bo inkwizycja zaczęła właśnie telepatyczne skanowanie Warszawy. Tu jestem bezpieczny. – Dziadek wskazał gestem symbole wymalowane na ścianach. – Ale gdy tylko wylezę, zlecą się jak sępy. Muszę przygotować nowe amulety ochronne. Weźmiesz klucz, samochód i pojedziesz.

– A mnie nie namierzą?

– Nie masz mocy. To znaczy masz, ale uśpioną. Żeby zostać szamanem, musiałbyś przejść pełną inicjację, a także przyjąć rytualne imię. Teraz za mało mamy czasu. Nie martw się, i bez tego przemkniesz się bezpiecznie. Weź to, adres docelowy masz zaprogramowany. – Podał Radkowi samochodowy zestaw GPS z instrukcją montażu.

Zadanie nie wyglądało przesadnie skomplikowanie. Radek przejechał przez miasto, kierując się wskazaniami przyrządu. Odnalazł właściwy adres, zaparkował, odrobinę tylko wgniatając zderzak o latarnię.

Wysiadł. Stara kamienica, jako żywo podobna do tej, w której mieli kawalerkę, stała ciemna i ponura. Wszedł w bramę, odnalazł właściwą oficynę, potem odpowiednie mieszkanie. Przekręcił klucz w zamku. W jednej z szaf bez problemu odszukał odpowiedni płat włochatej skóry.

– Wszystko idzie jak po maśle – ucieszył się.

Wyszedł z bramy i w tym momencie zorientował się, że auto wyparowało bez śladu. Bezradnie rozejrzał się wokoło. Wzdłuż ulicy wznosiły się dziewiętnastowieczne czynszówki. Z elewacji odpadał tynk, pod murami wiatr przetaczał jakieś śmieci. Tu i ówdzie nabazgrano sprayem graffiti. Na pustym placyku pozostałym po wyburzonym budynku spoczywał wypalony wrak samochodu.

Dobra, pomyślał. Przyjechałem z południa... No to trzeba chyba iść w tamtą stronę. Tramwajem? Może, jeśli znajdę przystanek... Zaraz. Gdzieś tu niedaleko jest przecież dworzec i centrum handlowe.

Przymknął oczy, usiłując sobie przypomnieć szczegóły. Ta uliczka powinna wyprowadzić go mniej więcej w dobre miejsce. Postanowił spróbować. Zaułek nieoczekiwanie skręcił. Potem skręcił jeszcze raz i rozwidlił się. Radek powędrował w kierunku, który wydał mu się właściwy, ale szybko okazało się, że zmylił drogę.

– Co to za popierdolona dzielnica!? – burknął.

– Praga – rozległo się za nim. – I okaż trochę szacunku, jak gadasz o miejscu, w którym zaraz wykitujesz.

Odwrócił się. Za nim stało trzech obwieszonych złotem kolesiów w dresikach.

– Dzięki za informację. – Uśmiechnął się i dał dyla.

Ukrył się w jakiejś ciemnej, zarzyganej bramie, przebiegł podwórze podobne do studni, przez klatkę schodową wypadł na kolejną wąską uliczkę. Za sobą słyszał tupot pogoni. Przebiegł tory tramwajowe, kolejna klatka... Zbiegł po schodach w dół, do piwnicy. Drzwi były wyrwane razem z framugą. Gucio, nie udał się manewr. Zauważyli. Skoczył w mroczną czeluść lochu. Brnął w ciemnościach, macając drogę przed sobą. Z boku otworzyło się wąskie przejście. Zakręcił i gdzieś na końcu zobaczył szary prostokąt piwnicznego okienka.

Ścigający go dresiarze, przyświecając sobie zapalniczkami, penetrowali w tym czasie kawałek koło schodów. Wdrapał się na biegnące pod ścianą rury, otworzył cicho okno. Na szczęście nie było zakratowane. Wypchnął skórę na zewnątrz i wypełzł na kolejną wąską, brudną uliczkę.

– Powiadacie, że kawał starego kożucha trzyma? Spoko ziom, zaraz znajdziem frajera. Zawiadom resztę! – usłyszał dwa kroki od siebie.

Ktoś stojący w bramie opodal gadał przez komórkę. Radek skorzystał, że latarnie były porozbijane i przemknął wąskim pasażem między budynkami. Ukryty w krzakach na skwerku zobaczył, jak obok przejeżdża samochód pełen przypakowanych typków.

– Umcy, umcy – dudniła muzyczka. Światła latarni na chwilę odbiły refleksy w wygolonych na łyso czerepach. Nie miał żadnych wątpliwości – szukała go już cała dzielnica. Nie mógł tu zostać, lada chwila mogli wpaść na pomysł, by przeczesać te chaszcze. I jeszcze ta skóra. Była za ciężka, strasznie przeszkadzała w ucieczce.

Tuż obok trzasnęła gałązka. Obejrzał się, unosząc jednocześnie krzemienny majcher do ciosu. Zmartwiał, widząc odblaskowe paski i logo Adidasa, ale w ostatniej chwili pod daszkiem bejsbolówki dostrzegł znajomą twarz. Gyva. Odetchnął z ulgą.

– Aleś ich wkurzył – mruknęła.

– Jak mnie znalazłaś?

– Telepatia. – Puknęła się w skroń. – Twój dziadek miał wątpliwości, czy sobie poradzisz, i podesłał mnie jako obstawę.

– Masz jakieś auto?

– A co? Swoje zgubiłeś? – Uśmiechnęła się kpiąco. – Mam. Pod cerkwią zaparkowałam. Kwadrans drogi stąd.

Uliczką znowu przejechało audi pełnie łysych kolesiów.

– Przebieraj się. – Rzuciła chłopakowi lśniący dresik. – Tylko tak zamaskowani możemy się przemknąć.

Zwinęła skalp z mamuciego zadu i wpakowała do plecaka. Na głowę wcisnęła Radkowi bejsbolówkę. Pomaszerowali przez dzielnicę, poruszoną niczym gniazdo os.

– Urwał, urwał, urwał! – dobiegło ich z tyłu.

Chłopak obejrzał się. Kilku drechów przetrząsało właśnie krzaki, które przed chwilą udzieliły mu schronienia.

– Szukaj, urwał, Azor! Szukaj! – jeden z byczków ponaglił wielkiego, spasionego pitbulla.

Pies najwyraźniej złapał trop. Gyva zaklęła pod nosem, a potem przyklękła i kawałkiem kredy narysowała na ulicy skomplikowany symbol.

– Chodu – warknęła.

Nie kazał sobie tego dwa razy powtarzać.

Jakub i Semen zmaterializowali się na chodniku z cichym cmoknięciem.

– Wszędzie dobrze, ale w domu najlepiej – mruknął egzorcysta.

– Pogięło cię!? Gdzie tu widzisz dom? – zdziwił się kozak. – Do Wojsławic kawał drogi przecież...

– Miałem na myśli, że jesteśmy w dwudziestym pierwszym wieku. Bo chyba wróciliśmy, gdzie trzeba, znaczy do naszych czasów?

– A jakże – mruknął Semen i splunął, widząc, jak mija ich auto pełne miejscowych ziomali. – Ale skoro już jesteśmy w temacie domów, uwzględniając aspekt chronologii, to za cara było lepiej.

– Tak ci się wydaje, bo młody wtedy byłeś – powiedział Jakub i zadumał się.

Od kiedy sięgał pamięcią, jego przyjaciel ciągle wyglądał tak samo. Może zatem nigdy nie był młody? Słyszał kiedyś opowieści o źródle wiecznej młodości bijącym na Syberii. A jeśli jego kumpel, służąc za Uralem, odkrył źródło wiecznej starości?

Minęła ich kolejna grupa dresów. Kolesie wyglądali, jakby kogoś szukali. Obaj przyjaciele powlekli się ulicą. Stara robotnicza dzielnica zabudowana setkami kamienic czynszowych okazała się istnym labiryntem. Być może tubylcy znali na pamięć wszystkie cuchnące zaułki, ale obaj starcy nawet nie domyślali się, gdzie mogą być i którędy dojść na kwaterę.

– Do diabła – zaklął kozak. – Całkiem jakbyśmy kręcili się w kółko.

– Znajdźmy tory tramwajowe i idźmy wzdłuż nich – zaproponował Jakub. – Doprowadzą nas albo do centrum miasta, albo na peryferie. Tak czy siak, znajdziemy jakieś znajome miejsce. A może tramwaj podjedzie, to wsiądziemy?

Ulicą przejechał kolejny zdezelowany maluch pełen łysych mutantów. Drugą stroną chodnika przeszło kilku mięśniaków. W rękach dzierżyli latarki, którymi świecili w mijane bramy. Zahaczyli obu starców spojrzeniem, ale widać uznali ich za miejscowych meneli, bo poczłapali dalej.

– Wydaje mi się, że już tu byliśmy. – Semen popatrzył na fasadę kamienicy ozdobioną resztkami sztukaterii.

– Ze dwa razy – odburknął Jakub.

– Pobłądziliśmy? Mam pomysł. Popatrzmy, gdzie jest na niebie księżyc. Będziemy szli w jego stronę.

– On się przesuwa, nieuku!

– Ta dzielnica nie jest duża – odgryzł się Semen. – A przez godzinę nie przesunie się dużo. Pójdziemy trochę po łuku, ale wyjdziemy!

– Możemy spróbować... Choć wydaje mi się... – egzorcysta nie dokończył, tylko zamyślił się głęboko.

Minęło może dwadzieścia minut i znowu znaleźli się przed tym samym domem. Kozak spojrzał podejrzliwie na księżyc.

– Gdy wyruszaliśmy, wisiał po lewej, teraz znajduje się po prawej. Jak to możliwe? – jęknął. – Przecież nie mógł w niecałe pół godziny przeskoczyć całego nieboskłonu!

– Urwał, urwał, urwał!

Po drugiej stronie ulicy ponownie pojawiła się ta sama grupka drechów. Klęli na cały głos. Towarzyszący im pies również wyglądał na skołowanego.

– Oni też pobłądzili – mruknął Wędrowycz. – Znają te uliczki od dziecka, a nie umieją trafić do domu...

– Dlaczego?

– Weszliśmy w krętodróg.

– Co to jest? – Kozak wytrzeszczył oczy.

– O rany – westchnął Jakub. – Rysuje się na ziemi symbol i kto w niego wdepnie, będzie się kręcił w kółko, a nie zdoła opuścić obszaru o średnicy około kilometra.

– I tak przez całą noc?

– Przez całą wieczność – sprostował egzorcysta. – No, póki symbol się nie zatrze. To pułapka doskonała. Jeśli w obrębie koła nie ma sklepu z żywnością, zdechniemy z głodu. A jak jest, to ze starości...

Kozakowi zrobiło się całkiem łyso.

– Przecież musi być jakiś sposób – jęknął. – W bajkach zawsze sobie radzili...

– To nie bajki, tylko prawdziwa magia – oburknął Jakub. – Czary pokurczów z Dębinki. Tylko jak do tej pory zawsze w porę dostrzegałem, co mam pod nogami i ścierałem. Ale nie łam się, coś wymyślimy.

– Umiesz narysować coś takiego?

– Tak.

– To może narysuj, przejdziemy raz jeszcze i może dwa minusy dadzą plus... – zaproponował Semen.

– Nałożenie się dwu krętodrogów zapętli całą dzielnicę. – Wędrowycz pokręcił głową. – Możliwości mamy dwie. Po pierwsze, symbol mógł zostać wykonany w nietrwałym materiale i z czasem ulegnie zniszczeniu. Jeśli narysowano go kredą na chodniku albo patykiem na błocie, to najdalej za kilka dni będziemy wolni. Gorzej, jeśli wykuto go na przykład w granicie... Po drugie, od zewnątrz pułapkę da się otworzyć. Yodde, bo to pewnie on nas złapał, niebawem zechce zapolować.

– No właśnie, a po co nas złapał?

– Po to. – Wędrowycz klepnął skalp z zadu mamuta. – No nic, jak się pojawi, zabijemy go, wtedy przejście powinno się otworzyć.

– Zabijemy! – ucieszył się kozak. – Dobry pomysł. Przy okazji zażegnamy ryzyko apokalipsy!

– Masz jakąś broń? – Jakub przeszedł do konkretów.

– Nu, coś tam mam. – Kozak wyciągnął zza pazuchy krzemienny majcher, cały nadal upaćkany krwią mamuta.

– Ja też. – Egzorcysta wyjął z cholewki bagnet.

– Czekamy na niego tutaj czy idziemy?

Ulicą przejechało audi. Dobiegające z niego piętrowe wiąchy świadczyły, że pułapka coraz bardziej się zapełnia. Jeden z pasażerów popatrzył na starców bardzo podejrzliwie.

– Idziemy – zadecydował Jakub.

Zaraz za rogiem znaleźli szyny tramwajowe. Biegły sobie spokojnie ulicą, lśniąc lekko w świetle księżyca.

– Myślę, że powinniśmy pójść tym tropem – powiedział Semen. – Zobacz, jakie są wyślizgane. Idę o zakład, że ten krętodróg opiera się na jakimś sprytnym tricku psychologicznym, na przykład że człowiek nie zdaje sobie sprawy, kiedy skręca. A jeśli będziemy trzymali się szyn, ignorując wszystko inne i patrząc tylko pod nogi, mamy szansę się stąd wydostać!

– Ta magia raczej zakrzywia czasoprzestrzeń – mruknął egzorcysta. – Tak mi się wydaje. Samo otumanienie to trochę zbyt mało. Ale możemy spróbować.

– Najprawdopodobniej to działa przede wszystkim na zmysł wzroku – snuł teorię Semen. – Może trzeba zamknąć oczy...

– I jak będziemy wtedy widzieli torowisko? Butem macać cały czas?

Kozak podniósł leżący pod ścianą domu złamany kij od szczotki.

– Wetknę go w ten rowek pośrodku szyny, ty złapiesz mnie za rękę i ruszamy. Powiadasz, że ten błędny krąg ma kilometr średnicy? Zrobimy tysiąc pięćset kroków i powinniśmy być na zewnątrz.

– Nie bardzo mi się to podoba – westchnął Wędrowycz. – Ale niech ci będzie. Nikt nas nie powinien przejechać, środek nocy przecież...

Tory biegły prosto jak strzelił. Pod nogami czuli asfalt, potem kostkę brukową. Kilka razy gdzieś z daleka usłyszeli warkot przejeżdżającego samochodu. Drechy nadal szukały wyjścia z pułapki. Zadanie to zaabsorbowało ich do tego stopnia, że nawet widok dwu najwyraźniej ślepych meneli nie zachęcił ich do żadnego chamskiego numeru.

– 1497, 1498, 1499, 1500 – liczył głośno Semen. – Au! – Grzmotnął w coś czołem.

Otworzyli oczy.

– Yyyyy – jęknął kozak.

– O kurde? – zdziwił się jego kumpel.

Tory pod ich nogami były kompletnie zardzewiałe. Przedmiot, w który Semen uderzył głową, okazał się bardzo starym tramwajem. Sądząc po dyszlu i szkieletach chabet, jeszcze konnym. Korozja odsadzała lakier. Część blach karoserii w ogóle odpadła. Rozejrzeli się.

Spomiędzy płyt chodnikowych i granitowego bruku wyrastały grube już samosiejki brzóz i topoli, zamieniając ulicę w rzadki park. Kamienice straszyły elewacjami, z których odpadł tynk. Szyby, najczęściej w kawałkach, były kompletnie nieprzejrzyste, brud zarósł je całkowicie. Pod ścianami czerwieniały dachówki, które pospadały z góry.

– Gdzie my jesteśmy? – wykrztusił Semen. – W przyszłości po wojnie atomowej czy ki diabeł?

– Gorseciarstwo. – Jakub odczytał resztki łuszczącego się lakieru na blaszanym szyldzie. – Ano, mój drogi Einsteinie, dzięki twojej metodzie wdepnęliśmy po raz drugi w krętodróg i jesteśmy najwyraźniej w kawałku tej dzielnicy, który ktoś zapętlił jeszcze w czasach przedwojennych.

– Co!?

– Nieskromnie zauważę, że moja teoria o zakrzywieniu czasoprzestrzeni znalazła swoje potwierdzenie. Szkoda tylko, że nikt się o tym nie dowie...

– Spokojnie, tylko bez paniki. – Semenowi zaświtała zbawcza myśl. – Cofniemy się tak samo. Zamkniemy oczy i pójdziemy po naszych śladach. Wrócimy do zwykłego zapętlenia, a potem pójdziemy dalej do zajezdni i w ogóle wydostaniemy się z bąbla!

– Spałeś na lekcjach fizyki.

– A na lekcje magii w ogóle nie chodziłem – odgryzł się. – Poza tym nie zapominaj, kto z nas dwóch jest mądrzejszy! Ja mam maturę, ukończoną szkołę oficerską i dwa lata studiów zaliczone jako policyjny prowokator, a ty...

– Nie moja wina, że szkoła się spaliła – burknął Jakub. – No dobra, moja wina – zreflektował się. – Ale to był stan wyższej konieczności. Musiałem gęsi pasać, by rodzinę utrzymać, a tu sobie carscy siepacze obowiązek edukacyjny wymyślili.

– Ty na cara nie pluj! Dzięki Jego Wysokości nauczyłeś się czytać i pisać.

– Ale cyrylicą. Dużo to mi się nie przydało... Zaraz przestali tego używać!

– To pretensje miej do Piłsudskiego, że taki dobry alfabet kazał zmienić!

Milczeli dłuższą chwilę zadowoleni. Drobna scysja orzeźwiła ich jak łyk samogonu.

– Przez krętodróg można przejść tylko i wyłącznie w jedną stronę – powiedział wreszcie egzorcysta. – Nie da się cofnąć, bo „od środka" go nie ma!

– Ja bym sprawdził. – Jego kumpel ujął mocniej kijaszek w dłoń. – Idziesz czy zostajesz?

Wzruszył ramionami i po chwili wahania złapał towarzysza za ramię.

Pomaszerowali. Kozak liczył głośno kroki. Nie doszedł do trzystu, kiedy kij trafił w coś blaszanego. Otworzyli oczy.

– No i masz swoją zajezdnię – zakpił Jakub.

Znowu byli przy tym samym tramwaju, tylko że od drugiego końca.

– Kuźwa – westchnął Semen. – Faktycznie jesteśmy uwięzieni...

– W kręgu o średnicy jakichś dwustu metrów – uzupełnił ponuro Jakub. – A to, przyjmując optymistyczny wariant, oznacza, że Yodde nie lubi się przemęczać tropieniem zwierzyny...

– Gucio! Musi być stąd jakieś wyjście.

Kozak ruszył przez chaszcze do najbliższej bramy. Jakub został, usiadł sobie na stopniu wagonu. Semen minął rozsypujące się już blaszane skrzydło. Podwórze w słabym blasku księżyca wyglądało jakoś nierzeczywiście... Wszedł do pierwszej klatki, ale w mroku zobaczył tylko schody na górę. Druga okazała się przechodnia. Wyszedł na ulicę i zobaczył tramwaj. Poczuł straszliwy zawrót głowy. Kumpel usłyszał jego kroki i obejrzał się obojętnie.

– I jak się udała wycieczka? – zapytał zgryźliwie.

– Jak to możliwe, że zniknął taki kawał miasta? Przecież ludzie by gadali, plany by się nie zgadzały...

– Nie wiem. – Jakub wzruszył ramionami. – Może go nie wycięło, tylko skopiowało? Masz jeszcze jakieś dobre pomysły?

– Dwa – mruknął Semen. – Po pierwsze wydrążyć podkop, po drugie wyfrunąć górą.

– Zbudujemy rakietę kosmiczną?

– Myślałem raczej o balonie. – Kozak uśmiechnął się skromnie. – Przeszukamy wszystkie mieszkania, znajdziemy odpowiednią ilość jedwabnych zasłonek, uszyjemy czaszę, napełnimy gorącym powietrzem...

– Te zasłonki, zakładając, że znajdziesz choć jedną jedwabną, butwiały tu przez osiemdziesiąt lat. Maszyny do szycia rdzewiały w nieogrzewanych mieszkaniach... Poza tym przygotowania zajęłyby nam miesiące. Zdechniemy z głodu. Raczej poszukajmy jakiejś broni! Bo chyba niebawem mieszkańcy Dębinki się za nas zabiorą. A nie zapominaj, że mają łuki.

– Dlaczego sądzisz, że niebawem? Jeśli chcą nas wykończyć, to mogą poczekać kilka dni, aż osłabniemy z głodu...

– Skalp. – Jakub klepnął dłonią po futrze. – To surowa skóra i oni o tym wiedzą. Powinna jak najszybciej trafić do wyprawienia, zanim się definitywnie zepsuje. Dlatego sądzę, że musimy się pospieszyć. Najlepiej byłoby skombinować pistolet, ale łatwiej znajdziemy tu jakąś szabelkę.

Weszli w najbliższą bramę, a potem po schodach na piętro. Egzorcysta kopniakiem wyłamał drzwi pierwszego mieszkania. Deski trzasnęły niemal od razu. Korniki jadły je przez co najmniej pół wieku... Wszedł do pokoju i starając się nie patrzeć na leżące pośrodku zasuszone zwłoki, przetarł szybę, by wpuścić do wnętrza więcej księżycowego blasku.

I wtedy to zobaczył. Demon szedł środkiem ulicy, odziany w czarny skórzany płaszcz. W dłoni trzymał napiętą kuszę... Musiał poczuć wzrok Jakuba, bo odwrócił się i popatrzył prosto w okno.

Egzorcysta stał jak przymurowany. Nieznajomy nawet z tej odległości robił wrażenie. Co najmniej dwa metry wzrostu, szerszy w barach niż Zibi, czołowy paker Wojsławic. Światło księżyca odbijało się w wygolonym na łyso czerepie. Na ciemieniu miał wytatuowane jakieś wzorki. Przez kilkanaście sekund mierzyli się wzrokiem, a potem Jakub ujrzał, jak unosi kuszę...

– Padnij! – Kopnął Semena pod kolano.

Runęli jak dłudzy, defasonując przy okazji jednego z umarlaków. Bełt rozbił szybę i zagłębił się w ścianę. Z drzewca buchnął oślepiająco jasny płomień.

– Chodu! – zawył egzorcysta.

Kozak chciał się podnieść, ale przyjaciel ściągnął go na podłogę. Przeczołgali się na korytarz. Nim opuścili mieszkanie, przez okno wpadły jeszcze trzy strzały.

– Spali cały budynek! – jęknął Semen.

– I nas przy okazji – uzupełnił ponuro Jakub.

Z dołu dobiegł łoskot wyłamywanej zardzewiałej bramy i ciężkie kroki wroga. W jednej chwili zrozumieli, że nie zdążą zejść na dół.

Wędrowycz wpadł z powrotem do płonącego już mieszkania. Dobrze zapamiętał. W korytarzu prowadzącym do pokoju stało pianino. Zaparł się i tytanicznym wysiłkiem ruszył je z miejsca. Bał się, że łożyska kółeczek dawno już zaśniedziały, ale widać przedwojenny towot był naprawdę dobrej jakości, bo poskrzypując niemiłosiernie, zaczęły się jako tako obracać. Semen pomógł mu bez słowa. Wytoczyli ważący co najmniej dwieście kilogramów instrument na korytarz i pchnęli go w stronę schodów.

Wróg już maszerował na górę. Drewniane stopnie skrzypiały pod jego ciężkimi buciorami. Na półpiętrze zatrzymał się na chwilę i popatrzył. Spojrzenia skrzyżowały się na ułamek sekundy. Miał strasznie dziwne oczy, bardzo jasne, żeby nie powiedzieć blade. Wydało im się, że błysnął w nich strach, ale ponura gęba pozostała bez wyrazu jak u robota...

Jakub i Semen pchnęli jak na komendę. Pianino niczym taran pojechało po schodach prosto na nieznajomego. Zdążył wystrzelić tylko raz. Bełt wbił się w tynk. Potem instrument zrobił swoje, to znaczy wprasował faceta w ścianę. Wystająca nad krawędzią ręka zacisnęła się w pięść i tak znieruchomiała.

– Zabiliśmy go? – Semen wolał się upewnić.

– Nie. – Jakub pokręcił głową. – Zaraz może się odrodzić.

Jakby na potwierdzenie jego słów dłoń wykonała osobliwy gest, a palce zajarzyły się błękitną poświatą.

– Zaczął proces regeneracji – uzupełnił ponuro egzorcysta.

– Kto to jest?

– Nie kto, tylko co – westchnął Jakub. – Nic takiego, zwykły demon. Nawet mam teorię, dlaczego nas gania.

– Dlaczego?

– Przypomnij sobie naszą wizytę w przeszłości – odparł Jakub zgryźliwie.

– Czyżby to był Y...

– Nie wymawiaj na głos! Najwyraźniej ta zapętlona dzielnica to jego robota.

– Nie kapuję?

– Nasi drodzy przyjaciele z Dębinki narysowali krętodróg. To ich magia i ich demon. Więc skorzystał z okazji i otworzył przejście do świata, który jest jego terytorium łowieckim.

– O kuźwa. I co będzie dalej?

– Ano, albo my go wykończymy, albo on nas.

– Zwiejemy?

– Jeśli wymyślę jak. Ale muszę sobie przypomnieć... To chwilę potrwa.

– Jak go zabić?

– Tylko ogniem. Trzeba go przypalić tak, żeby nie zdołał się ugasić... I to bardzo szybko.

Semen zbiegł na dół i ostrożnie zajrzał w szparę między murem a ścianką pianina. Wypełniał ją kłąb czarnej skóry i coś, co wyglądało jak siekane kotlety. Kusza oraz nieduży kołczan leżały na podłodze. Podniósł je, odskakując w tył. Obejrzał jeden z bełtów. Czubek zmontowano z kilku detali teleskopowo wchodzących jedne w drugie. Egzorcysta stanął obok.

– Widać przy uderzeniu zgniatają się i to inicjuje reakcję chemiczną prowadzącą do zapłonu ładunku. – Kozak pokazał kumplowi znalezisko. – Goń na górę. Widziałem tam lampy! Poszukaj nafty!

Jakub wrócił z dwudziestolitrową bańką. Polali obficie instrument i uwięzionego demona. Potem Semen wbił pierwszy grot w podłogę tuż obok. Przez chwilę myśleli, że nic z tego nie będzie, lecz pocisk w końcu się zapalił. Kozak bez słowa wbił kolejne trzy. Czwartym dźgnął pianino.

Zbiegli na dół i przez bramę wypadli na ulicę. Z daleka rozległ się dziki, nieludzki skowyt. Semen oparł kuszę o ziemię i naciągnął z ogromnym wysiłkiem. Zostały mu trzy bełty.

– Mamy broń – zameldował. – Swoją drogą, jeśli...

Zdezelowane audi pojawiło się znikąd, przejechało kilkanaście metrów, łamiąc chaszcze, i zatrzymało się na solidnym pniu brzozy rosnącej prosto z ulicy.

– Pojechali po torowisku i wpadli w krętodróg – rzucił odkrywczo Jakub.

– Wiejemy.

I pognali przez krzaki. Zatrzymali się, dopiero gdy przed sobą w perspektywie ulicy spostrzegli płonącą kamienicę i tył samochodu.

– Jaki ten świat jest mały – zażartował kozak.

– Ażebyś wiedział – burknął egzorcysta.

Milczeli przez dłuższą chwilę.

– Co robimy? – nie wytrzymał Semen.

– Myślę, że to, co planowaliśmy wcześniej. Trzeba przeszukiwać mieszkania i zdobyć więcej broni. Zwłaszcza że kłopotów jakby nam przybyło... Niepokoi mnie ten pożar.

– Sądzisz, że spłonie cały zapętlony obszar?

– Niewykluczone. Zwłaszcza że płomienie mogą się przerzucać nie tylko w linii prostej, ale i po krzywych – zadumał się egzorcysta. – Na geometrii o tym nie uczyli. Zresztą geometria była dopiero w czwartej klasie, a jak wiesz...

– Przestań co chwila wyjeżdżać z tą swoją szkolną martyrologią! Dorosły chłop jesteś! – huknął jego towarzysz. – Tysiące dzieciaków chodzi do szkoły i jakoś żaden... No, prawie żaden jej nie podpala. Byłeś patologicznie nadwrażliwy, drobne przeciwności losu wywołały u ciebie depresję i wskutek cyklofrenii szał zniszczenia!

– Hy! – Jakub, słysząc tak fachową diagnozę, głęboko się zamyślił.

– A może podhajcować więcej domów? – zaproponował Semen.

– Po co?

– To przyspieszy konfrontację. Nasi wrogowie z całą pewnością nie chcą, żeby skalp mamuta się spalił. Wlezą tu nas zaciukać albo wyciągną, żeby zaciukać...

– Niby tak, ale pamiętaj, że nie mamy pewności, czy celowo nas tu wpakowali. Teoretycznie mogą nie wiedzieć, że tu jesteśmy. Poszukajmy na razie jakiejś sprawnej jeszcze spluwy.

Weszli w najbliższą bramę, a potem po skrzypiących schodach na górę. Jakub wywalił pierwsze drzwi. To mieszkanie było trzypokojowe. Szkielet znaleźli tylko jeden, spoczywał koło fotela. Egzorcysta, korzystając z łuny pożaru, zabrał się do bebeszenia szuflad. Znalazł trochę złotych dziesięciorublówek i gazetę z tysiąc dziewięćset piątego roku. Kozak robił kipisz w sąsiednim mieszkaniu. Wrócił ze strzelbą w ręce.

– O! – ucieszył się Wędrowycz.

– Lufa kompletnie zardzewiała – Semen momentalnie ostudził jego zapał. – Rozerwie ją przy pierwszym strzale. Ale amunicja może się przydać. Jest paczka nabojów.

– Dobre i to – mruknął egzorcysta.

– Słuchaj, tak się zastanawiam – powiedział Semen, patrząc w okno – dlaczego ciągle jest noc?

– Bo tu czas stoi w miejscu albo porusza się zgodnie z regułami zapętlenia w kółko i po spirali.

Ruszyli demolować kolejne mieszkania. W jednym na stole stała zapomniana butelka.

– Cytrynówka Baczewskiego – odcyfrował Wędrowycz. – Zacny napitek, przedwojenny jeszcze... – pochwalił, wyrywając zębami korek.

– A jeśli to zatrute? – zgłosił obiekcje jego przyjaciel.

– Szanse, że wyjdziemy stąd żywi, i tak duże nie są. A jak ginąć, to przynajmniej od godnego trunku. Napijmy się.

– Skoro częstujesz... – Kozak wyjął z szafki poszczerbiony kubek.

Jakub grzebał właśnie w bieliźniarce i nawet co nieco udało mu się między poszewkami znaleźć, gdy usłyszał z daleka brzęczyk telefonu.

– Ktoś do nas dzwoni – zauważył Semen, wywalając pięknym kopem kolejne drzwi.

– Czemu sądzisz, że do nas?

– A niby do kogo? – Wzruszył ramionami. – Przecież w tej kamienicy tylko my jesteśmy! Bardziej martwi mnie, kto dzwoni.

Telefon stał na zapleśniałym blacie stoczonego przez korniki biurka. Wyglądał szalenie wykwintnie, jak ze sklepu ze starociami. Dzwonił i dzwonił.

– Odbierz – rozkazał kozak.

– Dlaczego ja? A, dobra.

Ujął porcelanową słuchawkę.

– Halo? – zapytał ostrożnie.

– Gdzie wy się, do cholery, podziewacie? – usłyszał zgryźliwy głos. – Poleźliście się ryćkać czy co?

– A kto mówi?

– Wasza kostucha, a któż by inny? Godzinę temu mieliście zginąć na Pradze z łap dresiarzy. A tu nie ma was, nie ma dresiarzy, ba, nawet auto, którym mieli was przejechać, gdzieś wcięło. Cztery rzeczywistości alternatywne sprawdziłam!

– Aha – zgodził się Jakub i wyjrzał przez okno.

Audi stało w zagajniku, pięciu łysych kolesiów z rosnącym niedowierzaniem badało otoczenie.

– To odfajkuj ich.

– Że co? – zdumiała się Śmierć.

– No, już po nich. Byliśmy jak zwykle szybsi.

– Nie żyją? To czemu ja nic o tym nie wiem!? – zaskrzeczała.

– A to już twój problem. Widać masz bałagan w ewidencji.

– Wędrowycz, ty sobie ze mną nie pogrywaj! Nie będę przez ciebie znowu w księgach mazać!

– Do miłego. – Odłożył słuchawkę.

– Kto dzwonił? – zaciekawił się kozak.

– Jakaś narwana baba – wyjaśnił egzorcysta, pociągając łyk cytrynówki. – To na pewno pomyłka – dodał.

Semen popatrzył na niego, marszcząc brwi, ale nic nie powiedział.

Podszedł do okna. Dresiarze kłębili się wokół samochodu. Jeden oglądał uszkodzony zderzak, drugi kontemplował zardzewiałe szyldy, trzeci usiłował zadzwonić z komórki, czwarty oglądał płonący dom. Piąty bawił się bejsbolem.

– Urwał, szefie, nie łapie pola – poskarżył się ten z telefonem w łapie.

– Urwał, nie trzeba było, urwał, tyle jarać, urwał, trawy. – Koleś, którego spodnie zdobiło aż pięć pasków, wyrwał brzózkę.

W tym momencie kawał muru płonącej kamienicy runął z chrzęstem. Z pełnej ognia dziury wyłonił się typek w czarnym skórzanym płaszczu. Rozejrzał się i ruszył w stronę drechów.

– Wrócił demon – zameldował egzorcysta. – Widać wcale się nie spalił.

– O, do licha? – zdziwił się kozak. – Mówiłeś, że to go załatwi na jakiś czas...

– Widocznie jest jakiejś niepalnej odmiany.

– Urwał, urwał, urwał!!! – nieludzki skowyt dobiegający z ulicy wprawił szyby w drżenie.

Instynkt podpowiedział im, że lepiej tam nie patrzeć.

– Jakie instrukcje? – zapytał kozak. – Pomodlimy się i giniemy w boju czy próbujemy jakoś wywiać? Obiecywałeś, że coś ci się przypomni...

– Spoko wodza. Zrobimy przeskok, korzystając ze skumulowanej w nas energii – poinformował go Jakub. – Zasłonię czymś okna, a ty przynieś wszystkie lustra z sąsiednich mieszkań. Wybieraj w miarę możliwości te najmniej zmętniałe. I jak największe. Będziemy też potrzebowali świec. Co najmniej szesnaście sztuk. Demon jest zajęty, poluje na tych cwaniaczków, ale pamiętaj, że jesteśmy następni na liście!

Semen ruszył na poszukiwania. Pożar w dzielnicy wyczepionej z normalnej czasoprzestrzeni rozszerzał się bardzo szybko. Ogień przerzucił się na drugą stronę ulicy, nieoczekiwanie płomienie buchnęły też gdzieś dalej. Ocalali dresiarze ukryli się w opuszczonych domach, tropiący ich demon buszował na razie daleko. Kozak znosił do pokoju lustra, mniejsze i większe. Wędrowycz demontował spróchniałe ramy i układał szklane tafle na zetlałym, pociętym przez mole dywanie.

– Wystarczy – zadecydował wreszcie. – Teraz stołki. Szesnaście sztuk. W ostateczności bierz krzesła.

Ustawił meble w krąg. Na krawędziach siedzisk rozmieścił świece.

– Potrzebny nam ogień – oznajmił.

Kozak bez słowa wyjął z kołczanu jedną zapalającą strzałę. Egzorcysta wbił ją w podłogę. Odpalił świecę i szybko przenosił płomień na kolejne.

– Spalisz i ten dom – jęknął Semen.

– To już bez znaczenia. – Jakub wzruszył ramionami. – Jeśli wszystko dobrze przygotowałem, zaraz nas tu nie będzie.

– A jeśli źle?

– To spróbujemy jeszcze raz.

Uklękli w kręgu. Podłoga wokół strzały już się zajęła. Płomyki świec odbijające się w zmętniałych taflach tworzyły jakby dwie świetliste obręcze, nad nimi i pod nimi.

– Pochyl się tak, żebyś głowę miał poniżej. Zamknij oczy i wyciągnij rękę – polecił egzorcysta.

Nagle coś strzeliło. Kozak poczuł, że ma uszy zatkane, jak się to czasem zdarza przy jeździe windą. Zrobiło się jakby chłodniej i... mokro?! Przestraszony otworzył oczy.

Znajdowali się w grocie. Jej dno zalane było wodą. Krzesła i świece znikły.

– Kuźwaaaaa!!! – ryknął Jakub.

– Żyjemy. – Semen odetchnął z ulgą. – A już było *płocho*. A ty co? Czego znowu klniesz?

– Zapomniałem zabrać skalp!

– O ty w dziuplę.

– Daliśmy ciała – burknął egzorcysta. – Ale z drugiej strony Yodde też bębna nie zrobi. Więc jest impas. Chyba że Wielki Mywu sam się z nim skontaktuje... Ale spoko, mam już pewien plan.

– Zaczynam mieć dość twoich planów. A tak swoją drogą, jesteś pewien, że wróciliśmy do Warszawy? Bo dziwnie tu jakoś...

Jakub rozejrzał się.

– Pewnie jakaś warszawska grota. Atrakcja turystyczna, czy coś – zaryzykował. – Może solna, to teraz modne.

– Chyba się mylisz. – Semen polizał mokry palec. – Nie może być solna, bo soli tu nie dosypali.

– No może i tak – przyjaciel nie upierał się przy swojej teorii. – Ale turystyczna.

– Czemu tak sądzisz?

– Bo światło się pali – warknął egzorcysta.

Faktycznie, pomieszczenie wypełniał blady, nierzeczywisty poblask.

– No to szukamy wyjścia... Wypuszczą nas bez biletów? – zastanawiał się kozak.

– Chyba tak. Żeby dostać się do środka, to wiadomo, ale żeby wyjść... Zresztą zobaczymy.

Znaleźli korytarz i po chwili marszu trafili do kolejnej sali, tym razem umeblowanej. Pośrodku stał stół wykonany z kamiennej płyty leżącej na trzech głazach. Obok na palenisku buzował płomień. Przy stole było nawet krzesło.

– Ładne, tylko trochę za duże – Jakub ocenił mebelek. – Po co komu takie?

– To nie jest prawdziwe krzesło, tylko rzeźba Hasiora – powiedział ze znawstwem kozak. – Czytałem w gazecie o jego pracach. Nawiasem mówiąc, warta pewnie niezły grosz...

Dalsze popisy erudycji przerwała drewniana pała, która przydzwoniła mu w czachę. Jakuba pierwszy cios tylko zamroczył, więc uznał za stosowne odwrócić się i sprawdzić, kto ich zaczepia. Zobaczył jakieś czterometrowe kudłate bydlę. W pierwszej chwili pomyślał, że to zwykły yeti, ale pysk się nie zgadzał. Z jakby krokodylej mordy sterczały mu paskudne żółte zębiska.

– O kurde – zdziwił się i sprężył do ucieczki.

Zaraz jednak przypomniał sobie o znokautowanym kumplu.

– Nie tak szybko, włochaty śmierdzielu – wycedził, zawracając.

Potwór zaryczał i ruszył do walki. Egzorcysta kopnął go w kolano, a potem spróbował trzasnąć w przyrodzenie. Wiedział, że to trochę niehonorowo, ale wyżej nie sięgał. Opór, niestety, na nic się nie zdał. Potwór złapał go i wykręcił ręce.

– Ty co, na kanara się uczyłeś? – Jakuba zaskoczyła sprawność, z jaką został obezwładniony.

Chwilę potem leżał rozciągnięty na kamieniu. Nadgarstki rąk i kostki nóg oplatały mu rzemienie. Bydlak z mordą krokodyla wyciągnął nóż z brązu, a następnie spokojnie, metodycznie pozbawił więźnia odzieży. Zdarł też przyodziewek z ciągle nieprzytomnego kozaka. Poszedł w kąt i z wielkiej beczki nalał sobie wiadro jakiejś cieczy.

– Do świeżej ludzkiej wątróbki piwko smakuje wprost wybornie – powiedział po polsku, ale z egipskim akcentem i zawiązawszy pod szyją coś w rodzaju prześcieradła, wyciągnął wielgachny drewniany widelec i równie ogromniasty rzeźnicki majcher.

– Ale ja nie jestem człowiekiem! – zbawcza myśl błysnęła Jakubowi w głowie.

– Jak to? – Stwór zerknął pytająco.

– Jestem małpoludem z Dębinki, popatrz tylko na moją twarz! A od jedzenia małpiego mięsa traci się potencję... – brnął dalej egzorcysta. – I sierść ci wylezie.

– Łżesz! – ryknęło bydlę.

A potem zaczęło go obwąchiwać. Semen otworzył oczy. Najwyraźniej dochodził do siebie.

– Piękny okaz *Homo bimbrownikus*! – stwierdziła bestia, gdy zakończyła badania. – A to się nawet nieźle składa... Dawno takiego nie spożywałem, zawsze to jakaś odmiana w menu...

I w tym momencie Semen wpakował w plecy stwora walający się w kącie miecz. W pomieszczeniu zakotłowało się. Kudłaty bydlak skoczył ku ścianie, porwał wiszącą tam maczugę i runął na kozaka.

– Może mnie tak ktoś odwiąże? – zawołał Jakub, który też miał ochotę wziąć udział w burdzie.

Niestety, stwór i Semen zbyt byli zajęci walką, by zwrócić na to uwagę. Egzorcysta żałował, że nie ma kamery, wyglądało to co najmniej tak widowiskowo jak te fajne stare Conany z Arnoldem Schwarccharakterem, które kiedyś puszczali w domu kultury. Rąbali się, ile wlezie, wióry maczugi wirowały w powietrzu, krew bryzgała z coraz liczniejszych ran bestii... Egzorcysta zdołał wyswobodzić najpierw jedną, potem drugą rękę. Jeszcze tylko nogi i był wolny.

Zeskoczył z ofiarnego stołu, prosto w kałużę lepkiej krwi. Podniósł wiadro z piwem, pociągnął solidny łyk, wdrapał się na krzesło, a potem balansując na oparciu, wsadził naczynie razem z zawartością na łeb bydlęcia. Semen wykorzystał chwilowe oślepienie przeciwnika i rozpruł mu brzuch. Ale nawet to nie zabiło stwora.

– Chodu!!! – ryknął Wędrowycz.

Skoczyli do wyjścia, coś trzasnęło i stali na ulicy. Na zupełnie zwyczajnej warszawskiej ulicy. Kozak obejrzał się. Za nim nie było jaskini, tylko cudownie normalny trawnik. Na wszelki wypadek zrobił kilka kroków w tamtą stronę. Nic.

– Widocznie przejście zamknęło się samoczynnie. I całe szczęście – westchnął Jakub.

Powiał wiaterek. Starcze ciała pokryły się gęsią skórką. No tak, przecież byli nadzy.

– Skąd tu wziąć jakieś łachy na grzbiet? – zacukał się Semen.

– Wyżebramy albo ukradniemy – westchnął jego kumpel.

Wślizgnęli się do klatki najbliższego bloku. W wewnętrznych drzwiach był domofon, ale kozak wetknął w zamek koniec miecza i po chwili pokonał przeszkodę. Zbiegli po schodach do piwnicy. Gdzieś wysoko trzasnęły drzwi. Ktoś poczłapał na parter, na dół na szczęście nie zajrzał.

– Ech, ostatni raz tak się uhetałem ze sto lat temu – westchnął kozak, ocierając pot z czoła.

– Nie jesteś ranny?

– E, tylko stłuczenie... Nic mi nie będzie. A tak swoją drogą, co to jest *Homo bimbrownikus*?

– Yyy... – Jego towarzysz uciekł spojrzeniem w bok. – Muntancja taka. Wiesz, u zwykłego człowieka, jak się napije, to alkohol we łbie kręci, a rozpada się na octowe jakieś paskudztwa i ten, no, dwutlenek węgla. A jak ktoś jest mutas, to mu się w żyłach alkohol przekształca w czystą energię życiową, którą hindusy zwą *prana*.

– Bajerancki patent! Swoją drogą, to już w grocie zauważyłem, że coś osłabłem tak jakby...

– Przeskok między światami pozbawia sił. Ja też ledwo człapię – westchnął Jakub. – Zje się golonkę, popije piwem i staniemy na nogi. A na razie trzeba unikać wysiłku.

– A to bydlę... Widziałeś kiedyś coś takiego?

– Nie, ale słyszałem. To egipskie bóstwo, czy może coś mniej ważnego. Siedział na sądzie Ozyrysa i pożerał tych, którzy nie potrafili udowodnić niewinności. Widać egipskie zaświaty poszły już w totalną rozsypkę, skoro tu wyemigrował. Klimat u nas chłodniejszy, to jeszcze ciapek futrem porósł. Zdobądźmy łachy i wracajmy na kwaterę.

– No to do roboty! – Przyjaciel zatarł dłonie.

Drzwi piwnicy były drewniane. Wyposażono je w badziewny skobel i maluśką kłódeczkę. Kozak wetknął miecz pod blachę i pociągnął raz a dobrze. Wkroczyli w ciemność. Namacali włącznik. W słabym blasku nielicznych żarówek ujrzeli niski sufit długiego korytarza. Jego koniec niknął w mroku. Po lewej i prawej znajdowały się boksy oddzielone drzwiami zbitymi z krawędziaków.

– Teraz trzeba znaleźć piwnicę ludzi, którzy zamiast wrzucać stare łachy do kontenerów opieki społecznej, wolą magazynować je cholera wie po co – stwierdził wesoło Wędrowycz.

– Popieram. To nawet nie będzie żadna kradzież, tylko uwolnienie ich od złych przyzwyczajeń, będących niechlubnym pokłosiem poprzedniego ustroju.

Ruszyli, zaglądając po kolei do mijanych komórek. Zdezelowane rowery, półki z jakimiś przetworami, zakurzone pudła... Stop!

Ta kłódka była dużo solidniejsza, ale po kilku szarpnięciach skobel poddał się. Kozak rozpruł przezroczysty plastikowy worek, wygarniając z niego łaszki.

– Jak pech, to pech – burknął.

Ubrania, które znaleźli, musiały należeć do jakiejś nastoletniej lampucerki. Bluzeczki z odblaskowymi aplikacjami, czarne skórzane mini...

– Co to jest, u diabła? – Kozak oglądał stringi ozdobione serduszkami.

– Może proca jakaś? – Jakub wzruszył ramionami. – Tylko gumka słaba.

Usiłował założyć stanik, ale dziewczyna była raczej drobna. Nie dał rady dopiąć. Znaleźli dwie pary legginsów zrobionych z lycry. Wyglądały na czyste. Egzorcysta rozciągnął je w rękach.

– No, może uda się w to wbić... Szkoda, że babskie, ale dość już mam świecenia gołym zadkiem.

Naciągnęli je z trudem. Kozak poczuł, jakby pewne części jego ciała znalazły się w imadle, ale dało się od biedy wytrzymać. W kolejnej piwnicy znaleźli znoszone sandały i gumiaki, tylko trochę za duże. Właśnie włamywali się do trzeciego boksu, gdy zaskrzypiały drzwi wejściowe. Skulili się w kącie koło regału ze szpargałami i nakryli pospiesznie starą zasłonką.

– Zobacz, Gienek, jakieś gnoje znowu się włamały – usłyszeli głos.

– Co za naród – odpowiedział mu drugi. – Wszyscy kradną. Tylko my ostatni uczciwi na tej planecie.

– Jurek, zadzwoń na policję, niech przyjadą i zabezpieczą ślady. A my się rozejrzymy, może jeszcze tu buszują?

Zarechotali. Minęli boks, na szczęście nie zauważywszy staruszków. Jakub z Semenem poczekali, aż znikną za rogiem korytarza, i rzucili się do ucieczki.

Wypadli z klatki galopem, prawie gubiąc buciory. Nieoczekiwanie świat fiknął koziołka, a w następnej sekundzie obaj poszukiwacze przygód leżeli już przyduszeni do chodnika. Miecz potoczył się z brzękiem. Egzorcysta poczuł dotyk stali na przegubach, a chwilę potem kajdanki się zatrzasnęły. Gliny. Aż ośmiu.

– To niesprawiedliwe – jęknął Semen. – Przecież wy zawsze przyjeżdżacie dwadzieścia minut za późno.

– Dobra, dobra – warknął ten, który go przygniatał. – Raz zdążyliśmy.

– Ale to nie oni – zauważył jego towarzysz. – W zgłoszeniu było, że całkowicie goli ekshibicjoniści, a ci tu mają dziewczyńskie majtki na tyłku, znaczy się nie ekshiby, tylko transwestyci. Ekshibów wolno jeszcze łapać, ale transwestytów mamy tolerować... Dyrektywa unijna przyszła.

– O kurde, faktycznie – zadumał się dowódca patrolu.

– W międzyczasie było drugie zgłoszenie, że ktoś okradł piwnicę – powiedział kolejny, nadchodząc od strony radiowozu. – A to by pasowało. Wybiegli, jakby uciekali z miejsca popełnienia przestępstwa, i fant tam leży, widać w piwnicy znaleźli. – Podniósł miecz przez chusteczkę i gwizdnął cicho.

– Chłopaki, to chyba grubsza sprawa – mruknął. – Niezły zabytek, kupa tu jakby egipskich znaków. A i rękojeść chyba ze złota, albo pozłacana raczej...

– Ja go nie ukradłem – zaprotestował Semen. – To moje! Własność prywatna!

– Dobra, dobra, zawsze tak mówicie.

– Przecież nikt nie trzyma tak wartościowej broni w piwnicy! – Jakub przyszedł w sukurs kumplowi.

– A czy ktoś tu mówi, żeście to ukradli? Sławek, Igor, do bagażnika ich! – polecił dowódca. – I dajcie sygnał do centrali, że fałszywe zgłoszenie.

– To niezgodne z normami ISO dotyczącymi transportu zatrzymanych! – protestował Semen, gdy klapa rąbnęła go w głowę.

Bagażnik był ciasny, z trzech stron kozaka i jego kumpla otaczały metalowe ścianki, z czwartej – tył siedzeń. Walały się tu jakieś śmieci, niektóre boleśnie dźgały więźniów w plecy. Pojazd ruszył.

– Hej, panowie, o co chodzi? – jęczał Jakub. – Skoro sami stwierdziliście, że macie nas tolerować, a zgłoszenie fałszywe...

– Tak nie wolno przewozić aresztantów! – krzyczał Semen. – Unia Europejska was skarci!

– Zamknąć japy, bo napuścimy gazu – polecił ktoś z tylnego siedzenia.

Wędrowycz zagryzł wargi.

– Oświeciło mnie. Już wiem, co jest grane. Gliniarzom spodobał się mój miecz. A zwłaszcza pewnie ta rękojeść ze złota... – rzucił odkrywczo jego kumpel.

– Wywiozą nas na most, nogi w cement i do Wisły. A potem spylą broń jakiemuś kolekcjonerowi... No to wpadliśmy. Jak śliwka w kompot – dumał egzorcysta. – Nie damy się! – wrzasnął.

– Aż się osiemdziesiąty drugi rok przypomina – westchnął Semen. – Ech, młodość...

– Co ty pierdolisz? W osiemdziesiątym drugim to ty byłeś już stary chłop.

– Tysiąc osiemset osiemdziesiąty drugi – uściślił. – Strajki w Petersburgu. Tylko wtedy to ja pałowałem, pakowałem aresztantów do wozów. Robiłem porządek z czerwoną zarazą...

Pojazd podskakiwał na jakichś wybojach. Gdy wreszcie się zatrzymał, klapa odskoczyła i dwaj policjanci wyciągnęli więźniów ze środka. Wielkie zaorane pole sięgało po horyzont. Opodal kanał melioracyjny toczył zielonkawą wodę. Uciekać? Niby jak, z kajdankami na rękach?

– Dobra, staruchy – powiedział ten wyższy, rozpinając im „obrączki". – Popełniliście poważne wykroczenie przeciw moralności publicznej. W dodatku paradowaliście po mieście z bronią białą.

– A co, nie wolno? – obraził się Semen.

– W myśl obowiązujących przepisów wolno mieć przy sobie jedynie nienaostrzoną replikę broni, a i to jedynie w przypadku, gdy stanowi ona element stroju historycznego.

– No i wszystko się zgadza! – Kozak wzruszył ramionami. – W starożytnym Egipcie ludzie chodzili w majtkach i nosili takie miecze!

– W Egipcie nie było jeszcze lycry. Konfiskujemy broń. Poza tym może władza nakazuje tolerować takich jak wy, ale my w policji jakoś nie lubimy zboczeńców. Spieprzać.

Rozległ się trzask drzwiczek i radiowozy odjechały.

– Nie zabili nas? – zdumiał się Jakub. – Nawet nie spałowali?

– Co za upadek etosu policjanta – Semen także był oburzony.

Lodowaty wiatr przenikał na wskroś. Nadchodził wieczór.

– Trzeba zdobyć coś do ubrania – planował kozak – a potem odszukać tych drani i pouczyć o szkodliwości braku szacunku wobec starszych. Na szczęście zapamiętałem ich numery rejestracyjne.

Niebawem dotarli do szerokiego rowu. Przecinały go jakieś rury. Przeleźli po nich na drugą stronę i stanęli pod płotem ogródków działkowych.

– Altanki – mruknął egzorcysta. – Tam ludzie mają narzędzia, a do tego pewnie stare ubrania, używane przy robotach ziemnych.

– To brzydko kraść – zauważył Semem.

– Jakoś im odpracujemy, skopiemy zagonik albo przytniemy drzewka...

– No nie wiem. Mam wrażenie, że włamania zaczynają mi wchodzić w nawyk.

Przeskoczyli siatkę i podkradli się do najbliższej budki. Drzwi zabezpieczone były solidną kłódką. Semen pomyszkował wokół, znajdując kawał rurki wodociągowej, która w sezonie służyła jako podpórka pod krzak pomidorów. Używając jej jako łomu, urwał skobel i pociągnął drzwi.

Rąbnęło jak z armaty, coś bardzo szybkiego przemknęło im nad głowami. Jakub poczuł, jak włosy potraktowane podmuchem gazów wyrzutowych zaskwierczały.

Popatrzył do góry. Miał nieprawdopodobne szczęście. Gdyby był ciut wyższy, odstrzeliłoby mu głowę. Całkiem zmyślną pułapkę ktoś tu zastawił. Egzorcysta zajrzał ostrożnie do wnętrza altany. Wyglądała zupełnie zwyczajnie. Dwa na dwa metry, małe okienko zarosło pajęczynami. Na wieszaku wisiała kupa roboczych łachów, w kącie spoczywały narzędzia, ale zastanowił go chodniczek leżący w przejściu. Był nieco wybrzuszony.

– Wygląda podejrzanie – Semen potwierdził jego przypuszczenia.

Z rabatki przed budką wyjął kawałek cegły i rzucił go na środek dywanika. Nie mylili się. Stalowe, najeżone zębami szczęki pułapki kłapnęły w powietrzu. Właściciel działki położył na podłodze potrzask na niedźwiedzie...

Wypatrując kolejnych niebezpieczeństw, podeszli do ubrań. Odsunęli kijem rozizolowane druty pod napięciem leżące między łachami. Po chwili poszukiwań znaleźli zszargane drelichy. Wyglądali szykownie, jak robole wracający z budowy. Nikt nie powinien się czepiać. Już wychodzili, gdy kozak prawie potknął się o rozciągnięty sznureczek.

– Krucafuks! – Obejrzał linkę. – Rozumiem problem rosnącej przestępczości, ale to już chyba przesada.

Sznurek przymotany był do zawleczki granatu.

– Konfiskujemy. – Jakub wrzucił cytrynkę do kieszeni. – Ktoś mógłby się potknąć.

Koło działek znaleźli przystanek tramwajowy. Siedli sobie na ławeczce.

– Trzeba ułożyć plan działania – powiedział Semen. – Twoje pomysły może nie są takie złe, ale ganiamy jak koty z pęcherzem, a nie zbliżyliśmy się nawet o krok do rozwiązania problemu.

– Ano chyba masz rację – przyznał niechętnie Jakub. – Co zatem proponujesz?

– Jeszcze nie wiem.

Zastanawiali się nad tym problemem, kiedy nadjechał tramwaj. Wsiedli do wagonu. Był prawie pusty. Semen wyjął z kieszeni zdobycznego drelichu plik pożółkłych ze starości biletów.

– O! – zdumiał się Jakub. – Ale przecież ludzie w naszym wieku jeżdżą już za darmo.

– Ale dokumentów ze sobą nie mamy, to przetnę, żeby się nie użerać niepotrzebnie. Kurde, coś nie wchodzi. – Spróbował wetknąć jeden w szczelinę kasownika. – Za szeroki.

– I paska magnetycznego nie ma – wyjaśnił mu egzorcysta.

– To jak to, u diabła, przeciąć?

– Tego się już nie przecina. Tam jest taki wihajster, co to drukuje godzinę skasowania. Może napiszemy na biletach sami? – zaproponował.

– Dobry pomysł!

Poczłapał na przód wagonu, pożyczył od jakiejś kobiety długopis i fachowo „skasował" dwie sztuki. A potem zasiedli wygodnie i czekali, aż dojadą. Minęli kilka przystanków...

– Bileciki do kontroli! – gromki głos wyrwał Jakuba z zadumy.

– Proszę, to za mnie i za mojego przyjaciela. – Semen podał mu dwa świstki papieru.

– No bez jaj! – warknął rudy kanar. – Co to, do cholery, ma być? Toż to bilety sprzed dwudziestu lat!

– I co z tego? – Pasażer wzruszył ramionami.

– Nieaktualne.

– Gadaj zdrów – burknął kozak. – Kupuje się bilet w kiosku. Tym samym zawiera się umowę konsumencką. Człowiek dokonuje opłaty z góry za usługę transportową. I gucio go obchodzi cała reszta. On już przejazd kupił i opłacił.

– Gienek, choć tu, dwaj „elektryczni".

Obok pierwszego kanara pojawił się drugi, równie szeroki w barach.

– No to będą problemy – powiedział ten pierwszy z zadowoleniem. – Płacicie albo dajecie dokumenty.

– Widzisz, po polsku nie rozumie. – Semen zwrócił się do Jakuba: – Może ty mu wytłumaczysz?

– To proste – wyjaśnił z godnością egzorcysta. – Bilet to bilet. Jeden bilet, jedna jazda. Poza tym bilet to poważny papier wartościowy, a nie byle banknot, co to może go minister rozporządzeniem unieważnić.

– Nawija jak profesor – zarechotał rudy kontroler. – Wysiadamy, pogadamy sobie na przystanku.

– Spieszy nam się do domu – warknął Semen.

Zaczynał się wkurzać.

– Możemy się jakoś dogadać – zaproponował Gienek. – Odpalicie nam po trzy dychy i możecie spadać.

– Ale ja nie mam. – Wędrowycz bezradnie rozłożył ręce. – Ani grosza z domu nie zabrałem...

– No to dokumenciki.

– Też nie mam.

– Jakub, po co ty w ogóle z naciągaczami gadasz? – ofuknął go kumpel. – Mamy bilety legalnie skasowane, mogą nas cmoknąć w zad!

– No to macie przekichane – powiedział rudy. – Jak tak można, jak te sieroty, łazić bez grosza przy duszy i papierka z informacją, jak się nazywacie? Nie powiedzieli wam w szkole, że obywatel bez dowodu w ogóle nie istnieje?

– Może wezwiemy radiowóz? – zaproponował jego kumpel. – Zawiozą ich na komisariat i szybciutko sprawdzą, co to za ptaszki.

– Co ty, policja przyjedzie za pół godziny, w tym czasie złapiemy ze dwóch wypłacalnych klientów. – Rudy wzruszył ramionami. – Jakbyśmy się z każdym gapowiczem tak cackali, to w życiu nie wyrobimy normy złapanych. Dajmy im po ryjach i tyle.

Egzorcysta dopiero teraz naprawdę się wkurzył. Sięgnął do kieszeni i wyjął „cytrynkę".

– Wiecie, co to jest? – zapytał.

– Kurde, fajna replika granatu – ucieszył się Gienek. – Zawsze chciałem taką mieć. Dobra, dziady, dajecie fanta i sprawy nie było.

– To oburzające! – burknął Semen.

Ale Jakub, który miał dość całej tej awantury, wręczył kanarowi granat i z godnością odwrócił się w stronę okna.

Kontrolerzy wysiedli.

– Czegoś szedł na takie ustępstwa? – sarkał kozak. – Jechaliśmy legalnie. Nic im się nie należało. Żebym nie był taki oklapnięty, tobym im po mordach natrzaskał...

Jego utyskiwania przerwał głuchy huk eksplozji gdzieś daleko za nimi.

– Ksiądz proboszcz mówił, że nie należy się awanturować, tylko zostawić pomstę Bogu, a grzesznik i chciwiec albo sam się pokarze, albo Opatrzność go skarci... – Egzorcysta zrobił świętobliwą minę i przeżegnał się.

– A gliniarze?

– Jacy gliniarze?

– No ci, co nas w bagażniku wieźli i miecz mi zaiwanili! Też mamy czekać, aż ich Bóg pokarze?

– Hmm... Gadałeś coś o niedopełnionych normach ISO w zakresie przewozu aresztantów?

– No...

– Zatem złamali tylko przepisy. Skoro już nas zapisali do tej kopanej Unii, wydaje mi się, że w tym przypadku nie ma sensu fatygować Opatrzności, tę sprawę załatwimy sami.

Klucze od mieszkania przy Ząbkowskiej oczywiście przepadły jeszcze w jaskini Pożeracza, ale jakoś sforsowali uszkodzone drzwi. Podjedli, wypili wojsławickiego samogonu i świat wydał im się od razu lepszy.

– Damy radę – powiedział Jakub. – Małpoludy z Dębinki już nieraz próbowały mącić.

– Ale nigdy im nie wychodziło? – Kozak zatarł dłonie.

– Dlaczego nie? – zdziwił się Wędrowycz. – O, na przykład jak zrobili taką tycią apokalipsę w piątym wieku naszej ery, to przez parę setek lat żywego ducha tu nie było, wszystko spustoszone i tylko oni po lasach...

– Tak? A ja myślałem, że to na skutek najazdu Hunów pod wodzą Attyli.

– A Hunowie czemu nie zajęli tych ziem na stałe?

– A tego to już nie wiem.

– No to teraz będziesz wiedział... – zarechotał egzorcysta. – A potem przyszli Słowianie. I dopiero oni wkopali małpowatym tak definitywnie, że ci utrzymali się tylko w naszych stronach.

– Aha... Czyli co proponujesz? Masz jakiś plan?

– Pójdziemy do muzeum archeologicznego. Odszukamy kości szamana, który walczył z małpowatymi.

– Szamana? Masz coś konkretnego na myśli?

– Pamiętasz ten program, co w zeszłym roku leciał w knajpie na telewizorze?

– Wtedy, co się Eustachy Bardak zakrztusił korkiem od jabola? Pamiętam. Gadali coś o wykopaliskach w jakiejś wiosze. Znaleźli tam znaczy masę ciekawego szmelcu, szkielet czarownika i dużo amuletów... Zaraz... Kultura ceramiki wstęgowej rytej?

– Pierwsi rolnicy na naszym terenie – uzupełnił Jakub. – Wcześniej tu byli tylko myśliwi. Czyli pewnie kolesie z Dębinki. I ci rolnicy ich wygonili. Już sobie przypomniałem. Poradkowo się ta wieś nazywała.

– Czyli bierzemy tego kolesia, ożywimy i poszczujemy?

– Ożywić się nie da, ale zapytamy o radę. A, jeszcze jedno... – Poczłapał do kuchni i wrócił z dziwną kostką na rzemyku. – To trzeba na wszelki wypadek zabrać ze sobą.

– Co to takiego? Znalazłeś amulet tych dębinkowych małpoludów? – zirytował się Semen.

– No ba, cała puszka tam stoi.

I usiadłszy w pomieszczeniu obok, Wędrowycz zaczął grzebać w metalowym pudełku po kawie. Semen nie przeszkadzał, zajął się czymś innym.

– Co tam skrobiesz? – zainteresował się po chwili Jakub, widząc, że kumpel kreśli jakąś epistołę.

– Donosik.

– Ech, te twoje prowokatorskie nawyki – skrzywił się egzorcysta. – Carat się już skończył.

– A co niby ci się nie podoba?

– Takie brudne metody walki nie licują z honorem Polaka!

– No i dobrze, przecież jestem Rosjaninem. I to nie żadna walka, tylko sprawiedliwy odwet. A co do twojej narodowości...

– Przepraszam, zapomniałem. – Jakub walnął się w głowę. – A na kogo piszesz?

– A na tych gliniarzy, co nas wieźli w bagażniku.

– Na kogo!? – Wytrzeszczył oczy. – Poza tym to jakieś takie dziwne donos na policjanta pisać... Bez sensu. Bo komu to wyślesz? Na policję co najwyżej, a oni to od razu schowają pod sukno. Kruk krukowi ucha nie urwie. Po co się męczysz z tymi literkami? Wklepiemy im i tyle.

– Jesteś nadmiernie agresywny – wytknął mu kozak.

– Wcale nie jestem agresywny – obraził się egzorcysta. – Ja tylko czasem po prostu mam ochotę komuś przypierdolić.

– Złamali normy ISO, więc wyślę informację odpowiednim czynnikom europejskim.

– To nieludzkie. Lepiej dać w japę, poboli, a zanim przestanie, czegoś się nauczą.

– Szkoda ręki brudzić – oponował Semen.

– Rób, jak uważasz. Ale moim zdaniem to ryzykowne. Jeszcze jakiejś biedy sobie napytasz...

Godzinę później obaj starcy, utuleni oparami samogonu, zapadli w głęboki i pokrzepiający sen.

Radek i stary szaman weszli do klatki bloku stojącego u podnóża skarpy. Opodal gmach nowej Biblioteki Uniwersyteckiej bił w oczy soczystą zielenią patynowanej fasady. Po brudnych lastrykowych schodach wspięli się na drugie piętro.

– Tutaj. – Dziadek wyjął z sakwy klucz i otworzył zamek.

Chłopak pociągnął nosem, coś tu paskudnie zalatywało, stęchlizną i jeszcze czymś nieokreślonym... Drzwi do pokoju po lewej stronie były lekko uchylone. Zajrzał tam i omal się nie porzygał. W fotelu spoczywał częściowo zmumifikowany trup.

– Co, do... – jęknął.

– Ten? Właściciel mieszkania. Nie bój się, kipnął ze dwa lata temu, patrząc w telewizor, i już tak został. Znaleźliśmy tę metę przypadkiem. Spokojnie, drugi pokój jest czysty.

– Ale... – Popatrzył raz jeszcze na truchło i z obrzydzeniem zatrzasnął drzwi.

– W każdym razie dzięki temu zapamiętasz sobie, że telewizja jest szkodliwa. – Dziadek wyszczerzył pożółkłe zębiska w koszmarnym uśmiechu. – Tu masz najlepszy tego dowód.

Drugi pokój był prawie pozbawiony mebli. Z rzeźbionej drewnianej kolumienki stary zdjął doniczkę z uschniętym kwiatkiem. Na zwolnionym miejscu umieścił pożółkłą czaszkę niedźwiedzia wydobytą z torby.

– Jak przytulnie się od razu zrobiło – zakpił chłopak. – Jeszcze tylko czarne świece i głowa kozła...

Dziadek westchnął z politowaniem.

– Za słabo znasz naszą kulturę – powiedział. – Stąd te idiotyczne skojarzenia.

– To może mnie trochę podszkolisz? Albo którąś dziewczynę wydelegujesz?

– Dobra. – Szaman kiwnął głową. – Faktycznie widzę, że trzeba będzie, bo z tego, że obserwujesz nasze rytuały, jakby nic nie wynika. Zmiataj teraz do kuchni i zjedz coś, a ja tu trochę pomedytuję. – Usiadł naprzeciw czaszki i wbił spojrzenie w jej puste oczodoły, jakby chciał zahipnotyzować martwą od dawna bestię.

W lodówce chłopak znalazł kawał wędzonego mięsiwa i kilka puszek piwa. Uciął sobie solidny plaster, popił złocistym napojem. Świat wydał mu się odrobinę weselszy. W sumie to sporo tych puszek mieli. Doszedł do wniosku, że nikomu nie sprawi różnicy, jeśli wypije drugą.

– W zasadzie dziadek kazał mi zjeść coś, nie wyznaczał limitów ilościowych – usprawiedliwił sam siebie.

Do dokładki mięsa otworzył trzecią puszkę. Wiadomo przecież, że jak się je, to i popić trzeba. W głowie przyjemnie mu zaszumiało.

– Zresztą gdyby dziadek nie chciał, żebym wypił ten zapas, toby mi powiedział – wydedukował, kończąc czwarte piwo. – Krewniakowi przecież nie będzie żałował...

Pijąc szóste, policzył, ile zostało. Wyglądało na to, że cztery, a może i dwanaście, bo puszki dziwnie rozjeżdżały się na boki.

– E, to i dla niego starczy – mruknął, otwierając siódmą. – A w zasadzie dla takiego staruszka to alkohol może być szkodliwy. – Ósma też mu się jakoś zmieściła.

Dopiero teraz zauważył, że chyba zaczęło się trzęsienie ziemi, cały budynek dziwnie się kołysał. Wyobraził sobie, jak pozostałe puszki przygniecione gruzem leżą latami w ruinach, a zawarty w nich nektar kwaśnieje bez pożytku. Nie mógł do tego dopuścić. Ruszył im na ratunek.

W pewnej ważnej instytucji unijnej skrzypnęły drzwi.

– Wzywałeś mnie? Jakiś problem? – zapytał inspektor, wchodząc do biura.

– Donos wpłynął – wyjaśnił jego zastępca. – Treść nawet ciekawa, o złamaniu norm przewozu aresztantów, ale nie możemy nadać sprawie biegu.

– Pokaż.

Młodszy podał mu kopertę.

– O, w mordę. Znaczek krzywo nalepiony, co najmniej półtora milimetra odchyłu od pionu. Ewidentne złamanie normy.

– W dodatku wygląda, jakby przyklejono go, śliniąc, a nie maczając na gąbeczce. A ta koperta! Od razu widać, że to nie jest papier ekologiczny...

– Co tam papier. – Inspektor właśnie badał suwmiarką grubość przesyłki. – Trzy milimetry ponad gabaryt „A". Czyli złamano co najmniej cztery niepodważalne zasady przesyłania do nas korespondencji. A sam donos?

– I z tym jest największy problem, wprawdzie kartka to papier bezkwasowy, ale mam uzasadnione podejrzenia co do tuszu. Jest jakiś taki zbyt czarny. Wygląda na przekroczoną zawartość węgla.

– Daj do laboratorium.

– Nie ma chyba potrzeby, bo i tak brak mu numeru ewidencji pism wychodzących, a treść napisano ręcznie.

– Jaja sobie robisz!?

– Niech pan spojrzy.

– Zgroza! Ależ to bezczelna prowokacja! Czy da się ustalić autora? Takie lekceważenie norm trzeba surowo karać!

– Niestety, nie podpisał się.

Kubeł wody chluśnięty w twarz trochę go otrzeźwił. Co to? Chyba ranek... A może raczej wczesne popołudnie.

Zaspałem, znaczy się... – pomyślał Radek leniwie.

– Dobra, dobra, już wstaję – powiedział, a raczej chciał powiedzieć, bo z wyschniętego na wiór gardła wydobyło się tylko ochrypłe skrzeczenie.

Przed oczyma latały mu zielone plamy, w żołądku miał jakby kupę żarzących się węgli. W dodatku jakieś sukinsyny kuły za ścianą młotami pneumatycznymi. Przyłożył obolałe czoło do mokrych kafelków podłogi. Świat przestał wirować.

– No co? – usłyszał gderanie dziadka. – Wstawaj wreszcie!

Jego słowa wierciły w mózgu chłopaka dziury. Zupełnie jak korniki. Opierając się na łokciu, z trudem oderwał głowę od ziemi. Kuchnia wyglądała, jakby przeszło przez nią tornado. W dodatku ktoś zwymiotował w kilku miejscach na podłogę.

– Wiem już, gdzie jest Wielki Mywu – warknął dziadek. – Rusz zad, śmierdzący leniu! – Wlepił wnukowi kopa. – I ogarnij się. Czina zaraz tu będzie.

– Czina?

Licealista wstał z trudem. Rozejrzał się po zdemolowanej kuchni. Stół był połamany. Obok poniewierały się wyrwane drzwiczki szafek i jakieś bebechy wyszarpane zza lodówki. Całości obrazu dopełniała roztrzaskana płyta ceramiczna kuchenki.

Nieźle się ktoś zabawił, pomyślał.

– Typowe – powiedział damski głos za jego plecami.

Obejrzał się. Do pomieszczenia zaglądała dziewczyna. Radkowi kojarzyło się, że już ją wcześniej widział, przy ognisku chyba. Ale dopiero teraz mógł się przypatrzyć dokładniej. Choć drobna i szczupła, przypominała dziewczyny z Dębinki. Miała trójkątną, lisią twarz, ciemne włosy spięła w kok.

– Cześć – wychrypiał.

– Białej gorączki dostał? – zapytała szamana.

– Na to wygląda – westchnął stary. – Nie miałem jak go kontrolować, wszedłem w głęboki trans. Było tu trochę piwa w lodówce, widać wyżłopał wszystko.

Dopiero teraz Radek uświadomił sobie, że to jego podejrzewają o tę dewastację!

– To nie ja – zaprotestował z godnością.

Uśmiechnęli się kpiąco.

– A niby kto? – Dziewczyna wzięła się pod boki. – Krasnoludki? Poza wami dwoma nikogo tu nie było. Cholera, a już myślałam, że da się na jakiś czas zająć to mieszkanko. A teraz nie dość, że sprzątnąć trzeba, to jeszcze nie ma nawet jak wody na ziółka zagotować...

– Sprzątaj! – Szaman rzucił wnukowi pod nogi jakieś szmaty. – Za godzinę ta kuchnia ma lśnić jak psu... A, nieważne. My tymczasem opracujemy plan dotarcia do niedźwiedzia.

Wyszli, a Radek ruszył w stronę zlewu. Pół życia za łyk wody. Niestety, kran ktoś wyrwał ze ściany.

Przyniósł wiadro z łazienki i zabrał się do zmywania podłogi.

Dwie godziny później kuchnia wyglądała jako tako. Powyrywane drzwiczki dało się osadzić z powrotem przy użyciu kleju dwuskładnikowego, którego opakowanie znalazł na parapecie. Kran zaczepił prowizorycznie, kiedyś wymieni się na nowy. Pozbierał puste puszki i potłuczone naczynia. Tylko z kuchenką nic się nie dało zrobić, ale czajnik elektryczny ocalał, więc wody na herbatę, a właściwie na ziółka, można było zagrzać. Radek zagotował tak na dwa kubki. Poszedł w głąb mieszkania.

Uchylił drzwi pokoju z krowią czaszką i gwizdnął w duchu. Czina siedziała po turecku całkiem goła, a dziadek pędzelkiem malował jej jakieś znaki między piersiami. Dziewczyna wyglądała na pogrążoną w głębokim transie.

– Czego? – warknął stary na widok wnuka.

– Wodę zagrzałem... – wykrztusił licealista.

Szaman wyłowił z sakwy woreczek z czymś ciężkim i rzucił w stronę chłopaka. Ten złapał przedmiot w locie.

– Łyżka stołowa na dno kubka i zalej wrzątkiem – polecił Yodde. – I nie przeszkadzaj. Umyj się, wyglądasz i cuchniesz jak świnia. Potem ci jakieś łachy skombinujemy.

Wychodząc, Radek zauważył kątem oka, jak stary maluje dziewczynie kolejny znaczek, tym razem poniżej pępka.

– Stwierdziłem, że faktycznie nasza starożytna kultura jest bardzo ciekawa i trzeba będzie w wolnej chwili bliżej się z nią zaznajomić. A najlepiej jak najszybciej – zagadnął przymilnym głosem.

– Won! – ryknął staruszek.

Licealista zalał dziwny proszek z woreczka ukropem, wziął szybki prysznic i z parującym kubkiem w ręce znowu stanął w drzwiach. Trochę się rozczarował. Dziewczyna już kończyła się ubierać, a dziadek składał miseczki i pędzelki.

– Zaparzyło się? – zapytał, nie przerywając czynności. – Wypij.

Chłopak popatrzył nieufnie na zawartość naczynia. Jakiś dziwny szlam... Pachniało jakby gliną. Z drugiej strony... Może to wstęp do jakichś ciekawych rytuałów? Podmuchał, bo płyn był jeszcze bardzo gorący, i ostrożnie wypił.

– Co to było? – zapytał, odstawiając pusty już kubek na parapet. – Smakowało jak błoto.

– Sproszkowany meteoryt – wyjaśnił stary. – Drogie trochę lekarstwo, za ładne kawałki kolekcjonerzy niezły grosz dają... Ale trzeba było postawić cię na nogi.

– Na takim kacu nie byłbyś w stanie wykonać zadania – dodała Czina, zapinając ostatnie guziki bluzki.

– Nie miałem żadnego kaca, tylko się trochę czymś strułem – mruknął.

Nawet nie skłamał specjalnie. W końcu alkohol to przecież trucizna...

– A poza tym to piwo z pewnością było przeterminowane i dlatego tak mi zaszkodziło – dodał z godnością.

– Dobra. – Dziadek zatarł ręce. – Mywu pracuje w Teatrze Wielkim w Warszawie.

– Pokazują tam przedstawienia z udziałem prawdziwych niedźwiedzi? – zdziwił się Radek.

– Dokonał transformacji w człowieka – wyjaśniła dziewczyna. – Ukrywa się. Zdołaliśmy za pośrednictwem czaszki nawiązać z nim kontakt telepatyczny, ale jest nieufny.

– To co robimy? – zapytał zdezorientowany chłopak. – Mamy go jakoś przekonać, że jesteśmy po jego stronie?

– Pojedziecie i zaprosicie go tutaj. Zapewnicie bezpieczeństwo po drodze. Daję wam trochę pieniędzy, na wypadek gdyby miał jakieś życzenia. – Stary podał Radkowi banknot.

Stówka wylądowała w kieszeni.

– I pamiętajcie: jego zachcianki traktować macie jako rozkazy – zapowiedział surowo. – Jeżeli coś zawalicie, żywcem obedrę was ze skóry, a soli na posypanie ran nie pożałuję!

Opuścili mieszkanko i kamienicę.

– Samochód by się jakiś przydał – bąknął chłopak. – Do teatru kawał drogi...

Kac trochę mu mijał, ale każdy krok nadal okupiony był łupaniem pod czaszką.

– Mam – ucięła Czina.

– A masz też prawo jazdy? – zainteresował się.

– Nie twój interes. – Wzruszyła ramionami. – Muszę jechać ostrożnie, bo samochód bez papierów.

– Kradziony? – Spojrzał na nią spod oka.

– Podprowadziłam tamtym od Światowida – pochwaliła się. – Zresztą też nie do końca był ich.

– To oni... – Poczuł lęk.

– Oczywiście, że nie wyłapano jeszcze wszystkich.

Otworzyła drzwiczki czerwonego opla. Radek siadł sobie wygodnie i zapiął pasy, ona zajęła miejsce za kierownicą i niebawem ruszyli w stronę centrum. Ulice były nieźle zakorkowane. Pod teatrem znaleźli się po półgodzinie.

Czina zatrzymała auto na niewielkim parkingu.

– Teren wygląda na czysty – mruknęła, rozglądając się wokoło z niepokojem.

– A kogo obchodzą nasze sprawy? – Wzruszył ramionami.

– Oj, zdziwiłbyś się – westchnęła.

– I co dalej? – zapytał. – Czekamy tu na niego, czy może zadzwonimy z portierni?

– Wyczuje naszą obecność, to sam się pojawi. Trochę cierpliwości nie zaszkodzi.

Siedzieli w samochodzie może dwadzieścia minut. Radek z nudów spróbował objąć dziewczynę ramieniem, ale dostał bolesnego kuksańca w żebra. Wreszcie, gdy chłopak prawie zasnął, do samochodu podszedł potężny, zwalisty mężczyzna. W jego postawie i ruchach rzeczywiście było coś z niedźwiedzia.

Jakub i Semen wysiedli opodal muzeum archeologicznego, które zajmowało duży, piętrowy budynek dawnego Arsenału Miejskiego. Wzniesiono go na planie kwadratu, z wewnętrznym dziedzińcem. Kasa była już czynna, więc kozak nabył dwa bilety i weszli do wnętrza.

– Byłem tu kiedyś... – zauważył Jakub. – Po głowę dziadka...

– Pamiętam – odparł jego przyjaciel. – Wtedy po głowę, a dziś po...

– ...Dziś po czachę. Jest tu silne pole magiczne – mruknął egzorcysta. – Że też wcześniej nie pomyślałem, żeby tu pobuszować.

– Czy to znaczy, że... – zaczął kozak.

– Odzyskałem prawie pełną moc – przyznał Wędrowycz. – Najwyraźniej kontakt telepatyczny z łowcami mamutów przyspieszył rekonstrukcję struktur aury. Tylko to idzie falami, niestety...

– To znaczy?

– Raz działa, a za chwilę znowu bryndza... Może parę dni potrwa, zanim się wyrówna.

Weszli do sporej sali. W kącie widać było szałas ze skór rozpiętych na mamucich żebrach, wokoło rozłożono zrekonstruowane dzidy. W gablotach leżały dziesiątki krzemiennych grotów od włóczni i kości prehistorycznych zwierzaków.

– Prawie jak to, co widzieliśmy podczas zdobywania skalpu z zadu mamuta – zauważył Jakub. – Precyzyjnie naukowcy odtworzyli – pochwalił.

– Błe, nie przypominaj nawet – mruknął Semen. – Idziemy dalej.

– No, nie przesadzaj znowu. Trochę się z małpoludami nie mogliśmy dogadać, ale to nie znaczy, że masz mieć do końca życia traumę.

– Trochę? Żeś im naukę stawania domów z Ytonga zaproponował, to nic dziwnego, że się wkurzyli.

– A co niby miałem im obiecać?

– Ja bym zaczął od lodówki do trzymania mamuciny albo, dajmy na to, od przeszkolenia w robieniu weków.

Wędrowycz zadumał się, porażony mądrością słów towarzysza.

– No i gdzie te przedmioty i gnaty z grobu w Poradkowie? – zapytał Semen, rozglądając się wokoło.

– A skąd mogę wiedzieć? – Egzorcysta wytrzeszczył oczy.

– Co? – Kozak popatrzył na kumpla zdezorientowany.

– W telewizorze gadali, że jest wystawa, ale nie powiedzieli w jakiej sali. Planu muzeum też nie pokazali.

Pójdziemy do przodu zgodnie z kierunkiem zwiedzania, to znajdziemy. Dębinkowe małpoludy to jest paleolit, no nie?

– No tak. – Semen kiwnął głową. – Tak się to fachowo nazywa. I ta sala to też paleolit. Ale ich tu nie ma, widać nauka w nich nie wierzy...

– No to następna epoka będzie gdzieś niedaleko, bo pewnie po kolei z prądem czasu ekspozycje idą – Wędrowycz błysnął pomysłem. – Zresztą może trzeba było zapytać przy wejściu, a nie tak błądzić.

– Ten się nie myli, kto nic nie robi – mruknął jego towarzysz. – Poszukamy, to znajdziemy.

Rekonstrukcję grobu pokazanego kiedyś w telewizji wypatrzyli w kącie kolejnej sali, w dużej szklanej gablocie. Między potężnymi głazami leżały kości jakichś bydląt i kompletny szkielet człowieka.

– Żadnych garnków? – rozczarował się Jakub.

– A po co garnki? – nie zrozumiał kozak.

– No, to rolnicy byli, nie? Rolnictwo to jęczmień. A jęczmień to piwo.

– Ano fakt... O, tam w gablocie stoją! Znaczy się to nasz klient. – Zaczął czytać opis ekspozycji.

– Są amulety – mruknął Jakub, oglądając przez szkło jakieś płytki z pożółkłej kości, walające się w piachu koło szyi nieboszczyka. – I to całkiem niezły zestaw. To faktycznie był potężny szaman. Ano popatrzmy, jak to jest zabezpieczone...

– Nikt nie siedzi na stołku w kącie – zauważył Semen, rozglądając się po sali. – To oznacza, że pomieszczenie jest najprawdopodobniej monitorowane ukrytymi kamerami.

– No, niegłupio to wymyśliłeś – przyznał egzorcysta. – Czyli nie da się odprawić rytuału tutaj. Trzeba zaiwanić czachę i chodu. Sama gablota też pewnie ma alarm... – Popatrzył na dziwny prostokątny detal przylepiony na szybie. – Myślę, że reaguje na ruch, na wypadek gdyby ktoś chciał podnieść szkło... Czyli trzeba przebić się od boku. No to do roboty. – Uśmiechnął się wrednie i nowiutkim gumofilcem przykopał z całej siły w ściankę „akwarium".

Ale, jak się okazało, muzealnicy nie byli aż tak głupi, jak mu się wydawało. Zamiast szkła wstawili tam jakieś paskudne, twarde i elastyczne tworzywo. Jakubowy kopniak nawet go nie zarysował. Za to czujnik zadziałał bezbłędnie. Ryknęło, jakby wybuchł pożar.

Alarm wył i wył. Jego jazgot przenikał na wskroś, paraliżował wolę, nie pozwalał się skupić.

– Zaraz wpadną tu wachmani z pałami i pistoletami... Co robić? Bronić się? Uciekać? Chodu – jęknął Semen. – Oknem!

– A gdzie tam. Okna tu wprawdzie są, ale zakratowane... – zadumał się egzorcysta.

Za nimi rozległo się człapanie. Obejrzeli się i Jakub odetchnął z ulgą. Zamiast strażników przydreptała sprzątaczka w fartuchu i ze szczotką w ręce.

– Co za sakramenckie badziewie, znowu wyje – mruknęła.

– Przepraszamy, to nasza wina – kozak błyskawicznie wykorzystał sytuację. – Mojemu przyjacielowi trochę zakręciło się w głowie i niechcący oparł się o szybę – zełgał.

– Aha.

Pogrzebała w kieszeni swojego ubioru, wydobyła pilota i wyłączyła syrenę.

– Uważać trochę trzeba – burknęła. – Zresztą ci muzealnicy to kretyni, podczepiać tego wyjca akurat tu.

– Dlaczego? – zdziwił się Jakub.

– Toż to atrapy. – Wzruszyła ramionami. – O ło, kości z gipsu odlane, amulety skopiowali, bo te prawdziwe do Wiednia na międzynarodową wystawę pojechały.

– To gdzie są prawdziwe kości? Zakopali je z powrotem czy jak? – zdumiał się Semen.

– W Instytucie Oseto... Osteto... Osteo...logii w magazynie leżą – wyjaśniła. – Bo z tego akurat umarlaka to takie żółto-brązowe były, sama ja płukałam w misce, to wiem. Główny plastyk powiedział, że mu nie pasują kolorem do koncepcji artystycznej ekspozycji. Znaczy się zły kontrast z kamieniami by dały i jeszcze takie tam. Napatrzyliśta się, to idźta dalej!

Odruchowo wypełnili jej polecenie. Powlekli się długą amfiladą sal.

– Co to jest ta osteologia? – zastanawiał się Wędrowycz.

– Nauka o gnatach – mruknął kozak. – Kto by pomyślał... Kości szamana do jakiegoś magazynu wrzucili. Może chociaż te atrapy amuletów warto by odrysować, to sobie zrobimy na ich podstawie własne? – zaproponował.

– A po kiego grzyba?

– No to co dalej? – Popatrzył na kolekcję urn pogrzebowych kultury łużyckiej, zdobiących kolejne pomieszczenie.

– Drobna korekta planów. Oczywiście nadal musimy rąbnąć tę głowę, ale nie stąd, tylko z Instytutu Osteologii – wyjaśnił Wędrowycz.

– A gdzie on się znajduje?

– Nie wiem. – Wzruszył ramionami. – Weźmie się jakiegoś archeologa i potorturuje, żeby sypnął. Albo w książce telefonicznej sprawdzimy.

Przeszli do kolejnego pomieszczenia. Pośrodku sprzątaczka, wyglądająca jak klon poprzedniej, myła podłogę. Na widok zwiedzających zamarła i poprawiła okulary.

– Taliby wróciły! – ryknęła i porwawszy narzędzie pracy, ruszyła do ataku.

Jakub i Semen zatrzymali się zadyszani na leżącej opodal muzeum stacji metra.

– Goni nas? – wysapał kozak.

– Została gdzieś z tyłu. – Jego towarzysz chciał odetchnąć z ulgą, ale zamiast tego się rozkaszlał.

– Co ci jest? – Przyjaciel klepnął go po plecach.

– Widać te opary znad kotłów z zacierem, których się tyle nawdychałem, osłabiły mi kondycję. Będę musiał ograniczyć palenie w piecu. A ty co tak kulejesz? Jesteś ranny?

– Draśnięcie. – Semen spojrzał na rozerwaną nogawkę. – Bardziej oberwałem w głowę. – Pomacał się po potylicy. – Kilka wojen zaliczyłem, a nie wiedziałem, że kij od szczotki może być tak niebezpieczny – mruknął.

– A co ja mam powiedzieć? Myślisz, że mokrą szmatą przez twarz to nie boli? – użalał się egzorcysta.

– Sam sobie jesteś winien – prychnął Semen.

– Co!?

– A kto się uparł leźć do muzeum? I to do tego samego, z którego już raz musieliśmy wiać. Kilka lat dopiero minęło, pewnie nas jeszcze pamiętają. Bardziej mnie martwi, czy nie nagraliśmy się na kamerach.

– To co? Nie będzie mnie widać. Człowieka, który nosi amulet z nogi żmii, nie da się sfilmować. – Jakub pokazał przyjacielowi znaleziony wczoraj wisiorek.

– Noga żmii? – prychnął kozak. – Nie wiem, kto cię uczył biologii.

– Nikt mnie nie uczył biologii. Może byłaby w wyższych klasach, ale sam wiesz...

– Przestań z tą szkołą! Nie czas teraz się rozklejać!

– Dobra, o co chodzi z tą biologią? – Wędrowycz przeszedł do konkretów.

– A o to, że żmije nie mają nóg!

– Zazwyczaj nie – odparł Jakub pouczającym tonem. – I właśnie dlatego jest to tak silny amulet.

– A co w takim razie ze mną? Siebie zamaskowałeś, a ja się nagrałem?

– Pole magiczne nogi żmii wynosi około czterech metrów. No, nie ma się co zasiadywać. Robota czeka.

– Co?

– Przecież już mówiłem! Trzeba zaiwanić książkę telefoniczną, sprawdzić adres instytutu, a potem idziemy po czaszkę szamana.

– Jeszcze nie masz dosyć? – zdziwił się kozak. – I to wszystko tak od razu? Odpocząć by trzeba...

– W grobie sobie odpoczniesz – burknął Jakub. – A jak ten świr Yodde rozpęta apokalipsę, to możemy wylądować w trumnach dużo szybciej, niż nam się wydaje.

– Sołtys Orangut mówił, że szamana powstrzyma inkwizycja. My mamy tylko...

– Inkwizycja? – prychnął Jakub. – Jakoś nie widać, żeby się szczególnie przykładali do roboty. A jak się przyłożą, to też źle, bo musimy dorwać łebka jako pierwsi...

– Dobra, dobra – powiedział ugodowo Semen. – Tylko po co od razu kraść, jak pewnie wystarczy zadzwonić do biura numerów albo na poczcie sobie przejrzeć.

– Rób, jak uważasz, byle zdobyć tę informację.

Poczta była za rogiem. Kozak grzebał długo w książce telefonicznej, ale znalazł co trzeba.

– Instytut mieści się przy Krakowskim Przedmieściu – wyjaśnił egzorcyście. – Naprzeciw Uniwersytetu.

– Ciekawe tylko, czy magazyn kości mają na miejscu, czy może gdzie indziej – zasępił się Jakub.

– Sprawdzimy?

– Tak, tylko najpierw trzeba kupić jakiś solidny łom. I siekierę... Może jeszcze piłkę do metalu. I porządne garnitury – dodał po chwili namysłu.

Sklep z artykułami metalowymi znaleźli po drodze na uniwersytet. Zaopatrzyli się we wszystko, co ich zdaniem mogło być przydatne przy włamaniu do magazynu. Potem udali się do lumpeksu i za parę złotych odstawili się jak na ślub. Nawet krawaty założyli.

Pod wskazany adres trafili bez problemu.

– Sporo tu tego – zauważył kozak, kontemplując liczne czerwone tabliczki zdobiące ścianę obok drzwi.

– Znajdziemy – uspokoił go Jakub. – Za godzinę czaszka szamana będzie nasza.

– No, nie wiem – mruknął Semen. – Tu na pewno jest ochrona. I monitoring. W samym magazynie z pewnością zainstalowali jakiś wredny alarm.

– A po co? – Egzorcysta uniósł brwi. – No pomyśl sam, komu potrzebne stare, pożółkłe kości wygrzebane przez archeologów? Te gnaty mają po kilkaset lat, szpiku z nich nie wyssiesz, a moda na kościane grzebienie już przeminęła.

– No, nie wiem. Może satanistom do obrzędów by się przydały? – podsunął kozak.

– Może – Jakub zgodził się nieoczekiwanie. – Trudno. Jak jest alarm, to najwyżej zawyje. Chodź wreszcie, bo stojąc pod drzwiami, tylko niepotrzebnie rzucamy się w oczy.

W przedsionku i na tablicy biegnącej wzdłuż dolnego holu widać było setki rozmaitych ogłoszeń. Wieczór szant w pubie, kursy żeglarskie, wycieczki, szkoły językowe...

– Kurde, fajnie być studentem. – Semen przypomniał sobie, jak ochrana wysłała go do rozpracowania marksistowskiej siatki na wydziale biologii. Białe noce w Petersburgu, wykłady, wagary, kawiarnie, studentki... – Nie tak miało być – westchnął sam do siebie.

– Ano nie tak – sarknął Jakub. – I komu to potrzebne? A ło, na przykład to: „Last mi-nu-te! Obóz naukowy mediewistów w Mediolanie" – wydukał. – Same niepotrzebne zagraniczne słowa!

Semen poczuł, że z ogromną radością pojechałby na taki obóz naukowy, ale wolał milczeć, żeby nie drażnić kumpla. Znalazł portiera.

– Dzień dobry, jestem profesor Hundhalter z uniwersytetu w Monachium – zwrócił się do niego z dziwnym pseudoniemieckim akcentem. – Gdzie mogę znaleźć magazyn instytutu osteologii? Jestem tam umówiony na ważne spotkanie.

– Na ostatnim piętrze, panie profesorze. – Portier ukłonił się z szacunkiem. – Zaraz koło głównej pracowni instytutu. Będzie pan wygłaszał wykłady? Potrzebny projektor czy coś?

– Ach, nie – uśmiechnął się kozak. – Po prostu znalazłem tu w Polsce osobnika o niezwykle silnych cechach recesywnych. – Wskazał Jakuba. – Chcę go pokazać antropologom, toż to prawie czystej krwi neandertalczyk.

– No, faktycznie dziwny pokurcz jakiś. – Portier otaksował egzorcystę spojrzeniem. – A to się chłopaki ucieszą... Może mu głowę urżną i czaszkę zechcą pooglądać...

– Którędy mamy iść? – Wędrowycz na wszelki wypadek wolał zmienić temat.

Wskazał im kierunek. Weszli po schodach na czwarte piętro, gdzie mieściły się sale wykładowe i barek, ale mimo spenetrowania całej kondygnacji poszukiwanej instytucji nie odnaleźli.

– O, do licha – zdziwił się Jakub. – Co jest grane? Oszukał nas tak w biały dzień czy co?

– A pewnie – mruknął kozak. – Widać po zadymie w muzeum policja rozesłała za nami listy gończe, rozpoznał nas i posłał w głąb budynku, a teraz truje w słuchawkę i za chwilę uniwersytet będzie obstawiony, że mysz się nie prześlizgnie.

– Za dużo się filmów naoglądałeś – zgromił go Jakub. – Policja przyjeżdża zawsze dwadzieścia minut po włamaniu, a my nawet jeszcze nie znaleźliśmy miejsca przyszłego skoku...

– Dwadzieścia minut? A poprzednio dorwali nas na czas! Ej, zobacz to...

Zatrzymał się w załomie korytarza. Teraz dopiero Jakub zauważył wąskie betonowe schodki biegnące do góry.

– Tu jest jeszcze jedno piętro albo zaadaptowany strych – rzucił odkrywczo.

– Trzeba sprawdzić. – Kozak skrzywił się, jakby zjadł cytrynę. – Włazimy.

Wdrapali się. Niski i wąski korytarz o ścianach wyłożonych płytą gipsowo-kartonową ciągnął się gdzieś w mrok. Ruszyli nim, mijając drzwi pozbawione jakichkolwiek oznaczeń. Na samym końcu znajdowały się potężne metalowe wrota, zaparte grubą sztabą wyposażoną w monstrualną kłódkę.

– Ma-ga-zyn in-sty-tu-tu os-te-o-lo-gii. – Semen przesylabizował wywieszkę. – A sam instytut?

– Tutaj. – Wędrowycz wskazał podobną tabliczkę na drzwiach po prawej stronie.

– Pra-cow-nia – wydukał kozak. – Tu pewnie obrabiają kości z tego magazynu.

– Guziki kościane wycinają? – Słowo „obrabiają” skojarzyło się egzorcyście dość jednoznacznie.

– Głupiś, naukowo obrabiają. Znaczy myją, suszą i wyciągają ze środka DNA.

– Ja tobym raczej szpik wyciągnął. Gdybym był ludożercą oczywiście...

– Mmm... – Kozak przyjrzał się sztabie. – Łatwe to nie będzie.

– Może lepiej było kupić zamiast łomów palnik acetylenowy – zasugerował jego towarzysz.

– Może, tylko że po pięciu minutach pracy palnikiem nie byłoby już czego szukać. Ta płyta się hajcuje jak pochodnia...

– Czyli wystarczy jedna zapałka i wszystko zrobi puf! – Jakub pstryknął palcami. – Powinni to zrobić z czegoś solidnego. A może to wykorzystać? – powiedział w zadumie. – Pożar, otwierają magazyn, żeby ratować zawartość, wpadamy do środka przebrani za strażaków, wynosimy czachę szamana... W ostateczności, jak inne metody zawiodą, pomyślimy o tym. To co? Piłować skobel?

– Może da się prościej... – zastanawiał się Semen.

– Jak niby?

– Tu mogą mieć klucze. – Kozak wskazał gestem drzwi pracowni. – Wklepiemy, zabierzemy, wejdziemy!

A potem zapukał. Odpowiedziała mu głucha cisza. Nacisnął klamkę i weszli do środka.

– Wielki mi instytut... – Jakub omal nie parsknął śmiechem na widok jednego wąskiego, ale długiego pomieszczenia.

Pracowników nie było, ale na niedużym stoliku, pomiędzy czaszkami i kuwetami pełnymi pożółkłych ludzkich kości, stał elektryczny czajnik. Sądząc z gęstych kłębów pary, woda właśnie się zagotowała.

– Niech to – mruknął Semen. – Ktoś chyba na chwilę wyszedł do kibla i zaraz może wrócić. Trzeba się sprężyć z poszukiwaniami, żeby nas tu nie zastał.

– Lepiej zobacz to – warknął Wędrowycz.

W ścianę od strony magazynu wmontowano drzwi. Zaopatrzone były w zwyczajną zasuwkę. Egzorcysta otworzył ją i zajrzał do środka.

– No i po kłopocie – stwierdził. – To zapasowe wejście do tamtego składu. Widać nie chciało im się kości nosić naokoło. Krucafuks, idą! Właziмy! Szybko!

Dopiero po chwili kozak usłyszał człapanie na korytarzu. Wślizgnęli się do składu gnatów i zatrzasnęli cicho drzwi za sobą. Ktoś wszedł do pracowni.

– No żeż cholera – rozległ się gderliwy kobiecy głos. – Znowu strychu z umarlakami nie zamknęłam.

Zachrobotał zamek.

– Jesteśmy uwięzieni – szepnął Semen.

– Furda, drzwi ze sklejki, jednym kopem, jakby co, wyłamiemy – uspokoił go Jakub. – Dawaj latarki i szukamy czaszki szamana. Ostatecznie po to tu przyszliśmy!

Kozak wyjął z plecaka dwie „baterejki". Zapalił. Znajdowali się w pomieszczeniu, którego rozmiary trudno było ocenić. Na magazynowych regałach stały dziesiątki szarych kartonowych pudeł z etykietkami. Niski sufit przyprawiał o klaustrofobię. Widocznie i tu odbywały się zajęcia dydaktyczne, bowiem pod ścianą ustawiono kilka stolików i krzeseł.

– Masz jakiś pomysł, jak to odszukać? – zapytał kozak.

– Wejdę w trans i zawołam, powinien się odezwać. Wtedy go namierzymy i zabierzemy ze sobą czachę.

– Zechce pójść z nami?

– Myślę, że tak. Przecież umarlakom na pewno się tu nudzi, a w naszym towarzystwie ten szaman będzie miał okazję przeżyć przygody równie ciekawe jak za życia, albo i nawet lepsze.

– Ekstra... To ja się w międzyczasie przejdę i rozejrzę. – Semen liczył na to, że uda mu się znaleźć jeszcze jakieś inne wyjście z tej pułapki.

– Idź – zezwolił łaskawie egzorcysta. – Tylko uważaj na siebie.

Kozak ruszył alejką pomiędzy regałami. Z każdym krokiem szedł coraz wolniej. Powoli docierało do niego, gdzie tak właściwie się znalazł. W tych wszystkich pudłach znajdowały się ludzkie szczątki, kości, czaszki, w jednych zdekompletowane, w innych całe szkielety... Kartonów były setki, jeśli nie tysiące. Tysiąc nieboszczyków na strychu? Wręcz czuł na plecach ich spojrzenia.

– Niezły cmentarzyk sobie bracia naukowcy urządzili – mruknął.

Zakręcił w boczną alejkę. Na jej końcu stała szafa typu bibliotecznego. Za szybami na drewnianych półkach rozmieszczono rzędami ludzkie czaszki. Przełknął nerwowo ślinę. Obejrzał się. Nikogo... W oddali Jakub coś mamrotał, jego latarka dawała nikły poblask widoczny pomiędzy koszmarnymi stelażami. Semen zakręcił raz jeszcze i zabłądził. Kolejna alejka zakończona szafą. Tym razem jej zawartość stanowiły częściowo zmumifikowane ludzkie głowy. Popatrzył tylko przez chwilę na zapadnięte oczodoły, pomarszczone resztki skóry i kępy dziwnie zszarzałych włosów...

Wrócił do przyjaciela. Egzorcysta siedział sobie po turecku i na razie rozluźniał się chyba.

– Dość tego – jęknął Semen. – Dużo rzeczy widziałem na wojnie i potem, ale ta trupiarnia działa mi na nerwy. Wynosimy się stąd. Zapukamy po tę kobietę, powiemy, że zabłądziliśmy, może nie wezwie policji.

– Nawet sobie nie wyobrażasz, co tu będzie, jak Yodde z wnusiem zaczną apokalipsę – burknął Jakub. – A duchów się nie bój. Mamy amulety, nie pogryzą nas.

– A może zamiast sami się z tym użerać, wezwiemy inkwizycję? Pal diabli nagrodę.

Nagle zachrobotał zamek. Zgasili latarki i skulili się za regałem. W ostatniej chwili.

– Przestańcie wreszcie hałasować, wy wstrętne zombiaki – warknęła pracownica instytutu, zaglądając do magazynu. – Cicho siedzieć, bo jak nie, to was osikowymi kołkami przygwoździmy!

I zatrzasnęła drzwi.

– Zombiaki? – zdziwił się kozak.

– E, to tylko taka literacka przenośnia. – Jakub wzruszył ramionami. – Za dużo się babka filmów naoglądała. Dodają teraz płyty do gazet, jak kto ma czytnik DVD, to szybko się może ogłupić...

– A jeśli mówiła prawdę? – w głosie Semena można było wyczuć wątpliwość. – Jeśli są tu prawdziwe zombie?

– Coś ty taki spietrany? Jak są, to je załatwimy i tyle. Bo to pierwszy raz? I nie przeszkadzaj teraz, jak mogę w tych warunkach wejść w trans?

W tym momencie za regałami rozległy się ciężkie kroki. Semen poczuł, że zaraz zemdleje. Tkwili zamknięci w magazynie w towarzystwie tysiąca kościotrupów popakowanych w tekturowe pudła, a teraz jeszcze to...

– Masz jakąś broń? – zapytał Jakuba.

Egzorcysta popatrzył na kumpla z politowaniem.

– Czyś ty zgłupiał? Po co nam broń?

– Ale tam coś tupie...

Zagadkowe kroki było słychać to słabiej, to wyraźniej, jakby tajemniczy prześladowca łaził tam i z powrotem.

– No i co z tego? Zwykły poltergeist. Ciało astralne, czy jak to zwać. Coś takiego jak my, gdy polowaliśmy na mamuta. Zmęczy się, to przestanie – Wędrowycz nie tracił dobrego humoru. – Zresztą jak cię to stresuje, to idź i zobacz, co to.

– A jeśli to prawdziwe zombie? Albo, dajmy na to, mumia, taka jak na filmie o Imhotepie? – Tłumienie paniki przychodziło kozakowi z coraz większym trudem.

– Też żeś się jakichś głupot naoglądał?

– Jak u praprawnuka byłem z wizytą, to mi puścił na komputerze – bąknął Semen.

– To jest instytut osteologii – syknął Jakub. – Sam mówiłeś, że osteologia to nauka o gnatach. Czyli w tym magazynie mają kości. Mumie trzymają na pewno gdzie indziej, w instytucie mumiologii na ten przykład. A zombiaki to można spotkać na Akademii Teologii Wudu, jeśli w ogóle jest taka w Warszawie. Jesteśmy bezpieczni. Z samego szkieletu nie powstanie zombiak, bo mięsa nie ma. Poza tym zamknięte są w pudełkach, a bez mięśni pokrywek nie podniosą. Dotarło?

– Taaa... A z takiego trochę zmumifikowanego? Zrobi się zombiak czy nie?

– No może, ale takich tu nie ma. – Egzorcysta wzruszył ramionami.

– Cała szafa głów, takich zakiszonych w bagnie, tam stoi.

– Głowy nie mają nóg – tłumaczył cierpliwie Jakub. – To tylko echo kroków kogoś, kto został tu zamknięty i wykitował. Bawili się pewnie studenci w straszenie koleżanek i któraś nie wytrzymała. Nie przejmuj się byle poltergeistem. Bierzemy się do roboty.

Usiadł po turecku, oparł się o ścianę i zrobił minę, jakby cierpiał na zatwardzenie.

– Oho, coś tu jest – mruknął. – Wyczuwam silne pole magiczne. Zbyt silne... – dodał po chwili, jakby przestraszony.

Kozak usłyszał jakiś dźwięk, delikatny chrzęst, a potem stukanie, jakby wyschnięte gałązki uderzały o siebie. Dopiero po chwili zorientował się, że to grzechoczą kości w pudełkach. Włosy stanęły mu dęba na głowie.

– Może starczy już tej magii, bo umarlaki zaraz powyłażą ze skrzynek – jęknął, oglądając się na kumpla.

Wędrowycz leżał na podłodze, z uszu i kącików oczu sączyła mu się krew. Kozak policzył mu puls, a potem słysząc zbliżające się kroki, wyjął z torby łom. Kawał stali przyjemnie zaciążył w dłoni. Klekot nasilał się, a potem nagle ustał. Semen omiótł światłem latarki przestrzeń wokół siebie. Pusto, cicho, martwo... Zbyt pusto, zbyt cicho, zbyt... Znów spojrzał na Jakuba. Egzorcysta doszedł już do siebie. Usiadł, opierając się o ścianę. Pogmerał wśród amuletów w sakwie i podał jeden kumplowi.

– Co mam z tym zrobić? – Semen podrzucił kawałek polerowanej kości zawieszony na rzemyku.

– Załóż na szyję, tępaku – wycharczał Wędrowycz, plując krwią. – A potem wywal drzwi, jeśli zdołasz. Wdepnęliśmy w grubsze łajno, niż sądziłem. Wynosimy się stąd.

– Wreszcie sensowna decyzja.

I naraz zamarł zaskoczony. Co powiedział kumpel!? Mają uciekać? No, jeśli on się przestraszył, to... A tak, amulet. Lepiej założyć, pewnie daje jakąś ochronę. Przełożył rzemyk przez głowę. Wtedy to zobaczył. Między regałami czaiły się jakieś czarne cienie, jakby zakapturzone sylwetki. Zdjął amulet i widma znikły. Założył ponownie i znowu je zobaczył.

– O, do licha. To pozwala widzieć duchy? – zainteresował się.

– Drzwi!!! – ryknął Jakub i sam naparł ramieniem na sklejkę.

Kozak wbił łom między skrzydło a futrynę. Pociągnął. Zaskrzypiało stare drewno. W tym samym momencie kątem oka spostrzegł, że ta zakapturzona hołota rzuca się w ich stronę. Machnął „łapką" na oślep. Trafił w coś, zabrzmiało, jakby rozbił dynię. Kręcąc młynka, natarł na widma.

Ciężko był jednocześnie walić i świecić latarką, więc większość ciosów zadał na ślepo, ale sądząc po odgłosach – skutecznie. Stalowy szpikulec co rusz w coś trafiał. Szkielety w pudłach klekotały złowieszczo.

Przystanął zziajany.

– Ostatni raz tak dałem czadu przy obronie chutoru na Kamczatce – powiedział z zadowoleniem. – Wtedy, cośmy siedzieli w siedemnastu kozaków, a tu Japońce na brzeg zdesantowali stu pięćdziesięciu ninja. Pracowita nocka była, aleśmy nawet ośmiu żywcem dorwali i...

– Drzwi, kretynie! – wrzasnął Jakub.

Dobył w międzyczasie drugiego łomu i energicznie majstrował nim przy framudze.

– No co, dobrze mi idzie... – Kozak prawie się obraził. – Zrobiłem porządek z tą bandą...

Na potwierdzenie swoich słów omiótł pomieszczenie snopem światła. Stwory stały, otaczając ich kręgiem. Nie wyglądały na specjalnie sponiewierane. Za to z łomu został tylko kawałek. Reszta znikła. Co więcej, Semen odkrył, że skórę na przedramieniu miał pokrytą mnóstwem drobnych ranek, z których nieustannie sączyła się krew.

– Nie zabijesz umarłego – mruknął Wędrowycz. – A w każdym razie nie stalą. Do tego trzeba... – nie dokończył.

Szarpnął łomem po raz ostatni. Zamek trzasnął i drzwi do pracowni otworzyły się. Rzucił się w prześwit, a kozak natychmiast skoczył za nim. Egzorcysta zatrzasnął skrzydło i pospiesznie wyrył na drewnie łomem jakiś symbol.

W chwilę później coś uderzyło z taką siłą, że budynek zadrżał w posadach. Framugę obrysowało pęknięcie, powietrze wypełnił pył mielonego tynku. Jakub pospiesznie rył symbole na bloczkach.

– Żeby się bokiem nie przebiły – mruknął.

Zrobił to chyba w ostatniej chwili, bo mur zadrżał, a farba na lamperii popękała. Z wnętrza magazynu dobiegł złowieszczy syk.

– Mało brakowało – westchnął. – Farta mamy, że to z Ytonga postawione. Ciekawe, dlaczego to draństwo takie odporne na uszkodzenia, nawet magiczne. A następnym razem, jak ci powiem, że coś masz robić, to rób to, do cholery, a nie zgrywaj bohatera z tandetnego amerykańskiego horroru! – naskoczył na kumpla.

– Mówiłeś, że nie ma zombiaków!

– To nie były zombie, tylko paskudniki.

– Co?

– Paskudniki.

– Khm... – za ich plecami rozległo się znaczące chrząknięcie.

Obejrzeli się. No tak, w zamieszaniu zapomnieli, że w pracowni ktoś siedzi. Kobieta miała około czterdziestki, czarne włosy spięła w koński ogon. Patrzyła na przybyszów dziwnie świdrującym wzrokiem. Oczy miała zielonkawe, a brwi nad nimi – zrośnięte.

– Czego tu szukacie? – syknęła.

– Zabłądziliśmy w poszukiwaniu toalety publicznej – palnął Semen. – A zamiast niej znaleźliśmy magazyn pełen zombie. Wie pani, mój przyjaciel trochę zasłabł i...

– Jakub, ten twój kumpel jest aby do końca normalny? – babsko zwróciło się do egzorcysty.

– W zasadzie jest. Choć starcie z umarlakami mogło go nieco zdezorientować, dlatego gada od rzeczy. Nie wiedziałem, że ty tego pilnujesz.

– A kogo niby się spodziewałeś? Księdza inkwizytora Marka?

– No fakt. – Jakub kiwnął głową.

– Kim ona jest? – Semen pociągnął go za ramię.

– Czarownicą – odburknął. – Pani pozwoli, to jest Semen Korczaszko. Kumplu, to jest wiedźma Marta. Moja stara znajoma.

– No, no, tylko nie wiedźma – warknęła kobieta. – Wyrażaj się! Jestem dyplomowanym bioenergoterapeutą i magistrem parapsychologii ofensywnej – wyjaśniła z godnością.

– Niby nie jest po naszej stronie, ale... – Jakub spojrzał na kobietę spode łba. – A może się jakoś dogadamy? Musimy wrócić tam. – Wskazał ręką drzwi magazynu.

– W sumie dałoby się zrobić – mruknęła. – I tak muszę tam wejść i uspokoić towarzystwo. Jest tylko jeden problem... Wy już i tak jesteście moimi dłużnikami. Co myślicie, że posprząta się samo?

– OK. No to sprzątanie odwalimy – zgodził się Jakub.

– A czego konkretnie potrzebujecie?

– Czaszkę naszego, eee... przyjaciela – wyjaśnił. – Kupić albo przynajmniej wypożyczyć na kilka dni.

– Fiu, fiu – gwizdnęła. – Trochę przesadzasz.

– Jest nam naprawdę cholernie potrzebna i dobrze zapłacimy. – Popatrzył jej w oczy.

– A jak archeolodzy zechcą ją w międzyczasie obejrzeć? Mogę wylecieć z roboty.

– Podłóż na to miejsce jakąś inną. Twoje ryzyko, więc wyznacz cenę.

– Od dawna nie dane było mi zakosztować mężczyzny. – Przeciągnęła się lubieżnie. – Myślę, że trochę seksu wynagrodzi mi trudy.

– Nie ma problemu – stwierdził Jakub. – Ty mi załatwisz czaszkę, a ja z tym ogierkiem zaraz wypłacimy co należy.

Semen nazwany ogierkiem trochę się zdziwił, ale dali radę. Gdy przestali dawać radę, kobieta zaparzyła jakichś ziółek i znowu dali radę. Dochodził wieczór, gdy na nieco miękkich kolanach wstali i podciągnęli spodnie.

– Zapłaciliście, więc pora wypełnić moją część umowy. – Kobieta zamruczała jak zadowolona tygrysica. – Daj mi pięć minut.

Naszykowała skórzany woreczek z jakimiś ziołami, a potem starła Jakubowy znak z drzwi, uchyliła je i sypnęła hojnie zawartością w mrok. Z magazynu błysnęło oślepiająco białe światło. Coś załomotało i zapadła cisza.

– Znasz sygnatury pudła? – zapytała.

– Niestety.

– Poradkowo... – Przeszukała spis. – No i jest. Chodźcie.

Wnętrze składu szkieletów nie zmieniło się przez te parę godzin. Tylko tu i ówdzie na podłodze leżały placki dziwnego pyłu.

– Nie przejmujcie się, to tylko spopielona ektoplazma – mruknęła czarownica, rozglądając się wokoło.

– Takie miejsca trzeba regularnie czyścić... – bąknął Semen.

– Nie da rady. Wiesz, to oficjalnie jest instytut osteologii, a w rzeczywistości pewna ściśle tajna kościelna instytucja prowadzi tu badania nad bytami bionekrotycznymi. To i materiał się hoduje. Dobra, chyba uspokoiłam tałatajstwo.

Uwadze kozaka nie uszło, że czarownica w dłoni krzepko dzierżyła paskudnie wyglądający kindżał. Z najbliższego regału wyciągnęła pierwsze z brzegu pudło i poniósłszy pokrywę, zajrzała do wnętrza.

– Trochę niektóre kości mogło pokruszyć, jak się zaczęło na dobre ruszać – mruknęła. – Ale to nic, jakby co, na studentów będzie. Teraz wasza główka.

Weszli w alejkę pomiędzy półki. Szyba w drzwiach biblioteczki z głowami była pęknięta, ale same łby stały nieruchomo.

– Wasze szczęście. – Pogroziła czerepom nożem. – Jaka jest sygnatura tej paczki? – Spojrzała na kartkę z notatką. – BCS 1871. Tam. – Wskazała kierunek.

Przeszli jeszcze kilkanaście metrów. Zdjęła z regału całkiem świeżo wyglądający karton i uniosła pokrywę.

– No bierz...

Jakub uniósł czerep, spoglądając w puste oczodoły. Wzdrygnął się lekko. Wyłowił z pudła jeszcze żuchwę. Przymierzył do górnej szczęki. Pasowała. Schował do siatki i dał do poniesienia kumplowi. Kobieta zatrzasnęła karton. Za regałami znowu rozległo się echo czyichś kroków.

– A ty co? – Czarownica spojrzała na kozaka ze złością. – Przestań się tak trząść, bo upuścisz, a to cenny zabytek archeologiczny.

– Tupie...

– No to co?

– Jakub mówił, że to duch kogoś, kogo tu zamknęli...

– Ano była kilka lat temu taka przykra historia. – Machnęła ręką. – Jeden student został po zajęciach, pewnie żeby kilka czaszek ukraść dla medyków albo satanistów. Miał lektorat rano, sądził, że jak będą po południu wykłady z anatomii, to nawieje. A tymczasem ogłosili godziny rektorskie, bo święta akurat się zbliżały, i po południu zajęć nie było. Zresztą nikt w budynku nie został. Znaleźliśmy go dopiero po tygodniu. Wyglądało na to, że kipnął ze strachu, a może i na zawał, bo tydzień bez żarcia chyba by wytrzymał...

– I teraz straszy?

– Każda porządna uczelnia ma swoje duchy. Studentów chemii i fizyki zabitych w czasie eksperymentów, które wymknęły się spod kontroli, studentek, którym zrobiono różne nieudane dowcipy, uczonych, którzy pomylili słoiki z proszkami, dozorców, którzy pili roztwory konserwujące preparaty biologiczne, bibliotekarzy, co pospadali z drabin albo których przygniotły książki, i tak dalej. Co w tym dziwnego? Na wydziale matematyki nawet jeden carski szpicel straszy. Spadł ze schodów i nadział się na cyrkiel.

– *Poljaki miatieżniki.* – Semen poczuł dreszcz prawdziwej zgrozy.

– Matematyka – wzdrygnął się Jakub.

Po chwili obaj przyjaciele z ulgą znaleźli się na świeżym powietrzu.

Radek z rosnącym zdumieniem obserwował nadciągającego kafara.

– Jak on mógł występować z taką figurą!? – zdumiał się. – Za olbrzyma robił czy co?

– Nie występuje, tylko robi dekoracje – prychnęła. – Wysiadaj z wozu, musimy złożyć pokłon...

Facet podszedł do auta. Chłopak zgiął się w pas, niemal dotykając głową ziemi. Stojąca obok Czina zrobiła to samo. Mywu nie wyglądał jakoś szczególnie. Facet jak facet, tyle że duży i nabity mięchem. Gęba zupełnie pospolita. Ubrany też normalnie.

I to ma być bóg niedźwiedź mojego dziadka? – dziwił się w duchu licealista. – Z drugiej strony czego mogłem się spodziewać? Jaki szaman, tacy i jego bogowie...

– Niewolnicy – głos obcego zahuczał gdzieś w głębi jego gardła. – Jakie dostaliście rozkazy?

O rany, i jeszcze, zdaje się, właśnie z adepta sztuki szamańskiej zdegradowany zostałem do niewolnika, zdumiał się Radek.

– Mamy przekazać ci zaproszenie od szamana Yodde, a jeśli zgodzisz się mu pomóc, przewieziemy cię, panie, na miejsce spotkania. Oczywiście jesteśmy gotowi wypełnić wszystkie twoje rozkazy, by uprzyjemnić przejażdżkę. Jeśli twoja ludzka forma odczuwa dyskomfort związany z naturalnymi potrzebami ciała, moja cnota jest do twojej dyspozycji – powiedziała dziewczyna.

Chłopak poczuł, jak z wrażenia opada mu szczęka. Nie mógł wręcz uwierzyć w to, co usłyszał.

Koleś musi być faktycznie nie byle kim, skoro ta gąska tak ochoczo chce iść z nim do łóżka... – pomyślał.

– Ażebyś wiedział – warknął Mywu, patrząc mu prosto w oczy. – Życzenie mam – zwrócił się do dziewczyny. – Wstąpimy po drodze do jakiegoś supermarketu. Dawno nie piłem syconego miodu.

W oczach Cziny błysnęło jakby zaniepokojenie.

– Tak, panie. – Otworzyła drzwiczki i gestem wskazała mu tylne siedzenie.

Mywu usadowił się w fotelu, resory wozu jęknęły... Pojechali. Najbliżej było na Pragę. Postawili auto na wielopoziomowym parkingu. Człowiek niedźwiedź wygramolił się z tylnego siedzenia. Szedł szybko, ale niezgrabnie, jakby utykał na obie nogi jednocześnie. Wjechali ruchomymi schodami na piętro. Mywu wyłowił z kieszeni złotówkę, odczepił sobie wózek i ruszyli do hali sklepu. Wcielony niedźwiedź parł do przodu, nie czekając na swoją obstawę.

– Idziemy z nim? – zapytał chłopak.

– Musimy – westchnęła, patrząc na zegarek. – Mam tylko nadzieję, że to nie będzie długo trwało...

Mywu sunął przez sklep. Momentami ciężko wspierał się o wózek na zakupy, jakby bez niego nie był w stanie pozostać w pozycji pionowej. Może to osobowość niedźwiedzia skłaniała go, by opadł na czworaka?

– Źle się czuje? – Radek spojrzał pytająco na dziewczynę.

– Gdy napije się miodu, to może mu się poprawi. A może i dojdzie do rozklejenia osobowości – dodała z niepokojem.

– Co?

Wreszcie dziadkowy bóg znalazł odpowiedni regał. Trzeba przyznać, że sklep był dobrze zaopatrzony. Mywu pociągnął nosem, jakby węsząc, a potem wziął flaszkę dwójniaka i wyrwawszy zębami korek, wlał zawartość do gardła.

– Oj, zaraz będzie zadyma – szepnął chłopak.

Mywu niefrasobliwie roztrzaskał pustą butelkę o podłogę i sięgnął po kolejną.

– Patrz! – Czina szarpnęła towarzysza za ramię.

Mywu w oczach porastał skołtunionym futrem. Ręce i nogi kurczyły się, zmieniając powoli w łapy. Nos wydłużał się w pysk.

– Musimy go stąd natychmiast wyprowadzić! – rozkazała.

– Ba, ale jak? – Spojrzał na nią bezradnie. – W dziale artykułów dla zwierząt mają chyba smycz, a nawet kagańce, ale...

– Co tu się, do cholery, dzieje!

Dźwięk tłuczonych flaszek sprowadził na miejsce dwóch rosłych ochroniarzy. Mywu ryknął donośnie, kończąc przemianę. Koło regału stał ogromniasty niedźwiedź.

– To wasze zwierzątko? – wycedził niższy strażnik. – Nie widzieliście tabliczki „Psów wprowadzać nie wolno"?

– Ale to przecież niedźwiedź, a nie piesek – zauważyła trzeźwo Czina.

– Nie szkodzi, i tak macie przechlapane – burknął drugi.

– Nie, no co wy? – Radek zrobił minę pełną świętego oburzenia. – Wchodzę z moją dziewczyną między regały, patrzymy, a tu ktoś przebrany za miśka. Pewnie jakaś promocja...

Może to naiwne kłamstwo coś by dało, ale od bestii napłynął właśnie obłok wyjątkowo zjadliwej zwierzęcej woni. Pierdnął czy ki diabeł?

– To nie przebranie! – wrzasnął drugi ochroniarz, wyciągając z kabury broń.

Pociągnął za spust. Chłopak usłyszał huk i wszystko wokół rozbłysło na zielono. Zamrugał, żeby odpędzić sprzed oczu powidok.

– Uch, ależ błysnęło – mruknął.

Nadal stali koło regału z miodami, ale ochroniarze znikli bez śladu. Nigdzie nie było też widać Wielkiego Mywu.

– Coś tu się nie zgadza – szepnęła Czina.

Rozejrzeli się wokoło. Faktycznie. Regał po drugiej stronie przejścia zmienił się definitywnie. Do tej pory stało tu piwo w puszkach, teraz pojawiły się niewielkie drewniane baryłki i zwalone na stosy skórzane bukłaki oraz kamionkowe garnczki z miodem. Na podłodze nie było kafelków, tylko płytki łupku, a nad głowami zamiast kratownicy stalowych dwuteowników pojawiła się misterna konstrukcja malowanych drewnianych belek, podtrzymująca deskowanie. Z zewnątrz dobiegały dziwne, niskie dźwięki, jakby ktoś grał na trąbach.

– Co tu się stało? – jęknął Radek, wyglądając zza węgła.

Reszta supermarketu także uległa przeobrażeniom. Sąsiedni dział odzieżowy zapełniły wieszaki ze skórzanymi spódnicami, płóciennymi nogawicami oraz ogromnym wyborem dziwacznych kubraków i płaszczy. Naprzeciwko królowały kolczugi i topory.

– Miecze chyba są na promocji. – Nawet stąd licealista widział czerwone metki z cenami.

– Być może, nie umiem czytać runami – westchnęła Czina.

– Runami!?

Przyjrzał się tablicom z nazwami działów. Zapisano je dziwacznym pismem przywodzącym na myśl okładki książek Tolkiena.

– Gdzie my jesteśmy!?

W przejściu stał kontener z setkami byle jakich morgensternów, chyba też przecena...

– To niebo wikingów – mruknęła.

– Przecież wikingowie powinni po śmierci spędzać czas w Walhalli! Poza tym czy w niebie są ceny, że o sklepach nie wspomnę?

– Rzuciło nas do świata równoległego – wysunęła nową, ale niewiele chyba lepszą hipotezę roboczą. – Do rzeczywistości, w której wikingowie podbili całą Europę, a ich kultura przetrwała i nawet się rozwinęła...

– Bez jaj – jęknął.

– Martwi mnie tylko, czemu prócz nas nie ma tu kupujących. – Rozejrzała się wokoło.

– Mnie bardziej martwi, jak się stąd wydostać!

Trąby na zewnątrz uroczyście ryknęły.

– Wszystko tu aż lśni nowością – mruknęła. – Sądzę, że trafiliśmy na otwarcie tego centrum handlowego.

– Ale ono powstało chyba ładnych parę lat temu? – Radek spojrzał na nią zaskoczony.

– Widocznie w tym świecie mieli poślizg inwestycyjny.

Cóż, brzmiało to dosyć sensownie... To znaczy mniej nieprawdopodobnie niż dotychczas.

– Czyli lada chwila zwali się tu banda wikingów na zakupy? – wydedukował. – Może się przebierzmy? W razie czego wmieszamy się w tłum i chodu.

– Masz rację.

W ciągu kilku minut zmienili się niemal nie do poznania. Chłopak założył skórzany kaftan oraz haftowany płaszcz. Przypasał miecz i wetknął na głowę rogaty hełm. Czina odziała się w suknię oraz futrzaną narzutkę na ramiona.

– Wyglądamy jak bohaterowie komiksu o Thorgalu – prychnęła.

– Ale to chyba dobrze?

– Nie jestem pewna...

Zmienili ubiór w ostatniej chwili, bowiem trąby, czy co to było, po raz kolejny zagrały donośnie i do sklepu wdarła się dzika banda klientów. Przy regałach szybko zrobił się nielichy ścisk. Robiący zakupy wydzierali sobie nawzajem towary, nie minęła chwila i całe towarzystwo jęło z zapałem wyjaśniać swoje racje, okładając się po mordach kułakami. Radek usłyszał kątem ucha szczęk mieczy. Nie było sensu czekać. Pociągnął dziewczynę do działu z kosmetykami. Tu nie było tłoku, pęczki mydlnicy i zwitki pakuł będące w tym świecie chyba papierem toaletowym nikogo nie interesowały.

– Jak się tu właściwie znaleźliśmy? – zapytał. – Zastrzelili Mywu i moc z niego bryznęła czy co?

– Nie wiem. Raczej nie zabili, jego trudno wykończyć. Przypuszczam, że to on nas przeniósł.

– Ekstra... Masz jakiś pomysł, jak się stąd wydostać?

– Prześlizgniemy się koło kas?

Wzniósł oczy ku sufitowi.

– Nie ze sklepu, tylko z tego pomerdanego świata...

Jedna z głów uciętych podczas sprzeczki dotoczyła się aż do ich kryjówki. Widać i tutaj robiło się gorąco. Przebiegłszy koło garów z ługiem do prania i stosów drewnianych kijanek, znaleźli się pod ścianą. Szare drewniane drzwi, zabezpieczone lakowymi pieczęciami wiszącymi na konopnych sznurkach, wyglądały na wyjście ewakuacyjne.

– Zmiatamy? – zapytał Radek.

– Nie wiem. Jeśli Mywu doszedł do siebie, może spróbować ściągnąć nas z powrotem. W tym przypadku powinniśmy być jak najbliżej miejsca, w którym dokonaliśmy przejścia – powiedziała niepewnie.

Regał obok zadrżał pod naporem ciał. W ostatniej chwili chłopak szarpnął dziewczynę, odskakując do tyłu. Konstrukcja runęła z łoskotem. Na hałdę półek i pudeł z towarem rzuciła się dzika tłuszcza spragnionych łupu wikingów. Wydzierając sobie z rąk pudła wypełnione kalkulatorami lampowymi, pluli, szarpali, gryźli...

Żeby dostać się do drzwi, musiał skoczyć między nich. Dostał jeden czy dwa kopniaki, na chwilę przygnieciono go do podłogi. Gdy zdołał się wyrwać z tego młyna, spostrzegł, że Czina zerwała już pieczęcie i uchyliła jedno skrzydło wyjścia ewakuacyjnego.

– Czego tam szukałeś? – ofuknęła go. – Wynosimy się!

– Tak, tak. – Skwapliwie pokiwał głową. – Im dalej, tym lepiej.

Pobiegła przodem. Ruszył za nią, uprzednio wsunąwszy znalezioną w walce sakiewkę do kieszeni. Leżała na podłodze, to po co miała się marnować? Była przyjemnie ciężka i przy każdym ruchu wydawała sympatyczny brzęk.

Zbiegli po wąskich stalowych schodach na parter. Minęli kolejne drzwi, zaopatrzone w zasuwkę, i znaleźli się w garażu. W mdłym świetle oliwnych kaganków ujrzeli zaparkowane samochody parowe, każdy wielkości lokomotywy.

– Widać ta cywilizacja zdołała wymyślić supermarkety, a nie poradziła sobie z problemem silników spalinowych... – zauważyła filozoficznie Czina.

– Czy znasz jakiś sposób, żeby stąd uciec bez czekania na pomoc Mywu? – zapytał Radek.

– Gyva przeszła pełną inicjację – powiedziała jego towarzyszka z cieniem zazdrości w głosie. – Ona może już skakać między światami. Ja jeszcze nie potrafię...

– Czyli światów równoległych jest wiele? – domyślił się. – Tysiące, a może miliony, i nie będą wiedzieli, gdzie nas rzuciło?

– Nie tysiące, kilka zaledwie – westchnęła. – A nasz lud przetrwał tylko w jednym – uprzedziła pytanie. – Bo tak nie byłoby problemu. Znaleźlibyśmy naszych i poprosili o pomoc...

– Może gdyby nawiązać kontakt telepatyczny z moim dziadkiem... – podsunął. – Może on coś doradzi albo wyśle kogoś na ratunek?

– No może... – rozchmurzyła się odrobinę. – Spróbujemy!

Z góry rozległ się nieludzki ryk. Aż mury zadrżały.

– To Mywu! – krzyknął Radek.

Dziewczyna już pędziła po schodach. Pognał w ślad za nią. W przejściu ewakuacyjnym leżał trup jednego z pechowych klientów. Z czaszki sterczał mu malowniczo dwusieczny topór. Czina przeskoczyła nad zwłokami, nawet nie zwalniając. Radek, wiedziony swoistym instynktem, przykląkł na chwilę. Tak. Nie mylił się. On też miał sakiewkę! Obciążywszy złotem drugą kieszeń, licealista poczuł przyjemną równowagę. Teraz dopiero rzucił okiem w głąb hali supermarketu.

Mywu rzeczywiście zmaterializował się tu w ślad za nimi. No i oczywiście wpadł jak śliwka w kompot. Najpierw chłopak spostrzegł wielką ciżbę wikingów uzbrojonych po zęby. Pomiędzy nimi błysnęła rudobrązowa sierść. Miecze i topory unosiły się i opadały jak cepy przy młócce.

– No to po nim – mruknął.

Zwierz ponownie ryknął i rąbnął na odlew łapą. Wojownicy rozsypali się na wszystkie strony niczym kręgle pchnięte kulą.

– Biegnijmy do niego! – Dziewczyna szarpnęła towarzysza za rękę.

Przeskoczyli między dźwigającymi się na nogi wrogami. Mywu był nieco pokiereszowany, ale z tego, co widzieli, były to tylko draśnięcia. Może grube futro uchroniło go przed uderzeniami?

Niedźwiedź dźwignął się na tylne łapy, przednie wyciągnął do przodu. Błysnęło. Tym razem zmaterializowali się we wnętrzu samochodu stojącego na podziemnym parkingu. Bóstwo i dziewczyna zajmowali przednie siedzenia, a Radek, wygodnie rozparty, tylne.

– Dokąd rozkażesz jechać, o Wielki Mywu? – zapytała Czina, odpalając silnik.

– Akurat ci odpowie – zaśmiał się Radek. – Chyba że po niedźwiedziemu.

– Do szamana Yodde. – Nawet nie zauważyli, kiedy zwierz zmienił się w człowieka. – Dość już czasu zmitrężyliśmy. Ale chociaż porządnie opiłem się miodu. – Tego ostatniego nie musiał mówić, woniało od niego pasieką.

– Wedle rozkazu, panie – rzekła dziewczyna, ruszając z parkingu.

– Pora brać się za apokalipsę. – Bóstwo zatarło dłonie i uśmiechnęło się wrednie. – Zaczniemy od totalnej epidemii, potem trzęsieniami ziemi przeobrazimy oblicze świata. Mały potop też będzie nie od rzeczy. Gdy wybijemy ludzi, lasy odrosną same.

Radek namacał w prawej kieszeni sakiewkę. W lewej też przyjemnie ciążyło. Wyciągnął ostrożnie jeden skórzany woreczek i zasłonięty oparciem fotela rozsupłał rzemyk. Rzut oka potwierdził miłe przypuszczenia. Miał w ręce solidną garść złotych monet. Nie były specjalnie duże, ot, może wielkości dwuzłotówek. Było też kilka większych, chyba ze srebra, i jakieś miedziaki.

Jestem wolny i bogaty, pomyślał z zadowoleniem. A zatem co robić? Uciekać od razu? Gdy wysiądziemy z wozu, będzie okazja. Oni wejdą do klatki, a ja chodu. Zanim się skapną, będę daleko. Mogę zostać tu, w Warszawie, albo uciec na wieś. Nie, w stolicy nie ma sensu się zatrzymywać. Za dużo tu lata rozmaitych świrów. No i dziadek by mnie pewnie wyśledził. Wracać do Dębinki? I co ja tam będę robił? Pił wino z kumplami? Owszem, ta garść kruszcu wystarczy, by przez długie lata bumelować pod sklepem. Tylko po co? Są ciekawsze zajęcia. To może za granicę się wyrwać? No, to jest myśl.

– A jak chcesz niby balangować przez długie lata, skoro tu niebawem nie będzie ani sklepów, ani wina, ani większości twoich kumpli? – odezwał się niedźwiedź.

– Ale... – Chłopak poczuł, jak oblewa się zimnym potem. Bóstwo musiało znów usłyszeć jego myśli.

W tej samej chwili nieoczekiwanie rozległ się brzęk szyby. Radek rozejrzał się przerażony. W lewy bok wozu uderzyła burta kabrioletu. Śliczny mercedesik, szkoda tylko, że wypakowany tymi świrami od Światowida. O, i kapłanka Dobrochna się znalazła... W ostatniej chwili licealista wykonał unik i miecz dzierżony krzepką ręką słowiańskiego woja o milimetry minął jego głowę.

– Dodaj gazu! – krzyknął do Cziny.

Przekonał się jednak, że to niemożliwe, oba samochody utknęły w korku. Wozy sunęły z szybkością może pięciu kilometrów na godzinę. Ktoś wskoczył na dach auta i sądząc po odgłosach, dźgał blachę włócznią.

Mywu ryknął jak niedźwiedź, waląc pięścią w sufit. Uderzyli w tył wozu przed nimi. Koniec jazdy – korek stanął na dobre. Woje z kabrioletu też to zrozumieli, bo wysypali się całą bandą ze swojego auta. Nie namyślając się, Radek wyskoczył z drugiej strony. Mywu i dziewczyna poszli w jego ślady. Przebiegli między samochodami.

Dziab! – bóg niedźwiedź runął jak długi na trawnik z dzidą malowniczo sterczącą z pleców. Chlast! – ciśnięty miecz wbił się obok. Z wrażenia Radek potknął się o krawężnik, ale złapał równowagę. Schylił się i wyrwał oręż.

– Jasna cholera! – wrzasnęła Czina, pochylając się nad ciałem.

Chłopak niewprawnie rąbnął mieczem pierwszego woja, który nadbiegł. Ostrze zazgrzytało po kolczudze, siła ciosu nieco oszołomiła poganina. Zaraz potem kolejni nadbiegający wytrącili licealiście broń.

– Niedźwiedź nie żyje – usłyszał głos swojej towarzyszki. – No to Yodde da nam popalić.

– Nie przejmuj się, moja droga – wtrąciła Dobrochna. – Nie pożyjecie wystarczająco długo, żeby tego doczekać. A na razie zapraszamy do nas. Wyeliminowanie jednego z wrogich bogów trzeba uczcić.

Ciało leżące na trawniku znikło z cichym cmoknięciem.

– On wróci – warknęła Czina.

– Oczywiście, jeśli tylko znajdzie liczbę wyznawców wystarczającą, aby ich wiara udźwignęła jego jaźń. – Kapłanka wydęła z pogardą wargi. – A już my dopilnujemy, żeby nie było na to żadnych szans. Brać ich! – rozkazała.

Dwie minuty później Radek z Cziną leżeli sprasowani jak sardynki w bagażniku samochodu. W sumie było nawet fajnie tak się przytulać, choć chłopak wolałby odrobinę więcej miejsca na nogi...

– Czyś ty zgłupiał? – warknęła dziewczyna. – Czemuś nawet nie próbował się bronić? Może i nie mieliśmy szans, ale mogłeś któremuś chociaż w zęby dać...

– Ale po co? – zdziwił się. – Przecież to dobrzy ludzie. Zaprosili nas na balangę, a nie na stypę... Jakby mieli złe zamiary, to przecież by nas związali.

– Co ty bredzisz? – Szarpnęła go za ramię. – Wiesz, jak wyglądają ich balangi? Głównym punktem programu będzie poderżnięcie nam gardeł przez tę zdzirę!

– Nie nazywaj jej tak! – wrzasnął. – To sympatyczna, śliczna i mądra dziewczyna!

Czina zamilkła na chwilę, jakby nad czymś się zastanawiała.

– Wszystko jasne – mruknęła. – Ta suka rzuciła na ciebie urok... I to chyba już jakiś czas temu, skoro do tego stopnia mózg ci wyprało.

Nieoczekiwanie objęła chłopaka ramieniem i nachyliła głowę, jakby chciała go pocałować.

W sumie czemu nie, pomyślał. Tylko żeby się Dobrochna nie dowiedziała, bo przykro jej będzie...

Czina ścisnęła mu skronie palcami i nieoczekiwanie dmuchnęła mocno w nos. Zobaczył wszystkie gwiazdy, a potem jakby ktoś mu zapalił żarówkę w głowie.

Co ja plotłem przed chwilą!? – przeraził się. Przecież jesteśmy udupieni! Jedziemy zamknięci w bagażniku samochodu, a u celu podróży czeka na nas ołtarz przed posągiem jakiegoś bałwana...

Samochód toczył się przez miasto, co chwila utykając w korku. W bagażniku było duszno i ciasno jak cholera. Urok prysł, Radek trzeźwiał coraz bardziej.

Co z nami będzie? – dumał gorzko. Zawiozą nas do swojej świątyni, zaszlachtują. Potem pewnie podzielą się złotem z mojej sakiewki... Niedoczekanie!

– Mam dość – szepnął do Cziny. – Nie dam się wlec jak baran na rzeź!

– No, nareszcie zacząłeś gadać z sensem. Masz jakiś pomysł?

– Moglibyśmy łomotać w blachę, ale nie sądzę, żeby zwróciło to czyjąkolwiek uwagę – dumał. – Ale może uda się otworzyć bagażnik od środka?

– Już próbowałam. Zamek jest od tej strony zakryty. Nie da się podważyć.

Obmacał pokrywę. Solidne zawiasy...

– Hmm – mruknął. – Ta blacha gruba nie jest.

– No to co? Otwieracza do konserw też nie mamy – prychnęła. – A krzemienny sztylet mi zabrali.

– Wygniemy ją po prostu, jak się odpowiednio odkształci, to i zamek puści.

– Zadziwiasz mnie.

Przekręcili się z trudem na wznak. Chłopak podciągnął kolana pod brodę i oparł je o sufit.

– No to trzy, cztery! – zakomenderowała.

Nacisnęli z całej siły. Zatrzeszczało sympatycznie i metal zaczął się wyginać.

Parli, zwiększając nacisk. Coś chrupnęło, to puściły nity przy zawiasie. Po chwili klapa z trzaskiem ustąpiła. Samochód akurat zwalniał. Wyrwana pokrywa brzęknęła o asfalt. Wyskoczyli z bagażnika i nie odwracając się, popędzili między samochodami. Zdołali się wydostać na pobocze. Przez krzaki wyszli na uliczkę prowadzącą między bloki. Prasłowianie chyba nawet ich nie ścigali. Radek pomacał wikińskie sakiewki. Poczuł się wolny i bogaty.

– O, w mordę! – wysapała jego towarzyszka. – Udało się.

– Zasłużyłem na małego całuska? – postanowił wykorzystać okazję.

– Nie! – warknęła.

– Uratowałem nas! – Prawie się obraził. – Gdyby nie mój pomysł z klapą, ci wariaci wypruliby nam flaki.

– Gdybyś zarąbał kilku, kiedy była okazja, to w ogóle nie pojechalibyśmy na wycieczkę w bagażniku – odgryzła się. – Ewentualnie mogę w przypływie dobrej woli uznać, że odkupiłeś część swoich win. Zresztą o tym zadecyduje twój dziadek.

– Właśnie, dziadek – zafrasował się. – Żeby tylko nie doszedł do wniosku, że Wielkiego Mywu wykończyli przez nas. Bo jeszcze się wścieknie.

– Zadowolony to on nie będzie – westchnęła.

– Zaciukali miśka na amen. – Wzdrygnął się na samo wspomnienie. – Bez niego sobie chyba nie poradzimy? Mam na myśli tę idiotyczną apokalipsę.

– Niedźwiedź wróci – uspokoiła go. – Jego dusza wcieli się po prostu w kolejne ciało.

– Uff... – odetchnął z ulgą. – Zatem jest szansa, że dziadek nas nie zabije.

– Ale zazwyczaj trwa to kilkadziesiąt lat – uzupełniła. – Tak czy siak, musimy wracać do Yodde i zameldować, co się stało.

– Szczerze powiedziawszy, nie mam ochoty pokazywać mu się na oczy, po tym jak znowu zawaliłem sprawę – burknął. – Jestem jak zwykle niewinny, ale on takich rzeczy nie rozumie. Będzie się wściekał albo wymyśli mi jakąś idiotyczną karę.

– To co zamierzasz zrobić? – zapytała.

– Rezygnuję.

– Co?

– Mam dosyć. Od kiedy trafiłem w wasze towarzystwo, bez przerwy jakieś świry dybią na moje życie. Wysiadam. Bawcie się, jak chcecie, ale beze mnie. Możesz to powiedzieć mojemu dziadkowi.

– Jesteś nam potrzebny – prychnęła. – Masz potężną moc, choć nie wiem, skąd się wzięła w takim worku łajna.

– Wszystko jedno, ja odchodzę i jakoś musicie sobie z tym problemem poradzić – upajał się własną stanowczością. – Nie jestem waszym niewolnikiem.

– Naszym nie, szamana – sprostowała.

– Niewolnictwo zostało zniesione – oświadczył z dumą. – Nie macie prawa mnie więzić i zmuszać do udziału w swoich śmiesznych orgietkach.

– To nie orgietki, tylko święte i starożytne obrzędy!

– Tym gorzej. Gdyby było z tego przynajmniej trochę seksu, to może...

– Dość już tego! – warknęła, a potem kopnęła go z rozmachem między nogi. Zawył i runął na ziemię. Gdy wstał, znienacka walnęła lewym sierpowym. Chłopaka zniosło na ogrodzenie z siatki, a za chwilę oberwał z drugiej strony.

– Ja ci się zbuntuję! – syknęła.

A potem przykopała mu jeszcze z półobrotu, jak jakiś Chuck Norris. Świadomość zgasła.

Przytomność wracała bardzo wolno. Dźwięki, zapachy... Radek uchylił powieki.

– Odrobinkę przesadziłaś – usłyszał gderanie dziadka. – Jeszcze parę uderzeń i musielibyśmy go dobić.

– Stawiał się, to oberwał – protestowała Czina. – Sam mówiłeś, żeby wszelkie próby buntu gasić w zarodku, a gdyby się nie udało, to zlikwidować.

– Właśnie. Albo przywołać do porządku, albo stuknąć i zakopać. A ty co zrobiłaś? Na lanie wychowawcze biłaś za mocno, na likwidację za słabo.

Chłopak otworzył z trudem oczy. Był w znajomej melinie na Powiślu. Na twarzy miał kompres z czegoś, co w dotyku przypominało glinę.

– Znowu wszystko zawaliłeś! – łajał go dziadek. – Czy to prawda, że Mywu nie żyje?

– To nie moja wina... – jęknął Radek.

Coś nie tak było z jego szczęką. Zbadał dziąsła językiem. Co najmniej dwa zęby nieco się rozchwiały.

– Zanim nasze bóstwo się odrodzi, może minąć nawet kilkanaście pokoleń – mruknął stary bardziej do siebie niż do wnuka. – Skąd ten idiotyczny pomysł z ucieczką? Źle ci u nas?

– Ciągle narażam życie i co z tego mam?

– Jak to co? – zdziwił się dziadek. – Bierzesz udział w najwspanialszym przedsięwzięciu swojego ludu. Przez ostatnie tysiąc lat nawet nie myślano o podporządkowaniu chrześcijan, a my... Hmm... No, teraz apokalipsa trochę nam się odwlecze, ale co się odwlecze, to nie uciecze!

– Ale po co ta apokalipsa!?

– Dla zdobycia przestrzeni życiowej.

– Że tak nam niby ciasno? A ilu jest w Polsce *Homo sapiens fossilis*? Setka? Może i to nie. A wy chcecie...

– Jak już oczyścimy tę krainę z ludzi, będziemy się rozmnażać – wtrąciła dziewczyna.

– Tia... I jak się postaramy, za dwadzieścia lat będzie nas może trzystu. To na każdego przypadnie po sto tysięcy kilometrów kwadratowych. Tylko w tym kraju, a zdaje się, chcecie zdemolować całą Europę!

– Mniej więcej. I co ci się nie podoba? – zdziwiła się.

– Brak mi widać poczucia uczestnictwa – warknął chłopak. – A co do wspaniałości naszych działań, to czy przypadkiem nie jest tak, że próbujecie naprawić tylko szkody wyrządzone przez swoich przodków? To oni dali się wyrolować po kolei wszystkim, którzy tu przychodzili.

– Jesteś za głupi, żeby to zrozumieć – burknął dziadek.

– Dobra, jestem za głupi, nie nadaję się do waszej mafii, wynoszę się. I co mi zrobicie?

– Zabijemy? – Czina pytająco popatrzyła na starego. – Szkoda potencjału magicznego, ale może znajdziemy jeszcze kogoś z podobnym.

– E, po co? – zdziwił się szaman.

– Skoro sam twierdzi, że jest za głupi...

– No to co? Mądrość nie każdemu jest dana. Moc też nie. Czasem w jednym osobniku spotkają się moc i inteligencja – uderzył się kułakiem w zapadłą pierś – a czasem nie. Nawet jeśli rozumem nie grzeszy, można wykorzystać go z pożytkiem dla naszych celów. Trzeba go tylko przekonać do naszych racji i po problemie.

– Przekonać? – Radek łypnął podejrzliwie okiem. – Niby jak?

– Opowiedz nam, co chcesz w życiu osiągnąć? – szaman odpowiedział pytaniem na pytanie.

– No więc... – Chłopak zadumał się. – Mam proste, normalne, naturalne ludzkie marzenia! Chcę mieć dużo forsy, willę, samochód, jacht... A do tego jeździć za granicę, wylegiwać się na piasku nad ciepłym morzem, z kobitkami.

– I może jeszcze z nimi na tej plaży seks uprawiać? – zakpiła dziewczyna.

– A dlaczego nie? To też w życiu potrzebne.

Dziadek i Czina parsknęli śmiechem.

– Czy ja coś zabawnego powiedziałem? – obraził się.

– Forsę masz. – Stary rzucił dwie sakiewki, które wcześniej znalazł w kieszeniach wnuka. – Samochodu nie kupuj, bo raz, że nie masz prawa jazdy, dwa, że nie umiesz prowadzić... Jacht ci niepotrzebny, bo do morza daleko. Za granicę sobie możesz pojechać, ale najpierw odwalimy robotę, to znaczy urządzimy naszą maluśką apokalipsę. Zresztą po niej będzie łatwiej, bo wraz z ludźmi granice państwowe znikną.

– Po co ta apokalipsa!?

– Coby różną hołotę nauczyć rozumu. Willę i dziewczyny da się załatwić. Może rzeczywiście trochę zbyt intensywnie cię eksploatowaliśmy przez ostatnie dni. Nie martw się, dostaniesz dwadzieścia cztery godziny urlopu zdrowotno-motywacyjnego. A na razie śpij.

Zaraz po śniadaniu Jakub postawił czaszkę na półce koło drzwi.

– Trochę to nieetyczne – bąknął Semen. – Profanacja ludzkich szczątków i w ogóle...

– Archeolodzy mogą, to i nam wolno – uspokoił go Wędrowycz. – Zwłaszcza że mamy uchronić ludzkość przed nadciągającą apokalipsą.

– Przed apokalipsą świat uratuje inkwizycja – po raz kolejny przypomniał mu Semen. – My mamy tylko wyciągnąć chłopaka...

– No fakt, przepraszam, zawsze to my ratowaliśmy, nie mogę się przestawić.

– Ja mogłem, to i ty dasz radę!

– Tak czy inaczej, prawo moralne jest po naszej stronie, bo przyświeca nam cel wzniosły i patriotyczny.

– Jak patriotyczny, to ja spasuję – burknął kozak. – Za cara było lepiej, a wy przez te wasze patriotyczne mrzonki pogrzebaliście szanse na zjednoczenie wszystkich narodów słowiańskich pod berłem najmądrzejszej i najszlachetniejszej dynastii...

– Ale pomożesz – uciął Jakub. – Dobra. Pora pogadać z naszym gościem. Zaczniemy od otworzenia czakry mowy.

– Zrozumie, o czym gadamy?

– Pewnie.

– Ale minęły tysiące lat... Zmienił się język, obyczaje, kultura...

– Spoko. – Egzorcysta machnął ręką. – Taki szaman nigdy nie robi się do końca martwy. Z pewnością, leżąc w grobie, obserwował, co się dzieje. A potem, zamknięty w kartonowym pudle, to już w ogóle przez ściany magazynu jak przez telewizor patrzył.

Wyciągnął z kieszeni markera i nasmarował na kości czołowej kilka literek.

– Wygląda podobnie do formuły ożywiającej golemy – zauważył Semen. – Choć to chyba nie hebrajski.

– To inny alfabet, pismo etiopskie w odmianie amharskiej albo gyyz – wyjaśnił Wędrowycz.

– Gdzieś ty się tego nauczył!? Byłeś w Etiopii?

Niestety, Jakub nie zdążył odpowiedzieć.

– Witajcie, niewolnicy – odezwała się czacha.

Wprawdzie z braku płuc, krtani i innych takich nie mogła mówić, ale słowa głucho dźwięczały im w uszach.

– Wyjaśnijmy sobie jedno, ćwoku – warknął Jakub. – O tym, kto jest panem, a kto niewolnikiem, zadecydowała już historia.

Czerep szamana milczał dłuższą chwilę, jakby ważył jego słowa.

– Zatem pocałujcie mnie w dupę! – odparł gromko.

– Ciekawe niby jak – parsknął śmiechem Semen.

– Że co? – obraził się gość z głębokiej przeszłości.

– Tyłka to ty już nie masz – wyjaśnił życzliwie Jakub. – Daruj sobie te drobne uszczypliwości, mamy dla ciebie propozycję. Jesteśmy Jakub i Semen, aktualnie łowcy nagród.

– Hmm... A ja jestem szamanem. Wołali mnie Zgorek. No to słucham propozycji, a potem dopiero zastanowię się, czy w ogóle warto z wami gadać.

– Pomożesz nam w jednej sprawie, a za to będą przygody, jakich od tysięcy lat nie zaznałeś.

– Brzmi ciekawie – mruknął. – A konkretnie?

– Kojarzysz kolesi z Dębinki?

– Kojarzę – warknął. – Tyle tysięcy lat przeszło, a gadziny jeszcze nie wymarły? Widać bogowie oszczędzali ich na moją zemstę. – Uśmiechnął się na tyle, na ile można było to zrobić samymi zębami.

– Prrr... – powstrzymał go Jakub. – Ochrzczonych masz nie ruszać. Tych, co przeszli na niewłaściwą stronę mocy, kasuj sobie, jak chcesz.

– To poważnie ogranicza możliwości dobrej zabawy. – Czacha posmutniała.

– Są jeszcze Słowianie – zauważył Semen.

– Co z nimi?

– Dołożymy ci ich jako rekompensatę – obiecał Jakub.

– Dobra. – Czaszka skinęła czaszką. – Zatem od czego zaczniemy?

– Skanowanie telepatyczne okolicy. Namierz nam tego łebka. – Jakub pokazał mu zdjęcie Radka. – Chcę też wiedzieć, gdzie dębinkowcy mają rezerwową kryjówkę.

– To akurat nietrudne. – Zgorek jakby zmarszczył kości na czole. – Weź coś do pisania, zaraz narysujemy mapę.

Radek obudził się około ósmej rano. Okład z gliny pomógł. Twarz odzyskała prawie ludzki wygląd, choć oczywiście prymitywne dziadkowe leki nie usunęły wszystkich stłuczeń i zadrapań. Na oparciu krzesła wisiały odprasowana bawełniana koszula oraz nowiutkie markowe jeansy. Ubrał się i przejrzał w lustrze. Wyglądał szykownie jak diabli.

– Gotów? – Gyva zajrzała przez uchylone drzwi. – To pożegnaj się z dziadkiem i jedziemy.

Szybko założył adidasy. Dziadek siedział po turecku, wpatrując się cały czas w pożółkłą krowią czachę, jakby to był telewizor.

– No to bawcie się dobrze – mruknął, nie odrywając skupionego spojrzenia od pustych oczodołów.

– Eeee... To na razie – bąknął wnuk.

Gyva czekała już koło drzwi. Miała na sobie oszałamiające czarne mini.

Przy wyjściu z klatki spotkali Czinę. Też odstawiła się jak na dyskotekę. Dyskretny makijaż podkreślał jej urodę. Obie ładnie ubrane i uczesane wyglądały naprawdę nieźle. Gdy szli ulicą, Radek wychwycił kilka kosych spojrzeń, którymi obrzucili go rówieśnicy. Wyraźnie zazdrościli, że może się przechadzać w towarzystwie dwu tak szałowych lasek.

Samochód przepadł, więc wsiedli w autobus i pojechali gdzieś na południe.

– Urlop... – westchnął chłopak. – Wreszcie wyśpię się jak człowiek. Może by piwa kupić? – zaproponował, spojrzawszy na siatki z wiktuałami, które trzymała brunetka.

– Akurat ci sprzedadzą. – Gyva uśmiechnęła się, odsłaniając śliczne białe ząbki. – Wiek masz na twarzy wypisany.

– Spróbować można – mruknął, patrząc na mijany ciąg sklepów. – Jak się da sprzedawczyni dychę pod ladą, to o dowód nie zapyta. Tak sobie na wsi radziliśmy.

– Alkohol mamy na miejscu – ucięła Czina. – Ech, nam też się należą małe wakacje. Harowałyśmy ostatnio jak głupie. Ostatnio się tak uszarpałam, jak przyjechały z Iraku te mendy od Marduka.

Marduk? Radkowi coś się po głowie kołatało, mitologia jakaś asyryjska czy babilońska... W szkole o tym gadali, ale nie słuchał zbyt uważnie. Może i szkoda, przydałoby się teraz.

– Jak sądzicie? – zapytał. – Będzie coś z tego?

– Z czego? – zdziwiła się jej towarzyszka.

– No, z dziadkowych planów – tłumaczył cierpliwie. – Jak na razie jedyny efekt to zadymy, aresztowania i dewastacja mienia. No i napsuliśmy krwi tym od Światowida.

– No, fajnie było. Wykończyli nam Mywu, choć sami dostali taki wycisk, że ruski miesiąc popamiętają – Gyva chyba nie do końca załapała, o co mu chodzi.

– Ale nie przybliżyło nas to na razie do tej apokalipsy, czy co tam dziadek planuje – brnął.

– A czy to ważne? – Wzruszyła ramionami. – Nie wyszło za pierwszym podejściem, uda się za kolejnym. Mamy jeszcze czaszkę Matki Krowy. Teraz powinno być już z górki. Przejdziesz inicjację, połączona moc twoja, Yodde i bogini Krowy pozwoli nam otworzyć wrota światów nadzmysłowych.

– Yhym... – Nie czuł się przekonany. – A jak już to zrobimy, to co się stanie?

– Nasze plemię posiądzie moc pognębienia wrogów...

– Pognębienia ostatecznego – dodała Czina. – Tak, aby już nigdy nie byli w stanie zagrozić naszemu ludowi i szamanom. Aby nigdy myśl o buncie nie zaświtała w ich głowach. Aby...

– A nie prościej kupić od ruskich kałacha? – zirytował się.

Parsknęła tylko w odpowiedzi.

– Jak niby chcesz kałachem unicestwić lub zmusić do uległości trzysta milionów ludzi? Nie zdajesz sobie sprawy, czym jest tak zaawansowana magia – rzekła Czina z wyższością. – Tu nie chodzi o trywialną władzę nad umysłami innych. Dokonamy czynów, które pozwolą się odrodzić naszej religii. Świątynie zapełnią się tłumem wiernych. Posiądziemy moc, która pozwoli nam łamać prawa fizyki, transmutować metale w złoto, wskrzeszać wymarłe zwierzęta: mamuty, nosorożce włochate, tygrysy szablastozębne...

Radek aż się wzdrygnął. Przypomniał sobie dzieciństwo w Dębince.

– A po kiego grzyba nam te mamuty? – jęknął.

– No wiesz, kość słoniowa, mięso, futro... – odparła Czina.

– Kość słoniowa wyszła z mody, mięso z mamuta jest, z tego, co pamiętam, dużo twardsze niż wołowina, zresztą po cholerę nam mamuty, jak w państwowych chłodniach leżą tysiące ton wieprzowiny, której jakoś nie możemy przejeść?

– Zrobi się kożuchy.

– Co do futer, te bydlaki miały piekielnie grubą skórę. Ciąłem jednego, to wiem. Nawet po przystrzyżeniu kudłów to będzie nie kożuszek, ale ciężki, twardy i krępujący ruchy kaftan.

– No to może na podeszwy do butów albo pasy transmisyjne? – Wzruszyła ramionami. – Coś się wymyśli.

– Tia, a jak mamut wejdzie w szkodę, to dopiero są jaja. Pamiętam, ile bałaganu w sadzie potrafi taki zrobić! To bydlę waży z siedem tom, a i kartofli żre naraz tyle, że wyczyści z pół hektara pola.

– Czepiłeś się tych mamutów! – prychnęła Gyva. – Mogą być inne zwierzęta.

– Takie na przykład niedźwiedzie jaskiniowe – zakpił. – Ze dwa metry wzrostu ma taki misiek.

– Skąd wiesz?

– Widziałem w telewizji program o faunie epoki lodowcowej. Albo na przykład tygryski szablastozębne, o połowę większe niż obecnie żyjące gatunki. Co z nimi zrobimy? W zoo będziemy trzymać?

– Sprzedamy firmom ochroniarskim. – Czina błysnęła poczuciem humoru. – Nosorożce włochate mogą w zimie przecierać szlaki drogowe albo zapewniać transport do osad odciętych od świata przez opady śniegu.

– No, na zwierzęta juczne mogą się nadawać lepiej niż mamuty – jej koleżanka też najwyraźniej nie dostrzegła idiotyczności tych wizji.

– Zwariowałyście! – Złapał się za głowę. – Jakie firmy ochroniarskie, jaki transport, skoro prawie wszyscy ludzie wyginą!?

Wysiedli na pętli. Był tu kiosk z gazetami, a obok stała budka telefoniczna.

– Macie jakieś drobne? – zapytał. – Kupiłbym kartę. Chcę zadzwonić do domu...

– Trzymaj! – Czina podała mu kartę chipową.

Podszedł do budki, wsadził plastik w czytnik i wystukał numer.

– Halo? – usłyszał głos mamy.

– Cześć, mamuśka, to ja, Radek.

– Gdzie ty się podziewasz!?

– No, w Warszawie jestem – wyjaśnił. – A nie dzwoniłem, bo okazji specjalnie nie było, cały czas człowiek w biegu. Wiecie, dziadka spotkałem.

– Nie chodzisz do liceum! Przyszło pismo z kuratorium w Chełmie. Jest nakaz doprowadzenia cię siłą!

– No, nie było jakoś okazji – mruknął. – Zresztą rok szkolny się już zaczął. Nie zdołam tego nadrobić. W przyszłym roku może pójdę – dodał, żeby trochę ją uspokoić. – A z tym, że mnie przyjęli do warszawskiego, to ściema.

– Nauka jest najważniejsza!

– Wiem, wiem, zatruwałaś mi życie tym tekstem już od zerówki! Ale jestem już prawie dorosły!

– Radek? – ojciec przejął słuchawkę.

Chłopak rozejrzał się ukradkiem. Na szczęście dziewczyny trochę odeszły.

– Tatko? – szepnął. – Nie chciałem matce mówić, ale wpadłem jak śliwka w gówno...

– Wiemy. Wysłałem ci na odsiecz starego Wędrowycza. Wyciągnie cię. Kończymy, żeby inkwizycja nie namierzyła, skąd dzwonisz!

Radek odwiesił słuchawkę. Czina i Gyva czekały, oglądając czasopisma w kiosku.

– Dobra, załatwione. – Oddał kartę. – Możemy iść.

Przeszli kilkaset metrów, skręcili w alejkę i po chwili zatrzymali się przed niewielką przedwojenną willą stojącą w zapuszczonym ogrodzie. Domek lśnił bielą tynków, jedną ścianę oplatało dzikie wino. Czerwone dachówki i stare miedziane rynny podkreślały dyskretną elegancję fasady.

Wokół budynku powbijano tyczki od fasoli, na których powiewały resztki sznurka. Czina uchyliła furtkę. Widząc, że dziewczęta nie kwapią się do wejścia, chłopak zrobił krok naprzód. Coś rąbnęło, jakby dotknął przewodu siłowego...

Ocknął się, leżąc na podłodze w holu domu. Dziewczyny potrząsały nim energicznie.

– No, wreszcie doszedł do siebie – mruknęła Gyva. – Czyś ty zgłupiał? Życie ci niemiłe?

– Co się stało? – wymamrotał.

– Wlazłeś prościutko w pułapkę. Ta willa to tak zwane bezpieczne miejsce.

– Aha. – Nadal nic nie rozumiał. – Alarm pod wycieraczką?

Parsknęły śmiechem. Powolutku dźwignął się z podłogi. W głowie dalej miał zamęt, a przed oczyma latały dziwne mroczki, ale udało mu się stanąć.

– Ten dom to nasza najtajniejsza baza – wyjaśniła Czina. – Jest zabezpieczony silnymi zaklęciami, a w ścianach zamurowano amulety. Gdy pole jest naładowane, żaden wróg nie dostanie się do środka... Jesteśmy tu zupełnie bezpieczni i mamy całą dobę, żeby wypocząć.

Willa była urocza. Na parterze mieściły się spory salonik z kominkiem, kuchnia, łazienka i nieduży gabinet zastawiony książkami. W salonie na ścianach pyszniły się kopie pięknych malowideł z francuskich grot oraz wisiały czaszki reniferów pomalowane na czerwono. Wyglądało to trochę jak z kiepskiego horroru, ale robiło wrażenie.

W gabinecie, ukryte w biblioteczkach, drzemały książki poświęcone archeologii paleolitu. Na biurku leżał laptop. Radek nie przestawał się dziwić. To mieszkanie wyglądało zupełnie normalnie, nijak nie pasowało do miejsc, które odwiedzał do tej pory: zdewastowanych pustostanów, wilgotnych piwnic, barłogów pokrytych skórami... Czyżby szaleństwo dziadka skrywało drugie, a może i trzecie dno?

– Kto tu mieszka? – zapytał przechodzącą Czinę. – Ktoś z naszych?

– Nikt. Wykorzystujemy to miejsce czasem, gdy trzeba przeczekać niesprzyjający okres – wyjaśniła. – A czemu pytasz?

– Te wszystkie książki w bibliotece, komputer...

– Szaman czasem wpada tu popracować. Nasza religia opiera się głównie na objawieniach tajemnic przekazywanych przez duchy przodków, jednak pewne szczegóły wizji są niejasne i wymagają weryfikacji naukowej.

– O, to mój dziadek umie czytać!?

W odpowiedzi tylko prychnęła. Radek poszedł do salonu, usiadł wygodnie rozparty w fotelu i... zobaczył przed sobą telewizor. O rany! Prawdziwa plazma. Przez ostatnie dni zdążył zapomnieć, że coś takiego w ogóle istnieje.

Pilot leżał w zasięgu ręki. Chłopak uruchomił urządzenie i poskakał po kanałach. Na kilku ględzili jacyś politycy, na niemieckiej stacji leciał film karate. Wcisnął raz jeszcze guzik. Tu puszczali jakieś kreskówki. W sumie sama sieczka dla bezmózgowców, ale przyjemnie było chociaż nacieszyć oczy miganiem obrazu. Wdusił przycisk po raz kolejny. Obraz zaśnieżył i na ekranie pojawiła się twarz kapłanki Dobrochny. Radek wytrzeszczył oczy.

– No i co się tak gapisz? – zapytała dziewczyna z telewizora. – Zdziwiony?

Wdusił w panice przycisk, ale na sąsiednim kanale znowu ją zobaczył.

– Ja ci poprzełączam! – warknęła. – Myśleliście, że jak chałupa zabezpieczona, to sobie nie poradzę?

Szósty zmysł podpowiadał mu, że za chwilę wlezie do pokoju przez ekran... No dobra, może nie był to szósty zmysł, widział kiedyś u kumpla na DVD takie filmidło, gdzie cizia w koszuli nocnej wyłaziła z telewizora, i teraz mu się skojarzyło.

Wdusił guzik wyłączający. Z tamtego filmu pamiętał wprawdzie, że to nic nie da, ale nie zdołał wymyślić nic mądrzejszego. O dziwo, pomogło. Na wszelki wypadek postanowił nie uruchamiać więcej urządzenia.

– Przyjdź do kuchni! – zawołała Czina.

Wszedł. Na stole stała wielgachna pizza z salami, wyjęta prosto z pieca, jeszcze parująca.

– Niczego sobie śniadanko – uśmiechnął się licealista.

– Czego się napijesz? – Gyva otworzyła suto zaopatrzoną lodówkę.

– Może jakiegoś drinka? – odparł po chwili zastanowienia.

Zmieszała zręcznie kilka płynów, nawet nie zdążył zobaczyć, co to było, i już miał w ręce szklankę z musującą zawartością. Dziewczyny też sobie czegoś tam wlały. I drink, i pizza okazały się niebiańskie w smaku.

– A teraz sobie zaszalejmy – powiedziała Czina, uśmiechając się znacząco. – Na piętrze jest sypialnia. – Puściła oko.

Wyglądało na to, że mówi poważnie! Radek uszczypnął się dyskretnie, żeby sprawdzić, czy to nie sen. Zabolało, a więc nie śnił. Hy! Przypomniał mu się artykuł o sektach religijnych. Kandydata na adepta najpierw się rozpieszcza, oferuje luksusy, dostarcza seksu oraz innych przyjemności, a potem pierze mózg i zamienia w niewolnika. W sekcie prehistorycznej było chyba odwrotnie, bo najpierw go przegonili jak na poligonie, przerobili na niewolnika, wyprali mózg, a teraz były te luksusy. No i dobrze. Najwyższy czas.

Wrzucili talerze do zmywarki, a potem poszli na piętro. Pokoik był śliczny. Skośny sufit z oknami wprawionymi w połać dachową, szerokie małżeńskie łoże, szafy wnękowe, na podłodze miękki jak mech dywan.

Czina spuściła rolety, jej towarzyszka włączyła nastrojową muzykę.

– Zatańczymy? – zaproponował.

Gyva podeszła, objął ją i po chwili przytuleni kołysali się w rytm piosenki. Dziewczyna zmiękła mu w ramionach jak wosk.

A gdyby tak spróbować ją pocałować? A, zaryzykuję – pomyślał.

Odszukał wargami jej usta, oddała pocałunek. Tymczasem jej koleżanka usiadła na podłodze w pozycji kwiatu lotosu i zamknęła oczy, wchodząc w trans. Po chwili poderwała się jakby przestraszona.

– Tu nie ma pola!

Gyva wywinęła się z ramion chłopaka.

– Jesteś pewna!? – Pobladła jak ściana.

– No to co, że nie ma pola? – Radek próbował znowu ją objąć. – Przecież mamy jeszcze telefon stacjonarny. – Wskazał aparat stojący na szafce nocnej.

– Pola ochronnego, ty matołku! – syknęła ze złością.

– Zdjąć coś takiego jest bardzo trudno. A z zewnętrz jest to prawie niemożliwe. Młotki od Światowida nie mają dość umiejętności... – Czina zmrużyła powieki, ponownie wchodząc w trans.

Gdy otworzyła oczy, była spocona.

– Pole jest... – wymamrotała.

– To dobrze. – Chłopak odetchnął z ulgą. – Przynajmniej dziadek nie będzie się czepiał, że to ja je popsułem.

– ...ale się rozfazowało – dokończyła z ponurą miną.

– To źle? – zainteresował się.

– Tak – powiedziała druga z dziewczyn. – Jest równie mocne jak wcześniej, tylko pulsuje. Raz nas chroni, raz skierowane jest w drugą stronę. Czyli zabezpiecza dom, żebyśmy nie wyleźli... Jak się zatrzaśnie, to koniec.

– Musimy uciekać – zadecydowała Czina.

– Ale jakoś się wydostaniemy? – Radek wolał się upewnić.

Zbyły jego pytanie milczeniem.

– Jak myślisz, ingerencja z zewnątrz? – Gyva zwróciła się do przyjaciółki.

– Sądzę, że ten przeskok raczej spowodowało przejście obiektu o dużym potencjale magicznym. – Czina spojrzała na Radka. – Tak, mamy na myśli ciebie. Ale ostatecznie nie mogłeś wiedzieć, to nie twoja wina – westchnęła.

W tym momencie szafka pod oknem otworzyła się z trzaskiem. Wewnątrz był jeszcze jeden telewizor, tym razem mały. Obraz zaśnieżył i na ekranie pojawiła się znowu Dobrochna.

– Witajcie, niewolnicy, nie przeszkadzam w orgii? – Pokazała w uśmiechu białe ząbki. – Paskudnie wpadłyście, koteczki syjamskie... Siedzicie jak ptaszki w klatce. Na jak długo starczy wam jedzonka?

– Na miesiąc – mruknęła Czina. – A jak wykorzystamy wszystkie rezerwy – spojrzała na Radka dziwnie – to na cztery miesiące.

– Ech, wy prymitywy – westchnęła kapłanka. – Moi współplemieńcy nigdy nie upadli tak nisko, by łączyć składanie ofiar, seks i konsumpcję. Ale ostatecznie my jesteśmy cywilizowani.

– Czego chcesz? – zapytał chłopak.

– Usmażyć wasze włochate dupska.

– Coś ty powiedziała? – syknęła Gyva. Wypięła się w stronę telewizora, a potem jednym ruchem ściągnęła spódniczkę, rajstopy i majtki. – Która z nas, moja droga, ma kosmaty zadek?! – wrzasnęła.

Na twarzy kapłanki odmalowało się obrzydzenie. Radek też poczuł się głęboko zbulwersowany.

– Zabieraj tę pupę z ekranu – warknęła Dobrochna. – I posłuchajcie. Zdecydowałam się okazać wam łaskę. Wydacie mi tego małpiszona, a w zamian za to pozwolę wam dwóm odejść.

Obraz nieco śnieżył. Postać kapłanki rozmywała się. Dźwięk też zanikał.

– Oho! – mruknęła Czina. – Chyba mają jakieś kłopoty na linii.

– To dobrze, nie będziemy musieli wykonywać jej poleceń. – Odetchnął z ulgą.

Obraz wyostrzył się i na ekranie dla odmiany pojawił się dziadek Radka. Wyglądał na zdenerwowanego.

– Słuchajcie uważnie – warknął. – Inkwizycja zaatakowała melinę na Powiślu. Ten adres też pewnie znają. Musicie uciekać. Spotkamy się w północnym refugium.

Telewizor znowu zaśnieżył i zgasł.

– Uciekamy? – zapytał Radek.

– Tia – mruknęła Czina. – Możemy oczywiście poczekać tu, aż rozwalą barierę i wedrą się do środka. A potem mieć nadzieję, że tylko nas zgwałcą i obrabują...

– Zgwałcą? – zaniepokoił się licealista.

– Tak, ciebie też – prychnęła. – Albo spróbować zwiać...

Zbiegli na parter.

– Mogę całkowicie wyłączyć pole na jakieś siedem sekund – mówiła szybko Gyva, przygotowując się do wejścia w trans. – I chyba musimy się pospieszyć, bo ktoś jest już pod drzwiami. Gdy zacznę, będzie mógł dostać się do środka... Na trzy. Raz, dwa...

Radek, wskoczywszy na parapet, otworzył okno. W ogródku po tej stronie domu nie było nikogo. Telewizor w kącie zaśnieżył, ale nie mieli już czasu słuchać, co kapłanka Dobrochna ma im do powiedzenia.

– Trzy!

Coś jakby stłumiony wybuch, a potem głośny trzask powiedziały im wszystko. Wrogowie wdarli się do wnętrza.

Chłopak zeskoczył na rabatkę i pomógł wylądować na ziemi najpierw Gyvie, potem Czinie. Z domu dobiegały trzaski i rumor, widać wyznawcy Światowida szaleli na całego. Ale już było za późno. Ptaszki wyfrunęły z klatki.

– Kurde. – Jakub oglądał drzwi.

– No co?

– Naciskałem na klamkę, ale się nie otwierały. Potem nagle puściło. Chyba pole magiczne je trzymało albo coś...

– Jakub, ale tu nikogo nie ma – powiedział Semen, rozglądając się po willi.

– Dziwne. – Egzorcysta zajrzał do notatki z adresem. – Wskazówki Zgorka doprowadziły nas tu jak po sznurku, a i wystrój wnętrz się zgadza... Chyba że zdążyli się ulotnić.

– Piecyk jeszcze ciepły. – Semen pomacał kuchenkę. – I pizza pachnie. Zjedli i poszli. O, zobacz, okno się jeszcze chwieje.

– No dobra. Nic tu w takim razie po nas...

Coś cmoknęło. Telewizor w kącie zaśnieżył. Na ekranie pojawiła się twarz kapłanki Dobrochny.

– Słuchajcie, niewolnicy – zaczęła i urwała. – A wy coście za jedni? – zdumiała się, patrząc na Jakuba i jego kumpla.

– No, niewolnikami jako żywo nie jesteśmy. – Kozak uśmiechnął się przyjaźnie.

Egzorcysta podszedł i odwrócił urządzenie ekranem do ściany.

– Tylko wariaci gadają z telewizorami – powiedział surowo do Semena. – Dębinkowcy zwiali. Chodźmy i my.

Położył dłoń na klamce i zamarł.

– Coś jest nie tak – powiedział. – To mi wygląda na pole ochronne... Bardzo silne i skierowane do wewnątrz.

– Znaczy co?

– Nie możemy wyleźć, bo nas sponiewiera albo i załatwi.

Uchylił okno, a potem ostrożnie wysunął przez nie koniec kijka od szczotki. Gdy go cofnął, lakier łuszczył się paskudnie, drewno było kompletnie spróchniałe.

– Przyspieszacz czasu – wyjaśnił. – Teoretycznie możesz spróbować wyskoczyć. Przy odrobinie szczęścia, gdy wreszcie przedrzesz się przez bąbel, będziesz miał na karku więcej o osiemdziesiąt lat...

Semen przez chwilę liczył coś na palcach.

– Próbujemy? – zagadnął.

– Nie gadaj bzdur – prychnął Jakub. – Te osiemdziesiąt lat to teoria. W praktyce przyspieszacz czasu podkręci ci całą fizjologię organizmu oraz tempo przemian chemicznych.

– To znaczy, że zanim znajdę się po drugiej stronie, zdechnę z głodu? – upewnił się.

– No tak, bo organizm, by funkcjonować, potrzebuje pożywienia. A to będą lata istnienia wciśnięte w sekundy... Chyba że się mylę. Niewykluczone, że magia nie działa tak prosto. Może człowiek przepchnięty przez pole szybkiego czasu po prostu się zestarzeje?

– Założymy się? – zaproponował kozak.

– Tylko jak to sprawdzić?

– Któryś z nas będzie musiał spróbować przejść, a ten drugi się dowie.

– Brzmi niegłupio – przyznał Jakub.

– Zaraz ustalimy kto. – Semen spojrzał na kumpla świdrującym wzrokiem, a potem zaczął wyliczankę. – Entliczek, pentliczek...

Egzorcysta poczuł się bardzo niewyraźnie.

– ...raz, dwa, trzy, skaczesz ty! – Semen popatrzył z frasunkiem na palec dotykający jego piersi. – Po namyśle stwierdzam, że nie jest to dobry pomysł – mruknął. – Nie moglibyśmy narysować krętodrogu albo zapalić świeczek i się teleportować?

– Nie da rady – westchnął Jakub. – Ten dom został zaklęty tak, aby w jego wnętrzu nie działały tego typu czary. Tu wszędzie są namalowane magiczne symbole, nawet na tynku pod tapetami i na podłogach pod parkietem. Zamurowali tu dziesiątki rozmaitych amuletów. Jeśli coś wywróciło na nice zewnętrzną barierę, to środek domu i tak pozostaje nietknięty...

– Skąd wiesz?

– Bo już byśmy nie żyli – mruknął Wędrowycz.

– Niby magia tu nie działa, ale ta cizia z wyłączonego telewizora jakoś do nas przemówiła? – zakpił kozak.

– Technika czasem pozwala znaleźć furtki w zasłonach – wyjaśnił cierpliwie jego towarzysz.

– To może poszukamy? – zaproponował Semen. – Jakiego rodzaju jest to pole przyspieszonego czasu? Co to za oddziaływania? Elektromagnetyczne? Chociaż jak z czasem, to chyba raczej grawitacyjne – zastanowił się. – Pamiętam, jak kiedyś pochlałem się z Einsteinem i próbował mi to wytłumaczyć...

– Otacza nas ze wszystkich stron – zadumał się Jakub. – I chyba nakrywa dom jak klosz, skoro zjadło ten trzonek. Pewnie rozpełzło się po murach i okleja budynek jakby kokonem – wyjaśnił. – W każdym razie górą nie wyleziemy, nawet gdybyś zbudował tu helikopter.

– A gdyby tak zrobić podkop? – zaproponował kozak. – Może tarcza po prostu kończy się na poziomie ziemi?

Egzorcysta spojrzał na kumpla z nieoczekiwanym błyskiem w oczach.

– To chyba zbyt proste – powiedział powoli – ale kto wie. Może masz rację.

– Jest tu piwnica? – kozak wolał się upewnić.

– Poszukajmy!

Jakub wyjrzał przez okno. Wokół panował nienaturalny spokój. W tym momencie zobaczył jakiegoś typka w dresiku, który częściowo ukryty za parkanem obserwował dom.

– Mamy towarzystwo – zauważył Wędrowycz.

– Może to zwykły bandziorek, który nie ma nic wspólnego z naszymi sprawami – mruknął Semen.

W tym momencie koleś wyciągnął skądś długi kord. Ostrze zalśniło w świetle zachodzącego słońca.

– Dobra, dobra, każdy się może pomylić – burknął, uprzedzając kolejne kąśliwe uwagi kumpla.

Zeszli do piwnicy. Nie była duża, zbudowano ją w zasadzie tylko po to, żeby mogła pomieścić kotłownię. W kącie drzemał wielki, archaiczny piec.

– Dobra nasza. – Kozak zatarł ręce, rozglądając się po pomieszczeniu. – Stary dom, ściany z cegieł.

– To dobrze czy źle? – nie zrozumiał Jakub.

– Doskonale. Gdyby były na przykład z lanego żelbetu, nie poradzilibyśmy sobie tak łatwo. Jak długi musi być tunel?

– Ze trzy metry. Zawsze trochę bije na boki... Tak będzie bezpieczniej.

Koło pieca c.o. na pryzmie węgla leżała siekiera. Zapewne zimą używano jej do rozbijania większych brył. Była upiornie zardzewiała i wyglądała na tępą. Kozak wybrał sobie ścianę najbardziej naruszoną przez wilgoć i zamachnąwszy się, przyładował obuchem. Cegły okazały się raczej kiepskiej jakości. Szybko roztrzaskał kilkanaście, a potem wyłamał kawałki gruzu. Głębiej była kolejna ściana. Jakub pomaszerował na piętro obserwować poczynania wroga. Mur kruszył się pomalutku. Wreszcie Semen rozbił trzecią warstwę. W otworze pojawiła się czarna zbrylona substancja.

– Smoła albo coś takiego, jakoś zaizolowali fundament, żeby wilgoć nie przenikała – domyślił się. – No i mamy glebę...

Przed nosem miał czysty żółciutki mazowiecki piaseczek. Przyczłapał Jakub.

– Sprawdź teraz, czy dalsze drążenie tunelu jest bezpieczne – polecił mu przyjaciel.

– A co ja, górnik czy geolog? Jak niby mam to zrobić? – zirytował się egzorcysta.

– Szalunkami i tak dalej ja się zajmę. Ty sprawdź tylko, czy nie ma barier magicznych – wyjaśnił cierpliwie.

– Aha... – Kumpel przyłożył dłoń do piachu i przymknął oczy. – Wygląda na to, że droga czysta – zameldował.

Kozak wziął szuflę do węgla i zabrał się do rycia podkopu. Uznał, że do celów ewakuacyjnych wystarczy dziura o średnicy jakichś sześćdziesięciu centymetrów... Jakub ponownie poszedł na piętro.

– Na razie spokój – zameldował po powrocie. – Kłębi się ich za siatką kilkunastu, ale wyraźnie boją się wejść na teren posesji.

– A może, jak się tu wedrą, zadzwonimy po policję? – zaproponował kozak. – I niech cwaniaczki mundurowym tłumaczą, czego tu szukali, a my zyskamy na czasie.

– Dobry pomysł, szkoda, że i my tu nielegalnie... – zgasił go kumpel. – Kop dalej...

Semen wdarł się może na półtora metra w głąb. Robiło się niebezpiecznie. Z hałdy węgla zdjął kilka desek przeznaczonych najwyraźniej na rozpałkę i podpierając je innymi, zrobił prowizoryczny szalunek. A potem znowu zaczął ryć.

– Sprawnie ci to idzie – pochwalił Jakub i zaczął znosić kolejne dechy na sufit tunelu. Podkop wydłużał się pomalutku. Kozak zasapał się nieco.

– Przerwa na papierosa – oświadczył, wypełzając z dziury.

– To ty palisz? – zdziwił się Wędrowycz.

– Nie, ale przerwę i tak zrobię... – Siadł ciężko na dechach. – A tak swoją drogą, jak nas zaatakują, to jakaś broń by się przydała.

– Coś jest w gabinecie w szafkach – mruknął Jakub. – Ale nie sądzę...

W tym momencie z góry dobiegł huk.

– Zaczyna się! – Kozak wstał i otrzepał spodnie.

Pobiegli na górę. W ogródku przed domem roił się tłum kolesiów w dresikach.

– Co to za jedni? – zainteresował się Semen. – Może zwykła mafia?

– Dobrze by było – westchnął jego kumpel. – Boję się, że to ci od Światowida. Zresztą popatrz na tego kolesia z kuszą.

Przypadli do podłogi, bo koleś z kuszą właśnie pociągnął za spust. Bełt gwizdnął w powietrzu, a potem wpadł w pole czasu przyspieszonego. W ułamku sekundy żelazny grot skorodował, drewno przepróchniało. W zderzeniu z szybą rozprysnął się w pył.

– Dobra nasza – ucieszył się kozak. – Nie wlezą tu.

– Przynajmniej chwilowo – mruknął egzorcysta. – Póki nie rozbroją zapory. Albo póki nie wpadną na pomysł, by użyć broni palnej. Ołów koroduje tylko po wierzchu. Kula z muszkietu przeleci. Nie sądzę, żeby używali broni wyłącznie ze swojej epoki.

– I o ile nie wpadną na pomysł wysadzenia całego domu w powietrze – zauważył Semen ponuro. – Albo spalenia. No nic, jakoś sobie poradzimy.

– Gibaj do piwnicy, pracuj nad podkopem, a ja będę tu pilnować – rozkazał Jakub.

Kozak rył chodnik górniczy bez większego entuzjazmu. Ziemia poddawała się coraz trudniej i nieoczekiwanie natrafił na ścianę zbudowaną z bloczków.

– Co, do diabła? Fundament jakiś? – zdziwił się. – A może kanał?

No, to byłby konkret. Wystarczyłoby wyrąbać dziurę w murze, żeby droga ucieczki stanęła otworem!

Wrócił na parter. Egzorcysta stał w kuchni, jak go zostawił, i obserwując poczynania wroga, felcował rzeźnicki majcher o marmurowy parapet. Kozak też rzucił okiem. W ogródku rozpalono ognisko, na nim w garnuszku bulgotał jakiś wywar.

– Co oni wyczyniają? – zdziwił się.

– Chyba gotują eliksir umożliwiający bezpieczne przejście przez barierę albo rozpuszczalnik, którym pokropią dom, by zdjąć zabezpieczenia. Skąd mogę wiedzieć?

– A może zgłodnieli i obiad sobie robią, bo to już pora przecież? – zadumał się kozak, lecz zaraz odrzucił to idiotyczne podejrzenie.

Nie widział do tej pory zupy, nad którą unosiłaby się taka zielona fluorescencyjna para...

– Czemu przerwałeś prace górnicze? – zapytał Jakub.

Semen wyjaśnił pokrótce, co odkrył.

– Ściana? – zdziwił się egzorcysta. – Tam nie powinno być żadnych kanałów. To środek ogrodu.

– To może bunkier z czasów wojny pełen zmutowanych szkieletów esesmanów? – zakpił kozak. – Potrzebuję szlifierkę kątową albo solidny młot do kruszenia kamieni.

Po dłuższych poszukiwaniach znaleźli strasznie zardzewiały młot udarowy. Kabla ledwo starczyło... Semen kuł może z dziesięć minut.

– Jak ci idzie? – zapytał Wędrowycz, zaglądając do lochu.

– Nijak. Nie poddaje się. Nie wiem, z czego to jest zrobione, ale...

Egzorcysta pochylił się nad przeszkodą, przeciągnął po niej palcami i dotknął ich koniuszkiem języka.

– Znowu ten cholerny Ytong – zidentyfikował. – Coś za często się na niego natykamy.

– Może klątwa?

– Na to wygląda. Zaczynam mieć pewne niełądne podejrzenia... – zawiesił głos. – Tak czy inaczej, przebić musisz, bo inaczej nie zwiejemy.

– Dynamit by się przydał – warknął znużony Semen.

– W kuchni widziałem butlę z gazem.

W szafce pod zlewem rzeczywiście stała nieduża butla z propanem-butanem. Semen podrzucił ją i zważył w dłoniach. Pełna. Zabrał się do roboty. Umieścił zbiornik koło przeszkody. Odkręcił lekko zawór butli, w piwnicy postawił świeczkę i zapaliwszy ją, czym prędzej czmychnął z lochu. Gdy gaz wypełni podkop, dotrze do płomienia i wszystko powinno nieźle rąbnąć...

Wybuch przeszedł wszelkie oczekiwania kozaka. Domem zatrzęsło, zabrzęczały szyby i szklane żyrandole. Semen zbiegł na dół, żeby zajrzeć do podkopu. Pył opadał powoli. Niestety, już z piwnicy widać było, że przeklęty mur nawet się nie zarysował.

– A to mocne draństwo – zaklął. – Żebyśmy za cara mieli takie fajne, wytrzymałe materiały...

W tym momencie nadwątlony eksplozją strop tunelu runął na całej długości. Chwilę później Jakub czatujący na piętrze spostrzegł, jak między zaskoczonymi Słowianami zapadł się trawnik.

– Zdaje się, że twój podkop przestał istnieć – warknął do wchodzącego Semena.

– Może trochę za mocny ładunek – zadumał się kozak. – Albo raczej ładunek był dobry, ale szalunki nie wytrzymały.

– A przeszkoda?

– Nietknięta... Ale ten się nie myli, kto nic nie robi – mruknął filozoficznie.

– Nawet już wiem, czemu nietknięta – westchnął Jakub. – Pamiętasz naszą wyprawę po skalp mamuta?

– No. I myślisz, że...

– Że cały ten Ytong rzeczywiście wymyślili oni. Najpierw był ich bóstwem, potem użyli imienia, a wraz z nim mocy, by uzyskać magiczny materiał. Pewnie dlatego wznieśli z tego pół Dębinki, w tym dom sołtysa.

– Ciekawe, czy Watykan o tym wie. Z drugiej strony nie potrafię pojąć ich wiary. To łowcy i koczownicy. Bóg niedźwiedź jest z lasu, ale Matka Krowa to chyba kult agrarny. Teraz jeszcze... Jakby z różnych epok i religii wchłaniali wszystko, co im się przyda.

– Semen, ja ci dobrze radzę, nie wgłębiaj się w teologię dębinkowców – warknął Jakub. – A w każdym razie nie teraz. Teraz musimy stąd wyleźć.

– Czy podkop to była nasza ostatnia szansa? – zapytał głupio jego kumpel. – Czy może masz jakiś dobry pomysł w zanadrzu?

– Jakby się znalazła druga butla z gazem – rozważał egzorcysta – można odpalić ją w holu. Oczywiście dopiero wtedy, gdy wrogowie już się wedrą. Wybuchnie, pourywa im ręce i nogi, a my wtedy wymkniemy się na zewnątrz.

– Pomysł ze strategicznego punktu widzenia wygląda debilnie, ale może i warto skorzystać? Bo wedrą się wcześniej czy później na pewno... – Semen westchnął i zaczął szukać drugiej butli.

Nie znalazł. Wyjrzał oknem i gwizdnął cicho. Słowianie zgromadzeni w ogródku wytrzasnęli skądś łopaty i kopali w miejscu, gdzie zapadł się tunel.

– Czyli wiedzą już, że bariera idzie tylko po powierzchni ziemi – jęknął. – A to oznacza...

– Że najdalej za kwadrans wlezą pod nas – warknął Jakub. – Masz jakiś pomysł?

– To ty byłeś zawsze od myślenia!

– Wypraszam sobie!

– A co z twoimi zdolnościami? Odzyskałeś je już w pełni?

– No więc teraz właśnie mam okres spadku. Moc się fazuje albo interferuje, albo może...

Kozak zbiegł do piwnicy. Wyjął z zawiasów drzwi prowadzące do składziku obok, zasłonił nimi dziurę, a potem porwał za szuflę i zabrał się do przerzucania hałdy węgla tak, aby je przygniotła.

Nie minęło dużo czasu, gdy usłyszał charakterystyczne szuranie. Kopali, dranie, i musieli być już blisko jego barykady. Spojrzał z rozpaczą na schody. Gdyby udało się je rozwalić, wrogowie mieliby problem z wlezieniem na parter... Niestety, wykonano je z lanego żelazobetonu.

Łopaty głucho zastukały w dechy. Semen wbiegł na stos opału. Prowizoryczna bariera popchnięta silnymi łapami drgnęła, a pomiędzy nią i ścianą pojawiła się szczelina. Kilka brył węgla zaraz tam wpadło. Przyczaił się i gdy tylko w dziurze pojawiła się czyjaś ręka, rąbnął kantem szpadla. Z niejakim zdumieniem stwierdził, że Słowianie klną zupełnie tak jak jego kumple – po polsku.

– No co, obezjajcy? – wrzasnął. – Który następny?

Odpowiedziało mu milczenie. Coś dranie knuli... Usłyszał dziwny syk. Hmm... Z czymś mu się kojarzył. Rozbłysk jakiejś drobiny prochu oświetlił laskę dynamitu leżącą pomiędzy odchylonymi drzwiami a murem. Semen rzucił się do ucieczki i prawie zdążył...

Był nie dalej niż trzy schodki od klapy, gdy nastąpił wybuch. Potworna siła wystrzeliła go jak pocisk. Legł na dywanie w holu na parterze, wokół malowniczo spoczęły mniejsze i większe bryły węgla, kawałki desek oraz inne piwniczne szpargały.

– Coś ty zrobił!? – jęknął Jakub, trzymając się za uszy. – Znalazłeś jeszcze jedną butlę gazu?

Kozak był kompletnie ogłuszony, na szczęście w ramach przygotowań do kariery policyjnego prowokatora nauczył się też czytać z ruchu warg.

– Szybko, oni zaraz tu będą! – wrzasnął.

– Co?

Pokazał Jakubowi na migi. Egzorcysta zatrzasnął klapę i zasunął skobel. Słuch już powoli im wracał. Z dołu dobiegł jakiś rumor, posapywania...

– Przywalmy to czymś. – Deski nieoczekiwanie wydały się Jakubowi bardzo słabe.

– Czym? – Semen spojrzał na niego bezradnie.

– Wannę tu przesuńmy i napełnijmy wodą – błysnął pomysłem Wędrowycz. – Wejdzie do niej ze dwieście litrów. Nie uniosą tego za Chiny.

– Wanna jest wbudowana – mruknął kozak. – Poza tym jak niby chcesz ją napełniać? Rury zostaną w łazience, a prysznic nie sięgnie...

Topór jakiegoś woja uderzył w klapę. Jednocześnie drzwi wejściowe zadrżały pod ciosem tarana.

– Jakub – Semen poważnie spojrzał w oczy kumpla – ty się zgrywasz czy naprawdę nie masz planu ewakuacji?

– Oczywiście, że się zgrywam – uspokoił go przyjaciel. – Tak dobrze ci szło, ciekaw byłem, co jeszcze wymyślisz...

Nastąpił kolejny huk. Drzwi zadrżały.

– Zdjęli barierę! – zauważył Wędrowycz.

Zdjęli barierę? No to...

– Za mną!

Otworzyli sobie to samo okno, z którego dwie godziny wcześniej skorzystał młody Orangut. Zeskoczyli do ogródka i już po chwili przełazili przez ogrodzenie.

Radek i dziewczyny wysiedli na pętli tramwajowej gdzieś na północnych peryferiach Warszawy. Potem długo szli przez nieużytki, wreszcie w paskudnym podmokłym lesie znaleźli obozowisko szamana.

Wyspa wśród bagien nie była duża, miała może hektar powierzchni. Stało na niej trochę szałasów.

– Jedyna droga to wąska grobla przez bagna – wyjaśniła Gyva. – Jesteśmy tu niemal zupełnie bezpieczni.

– Aha. – Radek pociągnął nosem.

– Odpoczniemy wreszcie – westchnęła Czina.

Dziadek wyszedł im na spotkanie w przepasce na biodrach, pomalowany w jakieś znaki. Zaraz też poprowadził ich do sporej ziemianki.

– Przebierajcie się – polecił. – Skoro Mywu poległ, a inkwizycja depcze nam po piętach, musimy odprawić rytuał i wezwać wielką boginię.

– A po co? – zapytał chłopak.

– Już ci tłumaczyłem. Wielka Matka Krowa sprowadzi na ten kraj zarazę, która unicestwi wszystkich naszych wrogów.

– Zarazę? – jęknął. – Może jeszcze BSE?

– Bystrzak z ciebie – pochwalił szaman.

W bocznej komorze ziemianki leżały skórzane łachy. Gyva, nie zważając na obecność mężczyzn, spiesznie zdarła z siebie ubranie. Zamiast niego założyła brązową kurtkę z frędzelkami oraz futrzaną kieckę do kolan. Radek przełknął ślinę.

– Na co czekasz? – syknęła.

Też się przebrał. Skórzane spodnie, kurtka ozdobiona naszytymi muszelkami... Pomyślał, że wygląda, jakby go wypuścili z niskobudżetowego filmu o jaskiniowcach.

Zebrali się w głównym szałasie. Małe okienka dawały niewiele światła. Radek przeliczył wzrokiem zebranych. Dwie dziewczyny, dwóch łowców, dziadek i on.

Cholera, pomyślał, patrząc na mięśniaków. To nasza sekta ma takie wspaniałe kadry, a do brudnej roboty posyła się mnie i dziewczyny? Swoją drogą... Czy to już wszyscy?

– Tak, wszyscy – warknął dziadek. – Resztę inkwizycja wyłapała. Ale ich odbijemy.

Szaman zaintonował pieśń. Wzięli się za ręce i zaczęli pląsać wokół kamiennego pala ozdobionego krowią czaszką. Ktoś w kącie wybijał melodię na bębenku. Po ścianach skakały dziwaczne cienie. Przerwa. Stary rozdał kijki z nadzianymi kawałkami wędzonego mięsa.

Przegryźli. Następnie poprzebierane dziewczyny udekorowały ściany gałęźmi jodły. Impreza szybko się rozkręciła. Dziadek grał na bębnie, pozostali tańczyli wokół ognia, pieczone mięcho było tym razem nawet niezłe w smaku. Ktoś dorzucił do ogniska ziół. Radek westchnął i uwaliwszy się w kącie pomieszczenia na skórach, popatrywał na obrzędy. Ogarnęła go kompletna rezygnacja. Dziewczyny w rytm bębnienia zaczęły robić różne wygibasy. Spod kusych skórzanych wdzianek wystawały całkiem apetyczne nózie. Wnuk szamana poczuł, że ochota do życia znowu zaczyna się pomalutku budzić. Dziadek przekazał bęben jednemu z wojowników i dosiadł się do Radka. Podał mu tykwę z jakimś zajzajerem.

– Łyknij, bo już nie mogę patrzeć na twoją skwaszoną minę – powiedział.

– Co to?

– Drink łowców reniferów.

Pociągnął nieufnie dziwnego napoju. Smakował jak zwykła gorzka herbata, ale już po chwili zakręcił w głowie jak czteropak piwa.

– Poradziłeś sobie całkiem nieźle – pochwalił dziadek. – Korzeń świętej brzozy i skóra z mamuta już się przydają. – Wskazał bęben ożywiony dłońmi mężczyzny.

– Aha – zgodził się chłopak.

Zaskoczyła go pochwała.

– A tamtymi się nie przejmuj – powiedział szaman. – Różne męty walczą z nami od tysięcy lat i jak dotąd nie dali rady.

– Dom... Willę diabli wzięli.

– Zbudujemy nową. Zresztą niedługo nie będzie już potrzebna. Gdy tylko ożywimy Wielką Matkę Krowę, nasza moc wzrośnie tak, że nikt nigdy nam nie zagrozi.

Nagle zamarł, jakby coś usłyszał.

– Ktoś przekroczył granicę naszego terytorium – powiedział. – Sprawdź to! – rozkazał jednemu z członków plemienia.

Ten bez słowa złapał łuk oraz kołczan ze strzałami i wybiegł z szałasu.

Było już późne popołudnie. Tramwaj, brzęcząc i klekocząc, toczył się ku swemu przeznaczeniu. Egzorcysta wygodnie rozparty na siedzeniu studiował notatki.

– Z tego, co powiedziała czacha Zgorka, na północ od Warszawy znajduje się obozowisko dzikusów z Dębinki – wyjaśnił. – Tam ukrył się chłopak, którego szukamy.

– Ekstra. Czyli mamy go wyciągnąć ze środka hordy?

– Moc powraca. Spróbuję wejść w jego umysł i przekonać, by odłączył się od stada. Wiesz, wilki tak robią, oddzielają jedną owieczkę i cap.

– Brzmi niegłupio. Tylko czy ta sekta nie ma przypadkiem jakichś, że się tak wyrażę, owczarków?

– Pewnie ma. – Jakub wzruszył ramionami. – Ale co z tego? Wklepiemy im i tyle.

Wysiedli na pętli opodal elektrociepłowni. Po kilkunastu minutach marszu dotarli do wału kolejowego. Za nim rozciągał się rozległy podmokły las. Był paskudny i ciemny, a między drzewami snuły się języki mgły.

– Jak znajdziemy to obozowisko? – zapytał kozak.

– Po znakach – wyjaśnił Jakub. – Spójrz tam! – Wskazał brzozę rosnącą na skraju bagniska.

Podeszli do drzewa. Wyglądało w zasadzie normalnie, tylko na jednej z gałęzi wisiał kawał starego sznura.

– Co to za znak? – zdziwił się Semen. – Ktoś tu samobója strzelił czy co? To już raczej symbol wikingów, ich bóg Odyn powiesił się na drzewie, by zdobyć mądrość.

– To faktycznie drzewo wisielców – mruknął egzorcysta. – W języku małpoludów z Dębinki przestroga, że na końcu ścieżki może spotkać nas śmierć.

– Zaraz, tego nie było w umowie!

– No to teraz jest. I nie cykoruj, bo to mało razy nam grozili? Idziemy w kierunku, który wskazuje ten konar – zakomenderował Jakub i pomaszerował przed siebie.

Kozak powlókł się za nim. Gleba robiła się coraz bardziej wilgotna, tu i ówdzie pojawiały się kępy trzciny oraz wysokiej bagiennej turzycy.

– Dziwnie tu jakoś – mruknął.

Między drzewami zamajaczył słupek ozdobiony tabliczką.

– No i proszę, dalej nie wejdziemy – stwierdził triumfalnie Semen. – Tu jest rezerwat przyrody, wstęp zabroniony.

Egzorcysta minął ją bez słowa.

– Zapłacimy mandat – mruknął jego kumpel.

– Przestań wreszcie marudzić – warknął Jakub. – Uszy bolą od twojego skamlania. Dorosły chłop, a jojczy jak panienka. Jak się boisz, to wracaj.

– Ja się boję? – obraził się kozak.

Maszerowali jak się dało najszybciej, choć podeszła wodą gleba kląskała nieprzyjemnie pod stopami. Chwilami widać było coś w rodzaju ścieżki, przeważnie jednak szli na wyczucie. Kozak zastanawiał się, w jaki sposób wrócą. Wiedział z własnego doświadczenia, że na takim bagienku łatwo zgubić drogę i się utopić.

– Jest! – Jakub zatrzymał się przy granitowym głazie głęboko wrośniętym w glebę.

– Kolejny znak? – prychnął jego przyjaciel. – Kamień zapewne symbolizujący nasz nagrobek?

– Nie, kolejne ostrzeżenie, żebyśmy zawrócili. – Egzorcysta pokazał mu wielką czaszkę wykutą po drugiej stronie. – Może wyrzeźbił ją jakiś dębinkowiec, który tu dawniej mieszkał. Oni lubią wracać w dobrze znane miejsca. Tędy. – Podążył w kierunku, który wskazywała ledwo widoczna strzała umieszczona poniżej trupiej głowy.

Jakieś sto metrów dalej znaleźli krąg ułożony z kamieni.

– W kamiennym kręgu – kozakowi przypomniał się tytuł jakiejś idiotycznej brazylijskiej telenoweli.

Ale Jakub tylko się uśmiechnął. Milcząc, oglądał głazy. Szukał dalszych wskazówek.

– Nie wiem, jak iść dalej – powiedział wreszcie. – Chyba muszę włączyć telepatię i zacząć namierzać.

– To ja się przejdę i rozejrzę – zaproponował kozak.

– Tylko uważaj na siebie.

Semen przespacerował się po lasku. Nigdzie nie było widać śladu działalności człowieka. Żadnych wygasłych ognisk, żadnych starych szałasów, żadnych ścieżek wydeptanych przez gęste poszycie. Pusto, cicho, martwo.

– Bzdura, to na pewno nie jest właściwe miejsce – mruknął. – Nikogo nie było tu od miesięcy, może od lat nawet. Rezerwat przyrody i tyle.

W tym momencie strzała wbiła się w pień brzozy kilka centymetrów od jego twarzy. Przez dłuższą chwilę wpatrywał się oniemiały. Miała krzemienny grot w kształcie wierzbowego liścia. Grot widać było tylko dlatego, że przeszła przez cienkie drzewko na wylot.

– Krzemień pasiasty – zidentyfikował kozak.

Rozejrzał się w panice. Najchętniej padłby na ziemię, ale było zbyt mokro, ubranie by sobie pobrudził. Gwizdnęła kolejna strzała. Chcąc nie chcąc, klepnął w błoto.

– Spieprzaj, dziadu, a pokaż się tu raz jeszcze, to z dupy nogi powyrywam! – dobiegło z krzaków. – To jest rezerwat przyrody, chroniony prawem!

– A co tu chronić? – odwarknął wkurzony. – Brzozy i kępy zielska rosną w co drugim lesie!

– Nie tobie o tym decydować!

Zejście do parteru dużo nie dało. Kolejna strzała prawie drasnęła go w ramię. Patrzył, jak podryguje wbita w grząską ziemię, tuż obok kępy sitowia. Na jej grocie widać było dziwny zaciek.

Ciekawe, czy trucizną nasmarowali, czy tylko się upaćkała, zamyślił się.

– Drogi panie – zaczął polubownym tonem – przyszliśmy tu z kolegą nie po to, aby zakłócać ekosystem tego pseudorezerwatu, ale żeby...

Gwizdnęła jeszcze jedna strzała. Tym razem rozorała mu łydkę.

– Aj! Za co!?

– Jesteś kumplem naszego wroga Wędrowycza. A kumpli wrogów się likwiduje.

– To może sobie pójdę? Ekosystem rezerwatu odetchnie z ulgą, a i przemocy unikniemy...

– Nie kpij sobie ze mnie.

Tajemniczy snajper wylazł zza drzewa. Ubrany był w skórzane wdzianko. Na nogach miał łapcie chyba zrobione z brzozowej kory, w ręce trzymał łuk. Wyglądał jak typowy mieszkaniec Dębinki. Sądząc po kolorze skóry, większą część życia spędzał pod gołym niebem i nieczęsto korzystał z uroków kąpieli. Semen dopiero po chwili zauważył, że przy pasku nieznajomego wiszą aż trzy różne telefony komórkowe.

Ciekawe, jak je ładuje w tym lesie pomyślał.

Spróbował wstać, ale okazało się, że nie może. Nogi miał kompletnie bezwładne, ręce ciążyły niczym drewniane kłody. W głowie szumiało.

– Widzę, że trucizna działa jak trzeba. – Jaskiniowiec uśmiechnął się wrednie.

– Co? – wykrztusił z trudem kozak.

– Sam rozumiesz, strzały, które nie są zatrute, mają zbyt niską skuteczność.

– *Wot te na!*

Wojownik wyciągnął zza paska krzemienny nóż. Semen policzył do trzech, a potem z ogromnym trudem uszczypnął się w ramię. Wróg nie znikał, a to znaczyło, że jednak jest prawdziwy. Jaskiniowiec uśmiechnął się jeszcze wredniej. Naraz Semen poczuł, że otępienie jakby mija. Najwyraźniej odzyskiwał władzę w nogach. Poruszył stopami. Niestety, przeciwnik zauważył.

– Zwietrzałe składniki mi widać sprzedali – mruknął małpolud. – Ale nie przejmuj się, najwyżej będzie cię bardziej bolało.

Jednym szarpnięciem odwrócił kozaka na wznak, a potem rozerwał mu koszulę pod brodą.

– Stój! Jesteś otoczony – rozległ się głos Jakuba. – Rzuć broń, a gwarantujemy ci przekazanie w łapy inkwizycji.

Pierwotniak sięgnął do sakwy przy pasie.

– Nawet nie próbuj dotykać! – zażądał egzorcysta. – Bo będzie naprawdę źle!

Małpolud zignorował ostrzeżenie. Chwilę potem Wędrowycz wskoczył mu na plecy. Tarzali się po mchu kilkanaście sekund. W międzyczasie Semen doszedł do siebie. Wyrwał jedną ze strzał i zbliżył się do miejsca boju. Odczekał, aż łowca znajdzie się na wierzchu, i dźgnął go w tyłek grotem. Trucizna podziałała niemal natychmiast. Jakub strząsnął z siebie wroga.

– Wygrałem – powiedział z dumą. – I dzięki za pomoc.

– Drobiazg. Jak tam z twoją telepatią? Miałeś okolicę skanować...

– Małpowaci są tam. – Wskazał gestem gdzieś przed siebie. – Ale musimy się pospieszyć. Inkwizycja już tu jedzie.

– A co z tym?

– Wiążemy. Kościelni go znajdą, to się ucieszą...

Spętali wroga, zakneblowali i dla pewności przyczepili za pasek do korzenia.

Yodde uniósł głowę, ostrzegawczo kładąc palec na wargach. Dziewczyny i wojownik znieruchomieli, a on spiesznie przywalił wątły ogieniek kamieniami. W szałasie zapadł półmrok.

– Co się stało? – zapytał szeptem Radek.

Czina ujęła krótką włócznię z krzemiennym ostrzem.

– Nadchodzą – odszepnęła.

Jej oczy lśniły w ciemności.

– Kto? – Radek spojrzał na nią zaciekawiony.

– A czy to ważne?

– Na stanowiska! – rozkazał szaman.

Łowca złapał drugi łuk i wraz z Gyvą wybiegli z szałasu.

– Znaleźli nas – warknął Yodde. – Ktoś przekroczył magiczną barierę. Skoro trafili na ślad, za parę minut tu będą.

– Uciekajmy! – Chłopak poderwał się na równe nogi.

– Spokojnie, nasi ludzie...

Stary wyjrzał przez dziurę w dachu półziemianki.

– Urwał, urwał, urwał... – wykrztusił.

– Co? – Czina spojrzała spłoszona.

– Spodziewałem się inkwizycji, inkwizycja zawsze zjawia się w najmniej odpowiednim momencie, a to przecież ten cholerny Wędrowycz i jego przydupas!

Po chwili obaj wrogowie stanęli przed wejściem do ziemianki. Obaj uśmiechali się promiennie. Fakt, że drugi z łowców i Gyva przykładają im krzemienne noże do pleców, najwyraźniej nie zrobił na nich wrażenia.

– Yodde, kopę lat – przywitał się Jakub.

– Czego tu szukasz? – warknął szaman. – I jak mnie znalazłeś?

– Siądźmy może – zaproponował kozak. – Przyjacielska pogawędka narzuca pewne standardy cywilizowanego zachowania.

– Aleś się wyrwał z tą cywilizacją – parsknął Jakub.

– Radek, daj siedziska – wycedził Yodde. – A wy nic nie kombinujcie!

Po chwili obaj łowcy nagród wygodnie siedzieli.

– Czego tu szukacie? – powtórzył rozeźlony wódz plemienia. – Myślicie, że uda wam się powstrzymać apokalipsę?

– Apokalipsę? – zdumiał się kozak. – A po co mamy ją powstrzymywać, to robota dla inkwizycji. O ile w ogóle zdołasz cokolwiek zrobić, bo, jak by to powiedzieć, zadbaliśmy, żeby twój bęben był felerny.

– Co!?

– Trochę wody święconej wylanej na korzeń brzozy i tyle. – Jakub błysnął klawiaturą złotych zębów.

– To dlatego zamiast proroctw wychodziły mi jakieś bzdury – parsknął szaman. – Zakpiliście sobie ze mnie, obraziliście moje uczucia religijne...

– Do rzeczy – uciął Wędrowycz. – Potrzebujemy twojego wnuka.

– Wypuść chłopaka, a darujemy ci życie – dodał Semen.

– Tobie i tak jest już zbędny, bez dobrze nastrojonego bębna ambitny plan depopulacji kontynentu i tak bierze w łeb – uzupełnił egzorcysta.

– O, co to, to nie! Wam się wydaje, że wygraliście? Bęben to tylko narzędzie! Prawdziwa moc jest we mnie, w skałach, w drzewach, w czaszce Matki Krowy. Uwolnię ją i tak. A was przywiążemy do drzewa, żebyście na własne oczy zobaczyli, jak ja, Yodde, tworzę historię!

– Inkwizycja jest już niedaleko – powiedział Jakub. – Oddaj chłopaka, będziesz miał czas na ucieczkę.

– Nigdy! Wiązać ich!

Trzasnęły wyładowania, egzorcysta i jego kumpel potraktowani porażaczami elektrycznymi bezwładnie zwalili się na ziemię. Po chwili, gdy zaczęli już trochę dochodzić do siebie, stali przywiązani grubymi rzemieniami do dwu strzelistych świerków.

– O ty w mordę – mruknął kozak. – On naprawdę próbuje to zrobić...

Szaman rozpalił ogień, wrzucił do niego pęk jakichś ziół. Obok zatknął tyczkę z krowią czachą. Radek stanął z tyłu i na rozkaz dziadka złapał rękami za rogi.

Szaman zawodził jakieś pieśni, a może modlitwy. Dziewczyny wybijały rytm na bębenkach. Wokół wyspy pojawiały się coraz liczniejsze języki mgły. Z wolna gęstniały, przyjmując kształty monstrualnej wielkości krów.

– Jakub, zrób coś – jęknął Semen. – Bo ten pokurcz faktycznie nawarzy piwa!

– Teraz to zrób coś – prychnął Wędrowycz. – A kto ciągle marudził, że od ratowania świata jest tym razem kto inny?

– Poddajcie się! – rozległ się głos z megafonu. – Jesteście otoczeni przez specjalny oddział uderzeniowy CBŚ! Jeżeli nie będziecie stawiali oporu, zagwarantujemy wam uczciwy proces inkwizycyjny!

Zza drzew wyłoniło się ze dwudziestu gliniarzy i ksiądz z obrzynem. Yodde, jego wnuk oraz Czina czmychnęli do ziemianki, Gyva i ostatni z wojowników próbowali uciekać, ale policjanci szybko ich złapali. Ksiądz dowodzący akcją podszedł do przybyszów z Wojsławic.

– Jakub Wędrowycz i Semen Korczaszko – zidentyfikował ich. – Znowu się spotykamy. Może byście wyjaśnili, co tu robicie?

– Kłusujemy na dzikie króliki – warknął Jakub. – Co niby można robić w lesie?

– Jesień jest, to szukamy prawdziwków – bąknął Semen. – Ususzyć chcieliśmy na wigilijną zupę...

– Szukacie grzybów w rezerwacie przyrody!? – zdumiał się towarzyszący księdzu policjant.

– A co, nie wolno? – obraził się egzorcysta. – Jesteśmy uświadomionymi zbieraczami i nie uszkadzamy grzybni. To się nazywa zbieranie ekologiczne – wyjaśnił. – I może nas tak rozwiążecie?

Ksiądz machnął przyzwalająco ręką.

Rzemienie opadły. Starcy odzyskali wolność. Tymczasem komandosi otoczyli ziemiankę, czekając już najwyraźniej tylko na rozkaz do ataku.

– Szefie, tu jest coś ciekawego. – Jeden z pomocników szalonego księdza podszedł z Jakubową torbą w ręce.

– I co my tu mamy? – Inkwizytor Marek zajrzał do środka. – Jeśli mnie wzrok nie myli, to amulety.

– Nie moje! – zaprotestował Wędrowycz z godnością. – Wrogowie podrzucili. Poza tym to w ogóle nie jest moja torba!

– Czyli do zarzutu wtargnięcia na obszar prawnie chroniony, niszczenia runa leśnego i kłusownictwa dodamy także uprawianie czarnej magii? – upewnił się glina.

– Chyba mamy przechlapane – mruknął Jakub.

– Mielibyście, gdybyśmy znaleźli choć chwilę czasu, by się wami zająć. Dopiszę to na wasze konto, a teraz macie się stąd obaj wynosić, i to w podskokach! Przeszkadzacie moim komandosom w akcji! – warknął inkwizytor.

Ręce aż go świerzbiły, ale Wędrowycz miał takie znajomości w Watykanie, że lepiej go było nie prowokować.

– Chodź, Semen. – Jakub ujął kumpla pod ramię. – Każą iść, to nic tu po nas.

– Ale nasze zadanie...

– Ciii... – syknął egzorcysta. – Przegraliśmy potyczkę, ale wojenka trwa!

– Do ataku – zarządził ksiądz. – Wykurzyć mi tę trójkę!

Radek dygotał jak osika. Dach się zatrząsł. Komandosi wskoczyli na wierzch? Stary najwyraźniej pomyślał to samo, bo dźgnął swoją dzidą w poszycie. Przeszła na wylot i chyba nawet trafił. Ktoś krzyknął. Dziewczyna zdjęła czachę z podstawki, a potem, z szacunkiem zawinąwszy w skórę, wsadziła pożółkły czerep do plecaka. Zaabsorbowany jej czynnościami Radek przegapił drugiego komandosa, który podkradłszy się, usiłował wpełznąć przez otwór wejściowy. Na szczęście Yodde musiał wcześniej zakopać pod progiem odpowiedni amulet, bowiem agent zawył i odskoczył do tyłu, ciągnąc za sobą kłęby dymu. Wyładowanie magicznej energii niemal zwęgliło mu włosy. Wnuk szamana stanął w przejściu z oszczepem gotowym do ciosu.

– I co, tego się nie spodziewałeś? – Spojrzał na wroga z triumfem. – Przypaliło glacę? Idź na policję, tam można się poskarżyć.

Komandos, zamiast odpowiedzieć, uśmiechnął się wrednie i wyciągnął z kieszeni ładunek wybuchowy. Zapalił lont.

– I co ty na to? – zagadnął. – A może to wy pójdziecie się poskarżyć?

Chłopak rzucił się w kierunku okienka, ale nie zdążył. Fala uderzeniowa oderwała go od ziemi i wyrzuciła na aut prosto przez sufit. Wpadł w błoto po uszy. Wszystko go bolało, miał wrażenie, jakby sporą część jego ciała ktoś próbował przerobić na bitki wołowe. Uczepił się korzeni drzewa. Szałas rozniosło na trociny. Po całej wyspie uwijali się kolesie z inkwizycji, komandosi i nawróceni wikingowie. Zauważył, jak dwaj wiążą dziadka rzemieniami. Nie bardzo miał jak mu pomóc, więc zadecydował, że tym razem zadba o własne bezpieczeństwo. Zanurzony po szyję w błocie był prawie niewidoczny, ale ostrożnie wpełzł głębiej, między kępy trzcin.

– Szczeniak nawiał – powiedział jeden z komandosów do kumpla. – Dziewczyna też. Ksiądz nam jaja przekręci przez maszynkę do mięsa. Albo pokutę dowali.

– Przesadziłeś też trochę z tym wybuchem – dowódca łajał człowieka w mundurze.

– Wiem, pomyliłem ładunki. To miała być zwykła urwiłapka, niechcący odpaliłem coś mocniejszego... Trza się rozejrzeć po krzakach, może jeszcze ktoś się tu chowa?

Wziął kawał kija i zaczął przewracać resztki konstrukcji. Jego kumpel buszował po chaszczach. Radek zgrzytnął zębami z wściekłości. Taki wybuch na obrzeżach miasta powinien natychmiast ściągnąć policję i inne służby, a tymczasem pies z kulawą nogą się nie pojawiał... Choć z drugiej strony policja była przecież na miejscu.

Siedział i siedział, robiło mu się coraz zimniej. Oczywiście przemókł na wylot. Ciekawe, czy w tym błocku żyją pijawki?

Nagle ku swej radości spostrzegł, że napastnicy zbierają się do odejścia. Przymotali szamana do długiego kija i jak ludożercy z Afryki zarzucili sobie żerdź na ramiona, po czym odmaszerowali. Dłuższą chwilę czekał, czy nie wrócą, a potem czepiając się korzeni i pni sterczących z błocka drzew, wydobył się na powierzchnię. Zęby szczękały mu jak pułapka na myszy. Podpełzł do ruin szałasu, ściągnął przemoczone łachy i znalazł kawał szmaty mogącej od biedy służyć za ręcznik. Wygrzebał też trochę ubrań zgromadzonych przez starego. Włożył spodnie i kurtkę. Na szczęście pasowały. Ujął w dłoń oszczep. Łaził po wysepce coraz bardziej wkurzony.

– Po kiego grzyba wplątałem się w te wszystkie sprawy? – westchnął. – Dlaczego nie zwiałem przy pierwszej nadarzającej się sposobności? W sumie teraz właśnie mam dobrą okazję – mruknął pod nosem. – Co mnie tu trzyma?

Z kieszeni zabłoconej kurtki wydobył dwie przyjemnie ciężkie, pękate sakiewki. Złoto. Forsa.

Podniósł z ziemi porzucony przez kogoś laptop. Tego też nie zostawi, jeszcze by się tu w lesie zmarnował. Ucieczka drogą, którą odeszli napastnicy, nie była dobrym pomysłem. Obszedł wyspę, szukając innej ścieżki przez bagno. A figę... Nigdzie nie było widać.

Przetrząsnął raz jeszcze ruiny szałasu. Znalazł fajny telefon z ładowarką, ale szczerze powiedziawszy, bardziej ucieszyłby się z dmuchanego pontoniku...

– Ano nie ma rady, trzeba iść, nie będę tu przecież siedział tydzień, czekając, aż woda opadnie – westchnął.

Znalazł miejsce, gdzie kępy trawy rosły szczególnie gęsto, i zaczął skakać z jednej na drugą. Oczywiście zaraz zgubił laptop. Chlupnął w bagno i tyle. Chłopak zachwiał się, jednak zdołał złapać pień brzozy. Buty miał przemo-

czone, spodnie do pół łydki też, ale trudno. Z czasem wyschną. Byle tylko stąd nawiać.

Gdzieś daleko coś zawyło. Wilkołaki? Na szczęście skowyt niebawem ucichł. Teren wznosił się i wreszcie Radek stanął na suchym gruncie. Dłuższą chwilę oddychał ciężko i ocierał twarz z potu. Umęczyła go ta wędrówka przez bagna, ale żył, był wolny i bogaty. Nareszcie.

Dokąd teraz iść? – dumał chłopak. Na zachodzie Wisła, wzdłuż jej brzegu zapewne starorzecza, bagna i lasy. Na południu miasto, ale oddzielają mnie trzęsawiska. Na północ, na wschód?

Nie miał pojęcia. Dlatego ruszył na przełaj. Las rzedł, wreszcie Radek znalazł się na skraju zaoranego pola. Przed sobą, w odległości może pół kilometra, spostrzegł nasyp, a na nim przystanek. Pewnie jeździ tu autobus podmiejski. Puścił się kłusem, depcząc bruzdy. Autobus to cywilizacja!

Na przystanku ktoś siedział. Nawet z tej odległości rozpoznał Czinę. A zatem uratowała się. Całe szczęście... Doczłapał na miejsce jakiś kwadrans później.

– O? – zdziwiła się na jego widok. – To ty żyjesz?

– Ano udało się – potwierdził. – Ale dorwali całą resztę. Widziałem, jak dziadka wiązali i nieśli.

– To niedobrze. – Pokręciła głową. – Gyvę też złapali. Teraz pewnie będzie w klasztornych kuchniach w ramach pokuty kartofle obierać...

– Rób, jak uważasz, ja wracam do domu. Chyba że chcesz jechać ze mną? Wszędzie dobrze, ale w Dębince najlepiej.

– Sama nie wiem.

Siedzieli na przystanku. Od czasu do czasu mijały ich samochody. Autobus nie nadjeżdżał, metalowa tabliczka na słupie była tak zardzewiała, że nie sposób było czegokolwiek odczytać. Zresztą i tak nie mieli zegarka.

– Idę o zakład, że wszystkich już wyłapali – powiedział Radek ponuro. – Po prostu sfrajerzyliśmy.

– Co masz na myśli?

– Widziałaś kapłankę Dobrochnę? Albo tych jej pogańskich kumpli?

– Wiele razy, jak nas ganiali.

– Chodzą normalnie ubrani. Żyją jak współcześni Polacy. Tylko od czasu do czasu zbierają się w zamaskowanej świątyni i tam odprawiają modły...

– Albo zarzynają kogoś na ofiarę – uzupełniła.

– Ale dzięki takiej taktyce mogą kultywować tradycje przodków i nie muszą przy tym marznąć nocami w szałasach. A u nas co? Gnieździmy się w jakichś ruinach jak kloszardzi, jemy byle co, śpimy byle gdzie – rozżalił się.

– Spora część naszych też wtopiła się w społeczeństwo – odparła. – Nie przyszło ci do głowy, że niektórzy po prostu lubią mieszkać w szałasach?

– Zimą też? – rzucił kąśliwą uwagę.

– Zimą nakrywa się konstrukcję darnią i pali ogień w środku – odgryzła się. – Ludzie żyli tak przez tysiące lat. Aż cywilizacja ich rozmiękczyła.

– Żyli, aż poumierali.

– Każdy kiedyś umrze.

– Ale większość pożyje dłużej. W paleolicie średnia wieku była cokolwiek marna...

– Znasz tylko opracowania sporządzone przez wrogów – odparowała. – Historia naszego ludu była fałszowana przez tysiące lat.

– Jasne – prychnął. – Archeolodzy nie mieli nic innego do roboty, jak fałszować dane o ludach, które wedle ich mniemania dawno temu wymarły. Po co mieliby to robić?

– Nie wiem, po prostu tak było – w jej głosie usłyszał jakąś dziwną, potulną bezradność.

– Mój dziadek robił was wszystkich w konia – rzekł twardo.

Zapadło milczenie. Mijał czas, a autobus wciąż nie nadjeżdżał.

– Co zrobisz, jeśli się okaże, że wszystkich naszych wyłapali? – Spojrzał na dziewczynę z ukosa.

– Spróbuję ich odbić.

– A tak poważnie?

– Nie wiem. – Znowu wyglądała jak kupka nieszczęścia. – Może faktycznie warto pojechać do Dębinki...

Przejeżdżający drogą jeep zwolnił i zatrzymał się w zatoczce przy przystanku. Odsuwane drzwi zgrzytnęły.

– Cześć, pierwotniaki! – za kierownicą siedziała kapłanka Dobrochna. – Wsiadajcie!

– Spadaj – mruknął Radek.

– Jak sobie chcecie, ale jak zostaniecie tu jeszcze pięć minut, to was dorwą inkwizytorzy. Chyba byście nie chcieli.

– Niezły wybór – mruknął chłopak. – Spalenie na stosie albo poderżnięcie gardła na waszym ołtarzu...

– Nie mamy już ołtarzy. – Jej usta zacisnęły się w wąską kreskę. – Nas też załatwili na cacy.

– Spadaj na bambus – warknęła Czina. – Poradzimy sobie bez twojej pomocy.

– Dziecinko – sięgnęła za siebie i wydobywszy zza siedzenia pistolet, przeładowała go z trzaskiem – nie wtrącaj się do rozmowy. Pakujcie się do środka, potem mi podziękujecie.

Radek spojrzał w lufę i przełknął głośno ślinę.

– Róbmy, co mówi – mruknął.

Trzej dresiarze, klnąc, wdrapali się po trzeszczących schodach kamienicy przy Ząbkowskiej. Wreszcie zasapani stanęli na podeście poddasza.

– Tu, urwał, mieszkają ci wasi, urwał, czarownicy? – warknął kroczący na czele ekipy Mutant.

– Yhym – przytaknął niechętnie Bejsbol.

Nie był przekonany, czy próba wykurzenia obcych ma sens. Czasem lepiej na to i owo przymknąć oko. Glaca także wolał trzymać się z tyłu. Wspomnienie dotyku brzytwy na jajkach trochę zblakło, ale nie tyle, by odzyskał dawną pewność siebie.

– Co to się, urwał, porobiło? – Nowy wódz rewiru pokręcił łysym łbem. – Żebym, urwał, musiał was, urwał, zasmarkańcy, uczyć, jak się, urwał, obcych pozbyć z własnej, urwał, dzielnicy?! Gdy ja byłem, urwał, młody, żeby zostać, urwał, dresiarzem, trzeba było przejść szereg, urwał, prób, które, urwał, pozwalały ocenić, czy ktoś się, urwał, nadaje. Teraz byle, urwał, smark kupi sobie, urwał, dresik na bazarze i udaje kiziora.

– Młody? – nie zrozumiał Bejsbol.

– Prób? – zainteresował się Glaca.

Mutant był nie więcej niż trzy, może cztery lata starszy od nich. Niestety, szef nie chciał jakoś wyjaśnić tego zagadnienia. Przykopał z rozmachem i drzwi stanęły otworem. Wskoczył szparko do mieszkanka, machając brzytwą.

– Urwał, wyszły dziady na spacer – skwitował, rozejrzawszy się nieco.

– Urwał – z ulgą westchnął Glaca.

– Urwał? – zmartwił się Bejsbol.

Liczył, że szef rejonu załatwi jakoś sprawę Wędrowycza i jego kumpla.

– Urwał, poczekamy tu, urwał, na nich – zadecydował wódz.

– Cześć, chłopaki – rozległo się w ich głowach.

– Urwał? – Mutant zaskoczony rozejrzał się wokoło.

– To ja do was mówię – usłyszeli znowu. – Wasz nowy ziomal. Koło drzwi na półce.

Rozejrzeli się wokoło i ujrzawszy pożółkłą czachę, rozdziawili gęby. Paski na dresikach aż przybladły im z wrażenia. Chcieli się rzucić do ucieczki, lecz niestety, adidaski jakby przyrosły do podłogi. Szarpali i szarpali, ale nie pomagało.

– Urwał, może to faktycznie Harry Potter tu, urwał, mieszka? – bąknął niepewnie Glaca.

– Urwał? – Bejsbol w zdumieniu patrzył, jak jego buty wypuszczają korzenie z silikonu.

– Urwał... – zamyślił się ich przywódca. – To, urwał, dziwne. Bo, urwał...

– Oddajcie mi pokłon – zażądała czacha.

– Urwał! – Mutant jako najbardziej kumaty postanowił przechytrzyć przeciwnika.

Przykląkł na jedno kolano, a potem niespodziewanie rąbnął sierpowym.

Czaszka uderzona pięścią poleciała w powietrze. Zaraz jednak ustabilizowała lot, zatoczyła łuk i... Coś huknęło. Przed nimi stał człowiek z czachą zamiast głowy.

– Urwał... – jęknął Bejsbol. – Mutant, no co ty... w Szkieletora się, urwał, bawisz? – Postać jako żywo kojarzyła się z oglądaną kiedyś dobranocką.

– Jestem Zgorek, wasz nowy wódz – powiedział stwór głosem Mutanta, mrugając osadzonymi w pożółkłej kości oczami.

– Na potęgę Posępnego Czerepu! – wykrztusił Glaca. – Ale przecież nasz ziomal...

– Musiał wyjść – uciął stwór. – Zwołaj najtwardszych kiboli, pakerów i kogo tam z chłopaków znajdziesz. Pora zrobić wreszcie zadymę.

– Zadymę? – wykrztusił oniemiały Bejsbol.

– Dorwiemy taką jedną sektę religijną. Zabierzemy im auta, przelecimy ich kobiety...

– Brzmi nieźle – przyznał Glaca, choć kolana mu drżały, a pęcherz zdecydowanie chciał odmówić współpracy.

– No to do roboty... Prowadźcie do waszej meliny. – Szkieletor zatarł poznaczone sznytami łapska.

W tym momencie stuknęły drzwi wejściowe. Jakub i Semen wtarabanili się do przedpokoju narąbani jak las tropikalny.

– U la, la – burknął Jakub, widząc nieproszonych gości. – Co jest grane, chłopaki? Włam robicie przy własnej ulicy!? A gdzie dawne, dobre praskie zwyczaje, że na robotę idzie się za Wisłę?

– My tu nie na włam – bąknął Glaca.

– To co tu robicie? – huknął Semen. – A może... Jakub, ale jaja, te gnoje przyszły nas zlikwidować!

– Nie pieprz głupot – odparł egzorcysta. – Przecież aż tak durni chyba nie są... A ty, Zgorek, czego się wygłupiasz? – Przekrwione oko łypnęło na Szkieletora.

– Rozwalić ich! – ryknął stwór, ale jego nowi podwładni nie dali się podpuścić.

– To my już sobie, urwał, pójdziemy, dobrze, proszę pana? – zagadnął przymilnie Glaca.

I nim egzorcysta odpowiedział, rzucili się do ucieczki. Na bosaka, bo buty zostały tak, jak były – przyrośnięte do podłogi.

– Bałaganu to tacy narobią, a potem człowiek musi sprzątać – westchnął Jakub.

A potem odpiął od pasa metalową manierkę i odkręcił. Wychylił resztę samogonu, ostatnie krople wytrząsnął na podłogę – dla krasnoludków, jeśli jakieś w ogóle żyły w tej dzielnicy.

– Wskakuj – warknął do zbaraniałego szamana i miotnął zaklęcie.

Szkieletor tylko jęknął. Zwinięty zaklęciem w kłębek, wskoczył do metalowej flaszeczki. Egzorcysta zakręcił korek i postawił naczynie na podłodze.

– Niezłe – mruknął Semen. – Pamiętam legendy, kozacy potrafili tak nawet diabła załatwić...

Spróbował podnieść manierkę, ale ledwo zdołał ją przesunąć.

– Co jest grane? – sapnął.

– Nic takiego, prawo zachowania masy – powiedział jego przyjaciel. – Teraz nagnę trochę prawa fizyki – oznajmił Wędrowycz, bez wysiłku wkładając flaszeczkę do kieszeni.

– Komu podrzucimy to kukułcze gniazdo?

– Gniazdo?

– No bez jaj...

– Znajdziemy jakichś wrogów wartych ukarania – obiecał egzorcysta.

I tytanicznym wysiłkiem woli przełamawszy wrodzone opory, zabrał się do myślenia.

Jeep pędził ulicami miasta. Dobrochna prowadziła jak wariatka. Ciekawe, kto jej dał prawo jazdy? Wreszcie zatrzymała się na parkingu w pobliżu rozległego blokowiska.

Wjechali na dziesiąte piętro windą. Otworzyła drzwi mieszkania i gestem zaprosiła gości do środka. Mieszkanko nie było duże, ale urządzone ze smakiem. Ciężkie gdańskie meble, gruby dywan, niezły sprzęt grający... Umiejętnie połączyła tradycję, elegancję i nowoczesność. Tylko stojąca na półce drewniana rzeźba Światowida i wielkie czerwone swastyki wymalowane na ścianach psuły trochę efekt.

– Nie rób takiej zgorszonej miny. To słowiański symbol ognia – wyjaśniła, widząc zaskoczone spojrzenie Radka. – Idźcie sobie do łazienki, weźcie prysznic, a ja zrobię kolację. Ręczniki są na wieszaku. Pogrzebcie w szafie, coś z ubrań powinno na was pasować, bo to, co macie na sobie... – nie dokończyła.

Czina pierwsza ruszyła ucywilizować swój wygląd. Po dziesięciu minutach wynurzyła się z łazienki odmieniona nie do poznania. Radek też wziął prysznic. W szafce faktycznie znalazł flanelową koszulę i pasujące na niego spodnie. Przeglądając się w lustrze, stwierdził, że przydałoby się odwiedzić fryzjera...

Wreszcie zasiedli do stołu w kuchni.

– Nie mam zapasu ludziny w lodówce, więc zrobię wam jajecznicy – mruknęła kapłanka, kręcąc się przy kuchence.

– Ludzkie mięso jemy tylko z okazji świąt – wyjaśniła Czina. – Tak na co dzień to nie. Zresztą ostatnio nie było okazji.

– Wiem, dawno nie złapaliście nikogo z naszych.

Nałożyła na talerze jajecznicę z kurkami.

– Pewnie wolelibyście muchomory, ale w mieście trudno je kupić – zakpiła.

– Daruj sobie – powiedział chłopak. – Fakt, że nasze obyczaje odrobinę się różnią...

– Odrobinę? Ależ z ciebie złośliwy małpolud. – Podała mu koszyczek z pieczywem. – Wiecie, jaka jest sytuacja?

Pokręcili głowami.

Pogrzebała w papierach i rzuciła na stół zdjęcie jakiegoś księdza. Chłopak spojrzał na nie i wzdrygnął się lekko. Na twarzy duchownego malował się szeroki, nienaturalnie serdeczny uśmiech.

– Ojciec Miguel Primavera, z Hiszpanii – wyjaśniła. – Dyplomowany inkwizytor, egzorcysta, w dodatku doktor archeologii. Watykan przysyła go tu w przyszłym tygodniu, by zrobił porządek. W pierwszej kolejności z nami.

– Aha. – Kiwnął głową. – A ten księżulo z obrzynem, co nas gania?

– Miał być odwołany za brak postępów śledztwa, więc trochę się przyłożył do roboty i stąd najazd na waszą wyspę.

– Co zatem proponujesz? – Spojrzał jej w oczy. – Bo chyba nie zamierzasz się poddać?

– Nie. Myślę, że po pierwsze trzeba ogłosić chwilowy rozejm między naszymi plemionami. Potem musimy odbić współwyznawców obu naszych kultów. – Zrobiła zbolałą minę. – Obawiam się, że tym razem musimy współpracować.

– Ano musimy. – Kiwnął głową.

– Ale potem znowu zrobimy krwawą wojenkę? – Czina spojrzała na Dobrochnę prosząco.

– Zadecyduje starszyzna – uciął chłopak.

– No to wypijmy za współpracę. – Kapłanka wyjęła z lodówki butelkę wina, a z szafki trzy kieliszki.

Dziadek mówił coś o tym, by nigdy nie ufać „palantom od Światowida", ale teraz, siedząc w ciepłej i czystej kuchni kapłanki Dobrochny, Radek doszedł do wniosku, że staruszek chyba jednak nie miał racji.

– A jeśli to wino jest zatrute? – Czina patrzyła na kieliszek z niepokojem.

– Moja droga – kapłanka wydęła wargi – gdybym chciała was zlikwidować, to wystarczyłoby pociągnąć seryjkę z karabinu, jak siedzieliście na przystanku.

– Jak nie chcesz, to nie pij. Zresztą i tak dzieciom nie należy dawać alkoholu. – Chłopak spojrzał ironicznie na swoją towarzyszkę.

– Wypijmy za współpracę i za zawieszenie broni. – Dobrochna wstała, unosząc kieliszek.

Jakub myślał może pół godzinki, potem zabrał manierkę ze Zgorkiem i razem z kozakiem pojechali gdzieś nocnym autobusem. Wysiedli w centrum Warszawy, długo kluczyli po ciemnych zaułkach, nim wreszcie egzorcysta oświadczył, że są na miejscu. Budynek wyglądał zupełnie niepozornie. Tabliczka na murze informowała, że mieści się tutaj „Instytut Badań Trzeciorzędu".

– Co to za miejsce? – zirytował się Semen.

– Muzeum, ale nie takie zwykłe, tylko ściśle tajne – wyjaśnił Jakub. – Mało kto w ogóle wie o jego istnieniu. Centralne Muzeum Komendy Głównej Policji.

– I...?

– Włamiemy się do niego.

– Chyba cię porąbało. Wiesz, co nam gliny zrobią? A tak właściwie po co? – biadolił kozak.

– Pamiętasz tamten piękny miecz, cośmy go zabrali stworowi z jaskini? Jeśli go nie sprzedali, to idę o zakład, że tu trafił. Wszystko, co dziwne albo niezwykłe, tu znoszą. Odzyskamy go. Czuję, że niedługo będzie nam potrzebny.

Egzorcysta pochylił się nad zamkiem.

– Lepsza sztuka – mruknął. – Atestowane draństwo i z homogenizacją.

– Ho-mo-lo-ga-cją – poprawił go kumpel.

– Pies im buźkę lizał, przesadzają z tą polityczną poprawnością. Problem w tym, że to ma ze cztery miliardy kombinacji...

– Sporo. Do rana będziemy przy tym dłubać – zafrasował się kozak.

– Chyba że zgadniemy od razu. Albo na ten przykład użyjemy czegoś z zapasów starego Yodde.

Wyjął kawałek kości na sznurku, powiesił na klamce, a potem przeszedł przez drzwi, jakby był duchem.

– O kurde! – zdziwił się Semen i bez zwłoki pospieszył w ślad za kumplem.

Zeszli po schodach. Hala, w której się znaleźli, była wielkości hangaru lotniczego. Jakub znalazł kontakt i zapalił światło.

– Ażeby to... – mruknął Semen.

– Oto, mój drogi, miejsce, gdzie policja ukrywa trofea z najtrudniejszych i najdziwniejszych spraw.

Ruszyli. Pośrodku na platformie stał zdezelowany wehikuł czasu, zabezpieczony jeszcze przez carską ochranę. Obok w gablotach ułożono bomby używane przez anarchistów oraz pistolet Piłsudskiego, zapomniany w skarbcu obrabianego banku. Niepozorny słoiczek krył zęby wybite podczas przesłuchania Feliksowi Dzierżyńskiemu. Były i ślady współpracy międzynarodowej, jak na przykład but Sherlocka Holmesa zgubiony podczas obserwacji podejrzanego elementu w warszawskiej knajpie Smok... Lata międzywojenne: wrak UFO z Łękawicy, zestaw narzędzi do włamań Urke Nachalnika, egipskie mumie odebrane na sowieckiej granicy Piaseckiemu, butla acetylenowa i palnik Szpicbródki, trąbka kasiarza Kwinty, ulubiona lupa detektywa Bednarskiego.

Dalsza część ekspozycji prezentowała sukcesy milicji odniesione w latach komuny. Były tam stosy złotych monet znalezione w melinach waluciarzy, odrażające „trofea" wielokrotnych morderców, wypchany pies Cywil, pamiątkowa pała kapitana Żbika, raportówka porucznika Borewicza...

– O ty w mordę! – Kozak przystanął koło gablotki. – To przecież twoje!

Wewnątrz leżała chłodnica i stała butelka samogonu.

– No, no. – Jakub udał, że czyta opis eksponatów. – Nie sądziłem, że jestem taki ważny... Wzruszyłem się.

Doszli prawie do końca sali.

– Jest mój mieczyk! – ucieszył się kozak, rozbrajając alarm podczepiony do gablotki.

Tymczasem egzorcysta z niejakim zdziwieniem oglądał sąsiednią.

– Wychodzimy? – zapytał Semen.

– Zaczekaj... Coś mi się tu nie zgadza. Szpiegów to przecież łapie kontrwywiad, a nie policja.

– No chyba tak. A co?

– Zobacz, radiostacja, mikrofilmy, no i jeszcze to... – Wędrowycz wskazał fiolkę opalizującej czerwonej cieczy.

– A co cię tak zafrapowało?

– No ta probówka. – Jakub dłubał już w zamku gablotki. – Jeśli mnie oczy nie mylą, to czerwona rtęć.

– Znaczy się ten ściśle tajny materiał wybuchowy, co to prawie jak bomba atomowa może pieprznąć? – zdziwił się kozak. – Ten, co to go wszystkie wywiady świata szukały? To chyba niebezpieczne, że tak groźna substancja leży sobie w piwnicy w samym środku miasta!

– Tak właśnie pomyślałem. Sądzę, że naszym patriotycznym i obywatelskim obowiązkiem będzie to odpowiednio zabezpieczyć. Bo gliniarze są jak dzieci. Zaczną mędrkować, majstrować i nieszczęście gotowe.

Wydobył śmiercionośną fiolkę, a następnie ostrożnie umieścił ją w kieszeni pomiędzy kluczami od chałupy, mutrą i składanym nożem.

Kozak w tym czasie rozwinął kawałek mikrofilmu i oglądał go pod światło.

– W życiu bym nie przypuścił, że Elvis Presley żyje w Polsce pod zmienionym nazwiskiem.

– Kto? – nie zrozumiał Jakub. – Coś tam ciekawego powypisywali?

– Myślałem, że to będą prawdziwe tajemnice, a tu tylko fotografie jakichś ubeckich teczek i pierdoły o przekrętach finansowych naszego premiera, prezydenta i innych takich.

– Czyli nie trzeba nic czytać – odparł Wędrowycz. – Na twarzach mają wypisane, co oni za jedni.

Rozczarowany Semen wrzucił mikrofilm do gablotki. W tym momencie rozbłysły wszystkie lampy pod sufitem. W hali zrobiło się jasno.

– Oho – zaniepokoił się egzorcysta. – Chyba ktoś zauważył, że majstrowaliśmy przy drzwiach. Albo może czujnik tu gdzieś był.

– No to pora na nas...

Niestety, było już za późno, by wymknąć się głównym wyjściem. Jakub doskoczył do ściany i pociągnął nożem po kablach. Zaiskrzyło, a potem halę ponownie spowiły egipskie ciemności.

– Co robimy? – szeptem zapytał kozak.

– Przebieramy się – poinstruował go przyjaciel.

Dwa manekiny umieszczone pośrodku sali momentalnie zostały pozbawione milicyjnych uniformów i poleciały w kąt. Zamiast nich na ekspozycji stanęli obaj obwiesie.

Policjanci wtargnęli do środka, przyświecając sobie latarkami. Wędrowycz i jego kumpel odczekali, aż wrogowie znajdą się odpowiednio blisko. Wtedy zeskoczyli z postumentu, wmieszali się w tłum mundurowych i wykorzystując ich nieuwagę, wymaszerowali schodami. Po chwili wyszli na ulicę przed budynkiem. Nad miastem wstawał już świt. Kordon otaczający muzeum minęli bez problemu. Nikt jakoś nie zwrócił uwagi, że mundury i odznaki mają według wzoru sprzed trzydziestu lat.

– Dali się zrobić w bambuko – ucieszył się kozak, gdy znikli za rogiem. – Może jeszcze zabierzemy im radiowóz?

– Chyba cię pogięło. – Przyjaciel spojrzał na niego jak psychiatra na wyjątkowo trudny przypadek. – Po co nam radiowóz?

– No, można by na sygnale pojeździć albo postraszylibyśmy kogoś. Wyobrażasz sobie miny naszych kumpli? Przyjeżdżamy do Wojsławic policyjną bryką i w mundurach... Oni się gapią, a my ich walimy pałami, psikamy gazem, kujemy kajdankami, potem ścieżka zdrowia... Jak ZOMO za komuny. No, potem ich ewentualnie przeprosimy i postawimy im piwo. Ale co się zabawimy, to nasze.

Jakby jeszcze atrapę radaru gdzieś postawić i od przejeżdżających łapówki zamiast mandatów...

– Ściągaj te łachy! – zażądał Jakub. – Natychmiast!

– Ale o co chodzi?

– Ten ubiór ma na ciebie zły wpływ! Połazisz w nim dłużej, to się zmienisz w prawdziwego milicjanta. Naprawdę tego chcesz?

– No, ale fajnie by było...

Egzorcysta przywalił mu solidnie w zęby i to dopiero otrzeźwiło kumpla. Pozbyli się kurtek. Kozak powoli dochodził do siebie.

– Uch. – Potrząsnął głową. – Co to było?

– Nic takiego, zwykłe opętanie. Socjalizm to pseudonaukowa odmiana satanizmu, więc i uniformy jego siepaczy zawierać mogą pewien ładunek energii ciemnej strony mocy. Choć z jednym masz rację. Samochód by się przydał.

– Ukradniemy?

– No po co kraść? – zdziwił się jego przyjaciel. – Kupić można.

Zatrzymali się przed bramą autokomisu. Niestety, akurat był nieczynny.

– No i sam widzisz – sarkał Jakub, dłubiąc wytrychem w kłódce. – Czasem człowiek chce być uczciwy, a tu kłody pod nogi...

– Widocznie otwierają później – zauważył Semen.

– Po tylu latach kapitalizmu powinni się nauczyć, że jak jest klient, to należy o niego zadbać, a przynajmniej postarać się, żeby mógł sprawdzić ofertę...

Weszli na parking.

– Ten za drogi, ten brzydki, ten za dużo pali – wybrzydzał kozak. – Ten różowy...

– Bierzemy fiacika – uciął Jakub. – I musimy się pospieszyć.

– Co się stało?

– Zapuściłem telepatycznego żurawia, dzięki czemu odkryłem parę rzeczy. Stary Yodde już się kaja w klasztornych lochach.

– Kaja się!?

– Trochę go przycisnęli i zupełnie się rozkleił... Własnoręcznie sprofanował czaszkę Matki Krowy.

– Czyli nasza misja zakończona fiaskiem?

– Radek Orangut jest w łapach tych od Światowida.

– Inkwizycja go nie złapała wtedy na wyspie? – zdumiał się Semen.

– Wymknął się. Ale znowu są na jego tropie. Tym razem nie możemy sfuszerować. Ty wywal szybkę, a ja odpalę silnik. Umiesz się z tym obchodzić?

– Trochę. Raz car kazał mi poprowadzić swojego forda. Nudziło mu się, bo caryca z dziećmi pojechała na wczasy, pomyśleliśmy, że wyskoczymy incognito na miasto i poszukamy przygód. Wpadliśmy po drodze do Griszki Rasputina, dobrze znał petersburskie atrakcje, tośmy go wzięli za przewodnika i...

– To siadaj za kółko.

Radek ocknął się pod wpływem wstrząsów. Kac rozsadzał mu głowę. Leżąc nadal z zamkniętymi oczyma, usiłował zanalizować swoją sytuację.

Znów mnie złapali, pomyślał z melancholią. Że też im się nie znudzi, bo ja mam już dość. Podłoże się trzęsie, zatem wiozą mnie samochodem, dumał. Wyciągnięty jestem jak struna, a więc to pewnie półciężarówka. Ciemno jak oko wykol, znaczy założyli mi worek na głowę. Ręce przykute do podłogi. Nogi też. To by wskazywało, że mają specjalnie dostosowany pojazd, a zatem porwania to dla nich chleb powszedni. Jakie mam szanse uciec? Żadne.

Na wszelki wypadek szarpnął kilka razy rękami i nogami. Niestety, okowy nie puściły.

No to po mnie, pomyślał ponuro. Chyba że mój świrowaty dziadek zdoła mnie odnaleźć. Oczywiście najpierw musiałby zwiać z lochów... No to kaszana.

Pociągnął nosem. Pachniało piwem. Szmer buta o linoleum? A zatem nie był tu sam. Ktoś go pilnował.

– Budzi się – mruknął jakiś posępny głos. – I dobrze. Już myślałem, że kipnął.

– Jak nie dojdzie do siebie, zastrzykniemy mu eteru albo podłączymy do elektrowstrząsów – zasugerował jakiś jego kompan. – Musi być przytomny podczas składania ofiary Światowidowi.

– Chcę się nawrócić na waszą religię – jęknął Radek. – Naprawdę mogę wam się przydać!

– Może i niezły pomysł, ale problem w tym, że my wyznajemy zasadę „Jedna rasa – ludzka rasa" – powiedział ten z ponurym głosem.

– To znaczy, że jesteście przeciw rasizmowi? Ja też byłem kiedyś w punkach, ale u nas, jak to na wsi, szybko się...

– Nie. Uważamy, że tylko rasa ludzka może zasiedlać ziemię – uściślił Słowianin. – A ty jesteś neandertalczyk.

– To nieprawda – zaprotestował chłopak. – Jestem *Homo sapiens fossilis*. Neandertalczycy są dużo bardziej podobni do małpy...

– Dla nas twoje podobieństwo jest wystarczające – zarechotała Dobrochna.

Więc i ona tu była...

– Gdzie jest Czina? – zapytał.

– Inkwizycja ją zgarnęła, gdy poszła do zsypu śmieci wyrzucić.

Radek pozwolił sobie nie uwierzyć.

– Co do jednego małpiszon ma rację. Mógłby się przydać. Ma niezwykle silną szamańską aurę – odezwał się ten pierwszy. – Można by użyć łebka jako przynęty na inkwizycję.

– Hy, hy, hy, hy – ucieszył się ten drugi.

– Co chcecie ze mną zrobić? – Radek jęknął przez worek.

– A powiem ci, powiem – roześmiał się pierwszy. – Znajdziemy opuszczoną ruderę. Wsadzimy cię do piwnicy i dobrze przykujemy do ściany.

– Zakneblujemy, żebyś mógł wydawać dźwięki, ale nie mógł wyraźnie mówić – uzupełnił drugi z mężczyzn.

– Zaminujemy cały teren wokoło – snuła wizję kapłanka.

– Do piwnicy wsadzimy beczkę trotylu! A wszystkie zapalniki kablami podłączymy do jednego detonatora.

– I ten detonator podczepimy ci do ptaszka – uzupełnił radośnie ten pierwszy.

– A jak twoi albo inkwizytorzy spróbują cię oswobodzić, to się zrobi gigantyczne bum! Aż w Irkucku usłyszą! – cieszył się jego kompan.

– I diabli wezmą wszystkich, bo jak wspomniałem, wokół domku rozłożymy pole minowe, a oni lubią zawsze otoczyć podejrzany obiekt – dodał pierwszy.

– Ale Światowid się wkurzy, jak nie dostanie ofiary – zmartwiła się Dobrochna. – Powinniśmy to jeszcze przedyskutować.

– Um bum bum bum bu bum! – zaintonował jego kompan.

Musiał to wypowiedzieć w złą godzinę, bowiem chwilę później wozem potężnie szarpnęło. Rozległ się głośny huk i trzask dartej blachy. Chłopak usłyszał brzęk, kajdany puściły i był wolny. Ściągnął kaptur z twarzy. Półciężarówka oberwała solidnie, a dokładniej mówiąc, zwalono na nią rosnące przy drodze drzewo. Wokoło uwijali się brodaci kolesie w niklowanych rogatych hełmach. Już raz ich widział, to oni parę dni temu uratowali mu życie, rozwalając świątynię pogan.

– No i mamy ostatniego zamówionego klienta – mruknął rosły, rudobrody typek, dźgając Radka końcem miecza pod brodę. – Gdzie CBŚ skrewiło, tam wiking musi naprawiać...

– Działacie na polecenie tego księdza z dwururką. – Chłopak odetchnął z ulgą.

Z dwojga złego lepsza inkwizycja niż złożenie w ofierze. No chyba że zechcą spalić go na stosie...

– Owszem – odparł z uśmiechem wiking.

– Cieszę się, że jesteśmy po tej samej stronie.

– A kto ci, młody, takich głupot nagadał? – Wojownik wytrzeszczył oczy.

– No, wspólnych wrogów chyba mamy, co nie? – Wskazał dwóch Słowian i kapłankę Dobrochnę, których kilku brodaczy pakowało właśnie do nyski.

– On pojedzie z nami! – polecił rudy. – Inkwizycja ucieszy się z tej niespodzianki.

Po chwili mknęli już w nieznane, co jakiś czas mijając podmiejskie osady.

– Czekajcie – powiedział Radek do siedzącego za kierownicą szefa tej bandy. – Może i ja bym się wam do czegoś przydał?

– A niby do czego? – prychnął tamten lekceważąco.

– Jestem szamanem, no, prawie – pochwalił się chłopak. – Dziadek mnie dużo nauczył.

– A po co nam magia? – zaśmiał się kierowca. – Jesteśmy chrześcijanami. Wyznajemy proste zasady: „oko za oko, ząb za ząb", „nie lękajcie się", „zło dobrem zwyciężaj". Uczciwy człowiek walczy mieczem i muskułami, a nie rzucając uroki.

– A dobry motor, dobra laska dynamitu i dobra piła łańcuchowa świetnie się nadają, by zwyciężać złych ludzi – uzupełnił jego kumpel i zdjąwszy nazistowski hełm, przeżegnał się nabożnie.

– Ale magii miłosnej nie opanowaliście – brnął więzień. – A przydałaby się wam, bo sam widzę, że nie ma z wami żadnej dziewczyny...

– Tu dzikusie – powiedział wódz niemal pieszczotliwie – nasze kobiety siedzą w domu i gotują wieczerzę. Wartości rodzinne, rozumiesz? Tylko takie prymitywy jak wy czy Słowianie ciągają ze sobą wszędzie jakieś zdziczałe i uzbrojone babska.

– Aha. Dochodzę zatem do wniosku, że wasze zwyczaje są bardzo ciekawe i niewątpliwie dużo można się od was nauczyć.

– No fakt – zgodził się kierowca. – Szkoda, że nie będziesz miał okazji.

I znowu zarechotali.

– Chcę umrzeć z bronią w ręku! – zażądał Radek, zmieniając linię obrony. – Chcę z wami walczyć na śmierć i życie... Dajcie mi miecz!

– Patrzcie, co mu się roi – westchnął Rudy. – Mały, odpada – zwrócił się do wnuka szamana. – Odyn by się straszliwie wkurzył, gdybyśmy umożliwili neandertalcowi wejście do Walhalli. Ups... Zapomniałem, że już nie wierzymy w Odyna.

– Spoko, przejęzyczenie zwykłe – uspokoił go któryś z towarzyszy. – Odmów wieczorem dodatkowe dwadzieścia zdrowasiek...

– A może jakoś się dogadamy? – jęknął jeniec.

Zjechali z szosy na wąską polną drogę prowadzącą do lasu. Samochód zaparkował tuż koło rozległej polany. Pośrodku rósł potężny dąb. Wikingowie wywlekli więźnia z auta. Do sąsiednich drzew już przywiązano wyznawców Światowida oraz kapłankę.

– Święte miejsce, święte drzewo... – mruknął Radek. – Czy wy na pewno przeszliście na katolicyzm? A może zaraz złożycie mnie w ofierze?

– My nie, ale zobacz, ile tu jemioły wisi – zarechotał rudy brodacz.

– Nie rozumiem.

– A o celtyckich druidach słyszałeś?

– Nawet komiks o Asteriksie czytałem – odgryzł się chłopak. – I co z tego?

– W komiksie o tym chyba nie było, ale praktykowali ciekawe zwyczaje, na przykład podcinanie gardła złotym sierpem, palenie żywcem w klatce z wikliny i inne fajne tortury – roześmiał się ten w kolczudze.

– Przestańcie go straszyć, bo się posra w spodnie – ofuknął ich trzeci.

– No to co? Jego spodnie, nie nasze – stwierdził ten, który wyglądał na wodza gromady.

– Ale śmierdzieć będzie, a kto wie ile czasu potrwa, zanim inkwizytor i kolesie z CBŚ tu przyjadą. No i nie wypada takiego obsranego im przekazywać, w końcu to nasi sojusznicy.

I znowu ryknęli śmiechem.

Leśną drogą nadjechało jeszcze kilka motocykli z wojami. Radek obserwował ich spod oka. Poczuł, że sam chciałby tak jeździć na motorze w rogatym hełmie na głowie... Tłuc prasłowian, neandertalczyków i inne gangi. Rozwalać świątynie mrocznych kultów, rąbać mieczami i toporami posągi ich bogów, rabować sprzęty liturgiczne...

Cała banda gadała z ożywieniem, co chwila wybuchali śmiechem.

Wesołe, pożyteczne życie. I jeszcze mają takie zasługi dla wiary katolickiej, że z pewnością do nieba pójdą. A ja? – rozżalił się. Kilkanaście dni spania w jakichś lochach, żarcie na wpół surowej pieczeni, ciągłe ucieczki, pościgi... Kurde, lepiej przecież być wśród tych, którzy gonią, niż wśród uciekającej zwierzyny!

Rudy wódz przechodził akurat obok drzewa.

– Proszę pana – zagadnął chłopak.

– No co? Sikać ci się zachciało czy jajka swędzą? – zakpił wiking. – Cierp i czekaj, już po was jadą.

– Chciałbym się zapisać do waszej drużyny – spróbował raz jeszcze Radek. – Też jestem katolikiem. Całe życie marzyłem, żeby jeździć na motocyklu i lać świrów. Mogę udowodnić... Na przykład zgwałcę tamtą. – Gestem brody wskazał Dobrochnę.

Dziewczyna splunęła w odpowiedzi. Wódz znowu ryknął serdecznym śmiechem. Jego kompani zbiegli się zobaczyć, co go tak uhecowało.

– No co? – obraził się chłopak. – Fajną macie robotę, a ja przecież trafiłem do sekty dziadka przypadkiem. Co w tym złego? Komiks o Thorgalu też mi się podobał! I też jestem *Homo sapiens*!

– Ledwo sapiens – rzucił ktoś i znowu zrobiło im się bardzo wesoło.

No i gadaj tu ze świrami. W tym momencie na drodze pojawił się zdezelowany maluch. Trzasnęły drzwiczki. Z prawej wysiadł Jakub, z lewej Semen. Wikingowie spojrzeli na nich chmurnie.

– Zdaje się, że ksiądz kazał wam znikać z miasta – warknął wódz.

– A widzisz tu jakieś miasto? – Zdziwiony kozak rozejrzał się po lesie.

– Pogadajmy jak ludzie interesu – zaproponował Wędrowycz.

– To znaczy? – zapytał wódz wikingów.

– Po co wam ten łebek?

– Ano, po pierwsze po to, że kazali go złapać. Po drugie po to, że jak go nie odstawimy inkwizytorowi, to nas skarci.

– Nie sądzę – rzekł spokojnie Semen. – Przecież zadanie wykonane, złapaliście starego Yodde, Mywu załatwiony na cacy, czaszka Matki Krowy w waszych rękach. I ostatnich Słowian capnęliście. Apokalipsy już nie będzie. A my mamy naprawdę dobry towar na wymianę.

– Towar?

Jakub podszedł do auta. Wyjął z bagażnika metalową manierkę i odkręcił ją, wytrząsając zawartość na ziemię. Zgorek po kilkunastu godzinach spędzonych w zamknięciu ledwo był w stanie się ruszać. Semen na wszelki wypadek założył mu kajdanki.

– Yyy... – wykrztusił wódz, patrząc na umięśnione cielsko, ozdobione trupią czachą zamiast głowy. – Co to jest, u diabła?

– Cool-straszydło. Jedyny Szkieletor na świecie. Potwornie niebezpieczny, obdarzony potężną mocą magiczną byt nekrobiotyczny. A może bionektoryczny nawet – wyjaśnił kozak. – Do tego opętany duszą potężnego szamana Zgorka z Poradkowa. Kościelni nie złapali nic takiego od pięciuset lat.

– Co proponujecie?

– Wy nam oddajecie chłopaka, my wam tego kolesia.

– A jeśli się nie zgodzimy?

– Puścimy go wolno i zapewne narobi tu takiego chlewu, że inkwizycja będzie miała co sprzątać przez następne dziesięć lat.

– Jakub, ty ścierwo – wymamrotał Zgorek. – Przygody mi, sukinsynu, obiecywałeś.

– Tego, co przeżyjesz w lochach Watykanu, z pewnością nie zapomnisz do końca życia – powiedział Jakub z sadystycznym uśmiechem.

– Jakiego znowu życia!? – zdumiał się Semen.

– Pozagrobowego. No to jak? – Egzorcysta spojrzał na wikinga. – Robimy interes? Trochę nam się spieszy.

– Oddacie nam Szkieletora, chłopaka też zatrzymujemy – rzekł stanowczo jeden z wojów.

– To nieuczciwe – obraził się kozak.

– Może i nieuczciwe, ale nas tu jest trzydziestu, a was tylko dwóch – odezwał się kompan tamtego.

– I co z tego? – nie zrozumiał Jakub.

– Siłą go wam zabierzemy.

– Nie.

– Jak to nie? Wątpisz w naszą odwagę i skłonność do bitki? – Wódz uśmiechnął się pobłażliwie.

– Bynajmniej. Ale wierzę w wasz rozsądek. Tak się po prostu składa, że trzymam w ręce fiolkę czerwonej rtęci. – Na dowód wyjął ją z kieszeni. – Jak mnie wkurzysz, wypuszczę kropelkę albo dwie. Sądzisz, że twoi kolesie w kaskach biegają wystarczająco szybko, by uniknąć skutków eksplozji o mocy na przykład ćwierć kilotony?

Sądząc po minach wikingów, żaden nie chciał sprawdzać chyżości swych nóg. Dobicie transakcji poszło jak z płatka.

Radek z pewnym żalem patrzył, jak wikingowie przywiązują szamana Zgorka do drzewa.

– No i co tak sterczysz, pakuj się do wozu i spadamy, zanim druidy przylezą – warknął Jakub. – Jakoś nie mam ochoty oglądać celtyckiej masakry sierpem łańcuchowym.

Nad Dębinką zapadał wieczór.

– Oto twój syn – burknął egzorcysta, popychając licealistę na środek salonu. – Cały i zdrowy, oczywiście z wyjątkiem główki. Z narażeniem życia wyrwaliśmy go z łap inkwizycji. Zadanie wykonane. Płać.

Sołtys bez słowa otworzył sejf. Wydobył bezcenną flaszkę. Postawił na stole trzy szklaneczki i ostrożnie, by nie uronić ani kropli eliksiru, napełnił każdą do połowy.

– Uczciwie zarobiłeś – pochwalił Jakuba.

– Samogon Griszki Rasputina. – Wzruszenie dławiło kozaka za gardło.

Ale Jakub, o dziwo, nie zabierał się, by skosztować trunku.

– Zadanie wykonałem – mruknął. – Ale tak mi się coś widzi, żeście mnie od początku robili w konia.

– No co ty? – zdziwił się sołtys. – My wszystko co do grosza... Zlecenie wykonane, zapłata stoi na stole.

– Kazaliście, abym uchronił chłopaka przed inkwizycją. A dlaczego niby? Przecież oni od dawna nie palą już ludzi na stosach, tylko egzorcyzmują... Tak mi się coś wydaje, że niektórzy z mieszkańców tej wiochy tylko udają dobrych chrześcijan.

– Jeśli chcesz, mogę dla udowodnienia mojej niewinności natychmiast sprofanować wizerunki Mywu i Matki Krowy!

– O, nie wątpię. Yodde i jego bogowie od dawna wam wyszli bokiem. Pozwoliłeś chłopakowi jechać w nadziei, że przejdzie inicjację u dziadka, a gdy starego zwiną, wróci tu, by pomóc w waszym planie.

– Tatko? – Radek spojrzał na sołtysa zdumiony.

– Później ci to wytłumaczę – bąknął wyrodny ojciec.

– Jakub, co ty pieprzysz? – zirytował się kozak. – Jaki oni mogą mieć plan? Przecież sam mówiłeś, że to idioci.

– ...bo wybraliście sobie inne bóstwo. Nowe, lepsze, mocniejsze. I do tego, że się tak wyrażę, łatwiej dostępne.

Podszedł do kotary zasłaniającej jedną ze ścian i zdarł ją szarpnięciem, odsłaniając nieotynkowany mur z białych bloczków. Następnie wydobył z torby egipski miecz i z rozmachem wbił magiczną broń w ścianę. Dziki skowyt torturowanej siatki krystalicznej wstrząsnął osadą.

– Dobra, a teraz napijmy się – burknął do osłupiałego administratora wsi.

Z nabożną czcią uniósł naczynie do ust. Niebiański bukiet wypełnił jego nozdrza.

– Za spotkanie! – wzniósł toast.

Przechylił szklankę, dotknął wargami jej krawędzi...

...i wtedy się obudził.

KONIEC

Spis rzeczy

fabryka słów®
WYDAWNICTWO

WYDAWCA
Fabryka Słów sp. z o.o.
20-834 Lublin, ul. Irysowa 25a
tel.: 81 524 08 88, faks: 81 524 08 91
www.fabrykaslow.com.pl
e-mail: biuro@fabrykaslow.com.pl
www.facebook.com/fabryka

SPRZEDAŻ INTERNETOWA
swiatksiazki.pl

ZAMÓWIENIA HURTOWE
DRESSLER
Dressler Dublin sp. z o.o.
ul. Poznańska 91
05-850 Ożarów Mazowiecki
tel. (+ 48 22) 733 50 31/32
www.dressler.com.pl
e-mail: dystrybucja@dressler.com.pl

DRUK I OPRAWA
Abedik S.A.
www.abedik.com.pl

PROJEKT I ADIUSTACJA AUTORSKA WYDANIA
Eryk Górski, Robert Łakuta

ILUSTRACJE ORAZ GRAFIKA NA OKŁADCE
Andrzej Łaski

PROJEKT OKŁADKI
Paweł Zaręba, Dariusz Nowakowski

REDAKCJA
Katarzyna Pilipiuk

KOREKTA
Barbara Caban, Magdalena Byrska

SKŁAD ORAZ OPRACOWANIE OKŁADKI
Dariusz Nowakowski | drewnianyrower.com

Wydanie III

ISBN 978-83-67949-02-6

/ fabrykaslow   / fabryka